[澳] 加思·尼克斯（Garth Nix）/著　王爽/译

天地出版社 | TIANDI PRESS

图书在版编目（CIP）数据

古王国传奇. 3, 莉芮尔 /（澳）加思 · 尼克斯著；王爽译. —成都：天地出版社，2019.5
ISBN 978-7-5455-4371-1

Ⅰ. ①古… Ⅱ. ①加… ②王… Ⅲ. ①长篇小说—澳大利亚—现代 Ⅳ. ①I611.45

中国版本图书馆CIP数据核字（2018）第274209号

LIRAEL by Garth Nix

著作权登记号 图字：21-2017-135

古王国传奇3：莉芮尔

GUWANGGUO CHUANQI 3：LI RUI ER

出 品 人	杨 政
著 者	［澳］加思 · 尼克斯
译 者	王 爽
责任编辑	张秋红 沈海霞
装帧设计	思想工社
责任印制	葛红梅
出版发行	天地出版社
	（成都市槐树街2号 邮政编码：610014）
网 址	http://www.tiandiph.com
	http://www.天地出版社.com
电子邮箱	tiandicbs@vip.163.com
经 销	新华文轩出版传媒股份有限公司
印 刷	河北鹏润印刷有限公司
版 次	2019年5月第1版
印 次	2019年5月第1次印刷
成品尺寸	145mm×210mm 1/32
印 张	14.75
字 数	343千
定 价	59.00元
书 号	ISBN 978-7-5455-4371-1

咨询电话：（028）87734639（总编室）
购书热线：（010）67693207（市场部）

本版图书凡印刷、装订错误，可及时向我社发行部调换

目录

C O N T E N T S

序　章 / 001

第一部

第　一　章　悲惨的生日 / 011

第　二　章　迷惘的未来 / 021

第　三　章　纸翼 / 030

第　四　章　雪地里的闪光 / 038

第　五　章　意外的机会 / 046

第　六　章　三级助理图书馆馆员 / 053

第　七　章　日月门外 / 063

第　八　章　后门五号台阶 / 073

第　九　章　奈吉生物记 / 081

第　十　章　造狗的日子 / 091

第十一章　寻找合适的剑 / 097

第 十 二 章　去首席图书馆馆员卧室的冒险 / 105
第 十 三 章　斯狄肯和奇怪的魔法 / 113

第二部

第 十 四 章　萨姆斯王子得六分 / 125
第 十 五 章　亡者入侵 / 136
第 十 六 章　进入冥界 / 146
第 十 七 章　尼古拉斯和役亡师 / 154
第 十 八 章　父亲的治愈之手 / 163
第 十 九 章　艾丽米尔的王子教育计划 / 173
第 二 十 章　有三个标记的木门 / 182
第二十一章　木门和石门之后 / 193
第二十二章　天赐的礼物 / 210
第二十三章　多事之秋 / 217
第二十四章　冷水古石 / 232
第二十五章　家庭聚会 / 242
第二十六章　尼古拉斯的来信 / 251
第二十七章　萨姆下定决心 / 258
第二十八章　旅行者萨姆 / 264
第二十九章　珂睐的瞭望台 / 274

第 三 十 章　尼古拉斯与坑 / 287
第三十一章　林中的声音 / 298
第三十二章　亡者迫近，则寻奔流之水 / 312
第三十三章　逃向河流 / 329

第三部

第三十四章　发现者 / 344
第三十五章　忆往师 / 353
第三十六章　冥界的住民 / 364
第三十七章　河里的澡盆 / 374
第三十八章　亡者之书 / 384
第三十九章　高桥 / 394
第 四 十 章　桥下 / 404
第四十一章　肆行魔法和猪肉 / 413
第四十二章　南方人和一个役亡师 / 423
第四十三章　再见，发现者号 / 438
第四十四章　阿布霍森祖宅 / 451

尾　声 / 461

序章

夏天闷热潮湿，到处都是成群的蚊子，它们从红湖岸边滋生蚊虫的腐烂芦苇滩飞到阿贝山脚下。眼神敏锐的小鸟朝着成群的飞虫俯冲下去大快朵颐。掠食的猛禽则在上方盘旋着，准备捕捉食虫的小鸟。

然而红湖边有一个地方既没有蚊虫也没有飞鸟，甚至没有草或者其他任何活物。那是距东岸两英里[1]远的一座矮丘。泥土、石块紧紧地压在一起，矗立在丛生的野草和绿树覆盖的山坡之间，显得刺眼又古怪。

那个土丘没有名字。就算它曾经在古国的地图上有过名字，那地图也早就遗失了。土丘附近曾经有几座农场，但都在一里格[2]之外。先前住在这里的人连看都懒得看一眼那座土丘，更不会提到它。距此最近的城镇是边城，那是个动荡且危险的定居点，一直没有消停过，但是其中的居民都满怀希望。边城的人都知道要避开红湖东岸。就连森林和草地里的动物们都知道要避开那座土丘，甚至本能地避开可能要去往土丘的行人。

比如眼下这个人，他站在山丘与湖边平原的交界处，消瘦秃顶，

[1] 英里，长度单位，1 英里 =1.609344 千米。
[2] 里格，长度单位，1 里格相当于 4.8 千米。

穿着一身皮铠甲，从头遮到脚，脖子和关节的位置用涂红色珐琅的金属加固。他左手扶着一把出鞘的剑，剑身平稳地靠在肩上。右手扶着胸前的皮带，七个皮囊挂在带子上，最小的那个只有药盒大小，最大的一个有他的拳头那么大。木质手柄倒垂在皮囊下方，那是黑檀木制成的。他的手指抚过这些手柄，就像蜘蛛爬墙一般。

看到这情景，任何人都能认出那些黑檀木手柄其实连接着法铃，就算不知道那个人的名字，也能知道他的身份。他是一位役亡师，可以用那七个铃铛来施展黑暗法术。

那个人望着土丘等了一会儿，发现自己并不是今天第一个到这里来的人。至少还有两个人站在那座光秃秃的山丘上，空气中一丝若有若无的热气表明，还会有几位隐藏的访客。

那个人本想等到傍晚再行动，但是他知道这是不可能的。他并不是第一次到土丘来。这下面封存着某种力量，它呼唤他穿过整个古国，在夏至这天来到这里。它呼唤了他，使他不能拒绝。

虽然如此，但他还是有足够的骄傲，最后的半里路他没有跑步冲向土丘。他竭力控制着自己，当靴子踏上土丘边缘的地面时显得十分从容，没有显示出丝毫的匆忙。

土丘上有个他认识并且期待见到的人。那位老人是侍奉过土丘下面那种强大的东西的最后一个人，他作为某种能量的通路掩盖了土丘下面的那个东西，不让它被女巫们发现，那些身在冰洞中的女巫能看到世间万物。这位老人肯定是最后一个了，他身边连个乳臭未干的小学徒都没有。时间不多了，那个东西不需要再蛰伏在土层下面了。

另一个人他不认识。那是个女人，或者说曾经是个女人。她戴着一副黯淡无光的青铜面具，穿着北地野蛮人的沉重毛皮衣服，在这种天气下显得既无必要，也不舒适……除非她的皮肤能感觉到阳光以外的东西。她戴着丝绸手套，手指上套着几个骨质的指环。

“你是赫奇。”陌生女人说。

她的言辞充满力量，令人惊讶不已。他没猜错，这个女人是肆行魔法师，只是力量强大得超出他的预料。她知道他的名字，至少是知道了他的某一个名字——最近用得最多的一个名字。他也是肆行魔法师，所有的役亡师都是肆行魔法师。

“凯瑞格的仆人，”那个女人接着说，“我在你的额上看到了他的印记，尽管你想方设法去掩盖。”

赫奇耸耸肩，摸了摸额上那个咒契似的印记。它像个旧疮疤一样裂成两半，露出皮肤上一处丑陋的疤痕。“我从凯瑞格那里得到了这个印记，” 赫奇平静地回答，“但是凯瑞格消失了，十四年前就被阿布霍森束缚并囚禁了。”

“你现在侍奉我，”那个女人以不容争辩的口吻说，“告诉我应该怎样和土丘下面的力量交流，它也要服从我的意志。”

赫奇鞠了个躬，藏起自己的笑容。她的话让他回想起往事。在凯瑞格衰亡后，他为什么还会亲自来到这座土丘呢?

“西边有一块石头，”他用自己的剑指了指，“把它转到一边，你就会看到一条笔直向下的隧道。沿着隧道走，一直走到拦路的石板那里。你会看到石板下面有水渗出来，尝一尝那水你就能感知到那股力量。”

他没说那条隧道是他耗费五年的时间才建成的，他也没说渗出地面的水其实是被囚禁两千多年的东西在为自由而挣扎逃脱的迹象。

那个女人点点头，面具周围苍白的皮肤看不出丝毫表情变化，那张脸仿佛和覆盖其上的金属一样冷峻。她随即转身，念出一句咒语，白色的烟雾随着每个词语从面具的嘴巴处冒出来。当她念完之后，两个原本躺在她脚下的生物站了起来，它们藏在土地上几乎是隐形的。那是两个非常稀薄模糊的人形，肌肉是不停流动的薄雾，骨头则是蓝色的火。人们把这种肆行魔法造物叫作黑蚀。

赫奇仔细观察着它们，又舔了舔嘴唇。他可以对付一个黑蚀，要对付两个的话就必须动用一些法力了，但是此时他并不想暴露自己的力量。那位老人肯定不会帮他。他到现在也只是坐在那里，嘴里念念有词，他是土丘下那股力量的一个有生命的通道。

“如果到了晚上我还没回来，”那个女人说，“我的仆人就会把你的肉体和灵魂一并撕成碎片，即使在冥界你也无处可藏。”

“我就在这儿等着，”赫奇说着，坐在了地上。他现在知道了黑蚀要做什么，它们并不会构成威胁。他把剑放下，俯下身，将耳朵贴在地上倾听土丘里的动静。他听见那东西在地下不停地低语，尽管他的词语和思想不能穿透那座牢笼，但是地下的声音却穿透了层层泥土和石头传了上来。如有必要的话，等一会儿他也要沿那条隧道下去，喝一口地下的水，然后敞开自己的思想，将他的想法送入那条一指宽的细流，那细流穿透了七层防护，每一层防护都加持了三重咒语。它穿透了金、银、铅、花楸木、岑木、橡木以及第七重守护之骨。

赫奇没去看那个女人，他听见石头被移动的声音时也没有转头。其实，转动那块石头并不容易，一个普通人是不具备这种力量的，如果没有法力的话，集合所有凡人的力量都无法移动那块巨石。

那个女人回来的时候，赫奇正站在土丘的中心向南方眺望。黑蚀站在他的旁边，女主人回来了它们动也没动一下。那个老人依然念念有词地坐在一旁。赫奇无法确定他究竟是在念咒还是在胡说，总之那不是他所知的魔法，但是他确实在老人的声音里感受到了土丘里的那种力量。

“我侍奉你。”那个女人说。

她声音里的力量还在，但是却没有了傲慢的成分。赫奇注意到，她说话时脖子上的肌肉在微微抽搐。他笑了笑举起手：“咒契石距离山丘太近了。你要去摧毁它们。”

“我会的。”那个女人低头回答。

“你过去是个役亡师，”赫奇又说。过去，凯瑞格将古国所有的役亡师都召集到自己身边，他们像地方领主一样侍奉凯瑞格。但后来随着凯瑞格败亡，阿布霍森即位，他们大都消亡了。如今还是有役亡师幸存，但是这个女人绝没做过凯瑞格的仆人。

“很久以前是。”女人回答。

赫奇感觉到她体内微弱的生命力被深深地掩藏在青铜面具和咒语加护的毛皮之下。她已经老了，是个很老很老的术士——对于必须走进冥界的役亡师来说，年老并不是什么优势。他们早已活过了自己既定的年限，冰冷的冥河水最爱吞噬这些逃走的人。

“你将再次拿起法铃，为了完成将来的任务你需要大量亡者。”赫奇解开自己的法铃皮带，小心翼翼地递给那个女人，生怕弄出丝毫声响。他还有一套备用的法铃，那是在一个较弱的役亡师那里拿到的，那个人也是追随凯瑞格的乌合之众之一。要拿到那套法铃可能要冒些风险，因为自从国王和他的阿布霍森皇后即位后，那套铃铛就一直藏在古国的中心地带。不过目前他暂时还用不到法铃，而且他也不可能带着法铃去他现在要去的地方。

那个女人接过法铃，但没有立即系上铃带。她伸出右手，掌心向上。一团小火花出现，那是一小块闪耀着明亮白光的发光金属。赫奇伸出手，那块金属跳到他手中，没入他的皮肤，却没有流一滴血。赫奇将手贴近自己的脸颊，感受着那片金属中的力量。他慢慢握紧拳头，露出了微笑。

这片神秘的银色金属不是给他的。它其实是一颗可以在许多不同的土壤里生长的种子。赫奇要用它达成一个特别的目的，它将被种在一片肥沃的苗床里，茁壮成长，直到长出丰硕的果实。但是他可能还要等很久，也许多年后才能把它放在适合播种且能造成最大伤害的地方。

“你呢？”那个女人问，“你要做什么？”

“我要去南方，戴面具的克萝尔，”赫奇回答道，暗示除了她的名字外，他还知道很多其他情报。“穿过界墙，到安塞斯蒂尔的南部。我出生在那里，不过从精神层面来说，我不属于那片毫无魔法的土地。我在那边有很多事情要处理，说不定还要去更远的地方。

但是必要的时候，你就会收到我的消息。或许我也会听到一些我不喜欢的消息。”

他没再说话，转身离开了。主人是没有必要向仆人道别的。

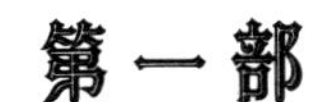

第一部

古王国

——塔齐斯顿一世即位后第十四年

第一章

悲惨的生日

睡梦中，莉芮尔觉得有人碰了碰自己的额头。那触感十分轻柔，仿佛凉冰冰的手放在她灼热的皮肤上方，轻轻地抚摸着。她微笑起来，显然对这种抚摸很受用。然后梦境突变，她皱起眉头。那触碰的感觉变得十分粗暴，而且滚烫灼热，一点也不凉爽了——

她醒了。过了片刻她才意识到，自己把床单扒开了，正脸朝下趴在粗糙的羊毛垫子上，羊毛织物真的很扎人。她的枕头掉在地上。枕套在做噩梦的时候被扯坏了，正搭在她的椅子上。

莉芮尔环顾自己的小房间，噩梦似乎没有造成更多的损坏。简单的松木衣柜立在旁边，暗色的不锈钢插销也好好地别着。桌子、椅子仍旧在另一个角落里。她练习用的剑插在剑鞘里，挂在门背后。

这算是个不错的夜晚。有时候，莉芮尔被噩梦纠缠时，会梦游，会说梦话，又踢又打造成很大的破坏。但这仅仅是在她自己的房间里——她宝贵的小房间里。她不敢想象被迫回到家族成员共用的房间会怎么样。

她重新闭上眼睛，仔细倾听。周围一片寂静，也就是说，现在时间还早，催促珂睐们起床开始全新一天的起床铃还没有响起。

莉芮尔紧紧闭上眼睛，想要再次回到梦乡。她想再次感受一下被抚摸前额的那种舒适感。那是她对母亲的唯一一点记忆。她不记得她的脸庞，也不记得她的声音——只记得她凉凉的手。

今天，莉芮尔特别需要那温柔的触摸。但是她的妈妈早就去世了，于是她父亲的秘密也随之而去。莉芮尔五岁那年，母亲离开冰川，没有留下任何说辞或解释。最后得到的唯一的消息就是她的死讯，噩耗从遥远的北方传来时，恰好是莉芮尔十岁生日的前三天。

一旦想起这件事，她就再也睡不着了。和其他所有的早晨一样，莉芮尔放弃了再次入睡的打算。她睁着眼睛，呆呆地盯着天花板看了好几分钟。石砌的天花板不会一夜之间就发生变化，它依然是灰暗冰冷的样子，其间还夹杂着一点粉红色。

天花板上还有一个光芒咒契，它在石头中发出温暖的金色光芒。莉芮尔醒来时，它变得亮了一些。在莉芮尔坐起来，伸腿用脚摸索鞋子的时候，咒契变得更亮了。珂睐的墙壁是用温泉和魔法加热的，但是这里的石头地板依然是冰冷的。

“今天我十四岁了。”莉芮尔小声说着，穿上另一只鞋子，但是没打算站起来。自从母亲去世的噩耗在她十岁生日前到来之后，每一个生日都成了厄运的前兆。

“十四岁！”莉芮尔再次说了一遍，词语中颇有愤怒的意味。她十四岁了，按照珂睐冰川之外那个世界的标准，她已经是个女人了。但是她依然得穿着儿童的蓝色罩袍，因为珂睐不以年龄判断一个人是否成年，她们是按照预视能力来判断的。

莉芮尔再一次闭上眼睛，非常用力，仿佛在努力让自己看到未来。每个十四岁的珂睐都会有预视能力。很多年龄更小的孩子也都穿上了白袍，并佩戴了月长石银冠。长到十四岁竟然还没有预视能力，这对珂睐来说，是闻所未闻的。

莉芮尔睁开眼睛，什么幻象都没有。她只看见自己的小屋，眼泪让视野变得有些模糊。她擦擦眼睛，站起来。

“没有妈妈，没有爸爸，没有预视力。”她边说边打开衣柜拿出毛巾。这一句已经成了她的口头禅了。她经常这样说，可惜越说越觉得悲伤，有种刺痛内心的感觉。这就像她喜欢用舌头触碰牙疼的地方一样，虽然很疼，但就是停不下来。这伤痛已经成了她的一部分了。

说不定很快，她就会被九日预视轮值发言人召唤。那时候她就可以说：“没有妈妈，没有爸爸，但是有预视力。”

“我会有预视力的。”莉芮尔小声对自己说，她轻轻打开门，轻手轻脚地去走廊那头洗澡。她穿过走廊时，咒契次第亮起，黎明似乎变成了白昼。不过青年宿舍那边的门都还紧闭着。从前，莉芮尔会去敲那边的门，一边笑一边叫那边的人起床洗澡。

但那是很多年以前的事情了。当时大家都还没有获得预视能力。而且那时候的青年舍监还是米瑞丽，她十分宽容。现在的舍监是莉芮尔的姨妈吉瑞丝。只要有一点噪音，吉瑞丝就会穿着她那件栗色白条纹的睡衣从房间里冲出来，命令大家安静，不许打搅长辈睡觉。她对莉芮尔也绝不会宽容。事实上，吉瑞丝和莉芮尔的妈妈阿瑞丽完全相反。吉瑞丝整个人就是制度、条例、传统、规矩的化身。

吉瑞丝绝对不会离开冰川，更不会去不为人知的地方旅行几个月还带个婴儿回来。莉芮尔朝着吉瑞丝的门皱皱眉头。吉瑞丝自己倒是什么都没说过。她从来不提自己的妹妹。有关妈妈的事情都是莉芮尔零零碎碎地从其他亲戚的谈话中听来的。她们有时会聚在一起，讨论究竟要拿这个明显不属于珂睐冰川的孩子怎么办。这些时候，她们偶尔会提到莉芮尔的母亲。

想到这些，莉芮尔再次皱了皱眉，就算她在浴室里用浮石蘸着热水搓脸，满脸的愁容也没有消失。最终在跳进长水池被冷水刺激之后，她才舒展了眉头。

但是当莉芮尔在冷水池旁边的更衣室里对着公用镜子梳头的时候，发愁的表情又回来了。镜子是用银钢制成的，长方形，八尺高，十二尺宽，四边布满锈迹。再过一会儿的话，镜子就要被住在青年宿舍的另外八个十四岁的孩子占用了。

莉芮尔讨厌和别人共用镜子，因为那会让她更显得与众不同。绝大部分珂睐都有着棕色的皮肤，而且很快就会被冰川反射的日光晒成栗色，另外她们还有着金色的头发和浅色的眼睛。莉芮尔却正好相反，她就像一棵苍白的野草长在健康的花丛中。她的皮肤永远晒不黑，只会被晒伤，头发却是很深的颜色。

她知道，自己的这种长相肯定来自她那不知身在何处的父亲。阿瑞丽从来不提他，作为女儿这又是一桩必须容忍的丑事。珂睐经常和路过的旅人生下孩子，但是她们不会离开冰川主动去找别人，而且她们也从不隐瞒孩子父亲的来历。由于某些原因，她们总是会生下女孩——有着一头金发、棕色皮肤，淡蓝或淡绿色眼睛的女孩。

唯有莉芮尔是个例外。

独自站在镜子面前时，莉芮尔可以不把这些事放在心上。她专心梳理头发，左右各梳四十九下。她觉得似乎有些希望了，说不定今天就是她的大日子。十四岁生日当天，她也许会得到预视能力——最好的生日礼物。

但即使如此，莉芮尔也不想去中心餐厅吃早饭。大部分珂睐都在那里用餐，她不得不和比自己小三四岁的孩子一起吃饭，那样子就像一棵蓟草从漂亮的花床里冒出来似的，而且是一株穿着蓝外套的蓟草。其他十四岁的孩子都穿上了白袍，和头戴银冠、经验丰富的珂睐同桌用餐了。

莉芮尔穿过两条安静的走廊，走下螺旋的楼梯，转到和中心餐厅相反的方向，去了下层餐厅。向珂睐询问未来情况的那些咨询者和商人们都在这里用餐。这里的珂睐只有厨房工作人员和服务生。

不过，除了厨房工作人员和服务生，这里还有一个特殊的珂睐。莉芮尔最希望看到的是她——九日预视轮值的发言人。走下餐厅台阶的时候，莉芮尔忽然想象着那个场景：发言人走下大厅台阶，敲响了锣，然后宣布九日预视轮值者看到了她——莉芮尔——佩戴着月长石银冠，她终于拥有预视能力了。

下层餐厅的早餐时间并不繁忙，六十张桌子的大厅里，只有三张桌子旁有人在吃饭。莉芮尔占据了第四张桌子，尽可能远离所有人，然后她把凳子拉出来坐下。就算周围没有其他的珂睐，她也喜欢一个人坐着。

有两张桌旁坐的是商人，可能是从拜里塞尔来的，他们大声谈论着从遥远的北方进口的胡椒粒、生姜、肉豆蔻、肉桂等东西，并希望能出售给珂睐。他们一个劲儿地说自己的香料有多好、多香浓，很显然是希望在厨房工作的珂睐们能够听见。

莉芮尔嗅了嗅空气。商人们说得像是真的。他们的口袋里散发出浓郁的丁香和肉豆蔻的香味，很好闻。莉芮尔觉得这是个好兆头。

第三张桌子旁坐的是商人的卫兵。即使是在珂睐冰川内部，他们也全副武装，身穿铠甲，佩剑就放在凳子下面触手可及的地方。他们显然认为，强盗和某些更可怕的敌人能够轻易穿过狭窄的河谷小路，打破大门进入珂睐的巨大迷宫里。

当然了，绝大部分防御措施他们都看不见。河道上布满了隐蔽的魔法咒印，平整的石板下面有很多野兽和武士的影像，只要出现轻微的威胁就能触发机关。道路来回转折，横跨河流，足有七次之多，其间要通过狭窄的古代桥梁，那些桥看上去并没有什么特别之处，仿佛就是用普通的石头建造而成的。但每座桥都易守难攻，桥下的河水很深且十分湍急，可以阻止任何渡河的亡者。

即使在下层餐厅，墙壁里也隐藏着魔法咒印，在粗糙的石头地板下和天花板上都有许多沉睡的影像。尽管咒印微弱，莉芮尔依然能看见，只是不清楚如何才能将其激活。影像则要复杂一些，因为她只能看清触发影像的那些咒印。当然，也有一些清晰可见的咒印，如照明用的咒印，珂睐的地下寓所也使用这种咒契。她们的寓所建在大山的石头中间，紧临着冰川。

莉芮尔打量着访客们的脸。他们没戴头盔，头发也剃得很短，一眼就能让人看出他们前额上没有咒印。这样看来，他们肯定看不到周围的咒印。莉芮尔几乎是本能地撩开自己额前的长发，摸了摸自己的咒印。它在莉芮尔指尖轻轻跳动着，那是一种连接的感觉，是对于描述这个世界的高等咒契的感应。就算没有预视能力，至少她还算是个咒契法师。

商人们的卫兵真该信任珂睐的防御措施才对，莉芮尔一边想着，一边再次打量周围那些全副武装的男女。其中的一个人瞄了她一眼，两人对视之际，莉芮尔移开了目光。在这短暂的一瞥之间，她看到一个年轻人，头发剃得比其他人短，在天花板上咒契的反光下，脑门显得锃亮。

她试图无视那个人，但是对方起身走过来，他的锁子甲实在太大了，大概是有人预见到他未来会长很大个子吧。他过来的时候，莉芮尔皱起眉头，把头偏向一边。有时候，确实会有珂睐在访客中选择情人，所以有些人就以为每一个到下层餐厅来的珂睐都是来找情人的。尤其是那些十六岁上下的年轻人，他们对此深信不疑。

“打搅了，”那个卫兵说，“我可以坐在这里吗？”

莉芮尔迟疑地点了点头。于是他坐下，全身的锁子甲一阵叮当作响，胸前的金属片仿佛一条小瀑布。

“我叫巴罗，”他开心地说，“你是第一次到这里来吗？”

“什么？”莉芮尔又疑惑又害羞，“到这个餐厅吗？”

“不，”巴罗笑起来，他伸出胳膊，用手指指周围的地方。“这里，珂睐冰川。我第二次来了，你想有人带你逛逛的话……大概你父母经常来这里做生意吧？”

莉芮尔看着别处，她觉得自己脸颊热辣辣的。她想找点轻松愉快的话题，但是她唯一能想到的就是，连外人都知道她不是真正的珂睐，眼前这个穿着大号锁子甲的傻小子都知道。

“你叫什么名字？”巴罗似乎没注意到她的脸在发烧，也没注意到她内心滋生的古怪空虚感。

莉芮尔吞了吞口水，舔舔嘴唇，还是说不出话来。她甚至连自己的名字都说不出来，觉得自己是个无名小卒。她眼里含满了泪水，不敢抬头看巴罗，只是盯着盘子里吃了一半的梨子。

“我只是来打个招呼，”对方一直沉默，巴罗也有些紧张了。

莉芮尔点点头，结果两颗眼泪落在梨子上。她没抬头，也没去擦眼泪。她不能发出任何声音，胳膊也无法动弹。

“对不起，”巴罗边说边站起来，身上的锁子甲发出哗啦哗啦的声音。莉芮尔看着他走回自己桌边，一缕头发遮住了她的眼睛。巴罗走出一段距离之后，有个男人说了些什么，由于离得太远莉芮尔没有听见。巴罗耸耸肩，那些男女都笑起来。

“今天是我的生日，”莉芮尔对着盘子小声说，可是声音里的眼泪仿佛比眼睛里还要多。“生日不能哭。”她站起来，磕磕绊绊地跨过凳子，小心翼翼地把盘子和叉子拿到洗碗处，努力不去看她那些在这里干活的表姐妹以及其他亲戚。

她还没来得及放下盘子，一个珂睐就走下大厅的台阶。最底层的七级台阶上分列着七面锣，来者手执带有金属尖的手杖敲响了第一面。莉芮尔呆住了，餐厅里所有人都不再说话了，那位珂睐走下台阶依次敲响每一面锣，锣发出不同的声音，回音混合在一起，回荡在餐厅里，好一阵子才归于平静。

走下台阶后，那个珂睐停下脚步，放下手杖。莉芮尔的心脏狂跳，肠胃紧张得缩成一团。她想象中的就是这番景象，眼前发生的一切和她想象中的简直一模一样，不对，这绝不是想象出来的，而是预视之力让她看到的场景。

那根手杖显示索蕾是今天九日预视轮值的发言人，当值守预视者发现了事关珂睐或者整个古国的重要情况时，就由发言人来通知大家。而且最重要的是，当值守预视者看到了哪个女孩将获得预视力，宣布这一消息的也是发言人。

“知一叶见万物，”索蕾说。她清脆的声音传到餐厅、厨房和洗碗间的每个角落，人人都听得清清楚楚。“九日预视值守者得到了一个喜讯，我们的姐妹中又有一个人将获得预视能力……”

索蕾停下来吸了一口气，莉芮尔闭上眼睛，她知道索蕾即将说出她的名字。这次一定是的，一定是的，一定是我，她一直这样默念着。我比别人晚了两年，而且今天是我的生日。必须是——

“安妮瑟利。”索蕾说。然后她转身走上台阶，轻轻敲响七面锣，锣声汇集成轻柔的暗流，访客们重新开始谈话。

莉芮尔睁开眼睛。世界没有发生变化。她没有获得预视力。一切都如往常一样。太惨了。

“我可以收盘子了吗？”站在洗碗槽后面一个珂睐说。“哦！

莉芮尔！我还以为你是访客呢。你最好快点儿上楼去。再过一个小时，安妮瑟利的觉醒仪式就要开始了。这里是发言人的最后一站，你知道的。对了，你为什么非得下来吃饭啊？”

莉芮尔没有回答。她默默地把盘子交给对方，像梦游似的穿过餐厅，手指头下意识地轻轻滑过桌子角。她满脑子都是索蕾的声音，而且一遍又一遍地回响着。

“我们的姐妹安妮瑟利获得了预视之力。”

安妮瑟利。安妮瑟利将穿上白袍，戴上月石制成的银冠，而莉芮尔还得继续穿着蓝色罩袍，那是儿童制服。那件罩袍穿得太久，边上都起毛了，而且也太短了。

安妮瑟利十天前才过完生日。不过她的生日根本不可能和今天相提并论，今天可是她的觉醒仪式。

生日根本不算什么，莉芮尔心想，她机械地迈步走上从下层餐厅到西侧路的六百级台阶，她沿着这条路走了两百步，穿过中间的过道，然后又往上走了一百零二步，来到青年宿舍的后门。她不去看任何人，只是数着每一步。目之所及全是雪白的长袍和飞速闪过的黑色拖鞋，珂睐们正跑向主大厅，去祝贺那个获得了预视能力的女孩，加入他们的行列。

当莉芮尔来到自己的房间门口时，她感到生日给她带来的所有快乐都消失殆尽了——和燃尽的蜡烛一样，熄灭了，消失了。今天成了安妮瑟利的大日子了，莉芮尔心想。她要为安妮瑟利感到高兴。她必须忘记盘踞在自己心里的巨大悲伤。

第二章

迷惘的未来

莉芮尔躺在床上，试图战胜绝望的心情。她真的应该穿好衣服去参加安妮瑟利的觉醒仪式。但每当她想起身的时候，根本站不起来，只能又躺回去。眼下是不可能站起来了。她唯一能做的就是反复回想下层餐厅她听到别人的名字时那令人痛苦的瞬间。不过，她还是在努力转移注意力，努力忘记过去，努力去想接下来的事情。莉芮尔做出了一个决定。她决定不去参加安妮瑟利的觉醒仪式。

估计没有人会想起她，但也许还会有人来这里找她。这么一想，她总算强打起精神下了床，去找别的藏身之处。一般而言，可以藏在床底下，不过莉芮尔已经有好几个星期没有按照规定打扫房间了，那张简陋的架子床下面灰尘太多了。

她想藏在衣柜里，但是那种过分简单的箱子形状和松木板子的结构看起来就像个直立的棺材。莉芮尔一直都这样认为，但她的姐妹总觉得这是她的一种病态的想象。小的时候她就喜欢排演故事里那些夸张的死亡场景。虽然多年前她就不再这么玩了，但是对于死亡的想象却没有停止，尤其是她自己的死亡。

“死。”莉芮尔小声说。这个词让她有些发抖。然后她又稍微大声一点地重复了一遍。一个简单的词语，同时也是避开种种烦心事的简单方法。她可以躲掉安妮瑟利的觉醒仪式，但是却躲不掉后面更多次的觉醒仪式。

莉芮尔想，如果她选择自杀，就不用看着那些比她小的女孩子一个接一个地获得预视力了。她也就不用继续和小孩子们一起穿着蓝罩袍了。在以前的觉醒仪式上，那些孩子们会用眼睛偷偷地瞄她。莉芮尔熟悉那种眼神，也明白其中的畏惧。她们怕自己也像她一样，永远得不到最重要的东西。

而且死了就不用再忍受珂睐们同情的眼神了。那些人经常停下来问她过得怎么样，好像简单几个词就能描述她的心情似的——十四岁了还没有预视力，这种心情能够用语言描述吗？

“死。”莉芮尔又小声说了一次。她品尝着这个词在舌尖的感觉。她还拥有些什么呢？也许她确实还是应该抱一点儿希望的，相信自己终究能获得预视力。可是她都十四岁了，谁听说过十四岁还没有预视力的珂睐？这些事想起来真是格外让人绝望。

“只能这样了。”莉芮尔仿佛在对朋友宣布一个重大决定。她的声音听起来倒是很自信，但是内心却有些动摇。珂睐不会做自杀的事。自杀会成为最后一个可怕的证据，表明她不是珂睐。但这也许是最好的事情了。她要怎么自杀呢？莉芮尔看着她挂在门后练习用的剑。剑太钝了，而且是用软钢做的。用剑刺自己只会死得又慢又痛苦，而且肯定会有人听见她尖叫，然后把她救活。

应该有那种让人停止呼吸，抽干肺部，封闭喉咙的咒语，但是这样的咒语不在她的《基础咒契魔法书》和《咒印索引》里，这两本书就在几步之外的书桌上。她也可以去图书馆查一下，但是这样的魔法很可能是用钥匙和咒契锁起来的。

现在就只剩下两种可能的方法了：冻死或者摔死。“冰川。”莉芮尔低声说。她决定了，就这么办。她要趁大家都去参加安妮瑟利的觉醒仪式时爬上星峰台阶，然后一头摔到下面的冰上。要是有人愿意费心找找的话，总会找到她摔烂又冻僵的尸体——然后她们就会意识到，作为一个没有预视力的珂眛有多艰难。

莉芮尔想象着一大群人默默看着自己的尸体被抬过大厅，她蓝色的儿童罩袍被雪覆盖而变成了白色，并且有些僵硬。想到这里，她不禁热泪盈眶。

一阵敲门声打断了她可怕的白日梦，莉芮尔松了口气，然后站起来。一定是九日预视值守者第一次看见她了。她们看到她爬上冰川然后一头跳下去。于是她们派人来阻止这种情况发生，并告诉她总有一天她能获得预视力，一切都会好起来。

莉芮尔还没来得及说“请进”，门就被推开了，这足以说明九日预视值守者并没有派人来关心她的安危。进来的是吉瑞丝姨妈，准确来说是青年宿舍的舍监吉瑞丝，因为她向来不偏袒莉芮尔，从来没有表现出姨妈会有的关爱之情。

“原来你在这儿啊！”吉瑞丝大声说，那声音招人讨厌，还有些假惺惺的。“早饭的时候我一直在找你，但是事情太多了，我都没见着你。生日快乐，莉芮尔！”

莉芮尔看着吉瑞丝和她手中的礼物。那是个大大的方盒子，红蓝两色的包装纸上还有金色的斑点，很漂亮。吉瑞丝从没给她送过礼物。姨妈说自己从没收到过礼物，这也算是个解释吧，但莉芮尔觉得她根本没有理解礼物的意义。重点在于赠送，不是接受。

“打开吧，”吉瑞丝说，“马上就要开始觉醒仪式了。小安妮瑟利真棒！”

莉芮尔接过礼物。盒子很软，但很重。她想自杀的想法忽然被好奇心驱散了。究竟是什么礼物呢?

她又摸了摸包装，一种不好的预感突然袭来。她迅速沿着包装纸的角落撕了个洞，看到了一小片蓝色。“是罩袍，”莉芮尔说，声音仿佛是远处的其他某个人说出来的，“儿童罩袍。”

“对，”吉瑞丝整理了一下自己的白袍，扶了扶淡金色头发上的月长石银冠，“我看到你的旧罩袍太短了，已经不合身了，你长得真是太快了……”

吉瑞丝一直在唠唠叨叨地说着，可莉芮尔一个字都没听进去。一切都显得很不真实。她手里的新罩袍，喋喋不休的吉瑞丝姨妈——全部都不真实。

“换好衣服来吧！”吉瑞丝一边鼓动她，一边抚平自己白袍上的褶皱。她是个高大的女人，是珂睐中很高的人。莉芮尔在她面前倍显矮小，而且和她雪白的袍子相比显得很脏。莉芮尔看着那雪白的袍子，再次想起冰雪。

吉瑞丝轻轻地拍拍她的肩膀，此时她完全沉浸在自己的想象里。

“什么？”莉芮尔忽然意识到自己根本没听清吉瑞丝的话。

“换衣服！”吉瑞丝姨妈再次说道。她轻轻地皱了皱眉，银冠往下滑了一点，在她眼睛上投下阴影，“迟到的话就太不礼貌了。”

莉芮尔机械地脱下旧罩袍，换上新的。衣服是用密实的亚麻做的，崭新挺括，穿起来很不容易，吉瑞丝姨妈也过来帮助她。胳膊穿上之后，罩袍自然地落在她肩上，长及脚踝。

“还能穿几年，”吉瑞丝姨妈很满意地说，“我们真的该走了。”

莉芮尔低头看了看包住全身的蓝色罩袍，感觉自己肯定占不满这件罩袍的空间。吉瑞丝姨妈显然是觉得她永远不可能穿上白袍参加觉醒仪式了，因为这件衣服几乎够她穿到三十五岁。

“你先走吧——我马上来，”莉芮尔撒了个谎，她心里想着星峰台阶，以及台阶之外的悬崖和冰层，“我还要去趟洗手间。”

“很好，”吉瑞丝快步回到走廊上，“但是要快一点儿！别拖拖拉拉的，想想你妈妈会怎么责备你！”

莉芮尔跟在她身后，左转去了最近的一个洗手间。吉瑞丝往右转，拍手催促着三个八岁的女孩子，她们正边走边穿衣服，罩袍套在头上，嘴里还嘻嘻哈哈地笑着。

莉芮尔不知道母亲会说什么。她小时候，大家经常拿她母亲阿瑞丽的事逗她，后来她就成了个离群索居的人。珂睐常常从来到冰川的访客之中挑选情人，就算外出去找爱人也是不罕见的，但孩子的出生记录上没有记载孩子父亲的名字，却是不曾有过的。

后来阿瑞丽离开冰川——离开五岁的莉芮尔——据说是因为看到了某些幻景，但她没告诉其他的珂睐，这就更显得与众不同了。多年后，吉瑞丝姨妈告诉莉芮尔说阿瑞丽死了，但并没提到具体细节。莉芮尔听到过很多传闻，有人说她妈妈被满心嫉妒的对手毒死了，对方是统治着北方冰封荒野的野蛮人，也有人说她妈妈是被野兽咬死的。很显然，阿瑞丽是以预见师的身份在外面行动，但珂睐们认为自己的族人并不适合这种职业。

失去妈妈的痛苦心情被莉芮尔埋在心底，但是埋得不深，时常冒出来。吉瑞丝姨妈尤其擅长揭开她内心深处的伤疤。

吉瑞丝和那三个突然安静下来的女孩子走远了之后，莉芮尔溜回自己的房间，拿出户外装备：厚羊毛外套，上面沾着腻腻的羊毛脂；带耳罩的帽子；油布鞋套；毛皮手套；还有皮革护目镜，镶着灰绿色的玻璃。她觉得拿上这些东西有点儿愚蠢，反正她是要结束自己的生命嘛，但是，她内心还有个声音在说，就算是去赴死，也必须穿戴整齐啊。

所有珂睐的住所都由蒸汽管道供热，蒸汽来自地下的温泉，所以莉芮尔暂时把户外装备拿在手上，小件东西就包在外套里。爬星峰台阶会很热，不用穿羊毛外套。作为最后的一点儿反抗，她脱下新的蓝色罩袍扔在地上，穿了珂睐们在厨房或下层餐厅碗橱间干活的工作服。灰色的棉布长衬衫到她的膝盖处，遮住了蓝色的羊毛护腿。这套衣服还包括一件帆布围裙，莉芮尔没穿在身上。

沿着空无一人的北侧路走过去感觉很奇怪。平时这边总有十几个珂睐来来去去忙自己的日常工作，要么是去九日预视轮值班，要么是去处理各种平凡的事务。珂睐冰川其实是一座小城市，只是有些古怪，因为它的主要业务是预视未来，或者按照珂睐对访客们讲解的那样——预视未来的无数种可能性。

在北侧路和之字路的交汇处，莉芮尔确信没人看到自己。然后她沿着之字路走了几步，寻找齐腰处的一个小黑洞。找到之后，她掏出挂在项链上的一把钥匙。珂眯们都有类似的钥匙，可以打开绝大部分的门。星峰的门不常使用，但莉芮尔觉得这扇门并不需要特殊的钥匙。

钥匙孔周围完全没有门的痕迹，莉芮尔把钥匙插进孔里转了两圈门才出现。一条淡淡的银线出现在地面上，接着就露出了由黄色石头铺成的路。

莉芮尔推开那道门，一股寒风扑面而来，她迅速冲了出去。如果周围还有其他人，她们肯定会立即察觉到这股寒风。珂眯虽然生活在被冰川包围的山上，但是她们并不适应寒冷的环境。

门在莉芮尔身后关闭了，标示门的轮廓的银线也慢慢消失了。她面前是笔直向上的台阶，台阶上的咒印提供的光亮比大厅里暗淡得多。每级台阶都比平常的台阶高一些，多年前莉芮尔随班级远足的时候来过这里，却不记得台阶的事情了，当时任何台阶都显得很高。她皱着眉头开始爬台阶，她心里知道，自己的小腿很快就要抗议这种比平时高出六寸的台阶了。

起初的一百多级台阶两边有青铜扶手，那一段台阶几乎是垂直向上的。莉芮尔抓着扶手往上爬，冰冷的金属摸起来很光滑。她习惯性地数着台阶，数数的节奏让她暂时不去想从无尽的冰崖上跌落的画面。

她没注意到扶手是什么时候没有的，台阶平缓地往山里延伸，然后是很长一段通往星峰山顶的旋梯。和星峰相对的是日落峰，这两座山将冰川夹在中间。冰川曾经也有专门的名字，但是早已被人遗忘了。几千年来，人们都用在这里定居的珂睐一族的名字来称呼这座冰川，她们曾经生活在冰川之上，有时又居住在冰川旁边或者是冰川的下面。随着时间的流逝，大片冰层和所有石头建筑都被称为珂睐冰川，仿佛它们本来就是一体的。

并没有什么规定要求珂睐必须住在冰川附近。她们只是借着这些隧道居住了上千年而已，其中有些隧道是现在基本灭绝的挖掘虫挖出来的，有些是用她们自己的魔法或者纯粹由人力挖掘成的。与此同时，冰川也以不可阻挡之势在山谷中移动，它们侵入山体挤压山坡。冰碾碎石头，有时候也会破坏珂睐的隧道。

当然了，珂睐们可以预视到冰川那难以预料的走向，但是这并不能阻止过去那些野心勃勃的建筑师们。他们知道自己的工程能保持到他们去世的那一天，而且还能一直保持到她们之后的三四代人——这就足够了。

莉芮尔想到那些建筑师，不禁好奇她们为什么把每级阶梯修成这么让人不舒服的高度。过了一会儿，即便她还是机械地数着自己的步数也不能约束她的想象力了，莉芮尔开始想象这时候安妮瑟利会是什么样子。也许她会站在大厅里的儿童队伍中，但是是蓝色队伍中唯一一个穿白袍的人。她会走向大厅另一边，然而心里还全然不明白珂睐中一级级的阶层划分。白袍珂睐们坐在大厅里足有好几百码[1]长的长椅上，她们被分为二十一个等级。长椅是用古老的深

[1] 码，长度单位，1 码 =0.9144 米。

色桃花心木制成的，上面摆放着丝绸垫子，垫子只在重大庆典时才会使用，每五十年更换一次。

九日预视值守的发言人将站在大厅远端，也许周围还有其他参加预视值守的人，这是她们的职责。她们站在大厅地板上升起的咒契石周围，那孤立的石块笼罩着光芒，咒契符号在石块上不断变化，它们描述着可见和不可见的世间万物。在咒契石上方，远高于众人之处，除了手持金属尖手杖的九日预视值守发言人外，还有一顶为新珂睐准备的头冠，月长石银冠反射着石头上咒契的光芒。

莉芮尔强迫自己疲惫的双腿迈上又一级台阶。安妮瑟利的行程绝不会这么艰难。只是几百级台阶而已，有一大群人笑眯眯地陪着她呢。然后她就能戴上头冠了，所有珂睐都会起身为她欢呼，欢呼声会在大厅内外回荡。安妮瑟利觉醒了，成了一个真正的珂睐，一个有预视之力的女士，接受所有人的欢呼、喝彩。

莉芮尔就截然不同了，她总是独自一人，无人理会。

她再一次哭了，不过还是把眼泪擦掉了。还有一百步就能到达星峰大门了。穿过那扇门和宽阔的门廊之后，莉芮尔就能站在冰川的边缘上，俯瞰冰冷的死亡了。

第三章

纸翼

莉芮尔在扎里的顶端休息了一下，石头里传来的寒气冻得她快受不了了。她穿上户外服装，带上护目镜，世界都变成了绿色。她最后把丝绸围巾从外套口袋里掏出来，围住口鼻，并且把帽子上的耳套拉下来。

穿好之后，她可能更像珂睐一点儿了。因为没有人能看到她的脸和眼睛，她看起来基本上和别的珂睐一样了。等她们找到她的尸体时，必须要摘下帽子、围巾和护目镜才能认出她是谁。

莉芮尔最终总算像个珂睐了。

即使如此，她还是在连接阶梯、纸翼机库和星峰大门的那扇门面前犹豫了。也许还可以回头，跟大家说她吃坏了肚子，只能在房间里休息。如果她走快点儿，还能赶在觉醒仪式结束所有人返回之前赶回去。

但那样就不会有任何改变了。回去的话没有任何事情值得期待。莉芮尔决定先走到悬崖边去看看，到那里再说。

她又拿出钥匙，因为戴着手套，所以有些笨拙地打开了门。这次是一扇可见的门，不过也由一些魔法保护着。莉芮尔透过钥匙感觉到了门里的咒契魔法，这些魔法的力量通过她的手套传到了她的掌心。她紧张了一下，不过门开了，她也随之放松下来。不管这些咒契在提防什么，莉芮尔肯定不是它们感兴趣的东西。

尽管莉芮尔仍在山中，但是门外面更冷了。这间大屋子是纸翼机库，是珂睐用来存放魔法飞行器的地方。这时候机库里停放着三架纸翼。它们看起来像是细长的独木舟，有着鹰一样的翅膀和尾巴。莉芮尔很想摸摸它们，看它们手感是否也像纸，但是她知道最好别去摸。实际上，纸翼确实是由几千张薄纸层叠而成的。但是它们还混合着强大的魔法，因此有一定的感知能力。纸翼最前端画着绿银两色的眼睛，现在大概是灰暗的。但是如果莉芮尔摸了纸翼，它们的眼睛就会亮起来。她知道这些飞行器是由哨音咒印控制的，她会吹口哨，但是不知道具体是什么样的咒印，也不懂任何驾驶技术。

于是莉芮尔悄悄从纸翼旁边走过，朝星峰大门走去。纸翼机库很大——足够让三十个人或者两架纸翼并排通过，而且至少有四个莉芮尔那么高。幸运的是，这次她不用再去开门了，大门左侧有一个小出口。她掏出钥匙转了几圈，摸了摸守门的咒印，然后门就开了，莉芮尔迈步走进去。

冷气和阳光同时包围了她，冷气径直穿透她厚厚的衣服，阳光隔着护目镜依然刺得她睁不开眼睛。

现在是美好的夏日。在山谷下面，冰川下面，其实是很热的。但山顶却很冷，冷气主要来自沿着冰川吹上来并在山间逗留盘旋的风。

莉芮尔的眼前是一个宽阔的平台，以人力在山间开凿而成。平台约一百码长，五十码宽，大量的冰雪堆积在平台四周，积得很高。但是平台上却只有薄薄的积雪。莉芮尔知道这是咒契影像的功劳——魔法造就的仆人，无论天气如何，整年都在这里扫雪、耙地、修理。现在看不到咒契影像，但是咒契魔法可以将它们激活，它们会从平台的石头下方冒出来。

在平台尽头是陡峭的悬崖绝壁。莉芮尔看过去，除了蓝天白云以外，别的什么也没有。她得穿过平台去看几千尺之下的冰川。不过她没动，脑子里想着自己跳下去了会是什么情景。如果她跳得足够远，就能自由下落，径直摔到冰面上，迅速死去。如果跳得不够远，她就会撞上三四十尺之下凸出的岩石，然后跌跌撞撞地一路滚下去，把骨头撞得粉碎。

莉芮尔颤抖起来，看向别处。现在她真的在这里了，距离悬崖只有几分钟的路程了，但她不确定去死是否真的是个好主意。可是每次她考虑自己的未来时，就觉得困顿无力，仿佛所有通往未来的道路都被高高的墙壁堵死了。

眼下，她迫使自己往平台那边走了几步，至少得去看看那下面。但是她的腿似乎有了自己的意识，不听使唤地带着她沿着平台边缘走起来，而且迟迟不肯靠近悬崖边。

过了半个小时，她已经绕着平台走了四圈，依然不敢去看尽头的悬崖，结果她又朝着星峰大门的方向走去。她离悬崖最近的地方是平台尽头的下坡处，那里是纸翼起飞的位置。而那个下坡只有几百尺而已，比陡峭的山崖短多了，而且根本没有靠近冰川。就是这样一个下坡，她也只走了不到二十尺。

莉芮尔不知道纸翼在那头究竟是如何飞起来的。她从未看过纸翼起飞或降落，偶尔她会想象一下那种情景。它们肯定会在冰上滑行一段距离，然后在某个位置升起，飞向天际，但具体是怎样的呢？它们会不会像莉芮尔在瑞特林河上见过的蓝鸬鹚一样先要跑很长的距离？又或者，它们像老鹰一样直接起飞？

这些问题使得莉芮尔对于纸翼的操作方法十分好奇。她忽然想回到机库靠近纸翼仔细看看，就在这个时候，她忽然意识到高空中那个黑色小点不是她的错觉，也不是一小团乌云。那是一架纸翼，它很可能要在这里降落。

与此同时，她听见星峰大门伴随着低沉的声响开启了。她回头看看大门，又看看天上的纸翼，脑子飞速运转起来。怎么办？

她可以跑过平台马上跳下去，但是其实她根本不想跳。最黑暗绝望的时刻已经过去了，至少暂时过去了。

她也可以站在平台边上，看着纸翼降落，但是那样的话她绝对会被吉瑞丝姨妈严厉批评，而且接下来的几个月还会被罚去厨房加班，说不定还会受到一些她一时想不到的额外惩罚。

或者她可以藏起来看，不管怎么说，她确实想看看纸翼怎样着陆。

她脑子里冒出各种想法，不过她迅速决定采取最后一种方法。莉芮尔跑向一个雪堆，然后坐下，把周围的积雪往自己身上刨。很快，她基本上就完全藏起来了，只是雪地上还有一串脚印通往她的藏身之处。

莉芮尔飞快地在脑海中想象咒契的形状，在永恒流动的咒契中选出三个她需要的咒印。三个咒印在她脑海中逐个发出光亮，最终除了咒印她再也想不到别的东西。她将咒印从口中送出，将它们吹向雪地上的脚印。

咒语像呼出的冰冷白气，逐渐形成球状，旋转着离开莉芮尔，并且越来越大，直径大约有人的手臂那么长。然后它飘向她走过的路径，扫除了她的脚印。工作完成，那个球也随风而散，咒印彻底消失。

莉芮尔抬起头，希望纸翼里的人没注意到这一切。飞行器现在降低了一些，来回地盘旋，将机翼的影子投射到平台上。每盘旋一次，纸翼的高度就降低一些。

莉芮尔蹲下来，护目镜让她的视野有些模糊，雪几乎盖住了她的脸。她看不清纸翼里究竟是谁。那颜色和珂睐的纸翼不同，那是红色和金色——皇室的颜色。难道是信使吗？在拜里塞尔的国王和珂睐会定期取得联系，莉芮尔经常在下层餐厅看到信使。不过他们一般不会乘坐纸翼。

一些充满法力的哨音传到莉芮尔的耳中，她不禁感到一阵眩晕、恶心，仿佛她正在空中随风飞行似的。接着，她看到纸翼再一次俯冲下来，随风滑行，伴随着飞溅的雪花停在平台上——距离莉芮尔的藏身之处太近了。

两个疲惫的人从驾驶舱里爬出来，伸展着四肢。他们都穿着厚厚的皮毛，莉芮尔看不清他们究竟是男是女。他们不是珂睐，这一点她倒是很确定，因为珂睐不会穿这样的衣服。那两个人，一个穿着黑色和银色的貂皮，另一个穿着某种赤褐色的皮毛，莉芮尔不知道那是什么动物的皮。他们的护目镜是蓝色的，不是珂睐那种绿色。

穿赤褐色皮毛的人又回到驾驶舱拿出两把剑。莉芮尔心想，他可能会把其中一把剑交给另外一个人吧——她确定这个人应该是男性，然而那个人把两把剑都挂在了自己腰间的宽皮带上，左右各一把。

穿银黑色貂皮的那个人，莉芮尔确定是位女性。她脱下手套把手放在纸翼鼻子上，这个动作仿佛母亲在查看孩子前额的温度。

那个女人也回到驾驶舱拿出一副皮带。莉芮尔伸长脖子，任凭雪掉进领子里也要看个明白。她看到那副皮带上挂着的囊袋，不禁倒吸一口气，差点儿叫出声来。七个囊袋，最小的只有小药盒大小，最大的有莉芮尔的手掌那么大。每个囊袋都有一个桃花心木的把手露在外面。那是铃铛的把手，铃铛现在安静地待在皮质囊袋里。不管这个女人是谁，她居然带着役亡师的铃铛！

那个女人戴上皮带，然后拿出她自己的剑，比珂睐们用的剑长一些，也更加古老。即使藏在一旁，莉芮尔也能感觉到其中的力量。剑里隐藏着咒契魔法，那两个人身上也有。

莉芮尔忽然意识到，那些铃铛已经泄露了来者的身份。役亡师使用的是肆行魔法，肆行魔法在古国是被禁止使用的，当然役亡师的铃铛也同样如此。只有一个女人例外。那个女人负责消除役亡师带来的种种邪恶事端。她让亡者永眠，并且将肆行魔法和咒契结合起来。

莉芮尔打了个寒战，并不是因为寒冷，而是因为她意识到阿布霍森就在二十码之外。传说多年前，萨布莉尔救了化为石头的塔齐斯顿王子，并和他一起打败了那个名为凯瑞格的强大亡者，这样才使古国免于毁灭。随后王子继位并和萨布莉尔结婚，他们一起——

莉芮尔又看了看那个男人，特别注意到了他的两把剑以及他紧挨着萨布莉尔的姿势。他肯定是国王，莉芮尔觉得自己要晕了。塔齐斯顿国王和阿布霍森萨布莉尔就在眼前！近得甚至可以走过去打个招呼——如果她有胆量的话。

她不敢。她不顾寒冷潮湿，又往雪堆里躲了躲，等着看接下来会发生什么事。莉芮尔不知道要如何鞠躬或是行屈膝礼，也不知道该如何称呼国王和阿布霍森女王。更重要的是，她不知道该怎么解释自己为什么躲在这儿。

佩带好武器之后，萨布莉尔和塔齐斯顿亲密地站在一起，轻声说话，围着围巾的两张脸几乎要贴在一起了。莉芮尔竖起耳朵，但什么也没听见。风把他们的言辞都卷走了。但是他们显然是在等待着什么——或者某个人。

他们没等太久。莉芮尔慢慢转头看向星峰大门，很小心地不去碰到周围的雪。一小队珂睐穿过大门，快步来到平台上。她们显然是从觉醒仪式上直接过来的，大家几乎都只是在白袍外面披了一件斗篷或者外套，而且基本上每个人都还戴着头冠。

莉芮尔认出了最前面的两个——双胞胎萨娜和瑞尔——她们是无可指摘的完美珂睐。她们的预视能力非常强大，每次的九日预视值守都有她们两个，所以莉芮尔很少会碰到她们。她们长得很高而且很漂亮，长长的金发甚至比映着日光的银冠还要闪亮。

她们身后跟着五个珂睐。莉芮尔大概认识她们，仔细想想的话应该能说出她们的名字，以及她们和她自己的亲属关系。基本上是三代以外的表亲，但是莉芮尔知道她们的预视能力都很强。就算她们没有参加今天的九日预视值守，多半也会参加明天的值守，而且很可能她们所有人都参加了上周的值守。

简单来说，她们是冰川上七位最重要的珂睐。除了预视的工作以外，她们还承担着重要的日常任务。比如说，走在后面的小加塞尔，她是首席财务主管，负责珂睐的内部财务和贸易银行的工作。

她们也是莉芮尔最不想见到的人，尤其是在这种她不该出现的场合。

第四章

雪地里的闪光

萨娜和瑞尔带领大家走上前，莉芮尔心想，这下她就能看到大家是怎么觐见国王和皇后的了，尤其是皇后还有阿布霍森的头衔。

但是萨布莉尔和塔齐斯顿对于那套繁文缛节并不在意。他们摘掉护目镜和围巾，拥抱了萨娜和瑞尔，并且亲了亲她们的脸。莉芮尔再次往前凑，想听清楚他们在说什么。风向还是不对，但是至少风减弱了一些，她能听见只言片语。

“你们好，姐妹们。”萨布莉尔和塔齐斯顿笑着说。现在莉芮尔能看到他们的脸了，他们看起来很疲惫。

“我们昨晚看到你们了，”萨娜说——也许是瑞尔说的，反正莉芮尔分不清。“我们只能根据太阳的位置猜测时间。你们没有等太久吧？”

“就几分钟，”塔齐斯顿说，“正好可以活动一下。”

“他还是不太喜欢飞行，”萨布莉尔笑着看看丈夫，“不信任飞行员。”

塔齐斯顿耸耸肩笑了：“你越来越厉害了。”

莉芮尔觉得他不光是指驾驶纸翼。塔齐斯顿和萨布莉尔之间似乎有一种神秘莫测的能量。他们分享某种肉眼不可见的东西，那种东西让萨布莉尔的眼中充满笑意。

“我们没有看到你们留下来，”萨娜接着说，“应该没看错吧？”

“没错，”萨布莉尔眼中的笑意消失了，“西边又出现麻烦了，我们不能逗留太久，只能问一下你们的建议。”

“又是西边？”萨娜和瑞尔忧虑地互相看了看，别的珂睐也是同样的神情。“西边的很大部分地方我们都无法预见。那里存在着某种力量阻挡了一切，我们只能看到一些片段。但是我们知道麻烦会从西边而来。很多未来的图像都说明了这一点，但是都没什么用处。”

“眼下的麻烦也很多，”国王叹了口气，继续说道，“过去十年来，我在边城和红湖沿岸修复了六个咒契石。结果只有两个留下来，我不可能不断去修复它们。我们去处理目前发生的麻烦，然后试着查找根源，但是我不知道能不能找到。那个力量强得能避开珂睐的预视之力。”

“它不一定是因为强大才能避开预视之力，”在场最年长的一位珂睐说，“也不一定是邪恶的东西，世间有很多力量能避开我们的预视之力，原因却不明了。何况我们看到的未来的画面太多太琐碎，也许这就是我们看不到红湖地区的原因。”

“但是，那种力量还能破坏用咒契魔法师的血修复的咒契石，”塔齐斯顿说，“它还能唤醒亡者，它周围的使用的肆行魔法比别处都多。整个古国之内，就属红湖和阿贝山麓一带最抗拒我们的统治。十四年前，萨布莉尔和我承诺说破损的咒契石将被修复一新，乡村将得到重建，人们可以自由往来，进行贸易，不必再惧怕亡者和肆行魔法。从界墙到北部荒漠我们都做到了。但是我们却无法打败西部的抵抗者。除了边城以外，西部地区依然是两百年前凯瑞格横行时造就的荒野。"

"你的工作太劳累了。"年长的珂睐忽然说。塔齐斯顿和萨布莉尔点点头。尽管承认自己很疲惫，但他们的身子依然挺直，绝不是要逃避这份重担。

"我们没时间休息了，"塔齐斯顿说，"总有新的麻烦出现，而且是只有国王和阿布霍森才能处理的危险情况。萨布莉尔的情况更糟，因为有太多亡者出没，有太多的傻瓜想要打开冥界之门。"

"比如说最近在边城制造事端的人，"萨布莉尔说，"根据信使的消息，那是一个戴着面具的役亡师，或者肆行魔法师。她——据报告说是个女人——她的同伙中既有活人也有死人。他们劫掠农场，在边城以东一带活动，有时候甚至会出现在白栎镇。但是我们却没听你们说起过。想必你们看到过这些情况吧？"

"我们很少看到红湖附近，"瑞尔不安地皱着眉头，"但是看更远的地方却没问题。这么说来，很抱歉没有向你们提起这种事情，我们依然没办法告诉你们新的情况。"

"有一队人马从奎尔地区过来了，"塔齐斯顿说，"他们至少还有三天才能到达。我们计划明天一早亲自去一趟白栎镇。"

"希望一切顺利，"萨布莉尔说，"如果报告属实，就是说那个役亡师控制着很多亡者手卒，说不定足够在黑夜或阴天去袭击一个城镇。”

“我想我们肯定能看到白栎镇被袭击，”瑞尔说，“但是我们没看见。”

“那倒是稍微放心一点了。”塔齐斯顿说。莉芮尔觉得他并没有完全相信珂睐。她自己也很惊讶，因为她从未听说过预视之力会被阻碍，也没听说过还有珂睐看不见的地方。当然，珂睐是看不见界墙以外的安塞斯蒂尔的，但那是另一回事。一切魔法在安塞斯蒂尔都不起作用，只要在界墙以南就不行，至少故事里是这么说的。莉芮尔不认识安塞斯蒂尔的人，不过传闻说萨布莉尔是在安塞斯蒂尔长大的。

就在莉芮尔胡思乱想的时候，风突然变强了，她听不到对话内容了。但是她看到珂睐们鞠躬，萨布莉尔和塔齐斯顿示意她们起身。

“别这么拘谨，”塔齐斯顿说，“你们有看不到的东西，我们也有做不到的事情。但我们都在努力，而且还要继续想办法。”

“‘继续’是今年的关键词，以后很多年都会是它了。”萨布莉尔叹了口气，“说起这个，我们也要回纸翼继续飞行了，去白栎镇的路上我想顺便回一趟皇宫。”

“去咨询……”瑞尔问。莉芮尔没听见最后几个字，因为风又改变了方向。她更加往前靠，同时小心不碰到头上的雪。

萨布莉尔说了些什么，莉芮尔没听清，只听见最后的那部分。“……今年大部分时候还是在睡觉，被岚纳的……”

后面的话全都听不清了，大家围在纸翼周围走了几步。莉芮尔尽可能地往前靠，雪从她脸上滑下来。看到无法理解的场景，听见无法理解的对话，真是让人烦躁。她甚至想抛出一条咒语来增强自己的听力。她曾经见到过对这类咒语的介绍，但是她不知道该用什么咒印。再说，萨布莉尔和其他人很可能会注意到周围的咒契魔法。

突然间风停了，莉芮尔又能清晰地听见他们说的话了。

“他们还在安塞斯蒂尔上学，”萨布莉尔显然是在回答萨娜的问题，“再过三四周，他们放了假就会过来。如果能处理完现在的突发事件，我们会去界墙那里接他们，我们计划在拜里塞尔一起过几周。但是我估计，我们中至少有一个人被迫要去处理新的麻烦，然后他们就只能回去了。”

莉芮尔觉得她说这番话时很悲伤。塔齐斯顿肯定也同样悲伤，因为他拉起萨布莉尔的手，表示安慰。

“至少他们在那边很安全。”他说。萨布莉尔点头，再次露出倦意。

“我们看到他们穿过界墙，不过可能是下一次，也可能是再下一次，”瑞尔说，“艾丽米尔看起来……今后看起来……会很像你，萨布莉尔。”

“幸好是像她，”塔齐斯顿笑起来，“但是她其他地方都很像我。”

莉芮尔意识到他们在谈论他们的孩子。她知道他们有两个孩子。一个公主和她年龄相仿，一个王子更加年少，但是不知道他们究竟几岁。萨布莉尔和塔齐斯顿显然很关心他们，也很想念他们。她不禁想起自己的父母，他们肯定一点儿都不关心自己。她又一次记起那只手带来的柔软冰凉的触感。然而，她的妈妈终究还是离开了她，而她爸爸也许都不知道她出生了。

“她会成为女王，”一个坚定的声音将莉芮尔拉回现实，“她将为王，她可为王。”

说话的是另一个更年长的珂睐，她用预言的口吻说话，她的眼睛虽然看着冰面，却预视到别的东西。她急促地呼吸着，跌跌撞撞地向前走了几步，双手在空中挥舞，眼看就要跌倒在雪地里。

塔齐斯顿赶紧上前扶住她，免得她撞到地面。她摇摇晃晃地站着，还是不太稳，眼神依然迷乱、茫然。

“遥远的未来，”预视带来的古怪音调从她的声音中消失了。“在一个预视景象中，你们的女儿被加冕为女王，比你们现在的年龄还大。我还看到其他可能出现的未来，它们是并行的，但那些只有灰烬和烟尘，整个世界被毁了，成了一片废墟。”

年长的珂睐说话时，莉芮尔觉得全身一阵颤抖。那位珂睐十分笃定，莉芮尔几乎能够看到那荒凉的废墟。但是整个世界为什么会被毁掉呢？

“可能出现的未来。”萨娜插嘴说。她试图表现得比较平静。“我们经常瞥见未来的碎片。这是预示力带来的负担。”

“那我庆幸自己没有这种能力，”塔齐斯顿回答。他松开那位珂睐，让萨娜和瑞尔扶着她。他看看太阳，又看看萨布莉尔，后者向他点点头，“很抱歉我们必须走了。”

他和萨布莉尔转过身，不约而同地笑了，只有藏在一旁的莉芮尔看见了这一幕。塔齐斯顿取下剑，放回驾驶舱，然后接过萨布莉尔的剑，也将其放回去。萨布莉尔解下铃带，小心翼翼地放好，不弄响任何一个铃铛。莉芮尔想不明白，为什么这么短的时间里他们也要拿出武器。后来，她明白了，他们时刻处于十分危险的环境里，随时全副武装已经成了他们的本能，就像今天早上她在下层餐厅看到的那些商队卫兵一样。国王和阿布霍森不信任珂睐的防护，这个想法让莉芮尔意识到，她现在手无寸铁。万一大家走了之后她遭到袭击怎么办？她不确定自己的钥匙能不能从外面打开安全出口。她根本就没考虑过这个问题。

莉芮尔开始慌张起来，她没有再去看纸翼，她想象着夜幕降临，一只巨爪将她从雪地里抓出来的情景。这种非自愿的死法绝对不是她想要的。就在这时，她瞥见一个动作：已经登上纸翼的萨布莉尔正在用手指指向她的位置，不偏不倚，那正是莉芮尔藏身的雪堆！

“也许你们该去检查一下那里的绿光，”萨布莉尔的声音十分清晰，人人都能听到。“我认为那下面的东西是无害的，但是总要确认一下吧。再见了，冰川的姐妹们。我希望能尽快再次见到你们并且停留得久一些。”

“我们希望能更多地帮助二位，”萨娜说着，看向萨布莉尔所指的那个地方，“同时，对于西部和冰川上的事物看得更清楚。”

“再会。”塔齐斯顿在纸翼后面挥手。萨布莉尔吹起口哨，一阵充满魔法的声音响起来。哨音随风飘到空中，扭转风向让它托起纸翼滑过平台。萨布莉尔和塔齐斯顿挥手，然后那架金红两色的飞行器掠过平台尽头，消失在人们的视野里。

莉芮尔屏住呼吸，纸翼随后又呼啸着重新出现在视野里，她喘了口气，放松下来。飞行器盘旋爬升，然后向南边飞去，萨布莉尔唤起更多的风，纸翼越飞越快。

莉芮尔看着它飞远，然后准备在雪里藏得更深。也许珂睐们会当她是只冰獭。但是，就算把自己埋在雪里，她也知道这是不可能的。七个珂睐很不高兴地上前围住她的藏身之处。

第五章

意外的机会

莉芮尔不记得自己是怎么迅速回到纸翼机库的了。她只知道自己被一群人揪了出来，远不止七双手推着她穿过雪地，那种感觉非常不好，她明明可以自己走的。有那么一瞬间，她甚至觉得她们对她非常非常生气。然后她意识到，她们只是太冷了，想快点回到室内。

回去之后，她确信珂睐们并不是特别生气，当然也不怎么高兴。她们扯掉她的帽子、护目镜和围巾，根本没有顾及和这些衣物缠在一起的头发，七张被风吹得冰冷的脸面对着她。

“是阿瑞丽的女儿，”萨娜仿佛在对照目录辨别一朵花或者一棵植物。“莉芮尔。不在值守名单里。所以你还没有预视力。对不对？”

“对……对的。”莉芮尔结结巴巴地说。从来没有人这么认真地盯着她看，而且她通常也不跟别人说“好”，尤其不跟成熟的珂睐说话。即使她没犯错，这些重要的珂睐也让她觉得很紧张。现在七个珂睐全部都盯着看她。她希望自己能够沉到地板下面，回到自己的房间里。

“你为什么藏在这里？”年长的珂睐问。莉芮尔想起她的名字叫米瑞丽。“你为什么不去参加觉醒仪式？”

她的声音没有丝毫温暖，只有冰冷的权威感。莉芮尔忽然想起这个有着灰色头发的严肃老女士是珂睐骑兵队的指挥官，她们在星峰、日落峰、冰川和河谷里巡逻。从迷路的旅行者、不开窍的强盗到四处掠食的野兽，所有事务都归她们负责，谁都不敢惹怒她们。

米瑞丽又问了一遍，但莉芮尔无法回答。她涌出眼泪，忍也忍不住。米瑞丽使劲儿地摇晃她几下，看上去像要把她的回答和眼泪一同摇晃出来。此时，莉芮尔忽然说出了脑海中出现的第一句话。

“今天是我的生日。我十四岁了。”

不知道为什么，这句话似乎说对了。所有的珂睐都松了口气，米瑞丽放开她的肩膀。莉芮尔皱起眉头。这个女人抓得太用力了，估计要留下瘀青了。

“你十四岁了，”萨娜的态度比米瑞丽温和得多，“由于预视力还没有觉醒，所以你很忧虑？”

莉芮尔点点头，不敢说话。

“我们中有些人觉醒得很晚，”萨娜继续说，她的表情十分友好，充满理解，“但是通常来说，觉醒得越晚力量就越强。我和瑞尔十六岁才获得预视之力，没有人告诉过你吗？”

莉芮尔抬起头，第一次看着这位珂睐，惊讶得睁大了眼睛。十六岁！这不可能！

“不可能的，”她的声音里既有惊讶，也透出放松的意味，

“怎么会是十六岁！”

“就是十六岁，”瑞尔笑着继续说道，“准确来说，是十六岁半。我们以为自己永远不会觉醒了。但是它还是来了。我想你一定是忍受不了别人的觉醒仪式，才到这里来的吧？”

“是的。”莉芮尔脸上浮现出一丝笑意。十六岁！所以她还有希望。她想跳起来拥抱所有人，包括米瑞丽，然后高兴地大喊大叫。突然间，她觉得她的自杀计划变得无比愚蠢，蠢得让人难以相信。一直以来压抑在她心头的阴霾一瞬间烟消云散了。

“我们那时候空闲时间太多了，总是瞎担心自己没有预视力这种事，”萨娜注意到了莉芮尔放松的表情和姿态，“因为我们不用参加值守，也不用参加预示训练。当然，我们也不想多做日常工作。”

“确实。”莉芮尔赶紧表示同意，还有谁比她更不喜欢清扫厕所或者洗盘子的呢？

“一般来说，我们都要十八岁才能正式得到工作，”瑞尔继续说，“不过我们问过之后，预视值守同意给我们一份工作。所以我们加入了纸翼飞行队学习飞行。那是国王回来之前的事情了，当时情况更危险，很多情况都不确定，所以我们当时的巡逻次数很多，距离也很远。”

“飞行了一年之后，我们的预视之力就觉醒了。那一年本来有可能十分糟糕，和之前的那些年一样糟糕，数着日子等待觉醒，但是当时我们忙得根本没时间去想。你觉得工作能帮到你吗？”

“是的！”莉芮尔热切地回答。有了工作她就不用穿儿童罩袍了，她可以穿着珂睐的工作制服，她可以离开小孩子和吉瑞丝阿姨去别的地方。她甚至可以不参加觉醒仪式——那要看工作内容是什么了。

“问题在于什么工作适合你呢？”萨娜愉快地说，“我们从没在预视中看到过你，所以不能帮你决定。你喜欢什么工作？骑兵队？纸翼飞行队？商务办公室？银行？建筑部门？医院？蒸汽厂？”

“我不知道。”莉芮尔努力思考着珂睐们所做的那些日常工作。

“你擅长什么？”米瑞丽问。她上下打量着莉芮尔，显然是在衡量她作为骑兵队队员的潜质。她微微皱起眉头，表示她不看好莉芮尔作为骑兵的潜质，“你在剑术和弓箭方面怎么样？”

“不太好。”莉芮尔很惭愧地回答，同时想起最近逃掉的那些练习课，她光顾着在房间里哭哭啼啼了。“我觉得我比较擅长咒契魔法，还有音乐。”

“纸翼飞行队大概适合你。”萨娜说。然后她又皱着眉看了看其他人。“不过十四岁太小了，这样会造成不好的影响。”

莉芮尔看了看纸翼，不禁颤抖了一下。她喜欢飞行，但是纸翼却有点吓人。想到它们是活的而且有自己的性格，她就觉得有点惊悚。要是她必须整天和其中某一架纸翼说话，那该怎么办？她讨厌和人说话，更不可能去跟纸翼说话。

“我觉得，”莉芮尔努力思考着理论上能够避开所有人的地方，“我觉得我可以去图书馆工作，拜托了。”

“图书馆，”萨娜似乎觉得有点麻烦，“对一个十四岁的女孩来说，这样的工作有点危险，对四十岁的女性来说也是如此。”

“只是有些地方有危险，”瑞尔说，“比如古层区。”

“但是在图书馆工作就肯定要去古层区，”米瑞丽忧心忡忡地说，“至少有时候会去，图书馆的有些地方，连我都不想去。”

莉芮尔边听边思考她们究竟在说什么。珂睐的大图书馆非常大，但是她从没听说还有个古层区。

她知道所有的普通楼层。图书馆的形状如同鹦鹉螺的壳，有着连绵蜿蜒的隧道，是紧凑的螺旋形，一直延伸到山体深处。图书馆的主旋梯非常长，那旋转的斜坡会把你从山顶一直带到数千尺之下的山谷底部。

在主旋梯之外，还有数不清的走廊、房间、大厅以及奇奇怪怪的小屋子。很多房间都放满了珂睐的手稿，主要记录了历代预视者的预言和所见的幻象。此外，图书馆里还收藏着来自古国各地的图书和文献。关于魔法和神话的书，关于古今各种知识的书。各种卷轴、地图、咒语、配方、发明记录、故事、纪实以及很多不为人知的东西。

除了文字著作以外，大图书馆还藏着许多别的东西。图书馆中有古老的军械库，其中收藏着数百年前使用过的武器、盔甲，它们依旧光亮如新。有些房间里放满了古怪的物件，谁也不知道该如何使用它们。还有些房间里放着裁缝用的假人，全部穿戴整齐，展示着过去珂睐们的衣着，另有一些模特则穿着北方野蛮人的古怪服装。图书馆中还有各种温室，温室里用于提供光亮的咒印和太阳一样光明和温暖。另外还有漆黑的房间，它们能吞噬一切光亮，也能吞没那些不做好准备就闯进去的笨蛋。

莉芮尔曾经参观过图书馆的一小部分，当然是和同龄人一起去的，而且还有人小心地照看她们。她很渴望进入她们路过的那些门，跨过设置在走廊和隧道上的红色栏杆，去只有少数珂睐才能进去的地方。

“你为什么想在图书馆工作？”萨娜问。

“因为……因为很有意思。”莉芮尔结结巴巴地回答，她也不知道该怎么说才好。她不想承认自己是为了躲开别的珂睐才去图书馆的。而且在她脑海深处，她还指望在图书馆里找到一条轻松自杀的咒语。当然了，不是现在就去找，现在她知道自己还有可能得到预视之力。但是如果她越来越年长，却依然没有预视力，漆黑的绝望之情会再次涌上她的心头，到时候她就会像今早一样采取行动了。

“图书馆确实很有意思，”萨娜回答，“但是也有一些危险的东西，你不怕吗？”

“我也不知道，”莉芮尔诚实地说。“还是看具体的东西吧。不过我真的很想去那里工作。”她停顿了一下，小声说：“我想让自己忙起来，正如你说的那样，忙起来就能忘记没有预视之力的事情了。”

珂睐们转过身围成一个小圈子将莉芮尔排除在外，低声讨论起来。莉芮尔焦急地看着她们，她知道自己的人生中将会发生一桩大事。这一天确实很糟糕，但是现在她又有希望了。

珂睐们讨论结束了。莉芮尔透过垂在眼前的头发看着她们，幸好头发遮住了她的脸，她不希望别人发现自己有多渴望去工作。

“考虑到今天是你的生日，”萨娜说，“因此如你所愿，你可以去大图书馆工作，我们也觉得这是最好的安排。明天早上你去首席图书馆馆员梵赛莉那里报到。如果她觉得你没问题，你就可以当三级助理图书馆馆员。”

“谢谢，”莉芮尔声音沙哑地喊起来，她再次重复了一次，“谢谢。”

“还有一件事，”萨娜站得近了些，莉芮尔不得不抬头直视她的眼睛。“你今天听见了不该听的谈话。事实上，你还看见了不该看到的访客。莉芮尔，目前这个王国情况复杂，十分微妙，很容易变得动荡起来。萨布莉尔和塔齐斯顿在别的地方、对其他任何人都不会这么随意地谈话。”

“我不会对任何人说的，”莉芮尔轻轻地说，“真的，一个字都不会说。”

“你不会记得这件事的。”瑞尔说。她来到莉芮尔身边，轻轻释放手中一个已经准备好的咒印。莉芮尔还来不及辨别，一串明亮的咒印就落在她的额上，落在她太阳穴处。

“等到你有必要记起时才会记起，”瑞尔继续说，“你能够想起今天的每一件事，除了萨布莉尔和塔齐斯顿的到访。那段记忆会消失，你只记得自己在平台上走动，然后遇到了我们。你看起来很忧虑，于是我们谈论了工作以及预视之力的事情。之后你就得到了自己的新工作，莉芮尔。你只记得这些。”

“是的，”莉芮尔慢慢地回答道，仿佛喝醉了一样，又仿佛特别疲劳，“明天，我就会去图书馆，向梵赛莉报到。”

第六章

三级助理图书馆馆员

大图书馆有个很大的办公室，墙上镶着橡木护壁板，办公室的长条办公桌上放满了书、文件和黄铜大托盘，盘子里装的是吃了一半的早餐。桌上还放着一把长长的银剑，没有剑鞘，剑柄就在图书馆馆员的手边。

莉芮尔站在办公桌前低头行礼，还带来了萨娜和瑞尔写的字条。梵赛莉正在仔细阅读。

“好，”首席图书馆馆员那低沉而权威的声音吓了莉芮尔一跳，“你想当图书馆馆员？”

“是……是的。”莉芮尔有点结巴。

“你能胜任吗？”首席图书馆馆员问。她摸摸自己的剑柄，莉芮尔突然觉得梵赛莉是想拿起剑挥舞一番，看自己害不害怕。

莉芮尔已经害怕了。这位图书馆馆员就算不拿剑也吓了她一跳。她脸上没有任何表情，行动的时候绝不拖泥带水，仿佛下一秒就会突然使用武力。

“你能胜任吗？”首席图书馆馆员问。

“嗯，我不……不知道。”莉芮尔小声说。

首席图书馆馆员从桌子后面绕出来，动作十分轻快，莉芮尔一眨眼，根本没看清她走到自己面前的动作。

梵赛莉只比莉芮尔高一点点，但是她的智商似乎远远高于莉芮尔。她的眼睛是明亮的蓝色，头发是柔和闪亮的灰色，仿佛火炉冷却后剩下的极细的炉灰。她手上戴着很多戒指，左腕上戴着一只银手镯，上面有七颗闪亮的绿宝石和九颗红宝石。没人能猜出她的年龄。

梵赛莉伸出手，触摸莉芮尔前额的咒印，莉芮尔随之颤抖起来。她感觉到咒印在皮肤上发出热量，同时还看到梵赛莉手镯上的宝石反射出光芒。

不管梵赛莉从莉芮尔的咒印里感觉到了什么，她脸上依然没有任何表情。她收回了手，回到办公桌后面，再次摸了摸剑柄。

“我们从未接受过没有被预视到的人当图书馆馆员，”她转了转头，仿佛不知道该怎样悬挂一幅画，“但是没有任何人在预视中见过你，对吗？”

莉芮尔觉得嘴里很干，没法说话，她只是点点头。她觉得好不容易得到的机会就要溜走了。暂时的解脱，工作的机会，成为某个——

“这么说你是个谜，”首席图书馆馆员继续说，“没有哪个地方比珂睐的大图书馆更适合存放谜题了——而且当馆员比当藏品要好。”

莉芮尔一时间还不能理解她说的话，但是希望之花再次在她心中绽放，她总算又能说话了，“你是说……你是说，我可以留在这里工作了？”

“是的，”珂睐大图书馆的首席图书馆馆员梵赛莉回答，“你可以来这里工作，马上就可以开始。次席馆员内丝将会告诉你该做什么。”

莉芮尔高兴得快要晕过去了。她通过面试了。她被接受了。她现在就是一名图书馆馆员了！

次席图书馆馆员内丝朝莉芮尔哼了一声，就打发她去找一级图书馆馆员罗斯琳了。罗斯琳敷衍地亲了亲她的脸，让她去找二级助理图书馆馆员伊姆什。伊姆什只有二十岁，刚刚从穿丝质黄马甲的三级助理图书馆馆员提拔为穿红马甲的二级助理图书馆馆员。

伊姆什带莉芮尔去了更衣室，那个房间很大，里面存放着各种装备，有武器以及各种图书馆馆员们用得上的工具，包括登山绳、带抓钩的长竿等。此外，还有很多图书馆馆员的马甲，颜色和尺寸应有尽有。

“三级助理图书馆馆员穿黄色，二级助理穿红色，一级助理穿蓝色，次席图书馆馆员穿白色，首席图书馆馆员穿黑色，”伊姆什一边跟她解释一边帮她在工作服外面套上崭新的黄色马甲。“比看起来重对吧？因为这是用帆布制成的，外面包了一层丝绸。这样比较结实。这个哨子要别在领口的这个小环上，这样如果你的两只手被什么东西抓住了的话，你一低头也能吹响哨子。如果你听到了别人的哨音，就必须马上赶过去帮忙。”

莉芮尔接过哨子，那是个简单的黄铜管，她把口哨别在领子处的小环上。伊姆什说得没错，她稍微一低头就能吹响哨子。但是伊姆什说的是什么意思呢？什么东西会抓住她的手呢？

“当然了，口哨只能是别人听得见的时候才有用。”伊姆什说着又递给莉芮尔另一样东西，乍看之下像是个银色的球。她示意莉芮尔把这个东西放在马甲前面靠左的口袋里。“所以你还需要这个银鼠。它是靠发条启动的，你每个月都要记得给它上发条。每年仲夏还要更新它的咒语。”

莉芮尔看了看那个小小的银色物品。确实是个有着机械腿的小老鼠，眼睛是两颗明亮的红宝石，背上有把小钥匙。银鼠内部安置着温暖的咒契，莉芮尔猜想大概咒契能在合适的时机激活这个机械老鼠，把它送到它该去的地方。

“它是干什么用的？”莉芮尔的问题让伊姆什有些惊讶。从一见面开始，这孩子就一直没说话，始终都是默默地站在一旁，头发耷拉下来遮住脸。伊姆什已经把她划入首席图书馆馆员接纳的怪人名单里了，不过也许还不那么糟。不管怎么说，她似乎还是有些兴趣的。

“它能帮你呼救，”伊姆什回答说，“如果你在古层区，或者其他某些别人都听不到哨音的地方，你就可以把银鼠放在地上，把激活它的咒印说出来或者画出来，我等会儿告诉你咒印是什么。一旦激活，它就会跑到阅览室发出警报。”

莉芮尔点点头，拨开眼前的头发仔细看那只银鼠，用手抚摸它银色的脊背。伊姆什在目录里查好了咒印准备告诉她的时候，莉芮尔摇摇头，把银鼠放进专用的口袋里。

“不用了，我知道咒印是什么了，”莉芮尔轻声说，“我感觉到它了。”

“真的吗？”伊姆什再次感到惊讶，“你肯定很厉害。我连蜡烛都点不燃，去冰川的时候想捂热自己的脚指头也做不到。”

但是你有预视力啊，莉芮尔心想。你是个真正的珂睐。

“总之，你现在有哨子和银鼠了，”伊姆什说，“这是你的腰带和剑鞘，我看看哪把匕首比较锋利。哇！我看这个不错。现在我们把编号写在记录本，然后你签上字。”

莉芮尔系上那条宽皮带，靠近臀将剑鞘固定住。那把匕首和她的前臂差不多长，薄而锋利。它是钢制的，不过镀了一层银，刃上施加了咒印。莉芮尔轻轻用手指摸了摸，看它们究竟是什么用途。这些咒印在触碰之下开始发热，她认出了这是破坏和拆解的咒印，对于肆行魔法生物尤其有效。它们都是二十年前为替换破损的旧咒印而换上去的，大约能再使用十年，然后就要被更加强大的东西所替代。莉芮尔觉得她自己能编出更好的咒印，只不过她不太擅长给物品施加魔法。

莉芮尔看够了匕首抬起头来，发现伊姆什正拿着翎毛笔等她开口，那支笔用一根皮绳绑着，连接在更衣室前端的桌子上。

“告诉我编号，”伊姆什说道，“就在剑刃上。”

“哦，”莉芮尔回答。她转动匕首，直到咒印都隐去，能够看到金属本身，武器的编号和字母简明地刻在剑刃上。

“L2713，”莉芮尔大声说，然后她把匕首插回剑鞘。伊姆什写下编号，又把翎毛笔蘸好了墨水，交给莉芮尔来签名。

在记录本上红色墨水画出的表格中间，伊姆什已经整整齐齐地写好了莉芮尔的名字、就职日期、三级图书馆馆员的职位以及一长串交付给她的物品清单。莉芮尔看了一眼物品清单，但是没有马上签字。

“这里说我还需要一把钥匙。”她小心地边说边抬起笔，免得把墨水滴在纸上。

“啊，钥匙！”伊姆什大声说，“我写下来就忘了！”

她走向墙边的一个柜子，打开柜子门，在里头翻找了一会儿，最后找出一个镶嵌祖母绿的银手环，和她本人手上的那个一模一样。她解开手环套在莉芮尔的手腕上。

“你得去找首席图书馆馆员让她加入咒语唤醒宝石，”伊姆什说着给莉芮尔看了看她自己手环上已经被咒印点亮的两颗祖母绿。“它能打开你工作中需要打开的所有的门。”

“谢谢。”莉芮尔简单地说。她能感觉到银手环里充满咒语，咒契藏在金属深处等待着流入祖母绿中。她能分辨出共有七个咒语，每个咒语对应一颗祖母绿。但是她不知道要怎么把咒语引到表面并且发挥作用。这种魔法她还不懂。

十分钟之后，她亲眼看到这梵赛莉馆长施术，但仍旧不得要领。梵赛莉拉起她的手，迅速抛出一个咒语，既没有说话也没有用特别的咒印、符号或者图案。咒语点亮了一颗祖母绿，另外六颗依然是暗淡无光的。梵赛莉说，这就足够打开所有普通房间了，对于新来的三级图书馆馆员来说绰绰有余了。

莉芮尔花了三个月的时间才搞清楚要怎样唤醒手环上的另外四条咒语，但是第六条和第七条咒语对她来说依然是个谜。她没有马上激活另外几条咒语，而是又花了一个月时间制造了一个幻影，有了这个幻影，即便她把另外四颗祖母绿点亮，手环看起来也会是正常的，只是第一颗亮着。

她主要是出于好奇才去研究钥匙的咒语。她原本没打算唤醒宝石，只想把这一发现当作额外练习。但是图书馆里有那么多有趣的门，有些像船舱门，有些是双扇的大门或者铁格栅门，看到那些锁头，她忍不住就会想门后面是什么。自从手环上的咒语被激活了之后，她更想去试用一下了。

她的日常工作也充满了各种诱惑。因为咒契影像承担了大部分体力劳动，如搬东西去主阅览室或者去学者们的私人书房，所以人主要是做检查、记录、编制目录之类的工作。这些工作通常是由下级图书馆馆员完成的。有些东西很特殊，需要有人亲自去取，也有很危险的东西，必须一队全副武装的图书馆馆员一起去。莉芮尔还不能参加古层区这种激动人心的行动。等她穿上红马甲成了二级图书馆馆员才有这个资格，不过一般要花三年时间才能当上二级图书馆馆员。

但是在日常工作中，她经常路过一些看起来很有趣然而被红绳拦起来的走廊，还会经过一些仿佛在跟她打招呼的门——“你每天都从我面前经过居然不想进来看看？”

但是任何看上去有趣的门无一例外都被锁起来，普通的钥匙咒语是打不开的，莉芮尔手环上那唯一一颗祖母绿也打不开。

除了去不了那些有趣的地方以外，大图书馆基本满足了莉芮尔的所有期望。她有一间属于自己的小书房，只够她伸展双臂，屋里只有一张窄书桌，一把椅子，几个架子。但是这里是个避难所，她可以独处，远离吉瑞丝姨妈的唠叨。它本来就是一间安静的书房，以莉芮尔的情况而言，这里有一套针对新晋图书馆馆员的教材：《图书馆馆员守则》《初级目录学》《大黄页：三级图书馆馆员简易咒语》。她花了一个月时间就学完了这几本书。

所以她悄悄“借阅”其他能够弄到手的书。比如《黑书占卜术》，这本书本来是在次席图书馆馆员的还书目录上，但是不小心被遗忘了。她还花了很多时间研究手环上的咒语。慢慢地，她发现了从许多复杂的咒印中找到激活符号的方法。

一开始莉芮尔只是受到好奇心的驱使，而成功施展魔法带来的满足感则是额外的收获。不过在这个过程中，她发现学习咒契魔法，对她来说是一种享受。当她学着把咒印排列成咒语时，她完全忘记了自己的麻烦事，甚至忘了自己还没有预视能力。

别的图书馆馆员以及莉芮尔的同龄人往往都聚在青年宿舍里参加集体活动，而她则学着当个真正的咒契魔法师，她总算有事情可做了。

其他图书馆馆员，尤其是三级助理们，一开始都尝试对莉芮尔示好。但是她们都比莉芮尔年长，而且都有预视能力。莉芮尔觉得自己和她们无话可说，于是她总是不说话，用头发遮住脸。过了一阵子，她们也就不再邀请莉芮尔一起吃午饭了，下午也不邀请她一起玩游戏了，晚上也不和她一起喝甜酒讨论长辈的八卦了。

于是莉芮尔再次孤身一人了。她告诉自己这样最好，但是每次她看到年轻的珂睐们说说笑笑，享受彼此的友谊时，心里还是很不好受的。

更让她难受的是所有人都被叫去参加九日值守的时候，莉芮尔在这里工作的几个月里，这种情况变得越发频繁了。莉芮尔要么是在阅览室整理图书，要么是等着值守的信使拿着概括了预视内容的象牙板过来，她好做记录。有时候大阅览室的几十个珂睐都会收到象牙板，她们或微笑，或暗暗咒骂，或脸色阴沉，也有人只是板着脸接过板子。当她们完成工作之后，就会快速行动起来，把椅子放回去，书和文件有些锁进书桌抽屉里，有些放回架子上，有些放在待分类的桌子上，然后大家一起从大门出去。

一开始，莉芮尔很惊讶，竟然有这么多人被唤去值守，她更惊讶的是，有些人去了几个小时就回来，有些人要几天之后才回来，九日值守并不像其名字所说的那样总是九天。起初她以为是因为图书馆馆员有些特殊待遇，因为被叫去值守的人太多了，很多并没有停留九日。然而她也不好去问别人，不过在自己想出答案之前，莉芮尔无意间听到几个二级助理在装订室里的谈话。

“九十八个人去值守还好吧。但是一百九十六个人就太多了，昨天甚至有七百八十四个人去，太夸张了，”其中一个二级助理说。“我是说，我们当然都应该去瞭望台值守。但是现在居然说要去一千五百六十八人！我估计就是全员参加了，参加值守的人这么多，也不见得比四十九个人的值守效果好。我看不出有什么区别。”

“我倒是无所谓。”另一个二级助理说。她正小心地在破损的书脊上涂胶水。“现在开始有所变化了吧，至少值守的人越多结束得越快。但是所有人都盯着完全预视不到任何东西的地方也很滑稽。那个湖边什么都看不到，为什么上面的人就是不肯承认呢？不去管它不就好了。”

“因为事情没这么简单啊！”次席图书馆馆员严肃地插嘴。她像只大白猫盯着两只小老鼠一样弯腰看着她们。“一切可能出现的情况都是互相关联的。在未来到来之前却无法预视，这是个很大的问题。你们必须明白，你们还应该记住，不准谈论值守的内容！”

她说最后一句话的时候，很严厉地扫视了整个房间。莉芮尔尽管在一大堆纸张后面，依然觉得这句话是针对她说的。毕竟，房间里的其他人都是真正的珂睐，都是九日值守的成员。

她感到既尴尬又羞愧，不禁脸颊发烫，只能用尽全力去转动机器的青铜把手，把书页压紧。闲谈的声音在她周围重新响起，但她只是专心地工作，不去注意了。

不过那个时候，她下定决心要唤醒手环上沉睡的咒语，而且还用自制的咒语掩盖了另外几颗祖母绿的光芒。

她也许不能参加瞭望台上的值守，但是她可以在图书馆进行探险。

第七章

日月门外

莉芮尔发现，就算把其他几条咒语都唤醒，去探索那些禁入区域依然很困难。日常工作总是太多，不然就是周围总有很多别的图书馆馆员。有两次，她靠近禁止入内的大门时险些就被发现了，于是莉芮尔决定还是推迟她的探险计划，等周围没人且工作不忙的时候再去。

在她穿上三级助理黄马甲的五个月后，第一个好机会来了。那天她正在阅览室把咒契影像送回来的书进行分类整理，影像们聚在她周围，它们很像影子，全身都被覆盖着，只有布满咒印的双手清晰可见。它们都是非常简单的影像，没有任何复杂的功能，不过它们热爱工作。莉芮尔很喜欢影像，因为它们不会要求她谈话，也不会向她提问。她只需要把书交给合适的影像，影像就能把书拿到它该去的区域，放在正确的架子上或者储存室里。

莉芮尔特别擅长区分各个影像，这是个特别有用的技能，因为绣在它们长袍上的标记常常因为积灰而变得模糊不清，或是因为缝补过而无法识别。它们没有正式的名字，只有对于它们各自职责的描述。但是大部分影像都有绰号，如小男孩是负责旅行手记中A—D部分的影像，石头主要负责地质资料方面的书籍。

莉芮尔刚刚把一本用皮带绑起来的笨重的书交给小男孩，书的封面上画有一头三峰骆驼，这时候恰好值守的信使来了。莉芮尔一开始并没有太注意新书，因为她知道象牙板肯定不是交给她的。接着她发现信使在每张桌边停留，和每一个人说话，她身后响起一片低语声。莉芮尔偷偷把头发拨到耳朵后面偷听。一开始说话的声音不太清楚，当信使走近后，莉芮尔听到了一些词，“一千五百六十八”被重复了好多次。

她疑惑了片刻后突然想起来，这一定就是那几个二级助理馆员说的事情了。召唤一千五百六十八个珂睐去参加值守预视——前所未有的大规模预视。

莉芮尔估算了一下，几乎所有的图书馆馆员都要离开图书馆，她等到了一个完美的机会来进行秘密探险了。这是有史以来莉芮尔第一次激动地看着信使分发象牙板，往常她都是又沮丧又自怜的。现在，她巴不得所有人都去参加值守。她努力若无其事地走到桌子另一头，看还有没有人被落下。

所有人都要去。莉芮尔等了一会儿，看有没有人回来叮嘱她该做什么不该做什么，这期间真是莫名地令人窒息。还好她平时熟悉的图书馆馆员都没有在这边干活，伊姆什也不见踪影。莉芮尔猜想大概是信使半路就遇到了她，早就把象牙板给她了。

她希望所有人都快点儿走，同时集中精神飞快地整理书本，仿佛完全不理会周围的事情。影像们也很配合，它们飞速移动，一个影像刚抱着许多书本离开，另一个影像就立即上前。

最终，最后一件明亮的马甲穿过大门消失了。五十多个图书馆馆员在五分钟之内全部离开了。莉芮尔笑着把最后一本书用力一扔，下一个影像没能拿到书似乎很失望。

又过了十分钟，确定再没有别人了，莉芮尔沿着主旋梯下楼。从这里下去半里路的位置有一扇门通往古层区，那是莉芮尔打算首先去看看的一扇门。门本身是用平淡无奇的木头做的，但门上画着明亮的太阳符号——一个金色的圆盘，光芒四射。当然了，门上挂着红绳，两头各有一个蜡封，蜡封上有首席图书馆馆员的记号，一本书和一把剑。

莉芮尔早就想好了要怎么处理蜡封。她从马甲口袋里掏出一段两头有木头手柄的金属线，放在嘴边，然后说出三个咒印，形成了一个加热金属的简短咒语。金属线立刻变得红热，她迅速取下蜡封，连同绳子一起藏在过道墙上阴影处的小洞里。

接下来是真正的考验。她的手环可以打开这扇门吗？还是需要破解最后两条咒语才行？

她像别人教她的那样抬起手腕，在门前晃了晃。祖母绿闪耀起来，亮光穿透了她施加在上面的幻影——然后那扇门就无声无息地打开了。

莉芮尔走进去，门又在她身后无声无息地关闭了。她站在一条短短的走廊里，一时间被门内的光亮照得有点眩晕。很显然这条走廊不可能通向外面，她现在在山体深处，几千尺深的地下。她被光照得直眨眼睛，但还是一手握着匕首一手握着银鼠慢慢向前走。

走廊确实没有通往山外，但是莉芮尔觉得自己有点迷路了。走廊连接着一个很大的房间，甚至比主大厅还要大。几百尺高的天花板上，咒印的光芒像太阳一般明亮。房间中心有一棵很大的橡树，长得十分繁茂，它伸展着枝条，覆盖了下方一个水池。整个房间都开满了花朵，红色的花朵。莉芮尔弯腰摘了一朵，但不确定这是不是由于某种幻术而形成的，但花朵看起来十分真实。她感觉不到魔法，手指摸到的只有脆弱的茎叶，那是盛开的红色雏菊。

莉芮尔闻了闻，结果鼻子沾上花粉，她不禁打了个喷嚏。这时候她才意识到周围太安静了。这个巨大的山洞中和外界环境非常类似，但是空气却完全静止。没有一丝风，也没有任何声音。没有鸟叫，没有蜜蜂在花丛中欢快地哼唱，没有小动物在池边喝水。除了树和花以外，没有任何活物。光芒也不温暖，和太阳截然不同。这个地方和珂眯们居住的区域温度、湿度都基本相同，它也是由分布在各处的热水管道提蒸气取暖的，这些管子连接着地下很深处的间歇喷泉和地热蒸气出口。

这个房间尽管挺可爱的，但是却令人失望。莉芮尔怀疑这就是她第一次探险的全部收获了。随后，她看到了另一扇门——格栅状的门——就在山洞的另一端。

她花了十分钟穿过山洞，这比她预想的要久。因为她走得很小心，生怕踩到花朵，并且出于谨慎，她远远地绕开了树和池塘。

那扇门通往另外一条走廊，而走廊则通往黑暗处。这扇门是很简单的金属格栅，上面不是太阳符号，而是挂着银色的月亮符号。那是一弯新月，两端尖锐锋利，似乎不是为了好看才画的，更不是随意画的。

莉芮尔透过大门往走廊上看。不知道为什么，她想起了马甲上那个哨子，还想到能抓住她双手的东西。但是莉芮尔知道，哨声现在是没用的——银鼠也没用，因为阅览室里根本没有人，谁也听不见警报。

但是除了未知的危险以外，倒是没有别的理由阻止她进入这扇门。莉芮尔晃了晃胳膊，祖母绿再次亮起，但是门没有开。她放下手，拨开挡在眼前的头发，皱起眉头。很显然，这扇门需要高级咒语才能打开。

接着，她听见右手边传来轻微的咔嗒声，门慢慢地开了——只开了可供莉芮尔一人通过的缝隙。而且那个新月符号卡在缝隙中间，尖锐的两端恰好和莉芮尔的脖子一样高，这样让人更难通过了。

她看了看这条狭窄的通道，仔细想了一下。如果那边有很恐怖的东西呢？但是她又有什么可害怕的呢？好奇和恐惧在她内心交战了一会儿，结果还是好奇胜出。

以防万一，莉芮尔把银鼠从口袋里掏出来，放在花丛里。如果门那边确实发生了危险状况，她可以喊出激活银鼠的咒印，让它自己找路去阅览室。就算它来不及救莉芮尔，也能够警告其他人。根据她的上级和同事的说法，图书馆馆员也常常为了珂睐的整体利益而牺牲，无论是进行危险的研究还是简单的工作，当然为对抗图书馆里发现的未知危险而采取行动也在这个范围内。莉芮尔相信，这条自我牺牲的准则对她尤为适用，因为别的珂睐都有预视力，比她更应该活着。

放好了银鼠之后，莉芮尔拔出匕首，从半开的门里挤过去。她勉强通过新月锋利的尖端，还好没有划伤自己，也没弄破衣服。她没有想到一个问题：成年人不可能穿过这扇门。

走廊很黑，莉芮尔释放出一个简单的咒契咒语，让它飘到匕首上来照亮。然后她高举匕首当作提灯，只是不够亮，可能是她念咒的时候没念清楚，也可能是有什么别的东西影响了咒语。

除了很黑以外，这条走廊还很冷，它似乎没有和珂睐的供暖管道相连。灰尘随着莉芮尔的脚步飞起，盘旋成奇怪的形状，莉芮尔甚至觉得它们会形成自己不认识的咒印。

走廊尽头是个方形的小房间。她高高举起匕首，看见房间的四角都有淡淡的咒印痕迹，它们很旧了，几乎快失效了。

整个房间里充满了魔法——陌生而古老的咒契魔法，莉芮尔不懂这些魔法，而且感到很害怕。这些咒印是某些极度古老咒印的残余部分，它们现在陈旧破损。不管这些咒语曾经是做什么用的，现在它只是几百个互不关联且即将消失在灰尘中的咒印而已。

但是这些残余的部分已经足够让莉芮尔感到害怕了。这些咒印中有束缚和囚禁的内容，还有监视和警告的片段。即使破损，咒印依然在努力完成自己的使命。

更糟糕的是，莉芮尔发现尽管这些咒印很古老，但是和她最初的预计不同，咒语并不是自然消退的。它是最近几周或几个月才被破坏的。

在房间的正中间，有个黑色石头制成的矮桌，石头很光滑，有点儿像玻璃。桌子结构非常简单，看上去仿佛古老的祭坛。矮桌上也覆盖着许多强大咒印和咒语的残余。咒契咒印覆盖了它光滑的表面，漫无目的地寻找连接彼此的主咒印。然而主咒印已经消失了。

桌子有七个底座，排成一行，是由某种发光的白色骨头雕刻而成的，七个底座都空空的，只有左起的第三个底座上还保留着一个小模型或者小雕像之类的东西。

莉芮尔有些犹豫了。她不知道这是什么，也不想靠近。她看不懂那些破损的咒语。

她站在那儿，看着那些咒印，听着周围的声音。什么也没有，房间里一片死寂。

再走一步也没什么，莉芮尔心想。她想着看清了第三个底座上的雕刻就退回来。

于是她举起手中的光源，靠近了一些。

她刚站稳脚步，就知道自己犯了大错。地板的触感很奇怪，感觉非常不稳定。随着一声吓人的碎裂声，她的两只脚突然踩空，她踩在了黑色的玻璃上，此前她误以为那里是地板。

莉芮尔往前摔倒，手里仍旧握着匕首。她的左手摸到那张矮桌，下意识地握住了桌脚的雕像。她的膝盖碰到了玻璃和石头的交界处，感到一阵剧烈的疼痛。她的脚被玻璃划伤，也很痛。

她往下看，发现了比打碎玻璃和划伤脚更糟糕的事情，那件事使得她不顾再次受伤，立即采取行动。

那块玻璃覆盖着一条细长的棺材状的沟壕，好像有什么东西躺在那条沟里。一眼看去仿佛是个赤身裸体的熟睡的女人。但莉芮尔马上就感到异常惊恐，那个东西的胳膊和腿一样长，而且是向后弯的，末端还长着巨大的爪子，形状就像是螳螂。它睁开眼睛，眼珠里闪耀着银色的光芒，比莉芮尔见过的任何东西都要明亮，也更加恐怖。

更糟糕的是，它还散发出一股气味，是带着金属气息的肆行魔法的臭味，莉芮尔觉得嘴巴和嗓子里充满酸味，胃里也一阵翻腾。

那个怪物和莉芮尔同时动起来。莉芮尔奋力跑向身后的走廊，而那个怪物则伸出了它恐怖的长爪。莉芮尔躲过了爪子，那怪物发出恼怒的尖叫声，那声音听起来完全不像人类，莉芮尔跑得更快了，全然不顾脚是否还会被划伤。

那阵尖叫声还在回荡，莉芮尔已经从月牙门的缝隙里挤了过去，她慌慌张张地喘着气，险些就碰到新月的尖端。出了门之后，她晃动自己的手镯，大喊“关门！关门！”

但是门没能关上，那个怪物瞬间就来到她眼前，一条腿和一只骇人的胳膊从门里伸出来。莉芮尔猜想它大概过不了那道门，然而它突然变细变长，身体仿佛软泥一样富有延展性。它银色的眼睛闪着光，同时张开嘴露出满嘴银色的尖牙，然后舔舔嘴唇，灰色的舌头上像鳗鱼似的布满黄色条纹。

莉芮尔不敢耽搁。她忘了应对紧急情况的银鼠，忘了要远离池塘和树。她只顾着沿直线拼命逃跑，踩坏了花朵，雏菊花瓣在她身边碎裂变成细小的云雾。

她拼命地跑，觉得那带钩的利爪马上就要把她攫住了。穿过外层的走廊时她也不敢慢下来，只在临近门口时减速免得撞上门。她在门口挥舞手环，门只开了一条小缝，她就赶紧挤了出去，把马甲上的扣子都蹭掉了。

到了门外之后，她再次挥舞手镯，睁大了眼睛盯着门口，像一头眼看着恶狼步步紧逼的吓坏了的小牛犊。

门不再继续打开，而是慢慢关闭了。莉芮尔出了口气跪下来，感觉特别想吐。她闭上眼睛，歇了一会儿——忽然听见了不是因关门而发出的摩擦声。

她猛地睁开眼睛，看到一只弯曲的钩爪从一指宽的门缝里探出来，那个钩爪仿佛是昆虫的爪子，但是和她的手一样长。接着又一只钩爪伸出来——门再次打开了。

莉芮尔吹响了哨子，一阵尖锐的哨音在旋梯上下回荡。但是谁都听不见，她想去摸银鼠，熟悉的银鼠不在兜里，她摸到了那个用软质石头做成的奇怪雕像。

门不断震动，越开越大，那个怪物显然比束缚它的咒语更强大。莉芮尔盯着那门，脑子里一片空白，不知道接下来该怎么办。她惊恐万状地看着走廊，仿佛会有不速之客来救她。

可是谁都没出现，她一心想着不管这东西是什么，总之不能让它进入主旋梯。别的图书馆馆员提到的关于自我牺牲的部分再次出现在她脑海里，就像几个月前她心灰意冷地爬上扎里时一样。现在死亡近在眼前，她忽然意识到自己非常想活下去。

不过莉芮尔知道自己该做什么。她爬起来寻求咒契魔法。在咒契无止境的流动中，她选出自己所知道的有关破坏和爆炸的咒印，此外还有火焰和毁灭的咒印，封锁、阻挡和囚禁的咒印。它们像洪水一样涌入她的脑海，比任何光芒都要明亮炫目，而且极为强大，她只能勉强将它们编成咒语。她必须用一个此前她根本不敢使用的强大主咒印来将其他咒印全部连接起来。

准备好了咒语之后，她靠着意志力将它们压抑住，这是莉芮尔做过的最勇敢的事情了。她一手扶着门，一手抓住那个怪物的爪子，念出主咒印，释放出了整个咒语。

第八章

后门五号台阶

随着她念出咒语，一股热浪穿过莉芮尔的咽喉。她的右手出现了白热的火焰，灼烧那个怪物，左手释放出巨大的力量重重地关上了门。她被向后抛出去，在石头地板上翻滚了好几次，最后头重重地撞上地面晕了过去。

她醒来的时候完全不知道自己在哪里。好像有灼热的金属穿透了她的脑袋，而且头上感觉湿乎乎的。她的嗓子很疼，仿佛得了重感冒。一时间她以为自己病了正躺在床上，用不了多久就会看到吉瑞丝姨妈或者别的哪个女孩弯腰喂她吃满满一勺子的草药。紧接着，她发现自己正躺在冰冷的石头上，衣服也还穿得挺整齐的。

莉芮尔下意识地摸摸自己的头，手指头上的东西告诉了她湿乎乎的是什么东西。她看着颜色鲜红的血，一阵又冷又晕的感觉从头到脚席卷了她。她想喊人帮忙，但是嗓子疼得说不出话，只发出一阵嘶嘶的呼气声。

这时候她终于想起自己刚才干了什么，巨大的恐慌代替了眩晕感。她尝试抬头，但是头也疼得要命，她只能滚动一下身体去看那扇门。

门关着，看不见那个怪物的踪迹。莉芮尔死死盯着那扇门，直到看得连木纹都变得模糊了，她也不知道门是不是关好了，也不知道那个怪物消失了没有。最终她确认门真的关好了，这时她转过身呕吐起来，酸苦的胆汁让她的嗓子更疼了。

然后她一直躺着，让心跳平静下来。她又小心地摸了摸头，发现血已经干了，头上的伤也不算太严重。倒是嗓子受伤更重，因为她从没念过那么强大的主咒语，没有能力也没有经验正确使用它。她又尝试说话，但是依然只能发出沙哑的喘气声。

然后她又检查了自己的脚，脚上很多地方都被擦伤了，划得不深，不过她的鞋子上全是洞，看起来像凉鞋似的。和头部相比，脚还算好，于是她决定站起来。

她花了好几分钟才扶着墙站起来。然后，又过了五分钟，她才弯下腰捡起匕首插回剑鞘里。

这番运动之后，她又站了一会儿，觉得自己总算站稳了可以去检查那扇门了。门关得很好，没有一丝缝隙，她觉得是自己的咒语和门本身的封锁魔法将门关上了。现在必须要打破莉芮尔的咒语才能进入这扇门了。就算是首席图书馆馆员也得叫上她才能进去，不然就只能破坏这扇门。

一想起首席图书馆馆员，莉芮尔赶紧把蹭掉的扣子尽可能都捡回来，然后把红绳和蜡封弄回去——她几乎要念不出加热蜡封的咒语了。这些事情终于做完了之后，她在主旋梯上走了几步，但马上就精疲力竭地坐下了。

她坐下之后，陷入了半昏迷一般的瞌睡，什么事情都想不出，也不知道如何应对自己的问题。她坐了很久，大概一个小时吧，总算稍微恢复了一点力气，然后莉芮尔想清楚了自己究竟在哪儿，以及自己究竟是个什么状况。全身是血和瘀青，马甲扣子掉了，银鼠弄丢了。这些事情必须得有个解释。

丢失的银鼠让她想起口袋里那个雕像。她双手比平时笨拙得多，这很令人沮丧。不过她还是努力把那个小雕像从口袋里掏出来，放在了膝盖上。

她看清楚了，那是一只狗，用软质的蓝灰色皂石雕刻而成，摸起来很舒服。那只狗看起来挺凶的，有着尖尖的耳朵和尖尖的口鼻。但是它露出友好的微笑，好像还有些话要说似的。

“你好啊，狗狗。”莉芮尔悄声说，她的声音很弱，也很干涩，连她自己都听不清。她喜欢狗，只是冰川上没有狗。骑兵队有座狗舍，那里饲养着工作犬，地点在大门附近。有时候，访客也会把自己的狗送到狗舍的宾客区，或者直接带到下层食堂。莉芮尔总是会和这些外来的狗打招呼，就算是戴着项圈的凶猛斑纹猎狼犬她也不怕。狗对她都很友好，比对它们主人还友好。每次莉芮尔只跟狗打招呼却不理会主人，狗主人就很尴尬。

莉芮尔握着这只狗的雕像，心想自己究竟该怎么办。她要不要对上级的某个人坦白，自己把有红花的那个房间里的怪物放出来了？是不是要承认她唤醒了手环上别的几条钥匙咒语？

她在旋梯上坐了很长时间，一边想各种办法一边摸石头狗的头，仿佛它是个小个子的真狗似的。实话实说多半是正确的，她心想，但是那样的话她肯定会丢掉工作——回到儿童区，穿讨厌的蓝色罩袍，那简直不能忍受。于是她又一次开始有了自杀的想法，一切都可以一死了之。但是险些被怪物的大爪子撕碎这一事实让自杀这个念头失去了吸引力。

不能死，莉芮尔决定了。她闯了祸，要自己解决。她要查明那是什么怪物，要怎么打败它，然后去打败它。它应该暂时不会出来，至少莉芮尔是这么希望的。何况别的人都进不去了，所以对别的图书馆馆员来说应该不危险。

接下来就只剩下怎么解释头上脚上的伤、身上的瘀青、银鼠丢失、嗓子哑和全身疼的事情了。这一切应该有个完美的解释，但是莉芮尔还没想出来。

“我可能该边走边想。”她对雕像狗小声说。跟这只蹲在她手里的狗说话莫名地令人安心。它尾巴盘在后腿上、前腿伸直、头抬高坐着的样子，就像在等待自己的女主人。

“我希望有一只真正的狗。”莉芮尔又说。然后她哼哼唧唧地站起来，慢慢穿过螺旋状的走廊。然后她忽然停下来看看雕像，一个疯狂的想法出现在脑子里。她可以制造一个咒契影像的狗，那种很复杂的、会叫会做任何事情的狗。她现在只需要一本《影像制造指南》或者《魔法生物的制造与操纵》就可以了。不过这两本书当然都是被锁起来的，莉芮尔知道它们放在哪儿。她可以做个像雕像狗一样可爱的咒契影像。

想到能有自己的狗，莉芮尔不禁笑了起来。

一个真正的朋友，她可以倾诉而它又不会提问，也不会回答。

这将是一个非常惹人喜爱的伙伴。她把雕像塞回马甲口袋，一瘸一拐地继续向前走。

又走了一百码，她不再考虑制作影像了，转而开始考虑自己要怎么才能查到开满花的房间里那个怪物的种类。她知道图书馆里有一些讲怪物的书籍，可是要读到那些书却很麻烦。

她边走边想，又走出去几百码，然后突然意识到自己还得解决更紧迫的问题。她必须解释自己是怎么受了伤，怎么弄丢了银鼠，而且尽量不要去撒谎。莉芮尔觉得自己欠图书馆很多，不可以堂而皇之地撒个弥天大谎。再说了，要是由首席图书馆馆员那样的人来严肃地问话，她估计自己肯定也撒不出谎来。

弄丢银鼠就很难解释了。她停下脚步试图认真想想，但是觉得身体异常疲惫。她平时整天都在图书馆里跑上跑下，爬旋梯和梯子，从这个屋到那个屋，但现在她必须意志坚定才能慢慢挪动。

也许可以说摔了一跤弄伤了头部，莉芮尔心里想着，又摸了摸自己的伤口。已经不再流血了，但是头发却被血粘住了，而且伤口处肿了个包。

从高处摔下来，拼命尖叫，这样就能解释为什么嗓子说不出话。扣子应该是摔下去的过程中剐蹭掉的。银鼠嘛，很容易从口袋里滑落了。

就说自己是从台阶上掉下去的，莉芮尔决定了。从很高的台阶上摔下去应该就能解释所有的情况了。最好是有人在台阶底下发现她，这样她就什么都不用说了。

她很快就想到，连接主旋梯和青年宿舍的后门五号台阶是个很适合发生事故的地点。她甚至可以说自己从扎里纪念馆的喷泉那里拿玻璃杯装了杯水。当然，按照规定，是不能把纪念馆喷泉的玻璃杯拿走的，但是有这样的规定反而对她有利。可能所有人——尤其是吉瑞丝姨妈——都会为这件事批评她，不过她们就不会再去追究其他更严重的错误了。打碎玻璃杯就能解释她的脚为什么会被划伤了。

现在她只需要躲开所有人走到五号台阶。之前几次大型值守预视表明，一千五百六十八人的预视不会持续很久。很显然，值守预视的规模大小和时间长短密切相关。普通的四十九人值守需要九天，就像九日值守的名字所示。参与的人越多，珂睐们返回得越早。最近的值守持续时间甚至不到一天。

离青年宿舍越近，就越容易遇到没去参加值守的小孩子。莉芮尔决定，万一遇到别人就当场晕过去，希望她遇到的人不要太爱刨根问底。

不过中途没遇上任何人，她顺利走下了旋梯，去扎里喷泉拿了一杯水，穿过始终敞开的图书馆五号石头门，来到后门五号台阶。台阶很窄，是旋转的环形阶梯，平时少有人用，因为它只是用来连接图书馆和青年公寓的西侧而已。

莉芮尔疲惫地爬上最初的六七级台阶，来到阶梯向内转弯处，把玻璃杯扔下去。杯子打碎的时候她闭了闭眼睛。接着她得想好该躺在哪里，看起来必须像是真的从台阶上摔下去才行。她感到一阵眩晕，于是赶紧坐下。她一坐下就很自然地把头放在上一级台阶上，头枕着胳膊。

她知道自己应该好好编排一下落地的姿势，她是高处跌落的受害者，但是这真的太困难了。她最后一点力量也消耗殆尽。她站不起来了。还是睡吧。美好的睡眠，任何麻烦事都不会来打搅她……

莉芮尔被一个急切的声音吵醒，那个人喊着她的名字，用两根手指检查她脖子处的脉搏。这一次她迅速醒来，疼痛的感觉让她直咧嘴。

“莉芮尔！你能说话吗？”

“能。”莉芮尔小声说。她的声音依然微弱而且非常嘶哑。她有点迷糊，不知道是怎么回事，刚才她明明躺在台阶上，现在却平躺在地上，看起来很像是失足跌落，比她自己摆出来的造型要自然得多。她大概是睡着之后从台阶上滚下来了吧。

一个穿蓝马甲的一级助理图书馆馆员俯身看着她。莉芮尔眨眨眼睛，也不知道这个陌生人为什么要在自己眼前不停地挥手。不过她也不算是陌生人，她是阿莫雷娜，上个月莉芮尔还和她一起工作了几天。

“怎么了？”阿莫雷娜很关切地问，“感觉有骨头断了吗？”

“头破了。”莉芮尔小声说，她觉得泪水在眼眶里打转。她之前都不哭的，但是现在她停不下来，哭得全身发抖，怎么努力也忍不住。

“哪儿摔坏了吗？”阿莫雷娜又问，“除了头，还有什么地方觉得不舒服？”

“没，没了，”莉芮尔抽泣着说，“没有摔坏。”

阿莫雷娜似乎不太相信莉芮尔的话，她轻轻检查了莉芮尔的四肢，又按了按她的脚。莉芮尔没喊疼，也没有骨头摩擦的声音，也没有反常的肿块，阿莫雷娜扶她站起来。

她亲切地说：“来，我带你去医务室。”

“谢谢！”莉芮尔小声说。她用胳膊环着阿莫雷娜的肩，整个人靠着她。她的另一只手伸进口袋，握住小石头狗，那光滑的表面摸起来让人感觉很舒服。阿莫雷娜就这样扶着她走了。

第九章

柰吉生物记

起初莉芮尔以为自己一天之内就能出院。但是在“跌落事故”三天之后，她依然不能说话，而且全身没有力气，甚至不想站起来。头和嗓子的疼痛倒是减轻了，但一股莫名的恐惧感却让她感到无力。她怕那个有着银色眼睛和尖锐钩爪的怪物，她仿佛可以看到那东西在红色的雏菊花丛中等她。她也怕有人发现自己违反规定擅闯禁地，那样会害她丢掉工作。她还害怕恐惧情绪本身，这种恶性循环让她感到精疲力竭，而且让她在夜晚那不多的睡眠时间里不停地做噩梦。

第四天早上，首席医师敲敲她的牙齿，随后皱起眉头。这个病人康复得真慢。她又叫来另一个医师给莉芮尔做检查，莉芮尔乖乖地配合她们进行检查。她听见，两位医师决定请菲丽丝离开梦境房到这里来一趟。

莉芮尔对这个决定感到紧张。首先，菲丽丝是医院主管，是目前在世的最老的珂眎。莉芮尔出生的时候，菲丽丝就已经生活在梦境房里了，不过她有时候也会在医院工作，莉芮尔小时候生病住过两次院，但从未见过她。

莉芮尔其实从来没有见过真正年老的珂眯，真正年老的珂眯都生活在自己的梦境房里。她们需要这样的房间，因为预视能力会随着年龄的增长而变强，同时也更难控制，她们会看到越来越多的支离破碎的画面。这种状况就算是借助冰川的能力和九日值守的合力也无法控制。很多年老的珂眯只能生活在关于未来的碎片中，并为此殚精竭虑，脱离现实。

不过一小时之后菲丽丝就来了，她是独自一个人来的，很显然她不需要别人帮忙。莉芮尔怀疑地看了看她，那是个矮小的老太太，头发白得像星峰顶上的积雪，皮肤则像陈年的羊皮纸，皮肤下方的血管清晰可见，和她脸上的皱纹共同显示出她的高龄。

她一言不发地从头到脚给莉芮尔进行检查，一句话也没说，那双干燥的手轻轻指点，让莉芮尔的身体按照她指示的方向活动。最后她检查到莉芮尔的嗓子，认真地看了一会儿，一小团咒契魔法的光悬在莉芮尔僵硬的下巴上方。菲丽丝检查完了之后，让别的医师先离开房间，自己则在莉芮尔的床边坐下。病房里空荡荡的，另外七张床上空无一人，寂静几乎淹没了她们。

最终莉芮尔发出了一点儿声音，既像清嗓子又像哭。她把盖在脸上的头发拨开，紧张地看着菲丽丝——菲丽丝正在用她淡蓝色的眼睛盯着莉芮尔。

“你就是莉芮尔，”菲丽丝说，“医师告诉我你从楼梯上摔下来了。但是我看你的嗓子肯定不是因为尖叫而受伤的。坦白说，我很惊讶你居然还活着。据我所知，其他跟你同龄的珂眯——或者说是任何珂睐——都不可能念出如此强大的咒语而不被吞噬。”

“什么？”莉芮尔声音嘶哑地说，“你是怎么知道的？”

“经验，”菲丽丝平静地说，“我在这个医院工作了一百多年。你不是第一个因为尝试强大魔法而受伤的珂睐。另外我很好奇你身上其他的伤口是怎么来的，因为从你脚上的伤口里取出来的玻璃碎片其实是纯水晶，跟扎里喷泉的玻璃杯完全不同。”

莉芮尔吞了一口口水，没有说话。整个屋子再一次陷入了寂静。菲丽丝耐心地等着莉芮尔开口。

“我会丢了工作，”莉芮尔小声说，“我会被送回青年宿舍。”

“不会的，”菲丽丝拉起她的手，“只有我们两个人知道。”

“我太愚蠢了，”莉芮尔哑着嗓子说，“我把一个东西放出来了。一个危险的东西——对每个人都很危险，会危及所有珂睐。”

“哦。”菲丽丝不以为然，“这四天什么事都没有发生，说明它也没那么可怕。再说‘所有珂睐’肯定能处理好自己的收藏品。我担心的反而是你，你的恐惧让你无法康复，还是跟我从头详细说说吧。”

“你不会告诉吉瑞丝，也不会告诉首席图书馆馆员吧？”莉芮尔有些绝望。如果菲丽丝跟别人说了，她就会被赶出图书馆，她就一无所有了，真的一无所有了。

“你是说梵赛莉，我不会告诉她。”菲丽丝拍拍莉芮尔的手说，“我不会告诉任何人。我之所以会来是因为我很早以前就该来看看你了，莉芮尔。我不知道你已经长大了……告诉我吧，到底发生了什么事情？”

于是莉芮尔开始慢慢地说起来，她的声音太小，菲丽丝不得不俯身靠近了才能听清楚。她把最近经历的一切都告诉了菲丽丝，包括她的生日，如何爬上平台，见到萨娜和瑞尔，如何得到工作，以及工作对她有多大的帮助。她对菲丽丝说了唤醒手环上的咒语的事情，还说了有太阳和新月标记的那两扇门。说起玻璃棺材的时候，她十分害怕，声音也变得更小了。还有那只雕像狗，以及爬上台阶，在脑子不清醒时定下的假装跌落的计划。

她们聊了一个多小时，菲丽丝不断提问，弄清了莉芮尔所有的恐惧、希望和梦想。最终莉芮尔觉得十分平静了，她不再害怕，所有曾经占据她内心的痛苦和愤怒也消失了。

莉芮尔说完之后，菲丽丝要求看看那个狗的雕像。莉芮尔有些迟疑地把小石头狗从枕头底下拿出来交给她。莉芮尔已经很依恋这只石头狗了，因为它带给她些许宽慰，她怕菲丽丝没收这只狗，担心必须要把这只狗还给图书馆。

那位老太太双手捧着雕像，从她干枯的指缝中只露出狗的口鼻。菲丽丝看了很久，然后长长地叹了口气，把雕像还给她。莉芮尔接过雕像，菲丽丝握过的石头温暖得让人惊讶，不过她本人没动，也没说话。莉芮尔在床上坐起身，总算引起她的注意。

“抱歉，莉芮尔。谢谢你告诉我实话，也谢谢你给我看了这只狗的雕像。时间太久了，久得我以为自己已经在未来的幻景中迷失，已经疯得看不到事实了。”

“你在说什么？”莉芮尔紧张地问。

“很久以前我看到过你的小狗。”菲丽丝说，“那时候我的预视之力还比较强，那也是我所见到的最后一个完整的场景。我看到一个很老很老的女人在仔细打量手里握着的一只石头狗。过了很多年我才意识到那个很老的女人就是我。”

“你也看到我了吗？”莉芮尔问。

“我只看到了我自己。”菲丽丝平静地说，“这个景象的意思恐怕是我们今后不会再见面了。我很想帮忙打败那个被你放出来的怪物，即使不能实际帮上忙，至少也能提出点儿建议，因为我想这件事可能需要尽快完成。那种东西不会无缘无故地醒来，而且没有外界帮助它们也不会醒来。我也很想看到你的影像狗，很遗憾我看不到了。最遗憾的是，过去十五年里我没有好好生活。我该早点儿去看望你，莉芮尔。珂睐们有时候会遗忘个体的存在，这是一大缺点，由于我们知道个体的麻烦事总会结束，于是忽略了个人的痛苦。”

“你是什么意思呢？”莉芮尔问。有生以来，她第一次觉得和别人谈论自己及自己的人生是很舒服的。但现在，这种好事似乎马上就要结束了。其他人之间的那种亲密感对她来说却是可望而不可即的，仿佛她天生注定不能拥有其他珂睐拥有的东西。

“每个珂睐都有这样一种天赋，她能看到自己死亡的先兆，但不是死亡本身，因为任何人都承受不了那份沉重。大概二十年前，我预视到自己在看你的小狗，当时我就知道，那是在预示我自己的末日。”

“但是我需要你，”莉芮尔一边哭一边抱着那瘦小的老太太，

“我需要其他人！我自己完成不了！”

“你可以的，你必须完成。”菲丽丝坚定地说，“让这只狗做你的伙伴，让它成为你的朋友。你必须研究那只被你放出来的怪物并且想方设法打败它！去搜查整个图书馆吧。记住，珂睐预见未来，其他人则是创造未来。我感觉你虽然不会预见未来，但却是未来的创造者。你答应我一定要做到，答应我你不会放弃，答应我你绝不放弃希望。创造你的未来吧，莉芮尔！”

“我会努力的。”莉芮尔小声说，她感觉到菲丽丝话语中的能量在她身体里涌动，“我会努力的。”

菲丽丝握住她的手，那枯瘦的手指上的力道比莉芮尔想象中要大得多。她亲了亲莉芮尔的前额，将一股带有轻微刺痛感的能量传送给她，这股能量贯穿了她的全身，从头部一直到她的脚底。

“我跟阿瑞丽和她妈妈都不怎么亲近，”菲丽丝轻声说，“我实在是太像个珂睐了，总是沉浸在未来中。很高兴现在还来得及跟你说话。再见吧，我的曾曾孙女。记住你的诺言！”

然后菲丽丝就昂首阔步地离开了病房，不认识的人见了肯定想不到她已经在医院里工作了一百多年，而且是一百五十多岁的高龄。

那之后，莉芮尔再也没有见过菲丽丝。在为她的去世举行的告别仪式上，莉芮尔和其他好多人在大厅里哭泣，完全忘记了自己有多讨厌那件新的蓝色罩袍，也忽略了自己比周围的小孩高半个头，甚至比一些新近觉醒而有了预视之力的白袍珂睐还要高。

她不清楚自己有多少是为菲丽丝哭泣，有多少是为再次孤身一人的自己哭泣。她好像命中注定没有亲密的朋友。只有无数的表姐妹和一个姨妈。

但是莉芮尔没有忘记菲丽丝的话，她第二天就回去工作了，只不过声音还很虚弱，走路也还有点跛。不到一个星期，她悄悄地拿到了《影像制造指南》和《高级影像七十天速成》两本书的副本，但是《魔法生物的制造与操纵》很难从那个上锁的柜子里拿出来。关于怪物类的书籍也很难弄到手，因为它们都被链条锁在架子上。周围没有人的时候她会溜过去查阅，可是到目前为止还一无所获。要查明那个怪物的种类显然还得花上一段时间。

一有时间，莉芮尔就会去检查那扇有太阳标记的门，同时也检查一下上面她自己施加的咒语还是否有效，是不是还束缚着那扇门，门上的链条是不是还牢牢嵌在周围的石头里。这种时候，她依然充满恐惧，有时她甚至觉得闻到了肆行魔法腐臭的气息，仿佛那个怪物就站在门的另一边，和她之间只间隔着一层薄薄的木头门。

她会想起菲丽丝的话，然后迅速回到自己的书房继续研究影像狗或者查阅最新找到的怪物资料，她想找的资料应该是关于外形类似女人，眼睛闪耀银光，爪子如同螳螂，散发出臭味且极度饥饿的肆行魔法生物的资料。

有时候，她会在夜里被噩梦惊醒，她总是梦见那扇带有太阳标记的门消失了。她应该更频繁地去检查那扇门才对，但是自一千五百六十八人参加值守的第二天起，首席图书馆馆员就下令，所有馆员去古层区时必须两人结伴，所以偷偷溜走变得更加困难了。莉芮尔听说那次预视值守依然没有预见到任何东西，珂睐们都担心是有什么大事要发生了。图书馆并不是唯一一个采取预防措施的部门：骑兵队增加了沿冰川和桥梁巡逻的次数，蒸汽机房的技师也都结伴出入，很多通往山体内部的门和走廊都被封锁了，自国王重新继位后这还是第一次。

七十三天过去了，莉芮尔还没有查出那个生物究竟是什么，在此期间，她把那扇门检查了四十二次。在这一面焦虑不安一面学习准备的十多个星期里，她查看了十一本关于怪物的资料，完成了制作影像狗所需的大部分基础工作。

当她终于查出怪物的种类时，如何制造影像狗基本上已经弄清楚了。那时候她手上正在翻阅一本红线装订的书，标题为《奈吉生物记》，而脑子里想的却是什么时候可以释放最后一批咒语。她漫无目的地翻过一页，突然被一行字吸引住了，那正是她要找的内容。那些文字清晰地表明书的作者奈吉也曾遇到过莉芮尔从玻璃棺材里放出来的那种怪物，只是不知道奈吉究竟是谁，或者说曾经是谁。

它站起来比一个成年男性还要高，通常外形如同清秀的女性，但它的身体具有延展性。斯狄肯的上臂前端有钩爪或者大螯，主要用来抓住猎物。它的嘴外形与人类嘴巴无异，但是张开之后就会露出两排针一样的尖牙利齿。这些牙齿可能是闪亮的银色也可能漆黑一片。斯狄肯的眼睛也是银色的，其中闪着诡异的光。

莉芮尔阅读这段文字的时候不禁颤抖起来，把连接书和书架的链子也弄得哗啦作响。她警觉地看看周围有没有人听见声音跑来检查。还好除了她自己的呼吸声以外什么也没有了。很少有人用这间屋子，这里存放的都是些晦涩模糊的个人文档。莉芮尔之所以会来这里，是因为阅览室索引上写着《奈吉生物记》是一本关于怪物的书。

她让双手稳定下来，继续阅读，书上的字句只占据了她的一部分思维。她现在有点儿惶恐不安：现在她知道了那个怪物究竟是什么，必须想办法打败它。

斯狄肯是由肆行魔法元素组成的，因此普通钢铁一类的物质材料无法伤害它。人类肉体也不可能接触到它，因为它对一切生命都是有害的。斯狄肯只能被比它强大的巫师以肆行魔法摧毁，除此以外没有别的办法。

莉芮尔停下来，很紧张地反复思索最后一句话："只能被比它强大的巫师以肆行魔法摧毁，除此以外没有别的办法。"她读了好几遍。但是她不懂肆行魔法。肆行魔法是被禁止的，因为它太危险。

莉芮尔想不出自己该怎么办，于是又继续往下读——接下来的段落让她松了一口气。

除了用肆行魔法将其毁灭以外，咒契魔法也能束缚斯狄肯。

它可以被囚禁在容器或者建筑里，如金属瓶或水晶瓶里（普通玻璃太过脆弱不宜使用），也可以把它囚禁在枯井中并用石头填满井口。

我独自完成了这一过程，所用咒语罗列如下。但我必须警告读者，束缚咒语极为强大，需要至少三个主咒契咒印才能完成。必须是非常熟练的咒契法师才可以不借助魔法剑或花楸木手杖去施展这个咒语——我并不是熟练的咒契法师。咒语的第一圈需要七个咒契来结合各种元素，这里主要是结合火和空气，第二圈也一样，所有这些咒印都必须和主咒印相连接……

莉芮尔再次思索起来，她突然又觉得嗓子隐隐作痛。奈吉所用的咒印和莉芮尔所用的那个灼伤嗓子的主咒印相同。更糟糕的是，莉芮尔不认识第二圈那些连接火焰和空气的咒印，而且她更不知道该如何把这些咒印灌注到魔法剑或者花楸木手杖里去。

莉芮尔慢慢地合上书，小心将其放回架子上，没有弄响铁链。她感觉有些泄气，终于查明了怪物的身份，却找不到更多的资料。但是另一方面她又觉得轻松不少，因为她暂时还不用去面对斯狄肯。

她可以先做影像狗。至少做好了影像狗她就有个可以说话的对象——朋友了。就算它不能开口也帮不上忙，那也没关系。

第十章
遣狗的日子

制作影像狗的最后一段咒语需要四个小时才能施放好，于是莉芮尔必须再次等待一个所有图书馆馆员都离开的机会。如果施咒的过程被打断，她之前几个月的工作就都白费了，那些精确相连的咒契网络就会被破坏，化作一堆咒印碎片，没有办法和最后的咒语相连。

好在这个机会比莉芮尔预期中来得更快，不管珂眯们准备预视的结果怎样，总之那东西都在躲避她们。莉芮尔听别的馆员说起瞭望台需要更多的人，显然是九日值守的规模又扩大了，目前是九十八人参加。随着参加值守的人数不断增多，莉芮尔小心地记录着她们每次离开和回来的时间。这一次看，又到了一千五百六十八人值守的时候——那天阅览室里一片嗡嗡嗡的抱怨声——莉芮尔估计自己可以有六个小时的时间，这足够完成影像的制造了。

雕像狗坐在她书房的桌子上，亲切地看着莉芮尔做准备工作。莉芮尔一边跟它说话，一边用咒语锁上门，因为她级别不够，申请不到钥匙。

“这样就差不多了，小狗。”她开心地用手指摸摸狗的石头鼻子。她被自己的声音吓了一跳，倒不是因为嗓子没好，声音依然沙哑，而是因为这个声音听起来十分陌生。她想起来自己已经两天没说话了。别的图书馆馆员早就习惯了她少言寡语，最近谁都不跟她说话了，她和别人的交流顶多就是点头或者摇头，或者简单答复预定图书的请求。

影像狗已经完成的部分放在她的桌子下面，被一块布遮盖着。莉芮尔爬下去拿起罩布，轻轻把自己做好的影像框架拿出来，准备开始施咒。她摸了摸这个框架，温暖的咒契咒印缓慢地沿着编织成狗形状的银丝上下流动。那是一只小狗的形状，只有一尺高，因为莉芮尔只能找来这么多银丝了。再说，它觉得小的影像狗比大的显得亲切。她想要个令人安心的朋友，而不是一个大的护卫影像。

除了银丝框架以外，这只狗还有两个黑色纽扣做的眼睛和一个黑毛毡做的鼻子，它们都被施加了咒语。此外它还有一条用狗毛编成的尾巴，狗毛是在下层餐厅里从几个客人带来的狗身上偷偷弄来的。尾巴也已经施加了咒语，所有这些咒语决定着即将诞生的影像狗的属性。

咒语的最后一部分需要莉芮尔将意念灌注到咒契之中，并挑出数千个咒契咒印，让它们通过自己的身体流向这个银丝制成的模型。咒契将完整地塑造一只狗，并赋予它生命的表征，当然并不是真正的生命。

咒语完成后，银丝、黑纽扣、狗毛编成的尾巴都会消失，取而代之的将会是一只由咒语催生的、可爱的小狗。它看起来就像一条真正的狗，不过凑近看的话就会看到它是由咒契组成的。同时，也不能摸它，大部分影像摸起来都会像水，一摸它的皮肤就会下陷，然后包住接触它的东西，而触摸它的人会感觉到咒契咒印温暖的嗡嗡声。

莉芮尔在银丝模型旁盘腿坐下，清空自己的头脑，深深地呼吸，空气充满了肺部的每一个角落。

她准备接触咒契了，这时候她看着桌上那只石头狗。它在那儿显得有点儿孤独，仿佛是被抛弃了。莉芮尔心血来潮，起身拿起石头狗放在自己的膝盖上。雕像有点倾斜，但还是向上的，仿佛看着那个银丝做成的自己。

莉芮尔深呼吸了几次，又重新开始。她已经把所有需要的咒印都写下来了，用的是魔法师们用来记录咒印的安全速记法。所有的纸张都整齐地堆成一堆放在她手边。第一个咒印很容易就被念出来了，接下来的咒印仿佛是自动跳出来一般。一个接一个的咒印从咒契流中跳出来，进入她的脑海，然后飞快地流出来，形成一道金色的弧光，进入银线模型中。

越来越多的咒印从她身上流过，莉芮尔仿佛有些恍惚，除了咒契和充斥她体内的咒印以外，她忘记了一切。金色的光似乎变成了坚固的桥梁连接着她和那些银线，而且变得越来越明亮。莉芮尔闭上了双眼，以避开炫目的光芒，她觉得自己似乎快要进入梦境了，连意识都不太清楚了。伴随着咒印，各种图像不断在她的脑海中闪现——狗的图像，很多很多狗，各种模样，各种颜色，各种大小。吠叫的狗，跑去捡棍子的狗，不肯动弹的狗，用稚嫩的小爪子摇摇晃晃走路的小奶狗，颤抖着站起身的老狗，快乐的狗，悲伤的狗，饥饿的狗，肥头大耳睡得沉沉的狗……

越来越多的图像闪过，莉芮尔觉得自己仿佛看见了世界上所有活着的狗。但是，咒契咒印依然在她脑海里呼啸而过。她已经忘了自己制作到哪一步了，也忘了下一个应该是什么咒印——而且金色的光芒太刺眼了，她看不清影像究竟完成了多少。

咒印还在流动。莉芮尔发现，她不光不知道自己下一步需要哪个咒印——她甚至不知道现在出现在自己脑海中的究竟是什么咒印！陌生的未知咒印通过她不断地进入影像。那些强大的咒印在离开她的身体时，让她整个人变得有点儿僵硬，它们同时也抹去了她脑海中一切别的事情。

绝望之余，她努力睁开眼睛想看看咒印到底在干什么——但是现在那道光变得更亮了，什么都看不见了，她试着站起来，让咒印流入墙壁或天花板。但是她的身体似乎不再受大脑的控制。她可以感觉到每一样东西，但是腿和胳膊却无法移动，这情景就像她在梦的结尾处努力醒来一样。

咒印依然源源不断地涌现，莉芮尔的鼻子忽然闻到了肆行魔法的可怕气息，她知道事情出错了，而且是非常严重的错误。

她想尖叫，但是发不出一点儿声音，只有咒契咒印从她嘴里冒出来汇入那道金色的光里。她的指尖上也飞出咒印，眼睛里也充满咒印，并顺着她的眼泪流下来，在落下的途中就蒸发掉了。

越来越多的咒印从莉芮尔身上涌出，充溢在她的眼泪和无声的尖叫里。它们蜂拥而出，仿佛无数闪着光的蝴蝶从花园的大门里飞出去。但是，即使有成千上万个咒印闪耀着光芒，肆行魔法的气味也仍然存在。而且，那道金色的光束中还出现了一道闪耀的白光，那光芒穿过莉芮尔紧闭的眼皮，刺进她满是泪水的眼睛。

她被咒契魔法束缚着，所以即使白光越来越强烈甚至抑制了咒印的金色光芒时，她也无能为力。她知道这下完了。她现在所做的事情，比释放斯狄肯严重得多，严重到她根本无法真正理解。她只知道现在通过她身体的咒印十分古老，且十分强大，全部是她不曾见过的。就算眼前的肆行魔法不会伤害到她，这么强大的咒契魔法也会把她烧成灰烬。

不过并不疼，莉芮尔注意到这一点。不管是因为她吓傻了，还是已经死了，总之咒印没有伤害她。平时要是她敢尝试这些咒印，随便哪一个都能杀死她。但是数百个这样的咒印从她身上流过，她却还活着。真的还活着吗？

想到自己可能已经停止呼吸了，莉芮尔不禁吓了一跳，她用尽剩下的力气，趁着大量的咒印停歇的时机吸气。正在这时，最后一个咒印进入那沸腾的金色和白色光束中——那原本是银线做成的狗的模型——她感觉到自己和咒契的连接断开了。她用力呼吸，结果失去了平衡，往后摔过去。她赶紧抓住书架边缘，差点把书架弄翻了。还好书架没有倒下，她勉强重新坐好，准备用填满了空气的肺部再次尖叫。

还是没能叫出来。在肆行魔法和咒契咒印的明亮光芒交织在一起的位置，出现了一个深黑的球体，那球体占据了曾经是银线小狗和书桌的位置。肆行魔法的臭味也消失了，取而代之的是湿漉漉的动物气息，莉芮尔一时无法分辨那究竟是什么。

一点小小的星光出现在那个球体深黑的表面上，然后是另一点，接着光点一点又一点地出现。那个东西不再是一片深黑，变得像布满星星的夜空一样。莉芮尔看着它，想起无数的星星。它们越来越明亮，亮得她直眨眼。

在她眨眼的瞬间，那个球体消失了，出现了一只狗。不是一个可爱的咒契影像小狗，而是一只及腰高的棕黑色杂种狗，看起来非常真实，还有尖尖的牙齿。这只狗看起来一点儿都不像影像。唯一一点儿魔法的痕迹来自它的项圈，那里有着莉芮尔从未见过的咒契咒印。

这只狗看起来俨然就是那个石头雕像的真实版本。莉芮尔看着这只活生生的狗，然后又看看自己的膝盖。

小雕像不见了。

她再次抬起头。狗还在眼前，正用后脚挠耳朵，眼睛专注地半眯着。它湿漉漉的，仿佛刚刚从泳池中出来。

那只狗突然不挠耳朵了，它站起来抖了抖身体，把脏水抖得满屋子都是。然后它慢慢走过来，舔了舔莉芮尔那张惊呆了的脸，那感觉绝对是真正的狗，完全不像咒契魔法做成的生物。

狗发现自己的热情没有得到回应，于是笑起来说：“我是坏狗。准确来说是坏母狗。你想出去散步吗？”

第十一章
寻找合适的剑

那天莉芮尔和坏狗的散步是她们此后无数次散步的开端，不过莉芮尔不记得她们到底去了哪里，也不记得自己说了些什么，更不记得坏狗是怎么回答的。她只记得自己感觉就像撞伤了脑袋那天一样，有些眩晕——只是不疼而已。

不过也无所谓了，反正坏狗也没有真正回答她的问题。莉芮尔会重复同样的问题，但只能得到各种敷衍、搪塞的回答。最重要的问题是："你是谁？你是从哪里来的？"——回答却是五花八门："我是坏狗"，"从别处来"。有时候狗也会说"我是你的狗"，"得由你来告诉我我是从哪儿来的——那是你的咒语。"

坏狗也不说她究竟是什么，也许是她不想回答这种问题，也许是她根本回答不了。她绝大部分时候都像只真正的狗，除了会说话这一点之外，至少最初是这样的。

一开始的两周她们一直在一起，坏狗睡在莉芮尔的书房里。莉芮尔不得不到附近的空房间里搬了一张书桌，坏狗就睡在桌子的下面。莉芮尔不知道自己原先那张桌子去哪儿了，反正坏狗出现之后桌子就不见了。

坏狗吃莉芮尔从餐厅和厨房里偷来的食物。她每天和莉芮尔出去散步四次，基本上是去莉芮尔发现的废弃走廊和空房间。散步让人神经高度紧张，还好坏狗每次都能在别的珂睐走近的最后一刻藏起来。她其实挺小心的，总是选择阴影处走，在没有人的角落里大小便——坏狗会告诉莉芮尔自己大小便了，但是她的人类朋友拒绝靠近她的排泄物。

事实上，除了项圈上的咒契咒印和会说话这两点以外，坏狗就是一只来路不明的大狗而已。

然而，显然并不是这样的。有一天晚饭后莉芮尔溜回自己的书房，发现坏狗正趴在地板上看书。她在看一本很大的灰色的书，莉芮尔不知道那是什么书，坏狗用爪子翻着书页——那只爪子长长了些，末端分出三只很灵活的指头。

坏狗抬起头，看着在门口吓呆了的女主人。莉芮尔唯一能想到的就是《奈吉生物记》里的那些话，斯狄肯可以变形——她想起那个长着钩爪的生物如何变得细长，并穿过了那扇有新月标记的门。

“你是肆行魔法的产物。”她脱口而出，手伸进口袋里，摸到了那只发条银鼠，准备吹响领子上的哨子。这一次她不会犯错误了，她会马上叫人来帮忙。

“不，我不是。”坏狗表示反对。她的耳朵竖起来，爪子也变成普通的样子。“我绝对不是什么东西的产物！我跟你一样是咒契的一部分，只是特征有些不同而已。看看我的项圈！我绝对不是斯狄肯或者其他几百种怪物中的任何一种。”

“你知道斯狄肯？”莉芮尔问。她还是不敢进入书房，那只发条银鼠也还握在她手里。“为什么你会专门提到斯狄肯？”

“我读了很多书。”坏狗打了个哈欠回答道。然后她嗅了嗅，眼神中满怀期望。“你拿的是火腿骨头吗？”

莉芮尔没有回答，却把手里的纸包藏在了身后。“你怎么知道我刚才在想斯狄肯？我不知道你究竟是不是斯狄肯，说不定你是其他某种更可怕的东西。”

“摸摸我的项圈！”坏狗一边抗议一边凑上前舔着嘴唇。很显然，现在这番对话的吸引力远不及美味的食物。

“你怎么知道我在想斯狄肯？”莉芮尔再次问，每个字都说得又慢又重。她把骨头举过头顶，坏狗随着她的动作抬高了头。显然，肆行魔法生物应该不会对火腿骨头感兴趣吧。

“我觉得是因为你最近一直在考虑斯狄肯。”狗回答。她用爪子指了指桌子上的书。“你在研究用什么东西可以打败斯狄肯。再说，在你昨天烧掉的那张纸上，你写了十四次斯狄肯。我从吸墨纸上看到了。而且我闻到了你施加在门上的咒语的气息，斯狄肯就在门那边等着呢。”

“你自己出去了？！”莉芮尔大喊。她忘了自己还在害怕坏狗可能是别的更可怕的东西，她冲进屋里，嘭的一声关上门。她放下了银鼠，依然举着火腿骨头。

银鼠弹了两下掉在坏狗脚下。莉芮尔屏住呼吸，突然意识到门在自己身后关闭了，如果她需要帮助的话，银鼠可能没法尽快出去。但是这只狗看起来并不危险，跟她说话比跟其他人说话更让人感到轻松——除了菲丽丝，但菲丽丝已经去世了。

坏狗急切地嗅了嗅银鼠，然后用鼻子把它弄到一边，再次把注意力集中在火腿骨头上。

莉芮尔叹了口气，捡起银鼠放回口袋里。她打开纸包把骨头递给坏狗。坏狗立刻咬住骨头拖到桌子下面的角落里去了。

“你的晚饭，”莉芮尔皱起鼻子，“最好在发臭之前吃完。”

“我等会儿把它拿出去埋在冰里，”狗回答。她犹豫了一下，稍稍低下头补充道，“其实我不需要吃东西。我只是喜欢吃。”

“什么？”莉芮尔大声说，有点儿生气了，“那就是说我帮你偷吃的东西一点意义也没有！如果我被抓了，我会——”

“不是没有意义！”坏狗打断了她，凑过去用头顶她的腿，还用大眼睛恳求地看着她。“是为了我嘛。而且我很感谢你。现在来摸摸我的项圈吧。它会告诉你我不是斯狄肯，不是马格鲁，也不是黑蚀。你还可以顺便挠挠我的脖子。”

莉芮尔犹豫了，不过坏狗看起来确实是一只友善的狗，和她在餐厅里遇到的那些一样。她下意识地摸摸坏狗的脊背。她感觉到温暖的狗的皮肤，还有光滑的短毛，然后她顺着坏狗的脊背摸到她的脖子。坏狗抖了抖，小声说：“往上面一点儿，往左。不，后面。啊……”

接着，莉芮尔摸了摸坏狗的项圈，只用了两根手指——她仿佛瞬间被抛到了世界之外，唯一能看到、听到、感觉到的就是咒契咒印，四面八方都是咒印，仿佛整个人都落入了咒契之中。她手中不再握着皮项圈，坏狗和书房也不见了。只有咒契。

然后她突然恢复了神志，只不过还有些晕。她双手挠着坏狗的下巴，但是不知道是什么时候开始挠的。

“你的项圈，”莉芮尔总算清醒过来，“你的项圈就像是咒契石——是通往咒契的通路。但是我在制造你的时候看到了肆行魔法。它也隐藏在你身体里……对不对？”

莉芮尔又陷入了沉默，坏狗没说话。莉芮尔不再给她挠痒痒，坏狗转过头跳起来，舔着莉芮尔的嘴。

“你需要朋友，”坏狗说。莉芮尔则用两只袖子拼命擦嘴。“所以我来了。这样不就行了吗？你知道我的项圈是咒契组成的，不管我是什么，咒契都会约束我的行为，我想要害你也做不到。何况我们还要对付斯狄肯，对吗？”

“是的。”莉芮尔说。她忍不住弯下腰，抱住坏狗的脖子，透过单薄的衣服，她感受到了坏狗的温暖和项圈上咒印的柔和的震动。

坏狗很耐心地让她抱了一分钟，然后发出呼哧呼哧的声音，开始用爪子挠地。莉芮尔明白坏狗的意思，于是放手了。

“好了。”坏狗说，“我们必须尽快对付斯狄肯，免得它重获自由，然后放出更多可怕的东西——也可能是把可怕的东西从外面招进来。我猜你差不多已经把需要的物品找齐了吧？”

“还没有。”莉芮尔说，“你指的是奈吉说的那些东西吧，我还没找齐，花楸木手杖，还有灌注了咒契咒印的剑——”

“对对。”不等莉芮尔说完，坏狗就急急忙忙地说，“我知道，你为什么还没准备好？”

“这些东西又不是随随便便就能找到的。”莉芮尔辩解道，“我觉得我可以找一把普通的剑，然后自己把咒印——”

“那样太麻烦了，要花上好几个月！”坏狗一边严肃地来回走动，一边打断她，“我估计再过几天，斯狄肯就会打破你施加在门上的咒语了。”

“什么？！”莉芮尔惊呼，然后冷静地问，“真的吗？你是说它就要逃出来了？”

“快了。”坏狗十分确定，“我以为你知道的，肆行魔法可以侵蚀咒契咒印，就像侵蚀肉体一样。我想也许你可以去更新一下咒语。”

莉芮尔摇摇头。自从上次用了那个主咒印之后，她的嗓子还没有完全恢复，现在再去念那个咒语太冒险了，必须要用到施加了咒契咒印的剑才行——这样又回到了最初的问题。

“那你去借一把剑吧。”狗很严肃地看着莉芮尔说，“我觉得没有人会有那种手杖，珂睐们是不用花楸木法杖的。”

“可是附加咒语的剑也不是人人都有的啊。”莉芮尔重重地坐回椅子上，“为什么我不能就当个普通的珂睐？如果我有预视力，我就不会在图书馆里瞎跑闯祸了！如果我有预视力，我对咒契发誓，我绝对不去探险，再也不去了！”

“嗯……”坏狗露出一副莉芮尔无法理解的神情，仿佛她有一肚子的话不便明说，“也许吧。不过关于剑，你有一点搞错了。确实有人拥有附加了咒语的剑。骑兵队队长有一把，瞭望台守卫有三把——不过其中一把是斧子，但其中所含的咒语是一样的。在离你更近的地方，首席图书馆馆员就有一把。那是一把古老而著名的剑，有个非常合适的名字叫作缚魔剑。它最合适不过了。”

莉芮尔一脸茫然地看着坏狗。坏狗停下脚步，清清嗓子说：“集中注意力，莉芮尔。我说你搞错了关于——”

“我听见了。”莉芮尔不耐烦地说，“你绝对是疯了！我不可能去偷馆长的剑！她随时带着那把剑的！搞不好睡觉都会拿着它！”

“确实是这样的。”坏狗颇为得意地说，“这个我调查过。”

“坏狗！”莉芮尔大喊，她努力让自己的呼吸保持少于一秒钟一次的频率，“拜托，拜托你别去首席图书馆馆员的房间！不要随便去任何地方！万一有人看见你可怎么办？”

“她们是看不见的。”狗很开心地回答，“总之，馆长确实把剑放在卧室，但是没有放在床上。她把剑放在床的旁边。她睡着之后你可以去拿。”

“不。”莉芮尔摇头，“我才不要溜进馆长的卧室。我宁可赤手空拳去对付斯狄肯。”

“那你必死无疑了。”坏狗严肃地回答，“斯狄肯会喝了你的血，变得更加强大。然后从图书馆下层爬出来，神出鬼没地捕食别的图书馆馆员，一次一个，在阴暗的角落里吃她们的肉，永远没人能发现她们的骨头。然后它会找到同伴——那些被囚禁在图书馆更深处的怪物，接着它们会打开大门迎接在外面游荡的那些邪恶生物。你必须囚禁它，但没有剑的话你就没法成功。”

“你能帮我吗？”莉芮尔问。肯定有办法躲开馆长才对，肯定有不需要用剑的办法。去拿米瑞丽的剑，或者瞭望台守卫的剑要简单得多。不过莉芮尔压根儿不知道瞭望台在哪里。

“我很想帮你。”狗回答，“但你终究还是要对付斯狄肯的。那是你放出来的。你必须承担后果。”

“所以你不会帮我了。”莉芮尔沮丧地说。她先前倒是很希望坏狗能帮她处理一切。毕竟坏狗是魔法生物，说不定还有一些魔法。但是现在看来，她也对付不了斯狄肯。

“我会帮你想办法的。”坏狗说，“我会尽可能帮你。但是你必须自己去拿那把剑，然后囚禁斯狄肯。今晚就是个好机会。”

“今晚？”莉芮尔很小声地说。

“今晚。”坏狗十分肯定，“午夜时分正适合这种冒险。你潜入首席图书馆馆员的房间，剑就在左边，靠着一个大衣柜，衣柜里装满了黑色马甲。如果一切顺利，你在天亮前就能回来。”

“如果一切顺利……”莉芮尔严肃地重复道。她想起了斯狄肯眼中发出的银光，还有它可怕的钩爪。“你觉得……你觉得我是不是应该留个字条，以防……以防事情不顺利？”

“对。”坏狗说，“这确实是个好主意。”听到坏狗的回答，莉芮尔本来还有的那一丝信心也消失了。

第十二章

去首席图书馆馆员卧室的冒险

中层餐厅里那座以水力驱动的钟显示还有十五分钟就到午夜时，莉芮尔从藏身的早餐备餐室里出来，爬过一条空气管，进入窄路，这条路一直通往南侧通道，可以到达首席图书馆馆员梵赛莉的房间。

莉芮尔穿着图书馆馆员的制服，拿着一个写了馆长地址的信封，遇到有人盘问时也好搪塞过去。晚上确实会有一些图书馆馆员值班，不过一般不会让莉芮尔这样的三级助理参加。万一有人问起来的话，她可以说她要送一封紧急信件。事实上，信封里装的是她的“万一不顺利”的字条，提醒馆长斯狄肯逃出来了。

不过她没有遇到任何人。今晚没有人走窄路，这条路之所以叫窄路是因为它很窄，甚至容不下两个人并排行走。这条路少有人走，因为万一遇到对面也有人的话，等级稍低的那位珂睐就必须退回去——有时候甚至要退出那条窄路，大概有半英里。

南侧通道比较宽，风险也更大，因为这条路上有很多上级珂睐的房间。幸运的是，这条路白天被咒印照得十分明亮，现在却光线昏暗，这样刚好将莉芮尔隐藏起来。

馆长房门旁边的石墙上刻着书和剑的标志，标志被一组环形咒印环绕着，咒印把大门照得十分明亮。

莉芮尔十分不满地看着那亮光。她不是第一次反思自己究竟在干什么了。也许几个月前，她刚刚卷入麻烦的时候就应该好好承认错误，这样就有别人去对付斯狄肯了——

走着走着，好像有什么东西碰了她的腿一下，她吓得险些跳起来尖叫。但是她意识到那是坏狗，最终没有叫出声来。

“你不是不来帮忙吗？”她小声说，坏狗在一旁蹦跳着想舔她的脸。“坐下，笨蛋！”

“我不是来帮忙的。”狗开心地说，“我是来帮你望风的。”

“太好了。”莉芮尔努力让话语中流露出讽刺的意思。不过她内心倒是很高兴。坏狗一出现，馆长的房间便显得不那么可怕了。

过了一分钟，莉芮尔依然站在阴影里看着那扇门，坏狗忍不住问道：“你什么时候去？”

“现在。”莉芮尔希望这个词能给自己一点勇气，“现在！”

她大步跨过走廊，握住黄铜把手，推开门。珂睐都不需要锁门，莉芮尔也没有遇到任何阻碍。门开了，她走进去，坏狗赶在她前面跑了进去。

她轻轻关上门，打量着整个房间。这里主要是生活空间，书架占据了三面墙，屋里有几把舒适的椅子，还有一个用透明石头雕成的细长的马的雕像。

第四面墙吸引了莉芮尔的注意。那是一整面的窗户，由莉芮尔从未见过的清亮、纯粹的玻璃制成。

透过窗户，莉芮尔可以看到整个向南延伸的瑞特林山谷，宽阔的河流从谷底奔流而过，在月光下闪耀着银色的光芒。外面下着小雪，雪花旋转飞舞着落在山坡上。窗户上没有挂任何东西，也没有标记。

一个黑影忽然从飘落的雪花中掠过，莉芮尔吓得后退了几步。随后，她意识到那只是一只午夜时分从山谷中飞出来去觅食的猫头鹰。

坏狗小声说：“你要赶在黎明前完成很多事情呢。”但莉芮尔还一直盯着窗外，完全被那条蜿蜒奔向远处地平线的银色河流和无限广阔的陌生月夜吸引住了。地平线那边就是古国名城：伟大的拜里塞尔城，它无比壮美，被大海环绕，看上去几乎直通天际。所有的地方——珂睐们在瞭望台的冰川上预见到的所有地方——都在那道地平线以外，但莉芮尔只能从书本和下层餐厅的游客口中听到关于那些地方的消息。

莉芮尔第一次很想知道，珂睐们扩大值守规模竭力想要看到的究竟是什么。无法被预视到的地方究竟是哪里？那里究竟会有一个怎样的未来？也许在她看着窗外的时候，未来正在变为现实。

她脑海里突然出现了一些东西，有点儿像幻象，又像是转瞬即逝的回忆。但是她什么也没想起来，依然站在门口盯着窗外看。

“还有很多事要做！”坏狗提高声音提醒她。

莉芮尔不情愿地移开目光，专注于眼前的工作。馆长的卧室在另一间屋子里。但是门在哪儿呢？这里只有窗户，唯一的门通往走廊，剩下的就是书架……

莉芮尔笑了，她看到最后一个书架上没有摆满书籍，却安装了门把手。馆长确实会把门伪装成书架的样子。

“剑就在左边架子上。”坏狗小声说，她似乎有些焦急，“门不要开得太大。”

“谢谢。”莉芮尔轻轻试了一下门把手，看它究竟是需要推还是拉，或者需要扭一下。“不过你不是说不会帮我的吗？”

坏狗没有回答，就在莉芮尔摸到门把手的瞬间，整个书架自动开了。莉芮尔抓住门把手，并不把它完全敞开，她把门拉回来一些，只留下一条供自己穿过去的缝隙。

卧室很昏暗，唯一的光亮是屋子外面透进来的月光。莉芮尔先探头进去看了看，仔细倾听有没有什么声音，看看馆长会不会突然醒来。

过了一分钟左右，她看到了床上模糊的黑影，也听见了人熟睡时均匀的呼吸——不过她不确定自己是真的听见了，还是在想象中听见了。

如坏狗所说，门边有个架子。其实那是个圆筒形的金属笼，只能从顶上打开。即使是在如此昏暗的光线下，莉芮尔也能看到缚魔剑就在剑鞘里。它的手柄距离笼子顶端只有几寸远，很容易拿到。但是为了能把剑举高点儿从笼子里拿出来，她必须站到笼子面前去。

她退出来深吸一口气。卧室里的空气似乎更加凝重了，光线也变得更加黯淡，仿佛都在对抗莉芮尔这样的小偷。

坏狗看着她，投以鼓励的目光。但是莉芮尔的心脏还是跳得越来越快，她穿过卧室门，突然感到一阵奇怪的寒冷。

她只走了短短的几步就到了那个架子旁边，她用两手扶着它，小心地握住剑柄和剑柄以下的剑鞘。

莉芮尔的手指刚接触到剑身的金属，剑就发出一阵低沉的哨音，剑柄的咒印闪发出明亮的光芒。莉芮尔赶紧松手，整个人扑上去想挡住亮光和声音。她不敢回头，不想看到馆长在愤怒中醒来的样子。

但是没有震怒的喊声，也没有人严厉地质问她在干什么。红色的光从她眼前褪去，她再次看清了夜里的事物，她竖起耳朵，试图从自己鼓声一样响亮的心跳声中分辨出别的声音。

哨声和光亮转瞬即逝了，她松了口气。很显然，缚魔剑会决定谁能够——以及谁不能够——使用它。

莉芮尔想了一下，弯下腰用只有自己能听见的声音小声说："缚魔剑，今天晚上我想借用一下你，因为我需要你帮我囚禁斯狄肯，它是一种肆行魔法生物。我保证在黎明之前把你送回来。我以我的咒契咒印发誓。"

她摸摸自己额头上的咒印，咒印的光芒忽然照亮这个架子，莉芮尔吓了一跳。然后她用摸过咒印的手指摸了摸缚魔剑的剑柄。

这次它没有发出哨声，剑柄上的咒印只稍微闪了闪。莉芮尔正想长出一口气，不过最后关头她还是忍住了，一定不能暴露自己。

她悄无声息地拿出笼子里的剑，得把剑举过头顶才能完全取出来。必须要说，这把剑很重。莉芮尔起初根本没想到它居然这么重，而且这么长。它几乎有莉芮尔那把练习剑的两倍重，而且有三个练习剑那么长。这把剑长得根本不可能挂到她的腰带上，除非她必须把腰带系到胳肢窝处，否则她就只能让剑尖拖在地上。

这把剑本来就不是给十四岁的女孩用的，莉芮尔最终得出这样的结论。她小心地退回去，关上门，不去思考接下来做什么。

坏狗又不见了。莉芮尔四下看了看，到处没有可供坏狗藏身的地方——除非她把自己缩小了藏在椅子下面。

“坏狗！我拿到了！我们快走吧！”莉芮尔悄声说。

没有回答。莉芮尔等了大概一分钟，但是感觉好像过了很久。然后她走到大门边，耳朵凑在门上听走廊里是否有脚步声。拿着剑回图书馆会是这次冒险中最令人胆战心惊的部分。不管遇到谁她都无法解释。

不过她什么也没听见，于是她直接走到外面。门在她身后伴随着轻微的咔嚓声关上了，莉芮尔看到对面有一团阴影突然伸展开来，她几乎吓得半死。不过，那只是坏狗而已。

“你吓死我了！”莉芮尔小声说。她也快步躲进阴影里，沿着后门二号阶梯直接回图书馆。“你怎么不等我？”

“我不喜欢等待。”坏狗在她脚边转来转去，“再说，我想看看米瑞丽的房间。”

“不行！”莉芮尔的声音比她预想得要大。她跪下一条腿，把剑靠在胳膊弯里，捏住坏狗的下巴。“我告诉过你，不许去别人的房间！万一有人觉得你是个危险的动物怎么办？”

“我就是危险动物啊。”坏狗呜呜地说，“我想变得危险就会很危险。再说，我知道米瑞丽不在啊，我能闻到她不在屋里。”

“拜托啊，拜托了，别去别人可能看见你的地方。”莉芮尔恳求地说，“你要向我保证以后不会这样了。”

坏狗想看着别处，但是莉芮尔用力捏着她的下巴。最终她只能含含糊糊地说了句“保证”之类的话。莉芮尔觉得，考虑到目前的情况，这样就够了。

过了几分钟，她们走下了后门二号阶梯，莉芮尔想起自己对缚魔剑承诺的事情——她发誓自己会在黎明前把它放回梵赛莉的卧室——但是她回不去的话怎么办呢？

她们下了台阶，往主旋梯走去，一直走到有花田的那个房间的门口。看到那扇门，莉芮尔突然停下了脚步。坏狗跟在她身后几码远的地方，这时大步跑上前疑惑地看着她。

“坏狗，”莉芮尔慢慢说，“我知道你不会帮我打败斯狄肯的。但是如果我不能囚禁它，我希望你能在黎明之前帮我把缚魔剑送回梵赛莉的房间。”

“你自己把它送回去吧，主人。”坏狗很有信心地说，像是在咆哮。她犹豫了一下，用更温和的口气说：“如果必要的话，我会照你说的办，我向你保证。”

莉芮尔点头表示感谢，一时间竟说不出话来。她走过最后三十步的路程来到门边，检查了马甲右边口袋里的银鼠和左边口袋里事先准备好的小银瓶，然后拔出缚魔剑，第一次把它像武器一样握在手里，摆出防御的姿势。剑刃上的咒契咒印感觉到了危险，立刻像火焰一样发出明亮的光芒，莉芮尔感觉到了这把剑所蕴含的强大魔法。她知道缚魔剑打败过许多怪物，这让她又有了信心——但是这恐怕是它第一次被一个不知道自己到底在干什么的小姑娘拿在手里。

还没来得及感到恐慌，莉芮尔就已经打破了门上的封锁咒语。坏狗说的没错，这个咒语已经被肆行魔法侵蚀了，而且侵蚀得很严重，她只是轻轻说出口令，咒语就被解除了。

然后莉芮尔晃了晃手腕。手环上的祖母绿闪着光，门咯吱咯吱地开了。莉芮尔估计自己会立即被斯狄肯扑倒——但是门后面什么也没有。

她犹豫着穿过那扇门，皱起鼻子寻找肆行魔法的气味，同时睁大眼睛搜索斯狄肯的踪迹。

和第一次来的时候不同，走廊那头不再有明亮的光芒——只剩下诡异的微光，咒契魔法发出月光一样的光芒，将所有的一切涂上一层灰色。斯狄肯就藏在这个昏暗的空间中。莉芮尔高举着她的剑，走进那个房间，花朵在她脚下发出沙沙的响声。

坏狗跟在莉芮尔身后十步远的地方，脊背上的每一根毛都竖了起来，嗓子里发出低沉的吼声。房间里有斯狄肯留下的痕迹，但是它不在这里。它藏起来了，在等待机会伏击。坏狗忍不住想说话，但是她立刻想起一件事：莉芮尔必须独自打败斯狄肯。于是坏狗趴在地上，看着自己的女主人穿过花丛，走近树和池塘——斯狄肯肯定会藏在那里。

第十三章
斯狄肯和奇怪的魔法

莉芮尔再次被这宽阔花田里的寂静包围了。除了被她踩到的雏菊发出的沙沙声以外，再也没有任何别的声音。

莉芮尔慢慢地绕了个圈，确定没有什么东西偷偷跟着她，随后她穿过整个房间，来到有新月标记的门前。门依然半开着，但这次她不敢贸然闯进去，万一斯狄肯真的藏在外面的话，它有可能把莉芮尔锁在这扇门后面。

那棵树简直就是给怪物提供的绝佳的藏身之地，莉芮尔想象斯狄肯像蛇一样缠在树枝上的样子。它用茂盛的绿叶掩盖身体，银色的眼睛注视着她的一举一动……

在这古怪的光线中，橡树看起来就是一大团阴影。说不定斯狄肯就藏在树上面，并随着莉芮尔的脚步慢慢移动自己的位置，让树始终挡住莉芮尔的视线。莉芮尔一直盯着树看，尽可能把眼睛睁大，仿佛这样能得到更多光线似的。但是她依然什么也没发现，于是她朝树的方向走去。她的脚步因为恐惧越迈越小，心也越揪越紧了。

她太过关注那棵树了，以至于脚下一不小心踩到了水池边缘。泛起的涟漪反射着房间里的人造月光，片刻之后，水面又恢复了平静。

莉芮尔后退几步，抖了抖脚，开始绕着池塘走动。现在她能部分地看清树上的东西，她可以看到一簇一簇的树叶和每一根树枝。但是依然有一团团的不明阴影。每次她眨眼，都会觉得自己看到阴影中有东西在动。

必须有光才行，莉芮尔决定了，哪怕会暴露自己的位置也必须弄出点儿光来。她专注于咒契，需要的咒印渐渐流入她的脑海里——但随即被打断了。斯狄肯从旁边的池塘里窜出来，高举可怕的钩爪扑向她。

还好缚魔剑闪耀着的白光和冒出的热气挡住了它，剧烈的震动让莉芮尔的胳膊有些发麻。她后退几步，伴随着恐惧和愤怒尖叫起来，然后本能地摆出防御姿势。斯狄肯再次扑上来，与此同时火光再次闪耀，水面也发出嘶嘶的声响，莉芮尔只能挥剑勉强挡住它的爪子。

莉芮尔下意识地后退几步，退到树旁边。所有关于束缚、囚禁的咒语都从她脑子里消失了，她也失去了和咒契的联系。生存才是眼下的第一要务，她只能挥剑挡住怪物的致命攻击。

斯狄肯又一次发起攻击，这次的目标更低，瞄准她的腿，但依然被挡开了。自己笨拙的身手居然能做到这种程度，莉芮尔也觉得很惊讶。她直接砍向斯狄肯的躯干。剑尖从它的肚子上划过，冒出一阵火花，把莉芮尔的马甲烧得全是小洞。

但是斯狄肯似乎完全没有受伤，只是更加愤怒了。它继续攻击莉芮尔，每次挥动钩爪都逼得莉芮尔后退几步。莉芮尔绝望地挥舞着缚魔剑，每次格挡带来的冲击仿佛都穿透她的骨头。要举起这把剑就已经让莉芮尔费尽全力了，她向来不擅长用剑，也从不为此感到后悔——但现在她万分后悔。

她再次后退，脚上感觉到一阵阻力，接着又向后跨了一大步，结果踩进一个坑里。莉芮尔失去平衡向后跌倒，恰好躲过了袭击她脖子处的锋利钩爪。

她跌倒的时候，时间仿佛停滞了。为了保持平衡她挥动双臂，胸前门户大开。斯狄肯挥舞着镰刀似的钩爪扑上来，眼看就要将她拦腰斩断。

莉芮尔重重地摔倒在地，但没有感觉到疼痛。她滚到一边，模模糊糊地意识到是两条树根之间的一个坑把她绊倒了，翻滚的时候树根硌得她全身疼。

地面——花朵——还有遥远的天花板上繁星般的咒印——地面——花朵——人造的天空……每次翻滚，莉芮尔都会以为斯狄肯银色的钩爪就要刺穿自己的身体。但是她没看到那个怪物，死亡也没有降临。翻滚了六次之后，她总算停下来找到方向站起身，但是肚子却刺痛难忍。

缚魔剑还握在她手里，斯狄肯左边的钩爪被卡在橡树的一条主根里，它正用力想往出拔。莉芮尔明白了，自己摔倒让斯狄肯扑了个空——它的钩爪卡进树根里了。

斯狄肯看着莉芮尔，银色的眼睛如同火光一般闪耀，嗓子里发出深沉可怕的咕噜声。它的身体开始变形，重心从被卡住的左臂转移到身体右侧。它变矮了，肌肉在仿如人类皮肤的表皮下蠕动，好像蛞蝓顶起树叶，它把力量集中在被卡住的胳膊上。变形尚未结束，它不停地抽动，想要脱困而出，然后继续追杀莉芮尔。

这是个很好的机会——莉芮尔明白——尽管只有几秒钟。咒契咒印浮现在缚魔剑的剑刃上，她专注于这些咒印，同时加入挑选出来的其他咒印。她需要四个主咒印，但是在使用之前，她必须用次级咒印将自己保护起来。

缚魔剑帮助了她，咒印在她脑海里慢慢连成一串，斯狄肯依然在吼叫、挣扎，一点一点地拔出自己的爪子。在内心尚未完全专注于咒契的时候，莉芮尔忽然想到，橡树似乎想竭力困住这个怪物。她能听见橡树发出沙沙的声音，仿佛在用根系努力攫住那只爪子。

最后一个咒印也轻快地进入莉芮尔的脑海。她释放出这个咒印，咒契魔法的力量从她全身的血液和骨头里奔涌而过，帮助她召唤了四个主咒印。

斯狄肯拔出爪子，橡树发出巨大的叹息，同时喷出淡绿色的树液，此时第一批主咒印恰好在莉芮尔脑海里成形，即使有咒印保护自己，莉芮尔也不敢让主咒印在头脑中停留。她释放出咒语，让它附在剑身上，看起来像闪亮的油脂一样扩展，随后突然爆发出火焰，整把剑都冒出了金色的火光。

斯狄肯此时恰好跳过来，它想转身躲避，但是已经来不及了。莉芮尔跨步上前，刺出完美的一剑，正中怪物的颈部。金色的火焰瞬间爆发出来，火花四溅，好像彗星尾部一般。斯狄肯在距离莉芮尔只有两步远的地方停下来，它的钩爪差点就从左右两侧同时抓住莉芮尔。

莉芮尔呼唤第二个主咒印。咒印又一次附上剑身。这一次它接触到斯狄肯的脖子时就消失了。片刻之后，斯狄肯的皮肤开始出现裂纹并逐渐萎缩，它崩裂的皮肤一落到地上就发出白色的光芒。不到一分钟，斯狄肯就不再是人形了。现在它只是一束被剑固定住的炽烈白光，此外没有任何特征。

第三个主咒印离开缚魔剑进入那束白光。斯狄肯剩余的这部分也开始收缩，最终变成了直径一寸的光球，被缚魔剑的剑尖压住。

莉芮尔从马甲口袋里掏出金属瓶放在地上，用剑将斯狄肯发光的残余部分装进瓶子里。然后她收回缚魔剑，把它放在一边，用塞子把瓶子塞好。又过了一会儿，她召唤第四个主咒印封住这个瓶子，只见一道光缠在了瓶身和塞子上。

瓶子在她手中震动了一会儿，然后就不动了。莉芮尔把瓶子放回口袋里，把缚魔剑放在旁边，坐下来大口地喘着气。一切都结束了。她囚禁了斯狄肯。她一个人做到了。

她努力转身检查自己胳膊和后背上的伤口。这时候，一道光从她眼角滑过，是从树的附近发出来的。她立刻再次警觉起来，马上握住缚魔剑，仿佛所有疼痛都消失了。她拿起剑走过去查看。应该不会是还有一个斯狄肯吧？它有没有可能在最后一刻逃走了？她检查了瓶子，瓶子依然牢牢地封着。会不会只是第四个咒印的闪光，她一时眼花看错了？

那道光再次闪过，莉芮尔靠近后看清了，那是柔和的金色的光，她松了口气。那是咒契魔法的光，她总算是安全了。那道光来自刚才把她绊倒的坑。

莉芮尔疲倦地用剑戳了戳那个坑，显然泥土被人挖走了。光芒来自一本书，书的封面毛茸茸的，看起来是带着毛的皮子。莉芮尔用剑作为杠杆把书撬出来。她见过这棵树夹住斯狄肯，她可不希望自己也被夹住。

把书从树根里挖出来之后，莉芮尔将其捡起来。封面上的咒契魔法很眼熟，是为了让书保持干净，不被蠹虫和蛀虫咬坏。莉芮尔将这本大书夹在胳膊底下，她忽然意识到自己已经大汗淋漓，满身都是泥土和花瓣，而且累得要死，更别提全身的瘀伤了。但是真正受损的只有她的马甲，这件衣服被烧了几百个洞，估计是补不好了。

她回到出口处的时候，坏狗从花丛里站起来迎接她。坏狗用嘴巴叼着剑鞘，莉芮尔拖着剑柄，她们就这样往回走了。

“我做到了。”莉芮尔说，“我封印了斯狄肯。”

“呜呜呜……”坏狗边叫边用后脚跳了跳，然后小心地放下剑说，“太好啦，主人。我知道你做得到的，这就是肯定的。”

“真的吗？”莉芮尔看着自己的手，她的双手现在还在抖动。然后她整个身体都抖起来，只能坐下休息一会儿。她没注意到坏狗温暖地靠着她的后背，也没注意到坏狗在鼓励地舔她的耳朵。

“我把剑送回去吧。”坏狗主动说，莉芮尔这时总算不发抖了。“你休息一会儿等我回来。我很快就会回来的。你会没事的。”

莉芮尔说不出话来，只能点头。她拍拍坏狗的头，然后躺在花从里，让香味淹没了自己，柔软的花瓣蹭着她的脸。她的呼吸慢下来，越来越平稳，眼睛也眨得慢了——最终完全闭上了。

坏狗等到莉芮尔完全睡熟，然后短促地叫了一声。一个咒契咒印从她嘴里冒出来，悬在熟睡的女孩上方。坏狗抬起头，很有经验似的打量了一下咒印，然后很满意地用有力的下颚叼起剑小跑着消失在主旋梯上。

莉芮尔醒来时，已经是早上了——至少洞穴里的光更亮了一些。她似乎觉得自己上方有个咒契咒印，但是那感觉只是个梦，她清醒了坐起来之后，发现周围什么也没有。

她觉得全身僵硬酸痛，也就和她每年完成剑术弓术测试之后的情形差不多。马甲肯定是补不好了，但是她有替换用的，除此之外她身上并没有和斯狄肯搏斗过的痕迹。没有需要去医院看的地方，医院……菲丽丝。莉芮尔感到有些遗憾，因为自己不能把打败斯狄肯的事迹跟曾曾祖母分享了。

菲丽丝也会喜欢坏狗的，莉芮尔一边这样想着，一边去看坏狗睡在哪儿。她正缩成一团呢，尾巴搭在后腿上，几乎碰到了鼻子。她轻轻地打着呼噜，偶尔抖一下，大概正梦见追兔子吧。

莉芮尔正想去叫醒坏狗，但是忽然感觉到那本书硌到自己了。在亮光下，她看清了，那本书并不是用毛皮装订的，而是表面上包着一层结实的毛织物，这真是很特别的装帧。

她拿起书来，翻开第一页，还没等读出来，她就明白，这本书里面讲的全都是魔法。它的每个角落里都是咒契魔法。纸张、墨水中无处不是咒印，就连书脊缝线中都有咒印。

书名页上简单地写着《莱昂皮肤技法》。莉芮尔翻了一页，本以为会看到目录，但是直接进入了第一章。她开始读“第一章”的文字，但是文字突然变得模糊起来。莉芮尔眨眨眼睛，又揉揉眼睛，然后再去看书，但是那一页的标题已经变成了“前言”，她确信自己没有翻过书。于是她又往回翻了一页，前面还是标题页。

莉芮尔皱皱眉头又往后翻。后一页还是“前言”，于是她赶在文字变化之前开始阅读。

“制作咒契皮肤的方法。”她接着读道。

咒契皮肤可以让魔法师外表酷似动植物。一个制作正确的咒契皮肤，按照规范的方法使用，可以让法师变成自己所需要的外形，且具有该外形所具有的一切特性、感觉、局限性和优势。

本书是有关咒契皮肤制作技法的一套理论总结，对初学皮肤制作的人来说是实用指南，也是制作完整咒契皮肤的一份概要，包括制作莱昂、马、蟾蜍、灰鸽子、银桦树、潜水鸟等实用的皮肤。

学习的过程就包含在其中。如果严格按照书中的规则来进行，持之以恒的法师能够在三四年内制作出第一套咒契皮肤。

“这本书看上去倒是很有用。”坏狗也醒了，把鼻子伸到书上，打断了莉芮尔的阅读，很显然，她希望在早上起床时有人能替她挠挠耳朵之间的地方。

“很有用。”莉芮尔想绕过坏狗继续看书，但是没能成功。“显然如果我按它的内容学习，得花三四年才能首次变形成功。”

“一年半就行了。”坏狗打了个哈欠，“你要是懒的话大概需要两年。你就算用上咒契皮肤，也不是让自己变形。另外，你得做对于探险有帮助的咒契皮肤才行。你知道吧，方便穿过小洞的那种。”

“为什么？”莉芮尔问。

“为什么？”坏狗用不可置信的语气重复了一次，用头顶顶莉芮尔的手。“有那么多好看好闻的东西啊！图书馆有好多层都是几百几千年没有人去过的！屋子里锁满了古老的秘密。财宝！知识！乐趣！你想一辈子只当三级助理图书馆馆员吗？”

“确实不想。”莉芮尔僵硬地回答，“但我想当个真正的珂睐。我想有预视能力。”

“嗯，那也许我们可以找到某种方法帮你唤醒你的预视力。”坏狗说，“我知道你必须工作，但是还有很多空闲时间不可浪费。还有什么比探险更有趣的呢？我们去那些一千年来都没有人去过的地方看看吧。”

“我想确实可以这样。”莉芮尔表示同意。坏狗说的话让她充满向往。图书馆里还有很多她想打开的门，还有很多奇形怪状的岩洞，如主旋梯就在一个岩洞的位置突然终止——

“再说，”坏狗再次开口，打断了她的想象，“这里有股未知的力量，它想让你使用那本书。应该是某种力量释放了斯狄肯，而那个怪物的出现又唤醒了别的魔法。而且如果你不配拿到那本书，树根本就不会把它给你。”

“也许吧。”莉芮尔说。她不太喜欢斯狄肯是受到外界帮助才得以逃脱的想法。因为这样等于在暗示，古层区还隐藏着更强大的邪恶力量，甚至可能是某种能够从极远处，穿过层层防御潜入珂睐冰川的强大力量。

如果还有像斯狄肯这样的怪物——这种肆行魔法构成的强大实体——存在于图书馆中，莉芮尔觉得自己有责任把它们找出来。她觉得打败斯狄肯让她无意识地迈出了消灭怪物、保护珂睐的第一步。

探险还可以打发时间，可以让她转移注意力。莉芮尔发觉最近几个月，她都没怎么想着觉醒仪式或者预视能力了。只要她醒着，她就一直在忙着造狗以及查找打败斯狄肯的方法。

“我会学着做有用的咒契皮肤。”她说，“那就让我们继续去探险吧，坏狗！”

“很好！”坏狗说着高兴地叫了一声，在洞穴里形成回音。“现在你最好跑起来，回去洗漱、换衣服，免得伊姆什到处找你。”

“现在几点了？”莉芮尔紧张起来。这里没有青年公寓里吉瑞丝的起床哨，也没有阅览室里的报时钟，她不知道现在究竟是什么时间。大概是早上吧，因为她觉得自己并没有睡太久。

“早上的六点半吧。”坏狗竖起耳朵，仿佛在听远处传来的钟声，“大概……”

话音未落，莉芮尔就已经一瘸一拐地跑掉了。坏狗叹了口气，伸展四肢大步跑起来，赶在莉芮尔关门之前追上了她。

第二部

古王国

——塔齐斯顿一世即位后第十八年

第十四章

萨姆斯王子得六分

珂睐冰川六百里以南的地方，二十二个少年正在进行板球比赛。在界墙以北三十里处的古国，现在正是深秋。而在安塞斯蒂尔，现在却是夏末，天气温热晴朗，很适合举行高中男子守卫杯联赛，眼下是对抗激烈的决赛，参赛队伍是来自十八所中学的前六名。

现在是比赛的最后阶段，想要赢得这一个击球局、赢得整场比赛，甚至整个联赛，就必须抓住剩下的最后一次得分机会，无论哪一方，只要再得三分这一局就能获胜。

最后一球的击球手是个还差一个月满十七岁的少年，他有着微卷的深棕色头发和黑黑的眉毛，并不是特别帅气，但是看起来也很顺眼。他穿着白色法兰绒的板球运动服，很是醒目。和之前的比赛相比，他们已经不再是一支实力弱、配合不默契的队伍了。他们现在挥汗如雨地比赛，已经得到了七十四分，其中六十分是这位击球手得到的。

一大群人坐在看台上俯瞰拜恩板球场——比平时观看高中生比赛的人多很多，也比之前他们和多曼兰中学的队伍比赛时来的人多。大部分观众都是来看那个高个子击球手的。倒不是因为他比队伍中的其他人更出色，而是因为他是王子。准确来说，他是古国的王子。界墙隔开了安塞斯蒂尔和北方那片充满魔法的神秘土地，拜恩是距离界墙最近的一座城市，它在十九年前遭到了亡者生物的入侵，是这个击球手的父母——主要是他的母亲——帮助打败了亡者，挽救了这座城市。

萨姆斯（萨姆）王子也知道拜恩的居民对他有些好奇，他对此并不在意。他的注意力都集中在球场另一边的投球手上，对方是个红头发的大个子男生，他的快速投球很有攻击性，已经击中三门柱了。但是他好像已经累了，最后一个球看起来有些飘忽。萨姆斯和他的搭档——特德·霍普金斯，奋力将球打过球场，抓住了最后一个攻方得分的机会。萨姆斯估计，如果投球手依然不能恢复之前那样的力气和精准度，他就有机会。注意啊，投球手并没有着急，他慢慢伸展胳膊，看了看天上翻滚的云朵。

萨姆斯个人觉得，天气有点让人分心。几分钟前，一阵正北方的风吹过，从古国和界墙那边带来了魔法的气息。萨姆斯额上的咒契咒印有些刺痛，他不禁担心是否又出现了亡者。但他所在的地方并不是很冷，何况近期并没有人在板球场上死去。

最终投球手开始助跑，红色的球飞过球场，萨姆斯跨步上前击中了球。柳木板撞上皮球发出“砰”的一声，球从萨姆斯的左肩飞出去。越飞越高，最终沿着一条弧线跃过奔跑的外野击球手落进看台，被一个穿着过时板球制服的中年男人捡了起来，他跳到座位上向大家展示。

六分！观众席上爆发出一阵阵欢呼声。萨姆斯的脸上露出了微笑，特德挥手跑过来，欢呼着，然后他和对方球员握手，在离开场地回帐篷里的更衣室途中又和许多人握手。在握手的空闲，他抬头看了看记分板的数据。他得了六十六分，未出局，这是个人最好成绩，也是他高中板球生涯的完美结局——也许是全部的板球生涯，他心想。因为再过两个月，他就要回古国了。界墙以北是不玩板球的。

更衣室里，他的朋友尼古拉斯（尼克）第一个上前祝贺他。尼克是个非常厉害的球员，擅长投旋转球，但是当击球手就不行了，当外野投手就更差劲了。他经常走神，看地上的昆虫或者天上古怪的云。

“干得好，萨姆！”尼克一边大声说，一边用力握住他的手，“母校萨默斯比又一次获胜。”

“现在还不能说是母校萨默斯比，”萨姆坐在长凳上休息，解开垫子，“奇怪吧？整整十年我们都在抱怨这个地方，但是到了要走的时候……”

“我懂，我懂，”尼克说，“所以你应该跟我一起去考威尔，萨姆。上大学基本上还是会维持老样子，别再为未来担忧——”

不管他接下来想要说什么，都被蜂拥而至的前来和萨姆握手的队友打断了。就连教练兼萨默斯比中学脾气最暴躁的体育老师——科克伦先生，也上前拍拍他的肩膀说：“非常厉害，萨姆斯。”

一个小时后，他们坐上了学校大巴，此时所有人都被北风带来的骤雨淋透了。天气一会儿放晴，一会儿下雨，都只持续几分钟。

不幸的是，最后一阵雨恰好在他们穿过马路上车的时候下了起来。

沿着拜恩高速公路往南开，大约三个小时就能到萨默斯比。当司机偏离高速公路进入一条狭窄的乡村小路时，大家都非常惊讶，因为高速路就在拜恩市外。

“等等，司机！”科克伦先生说，“你到底在往什么地方开？”

“绕一下路。”那个人说得很简单，好像连嘴巴都没动。学校的专职司机弗雷德前天在掷飞镖比赛中和人发生争执，结果打架弄伤了手臂。今天这个人是临时来替代弗雷德的。“我从信差那里听说，比尔兹利那段高速公路被淹了。”

“很好。”科克伦说，然而他皱着眉头似乎对此有所怀疑。“太奇怪了。我居然不知道那里在下雨。你确定你知道怎么走吗，司机？”

“嗯，当然知道。”那个人很确定，某种类似微笑的表情从他僵硬的脸上浮现，“走贝克顿桥。”

“没听说过。”科克伦很不以为然地说，“不过你知道就好了。”

男孩子们没怎么注意这次对话，也没注意到路线的改变。为了准时赶到拜恩，他们早上四点就起床，一整天都在打比赛。现在他们绝大多数人都睡着了，包括尼克在内。萨姆斯还醒着，他还为自己获得制胜的六分而激动不已。他看着窗外的雨和乡村的景色。校车经过了几处定居点的农场，柔和的电灯光映在他们的车窗上。电报线路杆从路边逐一闪过，他们经过一个村子时，他还看到了一座红色的电话亭。

他很快就要离开这一切了。电话、电力等现代技术在界墙另一边完全无法使用。

十分钟后，他们又看到了一些界墙以北不可能见到的景物。那是一片空地，上面搭建了几百顶帐篷，歪歪斜斜的铁丝上挂满了湿漉漉的衣服，一片混乱。校车经过这里的时候慢了下来，萨姆斯看到大部分帐篷里都有女人和小孩挤在门口，忧伤地看着雨。他们都带着蓝色头巾或者帽子，这说明他们是迁移到南方的难民。有超过一万人被安置在临时避难所里，这片被《考威尔时报》称为“我国遥远的北方地区”，显然就是指界墙附近。

萨姆斯心想，这里看来就是近三年来迅速增多的难民定居点之一，他注意到这个定居点被三层波纹折叠式的线缆围起来，几个警察守在大门前，雨水从他们的头盔和深蓝色雨衣上滑落。

南方的人也在躲避战争，在更南部地区，与安塞斯蒂尔隔着桑德海的四个国家正在打仗。这场战争是三年前开始的，起初是伊斯克里亚的奥塔奇爆发了小暴动，本来似乎并不会成功。但是暴动却发展成了内战，然后把邻近的卡拉莱姆、伊斯内尼亚和科罗维亚三国也卷了进来。据萨姆斯所知，至少有六股势力参战，包括伊斯克里亚过去的军队，最初起来造反的无政府主义者，卡拉莱姆暗中支持的传统势力，以及科罗维亚的帝国主义者等。

一般来说，安塞斯蒂尔不参与南部大陆的战争，因为他们相信海军和空军部队可以阻隔大海对岸的一切麻烦。但是战争渐渐扩大到了整个大陆，唯一和平安全的地方就是安塞斯蒂尔了。

因此，安塞斯蒂尔是难民的主要目的地。很多人都被送回了海对岸，还有更多的人在各大港口等待。但每次有大船送难民返航的时候，同样也会有小船在安塞斯蒂尔登陆，让像沙丁鱼一样被塞得满满当当的两三百个难民下船。

更多的人在途中就会饿死或淹死，但是依然有人前赴后继地赶来。

最终他们被集中在一起，送到临时营地里去。从理论上来说，他们会成为安塞斯蒂尔联邦的合法移民，但是实际上，只有那些有钱、有人脉、懂技术的人才会成为真正的合法移民。其他人就只能待在难民营，等到安塞斯蒂尔政府想出办法把他们全部遣送回国为止。但是战争越来越激烈，越来越紧迫，任何逃离了战场的人都不愿意再回去。每次大规模遣返难民的行动都会遭到绝食、暴乱等形式的反抗。

汽车减速的时候，尼古拉斯醒了，他睡意十足地说：“爱德华叔叔说，克罗里尼这家伙打算把这些南方人送到你们边境的森林处，越过界墙。他说因为这边已经没有位置了，而古国倒是很空阔的。”

“克罗里尼是个煽动大众的平民主义者。”萨姆斯直接用了《考威尔时报》里的说法。他妈妈管理着古国和安塞斯蒂尔往来的大部分文书，她对克罗里尼的评价非常尖刻，这个人自从南部战争开始以来就迅速获得了重要职位。妈妈认为他是个危险的自大狂，有了权力什么都干得出来。“他不知道自己在说什么。他们会在边境地带死去。那里一点也不安全。”

“那里有什么情况？”尼克问。他知道自己这个朋友不喜欢谈论古国。萨姆总是说，那里和安塞斯蒂尔截然不同，尼克很不理解。没有人知道古国究竟什么样，尼克在图书馆里也只能查到很少的资料。军队封锁了边境，别的什么都不知道了。

“那里很危险……危险的动物还有……其他东西。”萨姆斯回答，“我之前跟你说过了。枪和电器在那里完全不能使用。那边不像——”

“不像安塞斯蒂尔。”尼古拉斯笑着打断了他，“你知道吗，我打算假期亲自去古国，去你那里。”

“希望你能来。”萨姆斯说，“整整六个月要和艾丽米尔在一起，我很想见到一张友好的面孔。”

“你怎么知道我不是去看望你姐姐的？”尼克很夸张地瞟了他一眼，王子老是说他姐姐的不好。这时候，正想说点儿什么，但是被窗外的景象打断了。

难民营已经被抛在后面，他们现在在一片浓密的森林中。远处模糊不清的太阳挂在树梢上。萨姆和尼克两人看向车子的左手边，太阳应该在右边才对啊。这样说来，他们正在往北开，而且已经开了好一会儿了。他们正在往北，靠近界墙。

“我最好去告诉科克伦。”坐在靠过道位置的萨姆斯说。他正要站起来向车子前面走去的时候，引擎突然发出轰鸣，车子猛地往前一冲，几乎把萨姆斯甩在地上。驾驶员骂骂咧咧地拉下几个档杆之类的东西，但是引擎还在轰鸣。驾驶员仍旧咒骂个不停，引擎高速运转着，发出的尖锐声音吵醒了车上每一个昏睡的人。然后车子突然停住了。车厢顶灯和前车灯都熄灭了，车子彻底熄火了。

突然醒来的少年们一片哗然，萨姆不得不大声呼喊科克伦：“教练！我们在往北开！我们可能已经快到界墙了。”

萨姆从地上爬起来说话的时候，科克伦正从他自己那边的窗户往外看，他马上转过身，那充满威慑力的大块头立刻让周围的男生们闭嘴了。

“安静！”他说，“谢谢，萨姆斯。每个人都在自己的位置上坐好。我马上——”

不管他想说什么，总之都被司机关上车门的声音打断了。男生们无视科克伦的命令冲到窗户边，看到司机跳过路边那道墙，仿佛被什么恐怖的敌人追赶一样跑进树林里。

“这是怎么回事？”科克伦也看着窗外。吓跑了司机的那个东西在他看来似乎并不可怕。他打开车门走到外面雨地里，撑开自己的伞。

他一离开大巴，几乎每个人都冲到车头的位置。萨姆站在过道上，正好跑在最前面。起初他只是看到路上有个路障，旁边有个很大的红色标记。因为雨很大，他看不清是什么标记，但是他知道那个标记的意思。假期回古国的时候他见过同样的标记，这个红色标记表示从此处起是国界，这里是安塞斯蒂尔军队为守卫界墙而建立的防御带。这个标记再往北，公路两边的树木都消失了，被一条半英里宽，由据点、壕沟和带钩刺的线缆组成的隔离带所取代，隔离带从东向西延伸。

萨姆想起了标记上写的是什么文字，他装作自己能看透雨帘似的，背出标记上熟悉的字句。知道这些对他们来说很重要。

边境指挥部

北部军队

未经授权任何人不准进入边境区域。

任何试图穿越边境者将立即被射杀。

持有授权通行证者须报告边境指挥总部。

切记——当场射杀，不予警告！

他说这段话时严肃的语气让大家都沉默了。随后各种问题接踵而至，但萨姆没有回答。他起初以为司机逃跑是因为距离界墙太近而感到害怕。但是万一他是故意把大家带到这里来的呢？而且，已经有两个戴着红帽子的军事人员从岗亭里出来了，他是怎么跑掉的呢？

萨姆斯的家族在古国有很多敌人。其中有些是人类，可以看似自由地出入安塞斯蒂尔。有些则不是人类，它们很强大，说不定可以突破界墙，向南行进，尤其今天风从北方吹来。

萨姆来不及披上雨衣就跳下车，跑到那两位军官和科克伦先生站立的位置。准确来说，是那两个军官喊话让科克伦先生站住的位置。

“让所有人从那辆车上下来，并且让他们迅速离开。”军官大喊，“迅速跑步离开，稍后再减速，明白吗？”

“为什么？”科克伦先生有些不高兴。和萨默斯比的大部分老师及教员一样，科克伦先生也不是从北方来的，他不知道有关界墙和古国边境的事情。他对待萨姆斯的态度和对待学校里的另一位王子一样，那个孩子是来自遥远的卡西默尔的白化病患者——他不像皇室成员，反倒像个被领养来的孩子似的。

“马上照办！”那个中士命令道。萨姆斯注意到，他似乎很紧张。他的手枪皮套已经打开，眼睛则不住地打量周围的树林。和边境上的众多士兵一样，他左边腰上别着一把尖利的剑，卡其色的战斗制服外还穿着一件锁甲——安塞斯蒂尔其他地方的军队没有这种配置。虽然他头上戴着红色的军官帽，却和边境要塞士兵戴的那种把脖子全部遮住的头盔不同。萨姆注意到这两个人头上都没有咒印。

“这样可不好。”科克伦表示反对，“我要求和你们长官谈话。我不能让我的学生淋雨跑步。”

“我们最好按这位军官说的做。”萨姆来到他身后，“树林里有些东西——而且越来越靠近了。”

“你是谁？”中士问道，同时拔出佩剑。跟他一起的下士立刻配合着来到萨姆身后。隔着十一号板球帽，他们两人清楚地看到了萨姆的咒印。

“古国的萨姆斯王子，”萨姆说，“我希望你们联系巡逻队的多伊少校，或者总部的廷德尔将军，告诉他们，我在这里——此外，那边的树林中至少有三个亡者手卒。”

“完蛋了！”中士惊呼，“就知道有什么东西随风过来了。它们是怎么——算了，无所谓了。哈里斯，原路返回岗哨，汇报总部。告诉他们，我们遇到萨姆斯王子和一群中学生。至少有三个A级入侵者。使用信鸽和火箭，电话估计不能用了。赶快行动！”

那位下士不等中士闭嘴就跑开了。接着，科克伦又开始说话了。

“萨姆斯！你要做什么？”

“没时间解释了。”萨姆焦急地回答。他感觉到了亡者手卒的气息——它们是被来自冥界的亡者附身的尸体——正穿过树林沿路走来。它们似乎还没察觉到活人，但是等它们一旦察觉到，就会在几分钟之内赶到。“我们必须让所有人离开这里——必须尽可能远离界墙。”

“但是……但是……”科克伦语无伦次，涨得满脸通红。自己的学生竟然这样指挥自己，他自己都有点儿震惊。他本来还想说什么。但此时那位中士拔出左轮手枪，冷静地说：“现在，让他们全部离开，不然我就要开枪了。”

第十五章

亡者入侵

五分钟后，整个球队都站在雨里沿大路往南跑。根据萨姆斯的指示，他们拿着击球板、带有金属尖的门柱杆和板球作为防身武器。中士和他们一起跑步离开，他的左轮手枪有效制止了科克伦的抗议。

一开始，男生们以为只是开玩笑，都吵吵嚷嚷地跑着。但是天越来越黑，雨也越来越大，他们也越来越安静了。随着身后的四声枪响和远处一阵痛苦的尖叫，他们全部安静下来了。

萨姆斯和中士互相看了看，他们的眼神里都充满了恐惧，他们都知道发生了什么事情。枪声和尖叫肯定来自刚才返回岗哨途中的下士哈里斯。

“周围有没有河流或者流动的水源？”萨姆斯喘着气问。他脑子里想的全是小时候听到的关于亡者的传说。中士没有说话，只是摇了摇头。他不停地回头看，跑的时候险些摔倒。在听到尖叫之后又过了片刻，他看到了自己在寻找的东西并指给萨姆斯看：那是三颗带有降落伞且正徐徐降落的红色的照明弹，是从北方几里处投过来的。

“哈里斯至少放出了信鸽。”他喘着气说，“或许电话还能用，因为他的枪也还能用。很快就会有警备队和巡逻队来增援了，先生。”

“希望如此吧。”萨姆斯回答。他能感觉到亡者就在这条路上紧跟着他们，而且速度很快。前方似乎没有安全的地点。没有农庄，没有谷仓，也没有河流，亡者不能渡过流动的水。事实上，这条路似乎通往一个低洼处的湖泊，而且那里还十分昏暗，是一个伏击的好地方。

萨姆正在这样想着的时候，突然感觉到一阵亡者的气息。起初，他有些迷惑，但立刻明白了这是怎么回事。一个亡灵出现在他们面前黑暗的公路上。更糟糕的是，它是新被召唤的，才刚从冥界出来。没有哪个亡灵会自愿穿过边境，这些都是亡者手卒，是被身在界墙以南的安塞斯蒂尔境内的役亡师召唤来的，由役亡师的意志控制着，它们比普通亡灵危险得多。

“站住！”萨姆尖叫，他的声音打断了雨声和柏油路面上的脚步声。“它们就在我们前面。必须离开大路！”

“谁在前面啊，小子？”科克伦又有些生气了，“我们已经走得够远了……”

这时，从前方的阴影中蹒跚着走出一个人影，来到马路中间，科克伦的声音有些颤抖了。那是个人，或者说曾经是个人，但是现在，它的胳膊只被几丝皮肉吊着，头基本上就是个骷髅，只能看到深陷的眼窝和闪亮的牙齿。毫无疑问，这是个死人，经过雨水冲刷，一些腐烂的组织已从它身上掉落。它走动的时候，一块块的泥土掉下来，显然它是刚刚从泥土里爬出来的。

“左边！”萨姆大喊着指向左边，“所有人都往左走！”

听到他的声音，惊呆的人群又活动起来，男生们跳过路边的石墙。科克伦扔了他的伞第一个跳过去。

那个亡者感觉到了自己渴望的生命，立刻僵硬地跑起来。中士靠着墙，等亡者到达距离自己十英尺[1]处，将那把点455左轮手枪里的五颗子弹全部都射向那个亡者。五颗子弹相继击中它的躯干，武器发挥了作用，中士松了口气。

那个怪物后退几步，终于倒下了。但中士并没有停下脚步，他在边境一带服役很久了，知道亡者还能再站起来。子弹确实可以阻止亡者手卒，但是必须把它打成碎片才可以。白磷手榴弹的效果会更好，如果能够正常使用的话，手榴弹可以直接把它们炸成灰烬。可是枪、手榴弹以及其他安塞斯蒂尔军队的标准技术装备在靠近界墙和古国的地方都无法正常使用。

“快上山！”萨姆指着前方树木稀疏地方的小丘说。如果他们能跑到山上，就能看清楚周围的情况，还能有一点儿占据高处的优势。

就在他们飞跑的时候，一阵刺耳的、绝不像人类的声音从他们身后传来，尖厉无比。萨姆知道，那是从亡者手卒干枯的胸腔里发出的声响。这一个亡者不是刚才被中士射中的那个，这一个是从右

[1] 英尺，长度单位，1 英尺 =0.3048 米。

边过来的。与此同时，萨姆还感觉到，还有数个亡者从左右同时赶来包围了整个山丘。

“这附近有个役亡师，”萨姆边跑边说，“这附近肯定有很多才死去不久的尸体。”

“有一辆载满南方人的卡车……在这附近翻车，冲出了马路，就在一个半月前。”中士喘着气飞快地说。“十九个人死了。死者的去向……不太明了……阿切尔的教会委员不肯……收留他们……军队火葬场也不愿意收留……所以就埋在路边。”

“真是太愚蠢了！”萨姆斯大声说，“这里离界墙太近了！他们必须被火葬才行！”

“那些小职员干的事，”中士喘着气，弯下腰躲过树枝，“管理条例规定在边境管辖区内不得……土葬。但是这是……管辖区外。懂我的意思了吗？”

萨姆斯没有回答。他们现在开始爬山了，他必须集中精力。现在至少有十二个亡者手卒在追赶他们，每个方向都有三四个，范围很大。而且还有些别的东西，役亡师很可能就在附近，很可能就在之前埋尸体的位置。

山丘顶上没有树，只有几棵被风吹倒的矮树。就在他们快要到达山顶时，中士突然喊停。

“右边！大家靠拢。有谁掉队没有？一共多少人——”

“十六人，包括科克伦先生在内。”擅长计算的尼克说。科克伦瞪了他一眼，然后不说话了。他回头看了看，同时让自己的呼吸平静下来。“每个人都在这里。”

“我们还有多少时间，先生？”中士向萨姆问道。他们都回头看着山下的树林。什么都看不清。大雨加上夜幕降临让一切变得更加模糊不清。

“最前面的两个还有几分钟就能追上我们了。”萨姆斯阴沉着脸说，“雨水拖慢了它们的速度。但我们必须得把它们击倒，用球门柱钉住它们。尼克，把所有人分成三人一组。两个击球手，另一个人拿好门柱待命。不，特德和阿思梅尔一组。它们来了之后我会用……我会想办法分散它们的注意力。击球手竭尽全力瞄准它们的腿击倒它们，然后用门柱钉住它们的胳膊和腿。”

萨姆斯说到这里停下来，他注意到一个男生看着自己手中那根两尺半长、带有金属尖的门柱杆。从那个男生的表情上来看，他不打算用这根门柱杆刺伤任何东西。

“那些根本不是人！”萨姆大声说，“它们已经死了。如果不打败它们，它们就会杀了我们。可以把它们想成野兽，记住，我们是为了保命而战斗。”

一个男生不声不响地哭起来，泪水无声地从他脸上滑落。一开始，萨姆以为是雨水淋在他脸上，但后来，他注意到那个男生脸上满是极度恐惧的绝望神情。

他想说些鼓励的话，这时候尼克指着山下大喊：“他们来了！”

三个亡者手卒从树林里走出来，仿佛喝醉酒一样踉跄地走着，它们的胳膊和腿显然没被很好地控制。它们的身体在车祸中被破坏得很严重，萨姆暗暗评估着他们的力量。破坏严重是好事。这样它们速度更慢，也更不容易协作。

“尼克，你那组对付左边那个。”他飞快地下达命令，“特德，你这组在中间，杰克这组负责右边。瞄准他们的膝盖，他们一倒下就用球门柱钉住它们。不要让它们抓住你——它们其实力气特别大。其他所有人——包括你们两个，中士和科克伦先生——后退，帮助遇到危险的队伍。”

“是，先生！”中士回答。而科克伦只是点了点头，漠然看着渐渐靠近的亡者手卒。在萨姆的印象中，这是科克伦第一次没有脸红脖子粗。他脸色苍白，白得像那些逐渐靠近的亡者，那是充满病态且毫无生气的一种白。

“大家听我的命令。”萨姆喊道。与此同时，他开始接触咒契。一般来说，在安塞斯蒂尔是不可能接触到咒契的，但是此地靠近界墙，倒是有接触咒契的可能，只是有些困难而已，就像在一条深深的河中潜泳一样。

萨姆斯接触到了咒契，熟悉的触感令他感到安慰，咒契是永恒的，将他和世间的万物联系起来。然后，他呼唤自己需要的咒印，让它们停留在自己的意识中，并念出这些咒印的名字。当一切准备好之后，他挥出右手，三个手指张开，每个手指都代表一个靠近的亡者。

“阿奈！卡鲁！弗罕！”他大喊。咒印像银色的利刃一样从他指尖飞出去，以肉眼看不清的速度呼啸着从空中飞过。每个咒印击中一个亡者手卒，在它们腐烂的躯体上留下拳头大的洞。三个亡者都摇晃着后退，其中一个倒下了，手脚像四脚朝天的甲虫一样挥舞着。

“真是太棒了！”萨姆旁边的一个男生说。

“快上！”萨姆叫道，男生们挥舞着临时武器大喊大叫地冲上去。萨姆和中士也跟着大家一起，但是科克伦却独自一人从右边往山下跑去。

一阵模糊的尖叫声传来，球拍抬起又落下，钝重的球门柱穿过腐肉，扎进坚实的泥土里。

萨姆只觉得一片混乱，种种声音、形象、情绪交织在一起，他甚至不知道到底发生了什么。他正在帮助德鲁特将一根球门杆插进一个不断挣扎的亡者的上臂里。即使四肢都被木桩穿透，它依然在挣扎，险些就挣脱了，还好几个男生推来一个大石头压住了它那只挣脱出来的胳膊。

萨姆意识到每个人都欢呼起来，他后退几步，擦掉脸上的雨水。每个人都在欢呼只有他除外，因为他感觉到了更多的亡者从马路以及山丘的四面八方爬上来。他环顾四周，发现只剩下三根门柱杆、五个击球板，其中两个击球板还是坏的。

“后退。”他的命令打断了人们的欢呼，“还有更多的亡者来了。”

他们撤退的时候，尼克和中士待在萨姆身边。尼克首先低声问：“我们现在做什么，萨姆？那些东西还在动！它们不到半小时就能挣脱。”

“边境部队半小时之内就能赶到，”萨姆看着中士小声说，中士点头表示确认，“我担心的是新来的这一批。我唯一能想到的是……”

萨姆停住了，尼克问：“是什么？”

“这些都是亡者手卒，不是自由行动的亡者。”萨姆回答，“它们是临时造就的。那些尸体里的亡灵只是役亡师快速召唤出来的。它们不强大也不聪明。如果我能找到控制它们的役亡师，就能让它们互相攻击，或者在原地转圈。甚至可以把其中一些送回冥界。”

“好，我们就去找到那个役亡师吧。”尼克坚定地说，但还是紧张地望了望山下。

“没有这么简单。”萨姆有些心不在焉。他的注意力都放在那些被自己感知到的手卒上。下面的路上有十个，山的另一边还有六个。这两批七零八落地走着，显然那个役亡师决定从两边同时发起进攻。

“没这么简单，”萨姆再次说，“这个役亡师就在下面某个地方，至少他的肉身在那里。但是他肯定已经进入冥界了，只把身体留在这里，而且被咒语或者保镖保护着。我必须亲自进入冥界，才能找到他——可是我没有剑，也没有铃铛，什么都没有。”

“进入冥界？”尼克问。他的声音提高了八度。他想说些什么，但是他看到那些被钉住的亡者手卒，什么都不说了。

“甚至没有时间施展保护咒语。”萨姆小声地自言自语。他从来没有独自进入过冥界。他只跟他的阿布霍森妈妈去过。现在他无比希望妈妈和他在一起。但是妈妈不在，他也不知道该怎么办。他自己肯定能脱身，但是他不能丢下自己的同伴。

“尼克。”他下定了决心，“我准备进入冥界。我去冥界的时候，对于这里的东西看不见也听不见。我的身体看起来就像是被冻住了，所以我需要你——还有你，中士——请你们尽量保护我。我计划在亡者到达之前回来，但是万一我回不来，请尽量拖住它们。扔板球、石头或者其他任何能阻止它们的东西。如果你们阻拦不了它们，就抓住我的肩膀，但是不要碰我的其他地方。”

“好的。”尼克回答。他显然又迷惑又害怕，但还是伸出了手，萨姆也伸出手，两人握了握手。有几个男生很奇怪地看着他们，还有几个凝望雨中。只有中士上前，将自己的剑柄向前递给萨姆。

“你比我更需要它，阁下。”他说。然后他像是猜到了萨姆的想法一样，补充道：“我希望你妈妈在这里，祝您好运，阁下。”

“谢谢。”萨姆说。但是他把剑还给了中士。“只有附加咒语的剑才能帮到我。你留着这把剑吧。”

中士点点头，收回了剑。萨姆摆出防御姿势，闭上眼睛。他感觉着生命和死亡之间的界线，很轻松地找到它，一阵古怪的感觉很快袭来——雨落在他的后颈上，但他已经明显感受到了从不下雨的冥界那扑面而来的寒意。

他调动起自己的意志力，抵御寒冷，让自己的灵魂进入冥界。转眼之间，他进入了冥界，寒气包围了他，不再仅限于脸。他睁开眼睛，看见了冥界单调的灰色光芒，冥河的水流冲击着他的双腿。他听见从遥远的第一重门处传来轰鸣声，不禁颤抖起来。

在现实世界，尼克和中士看到萨姆的身体突然变得僵硬。一阵雾气突然冒出来，像藤蔓一样缠住他的腿。接着，他的手和脸上都结了一层霜——雨水也冲不破这层冰壳。

“我不知道自己能不能相信眼前所见的情景。”尼克的目光从萨姆身上移开，看着下面不断靠近的亡者。

“你最好相信。”中士阴郁地说，“因为不管你信不信，它们都会杀了你。”

第十六章

进入冥界

除了第一重门处遥远的瀑布传来的轰鸣声以外，冥界全然是寂静无声的。萨姆静静地站在现世的边界附近，默默观察四周。但是那种灰暗的光线把一切事物都映成平面状，远景变得十分扭曲，看不到太远的地方。他只能看到身边的河流，水完全是黑色的，在他的膝盖处激起白色的水花。

萨姆小心地沿着冥界的边缘走动，努力对抗着水流，不让自己被冲走。他认为役亡师也待在距离现世边界很近的地方，只不过萨姆不确定自己是否正朝着他或者她的方向前进。他很不熟练，无法通过现世的位置来判断自己在冥界的地点，他只知道从哪里能回到自己的身体里。

他在冥界走得很费力，比上一次来的时候吃力多了。那是去年他和妈妈——也就是一位阿布霍森——一起来的那一次。和那次相比，现在独自一人赤手空拳地进入冥界，感觉完全不同。他确实可以通过口哨声或拍手声在一定程度上控制亡者，但是没有法铃他就不能指挥亡者，更不能驱逐它们。而且他最多就是个咒契法师，而这个役亡师却能使用肆行魔法，比他强大得多。

他唯一的机会就是悄无声息地接近这个役亡师，出其不意地抓住他。但是这个计划要成功，必须确保役亡师在专心致志地寻找并束缚亡者才行。而且更糟糕的是，萨姆发现自己正在横渡河流，在水中发出很大的声响。不管他如何小心地行进，依然会溅起水花。无论精神上还是身体上，这都是很艰难的工作。水流冲击着他，消耗着他的体力，这让他产生一种挫败感。真不如就此躺下，让水流把他带走，但这样他是不可能赢的……

萨姆斯皱着眉头，强迫自己继续涉水前进，努力压抑着那股病态的感觉。依然没有役亡师的踪迹，萨姆担心他的敌人或许根本不在冥界。也许他已经回到现世了，正指挥亡者发起进攻。萨姆知道，尼克和中士会努力保护好他的身体，但是他们无法抵抗来自役亡师的肆行魔法。

萨姆忽然很想回去——这时候一个细微的声响将他的注意力拉回冥界。他听见一个遥远而纯粹的声音，一开始仿佛很遥远，但迅速向他传过来。他看到了伴随那个声音而来的波浪，那些波浪正穿过河面径直朝他而来！

萨姆双手捂住耳朵，手掌紧紧贴住脑袋。他知道那个清晰、悠长的声音是什么。那是基佰司发出的声音，七个法铃中的第三个。漫游者，基佰司。

音符穿过萨姆的指缝传入他耳中，饱含纯净力量的铃音充斥着他的头脑。随后，铃音变成一串几乎相同但略有差异的声音。这些声音形成旋律，贯穿萨姆的身体，不时扭曲他的肌肉，不顾他的意愿将他往前推。

绝望之中，萨姆噘起嘴唇想吹出一个还击的咒语，或者制造一些杂音扰乱铃声。但是他的脸颊却不能动，在水中也跌跌撞撞的，身体被迫往声音的来源，也就是控制法铃的那个人的方向走去。

萨姆行动有些笨拙，水流立即涌上来卷住萨姆的双腿。一条腿被缠住了，他摇晃片刻之后，像个保龄球瓶子一样倒下了。冰水像无数把锋利的小刀一样刺入他的身体。

基佰司的声音中断了，但它依然像钓住了鱼的鱼线一样纠缠着萨姆。基佰司想让他再次走动起来，而河水则死死地缠住他。萨姆挣扎着，竭力让脑子清醒一些，想在呛水之前深吸一口气。但是铃铛和流水的力量太强了，他挣扎片刻后立即被牢牢困住，根本无法控制自己的身体。在基佰司的声音消失的瞬间，水流冲击着他的身体，以巨大的力量将他冲向第一道门，他整个身体都颤抖起来。他正一刻不停地接近瀑布。

绝望之中，萨姆努力把脸露出水面，他暂时地吸了一口气。但就在这个时候，他听见第一道门处的声音变得十分响亮。太近了，他心里明白，随时都有可能被冲进门里去。没有法铃，在冥界第二重区域内他很快就会被当作猎物吃掉。就算他从第二区居住者的手下逃脱，多半也累得无法抵御流水的冲击。河流会带着他一直向前，一直穿过第九道门，到达最终的死亡之地。

突然间，某个东西抓住了他右手的手腕，他突然停了下来。河水在他周围翻滚着，泛起白色的泡沫。萨姆本想挣脱那个拯救他的东西，因为他充满了恐惧，不知道那究竟是什么。然而相比之下，他更害怕河水，而且他太迫切地想吸口气了，根本没空想别的事情。于是他挣扎着，找了个合适的地方，把险些呛进嗓子和肺里的水吐出来。

他随即就发现自己的袖子上冒出白色的蒸汽，手腕仿佛被灼烧着。他大喊一声，心中的恐惧再次冒了出来，他不敢看究竟是谁——或者是什么东西——抓住了自己。

萨姆慢慢抬起头。抓住他的正是那个役亡师，他原本还想偷袭人家。那是个高个子的光头男人，穿着皮革铠甲，上面点缀着红色瓷片以增强力量——七个法铃挂在他胸前的铃带上。

在冥界，肆行魔法让他的身形更加显眼，他被火焰和阴影笼罩着，这让他变成一个更加恐怖又残忍的存在。萨姆手腕上被他握住的地方出现了燎泡，他的眼睛里，本该是眼白的地方被火焰取代了。

他左手持剑，那利刃离萨姆的脖子只有几寸远。黑色的火焰像水银一样慢慢爬上剑身，然后落在河流表面，火焰随着水流远去，但依然没有熄灭。

萨姆又咳嗽起来，这次倒不是必须咳嗽，他只想借着咳嗽的机会接触咒契。但是他还没开始，那把剑就逼近他的脖子，剑身上刺鼻的烟雾让他真正咳嗽起来。

“不行。”役亡师说，他的声音里充满了肆行魔法的气味，呼吸中散发出血腥味。萨姆在绝望中思索自己究竟还能做什么。他接触不到咒契，也不可能赤手空拳夺下对方的剑。他甚至动不了，因为他习惯持剑的那只胳膊被役亡师死死握住了。

“你回到现世，找到我。”役亡师命令道。他的声音低沉强硬，充满无可比拟的自信。萨姆明白，这不是一句简单的话。他感觉到一股莫名的力量迫使他去执行役亡师的命令。这是肆行魔法咒语——但萨姆明白，这个咒语必须借助第六个法铃撒拉奈斯的力量才可以生效。因此他还有机会，因为役亡师必须放开萨姆或者把剑收回剑鞘才能使用撒拉奈斯。

放开我，萨姆强烈地期待着。他努力让自己的肌肉不要太紧张，不要暴露自己的意图。快点儿放开我。

可是役亡师却先把剑收回剑鞘，然后拿出铃带上第二大的铃铛——撒拉奈斯，禁锢者。有了这个铃铛，役亡师就能按照他的意愿束缚萨姆，只是让萨姆回现世似乎有点儿奇怪。役亡师一般不喜欢有生命的奴仆。

他抓着萨姆的手腕，一点儿也没有放松。疼痛的感觉很强烈，疼得几乎无法忍受，因此萨姆极力想忽略自己的痛感。要不是他能看见自己的手，他多半会以为自己已经被齐腕烧断了。

役亡师小心地打开盛放撒拉奈斯的囊袋。就在他快要握住法铃的手柄时，萨姆突然往前一扑，用双腿卡住役亡师的腰部。

他们一起跌入冰冷的河水中。役亡师落入水中时，周围腾起一片烟雾。萨姆在下面，水立刻淹没了他并涌入他的鼻子和嘴巴。即使在冰冷的水中，他也能感觉自己腿上的肌肉火烧火燎的，不过他并没有放松。他感觉到役亡师在奋力挣扎，想要挣脱束缚，透过半闭着的眼睛，他看到水中的役亡师是由一团火焰和黑暗构成的，比先前更像怪物了。

萨姆用空着的那只手拼命去抓役亡师的铃带，想要取出一个铃铛。但是它们摸起来很奇怪，那桃木的手柄摸起来有些刺痛，全然不像他妈妈那套铃铛上的桃花心木手柄那样光滑。他的手指无法接近役亡师铃铛的手柄，而他的腿也渐渐被役亡师那非人的巨大力量挣脱。萨姆努力箍住他的腰——他已经快憋不住气了。

就在这时，水流突然加快速度，卷着他们两个人，还不断地旋转，萨姆已经完全丧失了方向感。河水将他们冲向下游——冲向第一道门的瀑布。

瀑布剧烈地冲击着他们两人，此时他们已经在第二重区域了，萨姆没法继续抓着役亡师。那个人挣脱了萨姆的剪刀腿，并且狠狠地肘击萨姆的肚子，萨姆喷出一口水，肺部的最后一点儿空气也伴随着水花被吐了出来。

他想还击，但是已经呛水了，力气也几乎消耗殆尽。他感觉役亡师放开了手，并从自己身边游走，像蛇一样穿过河水。而萨姆除了求生的念头之外，什么也想不起来。

片刻之后，他浮上水面拼命咳嗽，大口地呼吸着空气。与此同时，他努力在水中保持平衡，寻找敌人。他没看到役亡师的身影，不禁又产生出一丝希望。这里看起来离第一道门很近，不过在第二重区域很难判断距离，这里的光线让人只能看到伸手可及的范围。

萨姆能看到瀑布泛起的白沫，他跌跌撞撞地向前走，感觉到了第一道门内的激流，他唯一能想起来的就是让自己通过这道门的咒语。这是《亡者之书》里的内容，他去年才开始学习这本书。随着他的回忆，书页上的内容出现在脑海中，肆行魔法的咒语开始闪耀，只等着被他念出口。

他张开嘴——两只带着火焰的手抓住他的肩膀，把他的脸按向河水。这一次他没时间屏住呼吸，他的惊叫只不过让水面泛起一团白沫而已，甚至没有激起一丝乱流。

疼痛的感觉让他恢复了意识。脚踝很疼，却有种奇怪的感觉。他过了一会儿才想起来，自己依然在冥界——但是已经来到了现世的边缘。役亡师抓着他的脚踝，水从他的耳朵和鼻子里流出来。

役亡师再次说话了，充满法力的咒语像铁链一样缠住萨姆。他能感觉到咒语从他身上经过，让他成了役亡师的囚徒，他知道自己必须反抗。但是他却反抗不了。他连眼睛都睁不开了，如此微小的动作仿佛耗尽了他仅剩的意志和精力。

役亡师还在念诵咒语，咒语在他身旁交织纠缠，重重束缚着他。最终萨姆明白了最重要的一件事：这个役亡师要送他回到现世，这个咒语的目的则是为了确保他执行役亡师说的那件事。

束缚不束缚已经不重要了。任何事情都不重要了，只要他能活着回到现世就行。他不在乎回到现世之后自己是不是会去执行这个法师的可怕命令。他要回到现世……

役亡师松开他的一只脚踝，萨姆像钟摆一样晃起来，他的头擦过河水表面。役亡师似乎变高了，他并没有把胳膊举高。萨姆在疼痛和震惊中迷迷糊糊地想，也许是自己变小了。

“回到现世你就来找我，就在路基塌陷、坟墓损毁的地方。”最终役亡师下达这样的命令。咒语紧紧束缚着萨姆，他觉得自己像是个被蜘蛛捉住的苍蝇。但是咒语必须有撒拉奈斯帮助才行。萨姆看到铃铛被拿出来了，他想挣扎，但是没有做出任何动作。他想接触咒契，但是并没有感觉到咒印流动带来的舒适、清凉，他感觉到火焰构成巨大的旋涡，几乎要毁掉他的思维，同时烧毁他的身体。

撒拉奈斯响了，它发出低而深沉的声音，萨姆尖叫起来，想发出一个不协调的声音来扰乱铃声。尖叫声压制住了撒拉奈斯那威严的声音，役亡师手中的铃铛突然震动起来。他立刻放开萨姆，用空着的那只手握住铃舌，发出错误声音的铃铛会对操控法铃的人造成毁灭性的后果。

铃声终于停了下来，役亡师再次去看那个少年。可是萨姆已经不见了踪影，河水肯定不会这么快就把他冲走。

第十七章

尼古拉斯和役亡师

萨姆斯刚一回到现世就听见一阵机关枪开火时发出的砰砰声，闪光弹穿过雨帘缓缓坠落，光芒把周围的景物照亮了。

他一动，凝结在他身上的冰霜就破裂开来，衣服上的白霜碎裂成奇形怪状的碎片。他向前跨了半步，跪倒在地，疼痛和恐惧让他呻吟起来，他不停地用手指去扒泥土，感受现世带来的慰藉。

随后他感觉到几只手扶着他，还有人在说话。但他什么也听不清，因为冥界那个役亡师的话还回荡在他脑海里，不断告诉他必须去做一件事。尽管因为寒冷他的上下颚不住地打战，仿佛不由自主地模仿机关枪的节奏，他依然努力想开口说点儿什么。

“役亡师……塌陷的路面……坟墓旁边……”他结结巴巴地说，不知道自己究竟在说些什么，也不知道自己在对谁说话。有人拉他的手腕，萨姆斯尖叫起来。那种疼痛感来得好似天空中的闪电那样突然，令人头晕目眩。在光亮消失后，周围陡然陷入黑暗。萨姆晕了过去。

“他受伤了。”尼克看着萨姆手腕上手指形状的燎泡说，“他似乎被什么东西灼伤了。”

“什么？”中士问。他正注视着山坡下方，红色的追踪器在低空盘旋，搜寻着山丘周围至公路的地区。偶尔能听见砰的一声，接着，是一阵“嗖嗖”的声响，随后会出现白磷爆炸的耀眼光芒。很显然，边境区域的部队正用自己的方式展开战斗，并朝着中士和男生们的方向推进。让中士担心的是，机枪手在不断向公路左右两边开火。

“萨姆被烧伤了，”尼克又说了一次。他一直盯着自己朋友手腕上那铅灰色的疤痕，“我们必须做点什么。”

“没错，”中士的面孔随着光芒的消失淹没在黑暗之中。“那些士兵把亡者引到我们这里来了——他们肯定以为我们已经死了，他们其实不关心我们死活。要是我们不赶紧行动肯定转眼就会被干掉。”

仿佛是为了强调他的观点一样，另一颗照明弹升上天空，追踪器伴随着呼啸和噼里啪啦的声音飞过他们头顶。中士大喊：“趴下！快趴下！”

伴随着这颗闪光弹的光芒，尼克看到一些黑暗的影子从树丛中冒出来向山上走去，它们蹒跚的步伐显示出它们是亡者。与此同时，在山上稍远处的一个男生惊呼：“它们从后面来了！数量很多——”

他要说的话被机关枪的声音淹没了，长长的一队追踪器拖着红色的光芒冲向亡者，显然它们已经击中过那些亡者很多次了。但尽管如此，尽管身形扭曲、行动踉跄，亡者们还是一直在前进。

“从那座山上更容易对它们进行侧向射击，”中士说，“但是在被打死之前，它们会首先到达我们这里。我见过这种情况，我们也会被一并打死。”

他说得很慢，甚至有些迟钝，尼克明白，恐惧已经深深地占据了他的内心，让他无法思考，无法应对眼前的危机。

“我们能不能朝那些士兵发出信号？”尼克大声喊道，此时又传来一阵枪声。亡者黑色的身影以不可阻挡之势无情地向他们逼近。它们虽然迟缓，却没有停歇。

一列追踪器忽然朝着他们飞过来，子弹击中石头和泥土不断反弹，从尼克头顶呼啸而过。他立刻趴在地上，同时把昏迷不醒的萨姆拉过来，用身体掩护自己的朋友。

“我们不能想办法给士兵们发个信号吗？”尼克再次焦急地问，他嘴里满是泥巴，发疯似的大喊。

中士没有回答。尼克往旁边看，发现中士一动不动地躺在那里。他那顶有红色绶带的帽子落下来，头浸在血泊中，在照明弹的光下，血仿佛是一摊黑色的水。尼克不知道他还有没有呼吸。

尼克犹豫着，伸手靠近中士，用手推了推他的胳膊，子弹骇人地击碎了他的骨头，尼克不由自主地把身体压低了一些。他的手碰到了金属的东西，是中士的剑柄。他本来把手缩回去了，但是突然有人在他身后尖叫起来，叫声中充满恐惧，于是尼克本能地握住了武器。

他环顾四周，看到一个男生的身影正和另一个高大的人扭打在一起。对方抓住他的脖子，像摇搅打奶昔一样用力摇晃他。

尼克不假思索地跳起来去救人。别的男生也同时冲上去，用球拍、门柱杆和石头等狠狠地打那个亡者手卒。

几分钟后，他们打倒了那个手卒并把它钉在地上，但是没来得及救人。哈里·本雷特的脖子被扭断了，他再也不能在一个下午三次击中三门柱得分了，也不能把萨默斯比考试大厅的桌子当跨栏跑着玩了。

和亡者手卒的这一战把所有人都集中到了山顶，尼克看到四面八方都有亡者逼近。那些在山坡最前面的亡者也只是被子弹稍微拖慢了速度而已。他能看到士兵开火的位置，也能看清他们一共分成了几组。临近的山上还有几挺机关枪，至少有一百个士兵穿过树林从公路两边赶来。

尼克正在凝神观察的时候，一连串的子弹突然向他们扫射，然后子弹打在离他们三十码的地方，随后突然停住了。在雨中，隔着这么远，尼克很难看清楚状况，但是他发现，枪声停下来是因为有士兵在迅速移动，重新填装弹药或替换三脚架。显然他们发现了攻击的目标：出现在山顶的黑色人影。

“冲！”尼克大喊一声，半蹲着往山下跑。其他人也匆忙跟在后面，结果好几个人撞在一起摔倒了。

片刻之后，机枪再次开始射击，山顶响起爆炸声，积水混合着泥浆和弹片一起四散纷飞。

尽管已经沿着山坡下行了一段距离，尼克还是立即蹲下。这时候他想起三件很糟糕的事情：他把萨姆丢在山上某个地方了；他们必须向那些士兵发出信号，让他们不要对活人开枪；就算他们逃跑，亡者依然可能在被士兵消灭之前抓住他们。

但一股勇气伴随着这些可怕的念头一起冒出来，尼克从来没有这样坚定过，他的头脑比任何时候都要清醒。

“特德，把你的火柴给我。”他知道特德尽管不怎么会抽烟，但他对此很有兴趣，喜欢装模作样地叼着烟斗。“其他人，把你们身上所有干的东西，可以点燃的东西都给我，比如纸之类的东西！”

他说话的时候大家聚拢过来，他们满脸恐惧，急需做点儿什么。大家有的拿出信件，有的拿出卷边的扑克牌，有人犹豫了一下拿出上面写着自认为很棒的散文的笔记本。还有最让人惊讶的东西——一瓶白兰地，来自球队最自律的人——库克·麦纳。

最初的三根火柴被雨水浇灭了，大家都焦躁起来。特德用自己的帽子遮住雨。火柴顺利点燃了，浸透白兰地的纸也燃烧起来。明亮的火焰蹿起来，橙色的光芒中混合着白兰地蓝色的火焰，为照明弹不停闪耀中那黑白交替的大地增添了几分色彩。

“好了。”尼克说，“特德，你能不能和麦克在周围找找，把萨姆拖过来？不要去山顶，也不要碰到他的手腕——他被烧伤了。”

“你打算做什么？”特德有些犹豫，因为机枪射出的子弹聚集在山上，白磷手榴弹就在不远处爆炸。他很害怕，并不想去，但是又不肯承认自己害怕。

“我要找到那个役亡师，那个人控制着这里的亡者。”尼克挥舞着剑说道，“我建议大家唱歌，这样军队的士兵就知道火边还有活人。你们不要让那些东西靠近，我会尽可能吸引附近的几个亡者。”

“唱歌？”库克·麦纳似乎很冷静，可能是因为他在捐出酒瓶之前就已经喝掉了半瓶酒。“唱什么歌？”

“校歌。”尼克一边往山下走一边回头。“唯一一首大家都会唱的歌。”

为了保证自己在机关枪射程以外，尼克在山上绕了个圈然后才跑着冲向亡者。尼克边跑边在空中挥舞那把剑，嘴里喊着一些毫无意义的话，但是大都被枪声淹没了。

他渐渐靠近最近的一个亡者手卒，这时候歌声响起来了，声音大得穿透了枪声，男生们合唱的声音非常大，大概萨默斯比的合唱团指挥都不会相信吧。

尼克经过一个亡者手卒面前，假装左转然后突然向右，钻进树丛往公路的方向跑去。歌声从他身后传来：

“选择光荣的道路——”

他避开大树。树林里很黑，闪光弹的光被树冠遮住了。尼克冒险看了看身后，不止一个亡者手卒跟着他，他又高兴又恐惧。此时，恐惧成了他巨大的动力，他赶紧加快脚步，以令人难以置信的速度在树林里跑起来。

“坚持信仰，永不停歇——”

尼克跑出了树林，撞在路边的一面石墙上，歌声戛然而止。他后退几步，掉进路面一个六七尺深的塌陷处。剑从他手里飞出去，他的手掌和沥青路面之间产生了摩擦，蹭掉了一层皮。

他在地上躺了一会儿，感觉清醒了之后，才慢慢爬起来。正在此时，他突然发现有人站在自己面前。那个人穿着皮靴，膝盖处有金属盔甲，每走一步就叮当作响。

“虽然撒拉奈斯没有封闭那个命令，但你还是遵照我的命令过来了。”那个人说。不知为什么他的声音似乎抹去了尼克耳中的其他一切声音。枪声、手榴弹爆炸声、歌声……全都消失了。他只能听见这个可怕的声音。这个声音给他带来无尽的恐惧。

那个人说话的时候，尼克抬起头，却没有勇气去看一眼。他下意识地知道对方就是自己要寻找的役亡师。现在他只能低着头，板球帽的帽檐遮住了他的脸，也遮住了对面那一双令人毛骨悚然的眼睛。

“抬起你的手。”役亡师说。话语像灼热的导线一样刺进尼克的大脑，他像个做祷告的信徒似的跪着，仍旧低着头——他伸出刚才摔得血肉模糊的右手。

役亡师慢慢摊开双手，向他伸过来，尼克以为役亡师是要抓住他的手，他想起萨姆手腕上可怕的伤痕。手指形的伤痕！但是尼克动弹不得。他的身体被役亡师言辞中的法力牢牢束缚住。

役亡师的手在距离他几寸远的地方停下来，有什么东西在他手掌的皮肤下蠕动，仿佛是某种寄生虫想要钻出来。然后，那东西果然出来了，是一段银色的金属，它慢慢靠近尼克的手掌。它在空气中停留片刻，突然跳过了那段空隙。

尼克感觉到手上一阵被穿透的感觉，那段金属钻进他的皮肤进入了血液。他尖叫起来，身体抽搐着向后仰。这时候，役亡师第一次看到了他的脸。

“你不是王子！”役亡师大喊着挥动他的剑，直指尼克的手腕，但是剑在离尼克手腕不到一指的时候突然停了下来。那个少年不再抽搐，他平静地看着役亡师，手放在胸前。

在他的手中，那段银色的金属还在游动，试探着他复杂的血管结构。尽管在界墙南侧，它的力量显得有些微弱，但它终究还是能够找到自己的目的地。

一分钟后，它到达尼古拉斯·塞尔的心脏，并停留在那里。又过了一分钟，浓浓的白色烟雾从他嘴里冒出来。

赫奇看着那股烟雾，等待着。过了一会儿，白烟突然消失了，赫奇感觉到风向改变，自己的力量也随之减弱了。远处传来皮靴的铁掌在公路上发出的声音，同时还有照明弹从头顶飞过的呼啸声。

赫奇犹豫片刻，然后灵敏地跳过路边的护墙，跑进树林。他躲在林子里，看到士兵们小心翼翼地接近那个昏迷不醒的少年。其中一些士兵带着上了刺刀的步枪，有两个士兵拿的是轻型机枪。这些人对赫奇都没有什么威胁。但是队伍中还有其他人，他们拿着附有咒契咒印的剑和有边境部队徽章的盾牌。他们额头上有咒契咒印，表明这些人是经验丰富的咒契法师，尽管军队一直不肯承认，但他们确实是存在的。

赫奇明白，对方咒契法师人数众多，他自己无法应付。他的亡者手卒大部分都被消灭了，有一些由于某种他尚不明了的原因而失去了行动能力，还有一些由于重新获得的肉体破损太严重，直接再次返回冥界了。

赫奇闭上眼睛，沉默了几秒钟——他知道自己此次的计划失败了。但他在安塞斯蒂尔停留了四年，其他的计划都按部就班地进行着。他必须回去找到那个男孩。

赫奇消失在黑暗中，担架员将尼克抬起来，一位年轻军官在山顶告诉男生们不用再唱歌了。萨姆勉强醒过来，一位部队医生检查了他手腕和腿上的伤，给他开了一点儿吗啡。特德和麦克将刚才周围发生的事情讲给萨姆听。

第十八章

父亲的治愈之手

拜恩的医院比较新，是六年前建成的，当时南方的各大医院都在改建。但即使只有六年时间，依然有很多人在医院去世，而且这里距离界墙很近，萨姆甚至依然能感觉到冥界的气息。它渐渐靠近，寒气渗入萨姆的骨头，让他不停地颤抖，医生只能加大他的用药量。

他梦见肢体残缺的死者从冥界出来，要完成役亡师没能完成的那件事，而他却无法从噩梦中醒来。在他醒来之后，依然会看见那个役亡师在跟踪他，他不停地尖叫，最终护士不得不再给他打了一针，于是他又一次陷入噩梦之中。

萨姆经历了四天这样的生活，时而醒着时而昏睡，他的神智从来没有真正清晰过，他一直重复地说着在冥界的感受，那种恐惧始终跟随着他。有时候他情况好转，知道尼克也在病房里，手缠绷带躺在他隔壁的床上。有时候，他们会简单地说说话，但是那根本不是真正的对话，因为萨姆回答不了任何问题，也无法接着尼克的话说下去。

第五天，情况发生了变化。萨姆又一次被噩梦攫住，他梦见自己再次身陷冥界，被役亡师抓住了，那个人仿佛有着很多种形象，同时存在于水面上、水底和空中。萨姆不停地跑，又不断摔倒，不断溺水，这一切仿佛真实地发生过。接下来，他的手腕就该被抓住了……但是这一次并不是手腕被抓住，而是肩膀被抓住了，他感觉清凉舒适。抓住他的那个人带他离开噩梦，让他飞向充满咒契咒印和阳光的天空中。

萨姆睁开眼睛，终于可以清晰地看到眼前的东西了，不再有药物带来的眩晕感。他感觉到有人把手指轻轻放在他脖子上，感受他的脉搏。不用抬头看，他也知道那是爸爸的手。塔齐斯顿就坐在他旁边，正闭着眼睛将治愈的咒语导入他体内，咒印在塔齐斯顿的指尖闪着光，随后进入萨姆的身体里。

萨姆仰望着塔齐斯顿，万幸爸爸闭着眼睛，看不到儿子脸上可怜的神情，也看不到他忙着擦眼泪的样子。这些天来，他首次感觉到咒契魔法带来的温暖。萨姆感觉到咒契去除了他血液中的药物成分，同时也缓解了烧伤部位的疼痛。完全是因为他父亲来了，才驱散了他对冥界的恐惧。他依然能感觉到冥界那可怕的气息，不过它已经变得遥远而模糊，不再令他恐惧了。

塔齐斯顿一世陛下念完了咒语，睁开眼睛。他的眼睛是灰色的，和萨姆一样，但是现在塔齐斯顿的眼神中流露出困惑，而且他也感到很疲倦了。他把手从萨姆肩上移开。

病房里还有两个医生、四个塔齐斯顿的卫兵和两个安塞斯蒂尔的军官，另外，还有一群安塞斯蒂尔的政治家、士兵、官员聚集在走廊上往里看。如果没有这些人，萨姆真想一头扎进父亲的怀抱里。可是此时此刻，萨姆只是从床上坐起来，紧紧地握住塔齐斯顿的手，不肯放开，从他紧握父亲的手而不愿放开就能看出他见到父亲有多高兴。

萨姆醒过来，两个医生都很惊讶，其中一个检查了床边的记录表，确定这位病人确实连续好几天注射了吗啡。

“这是不可能的！”那位医生说。塔齐斯顿的卫兵之一冷冷地看了他一眼，表示现在不需要说话，并且进一步暗示他现在不需要留在这里，于是那个医生知趣地出去了。

为了不惊动安塞斯蒂尔人，卫兵也穿着和国王一样庄重的深灰色西装套装，但他们身上的佩剑却显得和这身打扮有点儿不协调。

萨姆很介意走廊上的那些人，塔齐斯顿平静地说：“那些是随从。我告诉他们我只是以私人身份来看望我的儿子，但是显然就算是私人出行也必须由官方护送。如果我继续待在这里的话就会被什么委员会或者政治团体包围了，所以我希望你的身体可以允许我们启程。”

“启程？”萨姆问。他的嗓子依然很虚弱，不得不又说了一次。“还没到期末我就要离开学校吗？”

“是啊，”塔齐斯顿低声说，“我希望你回家。安塞斯蒂尔已经不安全了。这边的警察抓住了你们的校车司机。他被收买了，有人用古国的银币收买了他。所以一定是我们的敌人之一发现了某种可以在界墙两边活动的方法——至少也是知道了如何在安塞斯蒂尔花钱办事。”

“我觉得我没什么问题了，”萨姆皱皱眉头，“我不知道自己到底有没有受伤。我手腕有点儿酸痛……”

他看了看自己手腕上的绷带。咒契咒印还在绷带的边缘流动，有些从他毛孔里渗出来，好像金色的汗水。萨姆斯明白，咒印正在帮他疗伤，他的手腕真的只是“有点儿酸痛”而已，之前那里疼得让人难以忍受。而他的大腿、脚踝上烧伤不那么严重的地方已经完全不疼了。

“绷带可以取下来。”塔齐斯顿边说边解开他的绷带。他这么做的时候低下头靠近萨姆小声说：“你身上受的伤并不严重，萨姆。但是我觉得你精神上受到了不小的伤害。这需要花时间才能治愈，因为我无法修复精神的损伤。”

“这是什么意思？”萨姆焦急地问。他突然觉得自己太小了，完全不像是已经长大的王子该有的样子。“那妈妈能处理吗？”

“也不能吧。”塔齐斯顿扶着萨姆的肩回答道。在医院的灯光下，那些常年练习和实战留下的伤口仿佛连接着他的每一个关节。“我也不知道它本质上是怎么回事，只知道事情就这样发生了。我猜这是因为你赤手空拳毫无准备就进入了冥界，你灵魂的某些碎片被夺走了。虽然不多，但是足以让你觉得虚弱……总体来说，就是状态不如平时而已。但是假以时日，会慢慢好起来的。”

“我不该那么做的，对不对？”萨姆悄声说，观察着父亲的脸上是否有责备的表情。“妈妈生气了吗？”

“完全没有。”塔齐斯顿惊讶地说，“你为了拯救他人做了你认为必要的事情，很勇敢，这也是我和你妈妈家族中最重要的品质。你妈妈非常担心你。”

“她在哪儿？”萨姆不禁脱口而出。话一出口他就意识到，这是个很任性的问题，他真希望自己没问。

“老山附近有殁督骚扰摆渡人，”塔齐斯顿耐心地说，萨姆小的时候，他就解释过无数次萨布莉尔为什么不能陪在萨姆身边。“我们靠近界墙的时候得到了这个消息。她乘纸翼去处理那边的事情了。她会在拜里塞尔和我们碰头。”

“只要她不用去别的地方的话。”萨姆知道自己有些任性和幼稚。但是他险些死去啊，显然差点死掉还不足以让他妈妈来看望他。

“是的，如果她不用去别的地方的话。”塔齐斯顿表示同意，他还是和平时一样平静。萨姆知道父亲一直很努力地保持平静，因为他继承了古老的狂暴战士血统，塔齐斯顿担心这血统的特征有朝一日会显现出来。萨姆唯一一次见到他生气，是一位假扮成北方部族大使的人在皇宫的宴会上打算用餐叉行刺萨布莉尔的时候。塔齐斯顿像可怕的野兽一样大喊一声，抓起那个六尺高的野蛮人扔到桌子另一边，落在烤天鹅上。和暗杀相比，倒是他的举动把大家都吓住了，而且随后他还想把很重的御座举起来去砸那个人。幸好没能举起来，幸亏在他抓住御座大理石底座的时候，萨布莉尔及时出手，一拳打在他的眉心，这才让他冷静下来。

塔齐斯顿眼睛半闭着，额上出现一条很细的皱纹。看着眼前的父亲，萨姆忽然想起了这件事。

“抱歉。”他小声说，“我知道她必须那样做。因为身为阿布霍森，她不得不担负起自己的责任。”

“是啊。”塔齐斯顿说。他的语气让萨姆感到，其实父亲也和他一样，并不希望萨布莉尔长年在外和亡者战斗。

“我得赶紧穿衣服了。”萨姆说着下了床。这时候他才注意到对面床整理得好好的，已经没有人了。

“尼克去哪儿了？”他问，“他之前在这里的，对吧？我是在做梦吗？”

“我不知道。”塔齐斯顿说。他先前拜访安塞斯蒂尔的时候曾见过萨姆的这位朋友。“我来的时候他就不在这里了。医生！尼古拉斯·塞尔之前在这个床位吗？”

医生赶紧上前。显然他并不认识这位身居高位的访客，也不知道病人究竟是什么身份，因为军队坚持保密，只用病人的名字登记，并不透露姓氏。但是他现在真希望自己没听见这位病人的姓氏，因为他知道塞尔这个姓。不过没听说总理有这个年纪的儿子，所以那孩子可能只是表亲，这么一想他就轻松多了。

“那位病人是尼古拉斯·X。”他特别强调了“X”，“昨天被他父母的仆人秘密接走了。他只受了一点儿撞伤和擦伤。”

“他留下什么消息没有？”萨姆问。尼克居然不和他联系，这也太奇怪了。

“我想没有——”医生刚说到这里，一位护士推开走廊上那群穿着蓝色、灰色、卡其色服装的人闯进来。她很年轻也很漂亮，醒目的红发从护士帽下面露出来。

“他留了一封信，殿下。”她带有典型的北方口音。显然是拜恩本地人，她居然知道萨姆和塔齐斯顿在这里，医生对此很不满。他拿过信哼了一声交给萨姆，萨姆马上拆开来看。

一开始他没认出信上的笔迹，随后他才发现，信确实是尼克写的，只不过字更大，笔画也不那么规整。他过了好一会儿才想明白，这一定是尼克手上裹着绷带写出来的信。

亲爱的萨姆：

我希望你快点儿好起来读到这封信。我基本上已经康复了，不过对于我们那天晚上的离奇经历我还是记不太清。我估计你可能不知道后来我也去追那个役亡师了，就是你之前去找的那一个。不幸的是，当时天又黑雨又大，我可能跑得太快了，结果摔进了路面塌陷的大坑里，晕了过去。医生说还好我没有摔断骨头，不过有些瘀青，看起来有点儿奇怪。顺便说一句，我觉得考威尔的医生对待这些伤口可能不像莫林护士那么冷静。

我知道军队护送你爸爸来是要带你回家，所以你不会念完这一学期了。我得说，这两件事情我都不担心。因为我找到了自己的住处。没有你的话，可怜的哈里·本雷特可能会大不一样——可能还要加上科克伦。人们第二天早上在离事发地五里远的地方找到了科克伦，他口吐白沫，胡言乱语。我估计他现在应该被关在史密斯文精神病院了吧。当然，他好多年前就该被关进去了。

我在想，在明年春天上大学之前，我也许可以去你们神秘的古国游览一下。我承认是那些会动的尸体和你干的那些事情让我热爱科学的心大受触动。你肯定认为那就是魔法，但是我觉得那些事情应该也可以用某种科学的方法来解释。希望我就是那个可以解释魔法的人——就叫作《塞尔的超自然理论》或者《塞尔的魔法定律理论》吧。

医院里很无聊，尤其是不能和病友聊天的时候。所以请你原谅我写了这么多。我说到哪儿了？哦对，古国科学实验。我认为主要是由于军队管制的原因，一直没有人进行过严密的科学实验。你信不信，昨天至少有一个上校和两个上尉来让我按照《官方保密条款》来签署文件，要我保证绝对不把最近在边境地区发生的怪事说出去或者写出来。可他们并没有提到手语，所以我回去之后可以找个聋哑人记者说说这些事。

当然，我不会说啦。至少在找到更有趣的消息——真正的伟大发现——之前是不会说的。

那些官员肯定也会让你签那些保密文件，不过鉴于你无法签字的状况，他们只能一边互相推脱一边等你康复。然后我告诉他们，你不是安塞斯蒂尔的公民，他们就想不出办法来，后来到外面和卫队的中尉讨论了很久。我觉得他们完全是鸡同鸭讲，因为那些官员是从考威尔法律事务处来的，而外面的卫兵则是边境卫队的人。边境卫队其实属于你们那边的特别区域管辖，他们头上有那个印记，我也不清楚到底叫什么。不过我要补充一点，社会学也不是我的兴趣所在。

我要走了。老爸老妈派了个什么私人事务副部长或非私人事务大管家之类的人来接我回安伯尼宫。很显然我爸爸正忙着处理南部难民、内阁矛盾之类乱七八糟的事情，爱德华叔叔也需要他支持，等等。反正就是平时的那一套。我妈妈要参加慈善晚宴，或者是别的什么晚宴。等我确定了行程之后会再给你写信的。我希望几个月之内就把事情全部安排好，争取三个月之内。

振作起来！祝你早日康复！

尼克，神秘病患

萨姆把信折起来。至少尼克没怎么受伤就度过了那个恐怖的夜晚，他仍旧挺幽默的。亡者不但没让他害怕，反倒激发了他的科学兴趣，真是典型的尼克做派。

“好了吗？”塔齐斯顿问。他一直在耐心等待。萨姆注意到有些陪同的人已经失去了兴趣，退到走廊尽头去聊天了。

“爸爸，”萨姆说，“你带了我的衣服没有？我的校服都坏了。”

“丹姆德，请给我包。”塔齐斯顿说。“其他人如果不介意请出去。”

留在病房里的人退出去，而走廊上的人却想过来帮忙，结果这些人像不听指挥的两群羊一样，乱哄哄的。最终所有人都出去了，只留下丹姆德——塔齐斯顿的贴身保镖，他身体瘦小，行动敏捷而迅速。丹姆德把一个装有衣服的包递给他，然后关上门也离开了。

包里是萨姆斯的衣服，和塔齐斯顿以及卫兵们的衣服一样，是从古国的拜恩领事馆买来的。

“现在先将就着穿这些衣服吧。”塔齐斯顿说，“到了边境我们再换成古国的衣服。”

“铠甲外套、头盔、靴子还有剑。”萨姆斯说着把病号服脱下来。

“对。”塔齐斯顿说。他犹豫了一下，又补充说：“你不会对铠甲有心理障碍吧？我必须回古国。你也可以去南方，也许你在考威尔会更安全——”

“不！”萨姆说。他想要和父亲在一起。他想获得全身披挂整齐，执剑在手的安全感。最重要的是，他想待在拜里塞尔，和妈妈在一起。因为那是唯一一个可以远离冥界的安全之地——毫无疑问，那个役亡师现在还在冰冷的冥水河边等待萨姆返回。

第十九章

艾丽米尔的王子教育计划

两个星期的艰苦跋涉、恶劣天气、单调的食物，加上整日骑马带来的肌肉酸痛，无数的煎熬之后，萨姆斯终于到达伟大的拜里塞尔城，可是他却发现妈妈不在这里。萨布莉尔已经走了，因为她得到消息说在耐尔路北线一带，有个肆行魔法师带领一帮土匪袭击过路的人。

到达拜里塞尔的第二天，塔齐斯顿也走了。他要去参加埃斯特维尔最高法庭的一场审判，有两个古老的贵族家族积怨已久，最近他们之间爆发了一系列谋杀和绑架事件。

没有了塔齐斯顿，比萨姆大十四个月的姐姐艾丽米尔就成了名义上的联合摄政王，辅佐她的是总理大臣贾尔·欧仁。当然这只是一种形式而已，根据信鹰送来的消息，塔齐斯顿过几天就会回来。但是这种形式也会对萨姆产生很大的影响。艾丽米尔非常认真地履行自己的职责。她认为自己作为联合摄政王的职责之一，就是纠正弟弟的缺点。

塔齐斯顿刚走一个小时，艾丽米尔就去看望萨姆。塔齐斯顿是早晨出发的，那时候萨姆还在睡觉。他身上的伤渐渐好了，但精神上还没有完全恢复。和过去相比，他现在很容易疲劳，而且更想独处了。此前两个星期的旅途中，他总是天不亮就起床，一直骑马到天黑，虽然有忠诚而幽默的卫兵陪伴，但这些都没什么帮助，他还是感到很累，只想一个人待着。

这是他第一天睡在自己的床上，因此当艾丽米尔拉开窗帘叫他起床的时候，他很不高兴。古国已经入冬好几天了，天气很冷。呼啸而来的海风简直可以用寒冷刺骨来形容，阳光刺得萨姆的眼睛有些难受。

“起床啦！起床啦！起床啦！”艾丽米尔欢快地唱着。她的声音意外的低沉，如成年女子一般。

“走开！”萨姆喊道，努力抢夺自己的毛毯，于是引发了一场拉锯战，结果一条毯子被扯坏了，萨姆只好放弃。

“看看你干的好事。”萨姆很不高兴。艾丽米尔耸耸肩。她应该是挺漂亮的——有些人觉得她确实漂亮——但是萨姆无法认同这样的观点。在他眼里，艾丽米尔就是一只危险的害虫。爸妈把她从害虫提拔为联合摄政王，她就变成了更凶猛的怪物。

“我来和你讨论你的日程安排。”艾丽米尔说。她坐在床边，背挺得笔直，双手规规矩矩地放在膝盖上。萨姆注意到，她在自己日常穿的亚麻裙外面套了一件喇叭袖的金红色外套，并且戴了一个小的皇冠，把自己梳得平平整整的黑发固定起来。她平时总是穿旧的粗绒面的衣服，头发也只是随意梳起来，因此今天这身装束对于很随意的萨姆来说绝对不是个好兆头。

“我的什么？”萨姆问。

“你的日程安排。”艾丽米尔说接着说，“我敢肯定，你又准备大部分时间都蹲在你那间臭烘烘的工作间里敲敲打打吧。但我认为，你必须以你对古国需要承担的职责为重。”

“什么？”萨姆问。他很累，对于这样的对话完全没有兴趣。他确实计划把大部分时间都花在塔楼的工作间里。在他们到达拜里塞尔之前的最后几天里，他越发渴望坐在工作间长凳上的那份与世隔绝和平静，所有的工具都挂在墙上，排列整齐，下面是带有很多小抽屉的柜子，里面装满了有用的材料，如银线、月石，等等。他全靠幻想着自己那间宁静治愈的小天堂，以及自己即将制造出来的新玩具、新发明才撑过了漫长旅途的最后几天。

“必须把古国放在第一位。”艾丽米尔重复道，“民心最为重要，每一个皇室成员都必须鼓舞民众。你作为唯一的王子，必须——”

“不！”萨姆突然明白了艾丽米尔要说什么。他从床上跳起来，顾不得灌入睡袍里的冷风，充满怒气地瞪着自己的姐姐。姐姐也站起来，俯视萨姆。艾丽米尔其实只比他高一点点，但是她还穿着鞋呢。

“没错。”艾丽米尔坚决地说，“仲夏节。你要扮演报晨鸟（公鸡）。明天开始彩排。”

“还有五个月呢！”萨姆表示抗议，“再说我根本不想演什么报晨鸟。那套衣服简直有一吨重，居然还让我穿一个星期！爸爸没跟你说我病了吗？”

"他说你必须找点儿事情做。"艾丽米尔说,"而且你从来没演过报晨鸟,所以肯定需要五个月来练习。再说,还有仲冬节嘛——就在六个星期之后。"

"我的腿不舒服。"萨姆斯低声说,他想起报晨鸟那对金色羽毛做的大翅膀以及那双黄色网格的长袜子。"找个腿有树干那么粗的人去演吧。"

"萨姆斯!你必须演报晨鸟,不管你愿不愿意。"艾丽米尔大声宣布,"重点是,你要在这里做一些有意义的事情。我还计划让你每天上午十点到下午一点和贾尔去小法庭处理政务,当然每天还要和卫队长练习两次剑术,每天晚上必须一起吃饭,不准让人把饭送到你的工作间去。关于你的'长远计划',我要求你每隔一周的星期三去厨房帮忙。"

萨姆哀叹了一声,躺回床上。"长远计划"是萨布莉尔提出来的。每隔一周,艾丽米尔和萨姆必须去宫里某个地方像普通工人一样工作一天。当然了,他们两个拖地洗碗的时候仆人们绝不会忘记,这两个孩子第二天依然是王子和公主。绝大部分仆人遇到这种情况都假装萨姆和艾丽米尔不在场,只有传信鹰的饲养员匠菲妮女士会像教训其他人一样教训他们两个。所以一般来说,"长远计划"就是在诡异的沉默和孤立气氛中做一天的苦差事。

"你的'长远计划'是什么?"萨姆问。他怀疑姐姐想趁自己担任联合摄政王的机会就不干活了。

"去马厩干活。"

萨姆呜咽了一声。马厩的工作很辛苦,尤其这几天很可能是清扫马粪的日子。但是艾丽米尔喜欢马，一切有关马的工作她都能接受。

“妈妈还说，你必须学习。”艾丽米尔从她宽大的袖子里掏出一个包裹，上面裹着油布并用粗毛绳绑着，乍一看不知道究竟是什么。

萨姆拿起包裹，他手一摸到外面的油布就感觉到一阵寒气，尽管房间四壁的石头里布满了咒语和符咒，足以阻绝这里与冥界之间的联系，但是他仿佛突然间又身在那个冰冷的世界了。

萨姆猛地把手缩回来，退到床的另一边，他心脏狂跳，手和脸都开始出汗。

他知道这个看似无害的包裹里面是什么——《亡者之书》。那是很小的一本书，有着绿色皮革封面和晦暗的银色搭扣。皮革和银色搭扣上都有防护魔法的咒印。只有那些熟悉肆行魔法和役亡术的人才能打开，同时，只有未经污染的咒契魔法才能将它合上。这本书里包括了五十三位阿布霍森在一百多年的时间里收集整理的全部役亡术和破解役亡术的歌谣，此外还有很多其他内容。书里的内容从来都不会一成不变，仿佛根据书自己的意志随意变化。萨姆在妈妈的陪伴下读过一点儿《亡者之书》。

“你怎么了？”艾丽米尔很奇怪地问。萨姆脸色越来越白，开始打战。她把那个包裹放在床尾的桌子上，然后上前用手背摸摸萨姆的前额。

“你的身体真凉，”她惊讶地说，“真的，很凉！”

“我想吐。”萨姆嘀咕了一句。他几乎话都说不出来了。恐惧扼住了他的喉咙。他怕自己被那本书带回冥界，怕被按进冰冷的冥河里，怕穿过冥界的第一道门……

艾丽米尔突然充满了同情心，她命令弟弟：“快躺下盖好，我去找肖比利斯医生。”

“不！”萨姆想起那位宫廷医师刨根问底的古怪问诊方式不禁大喊起来，“我会好起来的。让我一个人待一会儿。”

“好吧。”艾丽米尔关上窗户，把尚未被完全扯坏的毯子整理好。“但是别以为你可以不演报晨鸟——除非肖比利斯医生说你真的病得很严重。”

“我还好。”萨姆说，“过几个小时我就好了。”

“你到底怎么了？”艾丽米尔问，“爸爸只模模糊糊说了一点儿，我们都没时间聊天。他只说你去了冥界，遇到了麻烦。”

“大体就是那样。”萨姆低声说。

“你比我快。”

艾丽米尔拿起那个包裹，好奇地举起来，然后扔到萨姆旁边。“谢天谢地我在这方面毫无天赋。想想看，要是你当国王我当阿布霍森会是什么样！总之，我很高兴你已经去过冥界了，到时候妈妈会需要帮手的，去冥界可比你在工作室里捣鼓玩具有用多了。对了，我想问你能不能帮我做两个网球拍，或许我不该说这个。别人都听不懂我要什么样的拍子，自从我离开外威沃利之后就一直没打过网球了。你可以帮我做拍子的，对不对？”

“可以的。”萨姆回答，但他脑子里想的却不是网球。他一心想着手边的那本书以及他是下一任阿布霍森这一事实。每个人都期待他成为萨布莉尔的继任者。他要学习《亡者之书》里的内容。他要进入冥界和役亡师战斗——有可能的话，还要和更加恐怖的东西战斗。

“你确定不用我去叫肖比利斯医生？”艾丽米尔问，“你看起来特别苍白无力。我让人拿点儿甘菊茶来，还是等明天再开始执行计划吧。你明天会好起来的，对吧？”

“应该会的。”萨姆说。他被那本书吓得不敢动弹。

艾丽米尔又看了看他，眼神里既有关心又有苦恼，还有些不耐烦。然后她起身离开了，门“嘭”的一声关上了。

萨姆躺在床上，试图恢复往常平静缓慢的呼吸。他能感觉到那本书就在身边，仿佛一个活物，一条盘成一团的毒蛇，在伺机攻击他。

他躺了很久，即使窗户关着，宫里的各种声响也能传到他在高塔上的房间里。卫兵们尽职执勤，喊着口令。刀剑撞击的声音从内墙外面的练习场上传来。再远处就是永不停歇的海潮声。拜里塞尔仿佛一个岛屿，宫殿修建在东北部的四座山上。萨姆的卧室在海崖塔楼的中层。尽管塔楼远离海滩，但冬天刮起猛烈的风暴时，常有海水溅到他的房间里。

一个仆人端着甘菊茶进来，他们简单地交谈了几句，然而萨姆根本没明白对方在说什么。茶慢慢地变凉了，阳光爬过他的屋顶，缓缓西沉，屋里又冷起来。

萨姆终于下定决心，他强迫自己伸手拿起那个包裹，用床头上的一把小刀割开绳索，打开油布，他知道自己一停下来就再也不会继续下去了。

包里面确实是《亡者之书》，绿色皮革封面闪亮得好像刚出过汗似的，银色搭扣和往常一样黯淡无光。就在萨姆看那对银搭扣的时候，搭扣变得清晰起来，随后又变得模糊，仿佛是他的呼吸的雾气喷在了金属表面。

包裹里还有一张纸条，是一张毛边纸，上面写着萨姆的名字。此外，还有一个咒印，那是萨布莉尔果断而醒目的字体。

萨姆拿起纸条，然后用油布裹住自己的手，把书推到床底下。他根本不敢看那本书——至少现在不敢。

然后他摸了摸纸条上的咒契咒印，萨布莉尔的声音出现在他脑海里。她说得很快，背景里还有噪音，萨姆猜想她是在乘坐纸翼离开去和亡者战斗时匆忙写下的。

萨姆：

我希望你一切安好，并且原谅我现在不能陪在你身边。我从你爸爸那里收到的最后一只信鹰告诉我，说你已经好多了，可以骑马回家了，但是你在冥界的遭遇让你非常疲倦。我知道那种情况——你冒险进入冥界挽救你的朋友，我为你的行为感到骄傲。如果不带七个法铃，也许我都不敢独自进入冥界。我保证你灵魂上的任何损伤都会慢慢好起来的。冥界本质上是索取，而现世则会给予。

你的英勇行为让我明白，你可以正式开始接受作为下任阿布霍森的训练了。我既骄傲又伤感，因为这就意味着你长大了。作为阿布霍森，要承担很多责任，其中最糟糕的一项就是我们不得不错过孩子的成长——我错过了你的成长，萨姆。

我延后了你的训练，因为我希望你一直当我记忆中那个可爱的小男孩。但是，很显然你从多年前起就不是小孩了，现在你是个年轻人，必须接受恰当的训练。部分训练是要让你明白自己家族的传统，以及你在未来我们这个国家里所扮演的重要角色。

而这个传统中的很大一部分都在《亡者之书》里，现在你已经拿到手了。你之前和我一起学习过一些，但是现在你必须掌握书中的内容，这部分内容基本上是人人都能掌握的。当然，眼下的这些日子我很希望你能帮上忙，最近有人施行肆行魔法，有些亡者和魔法造物开始复活，这些我全都找不到原因。

回家之后我们再说吧，现在我希望你知道，我为你感到骄傲，萨姆斯。你父亲也一样。欢迎回家，我的儿子。

深爱你的妈妈

纸条从萨姆手中滑下去，他一头倒在枕头上。未来，在板球划出弧线飞向观众席取得六分的时候看起来是那么的光明，而现在却突然变得暗淡至极。

第二十章

有三个标记的木门

为了庆祝十九岁生日，莉芮尔和坏狗决定去一个特别的地方进行冒险——穿过大图书馆主旋梯尽头淡绿色岩石上的一个缺口，到那里的洞穴去看看。

那个洞太小了，莉芮尔自己钻不过去，于是她为这次探险给自己做了一张咒契皮肤。自从找到《莱昂皮肤技法》那本书之后，几年来她一直在学习制作三种不同的咒契皮肤。每一种都是根据其特征优势精心挑选的。冰獭小且灵活柔韧，冰獭皮肤能够让莉芮尔轻松穿过冰雪和狭窄的通道。棕熊皮肤能让她变得强壮高大很多，厚厚的皮毛可以保护她不受冻，还可以抵御外界的伤害。猫头鹰皮肤让她可以飞行，并且看穿黑暗，不过她迄今为止只在图书馆的几个大厅里飞过，那些地方都不算太黑。

不过咒契皮肤也有缺点。冰獭只能看到不同程度的灰色，视野很小，贴近地面，而且还特别爱吃鱼，这些毛病在莉芮尔除去冰獭皮肤之后还会持续好几天。棕熊视力很弱，使用棕熊皮肤后，莉芮尔总会脾气暴躁又贪吃，而且会持续一段时间。猫头鹰在白天什么都不做，用过猫头鹰皮肤之后，莉芮尔的眼睛会在阅览室明亮的光线中不停地流眼泪。但总的来说，她对自己选择的这几种咒契皮肤都很满意，而且她学做三种咒契皮肤的时间比《莱昂皮肤技法》一书中建议的时间短，她为此十分骄傲。

咒契皮肤最大的缺点是准备和使用的时候太麻烦了。一般莉芮尔要花五个小时以上才能做好一张咒契皮肤，叠起来的话又要花四个小时，这样才能把它们放在背包或者小口袋里保存一两天，而且换上咒契皮肤的话又要花至少半个小时。有时候花的时间更长，尤其是冰獭的皮肤，因为它比莉芮尔的体型小太多了。穿它的感觉就像硬要把脚塞进一只只有脚趾头那么大的袜子里，而在袜子不断伸展的同时脚却要不断缩小。这个过程中保持平衡是最困难的事，而且一边缩小一边变形让莉芮尔觉得头晕恶心。

她生日这天要去的那个洞还不到两尺宽，只有用冰獭的外形才能进去。莉芮尔开始穿冰獭皮肤，坏狗在慢慢钻那个洞。不知道为什么，坏狗在这个过程中变长了，看起来很像莉芮尔最喜欢的旅行记里描写的那种腊肠狗，细长得可以让自己的牧羊人女王拉塞尔围在脖子上。

在两条后腿拼命挣扎了几分钟之后，坏狗消失在洞里。莉芮尔叹了口气，努力穿上咒契皮肤。坏狗一向都不喜欢等人，可是想想就算在生日这天坏狗也不肯等她，也不让她先进洞，莉芮尔不禁有些恼火。

其实，莉芮尔并不十分看重自己的生日。生日是莉芮尔每年最讨厌的日子，这一天她总是被迫回忆起有生以来发生的每一件悲惨的事。

和过去的每个生日一样，她依然没有预视之力。这算是个旧伤疤了，已经结痂被她埋在心底了。莉芮尔已经学会了不把没有预视之力这件事带来的痛苦挂在脸上，甚至在坏狗面前也不提，虽然坏狗几乎分享了她所有的想法和梦想。

莉芮尔也不再像十四岁生日的时候一样老想着自杀了，虽然她十七岁的时候还有过这样的想法。她努力为自己创造了还不错的生活，虽然不太理想，但至少令人满意。她依然住在青年公寓，要住到二十一岁才能搬进自己的房间，但是由于她整天都在图书馆，因此基本上也不受吉瑞丝姨妈管束了。莉芮尔已经很久没有参加过觉醒仪式了，其他各种要求她穿蓝袍的仪式也很少参加，她很讨厌蓝袍，因为蓝袍意味着她不是一个真正的珂睐。

她穿图书馆馆员的制服，甚至吃早餐的时候也穿，还会像一些年长的珂睐一样围一条白头巾，把她的黑头发藏起来。穿着制服足以说明她的身份，下层餐厅的访客也不会认错。

在她生日的前一个星期，她的工作服从黄色马甲升格变成了红色马甲，这是个值得骄傲的标志，因为莉芮尔现在是二级助理图书馆馆员了。职位晋升当然很好，不过这个过程也很麻烦，正式通知的信件是在某天下午突然送达的。首席图书馆馆员梵赛莉在信中祝贺莉芮尔晋升，还说第二天早上将举行一个简短的仪式——届时她手环上的第二颗宝石将被唤醒，还有几条“意味着珂睐大图书馆二级助理图书馆馆员责任和义务”的咒语要教给她。

于是，为了避免自己不经允许就到处乱逛一事被曝光，莉芮尔赶紧熬夜研究怎么把手环上已经被唤醒的宝石重新转入未被唤醒的状态。可是让宝石沉睡比唤醒它们要困难得多。她研究了好几个小时也没想出方法，凌晨四点时，她失望地长叹一口气，叫醒了坏狗，坏狗冲着手环吹了口气，宝石就恢复了沉睡的状态，莉芮尔也安心睡去了，差点就错过了早上的仪式。

红马甲算是个提前的生日礼物，生日当天她还收到了别的礼物。伊姆什和其他一些经常跟莉芮尔一起工作的年轻馆员送给她一支笔，那是一支细长的银色笔，上面刻着猫头鹰的图案，固定笔尖的位置是猫头鹰的两只爪子，可以替换很多不同型号的笔尖。笔装在一个清香四溢、内衬天鹅绒的乌木盒子里。盒子里还有个灰绿色的玻璃墨水瓶，瓶子上刻着一圈神秘的字母。

笔和墨水瓶仿佛是莉芮尔长期以来少言寡语的鲜明写照，有什么事的话，她总是尽量写字条。近几年她更是一句话不超过十个字，而且会一连好几天都不和别人说话。

当然，其他珂睐并不知道，莉芮尔沉默寡言主要是因为她的话都和坏狗说了，她经常跟坏狗聊好几个小时。有时候，她的上级会问她为什么不愿意说话，莉芮尔也答不上来。她只知道和别的珂睐说话会让她想起很多无法言说的事情。珂睐们的话题最终都会转到预视力之上，这是她们生活的核心。只要不说话，莉芮尔就能确保自己不受伤害，虽然她并没有意识到这一点。

初级图书馆馆员的公共休息室通常都充满了欢声笑语，但在莉芮尔的生日茶会上，她只是热泪盈眶地笑着说“谢谢”。她的同事们都很善良，可是她们首先都是珂睐，其次才是图书馆馆员。

莉芮尔收到的最后一件礼物是坏狗送的，她给了莉芮尔一个大大的吻。坏狗一直使劲舔她的脸，莉芮尔赶紧把生日茶会上剩下的蛋糕拿给坏狗，好赶紧收回这份好意。

“这就是我收到的礼物，一只狗的吻。”莉芮尔小声说。她的冰獭皮肤已经穿了一半，不过还得再折腾十分钟才能启程去追坏狗。

莉芮尔不知道的是，还有很多人愿意送她生日之吻。那些经常来拜访珂睐的卫兵和商人近几年对她越来越有好感。但是她非常明确地表示只想一个人待着。他们也注意到了莉芮尔从不说话，甚至不和在厨房工作的珂睐说话。所以那些年轻小伙子们也只能远远地看着她，期待着某一天她突然降临在自己身边，邀请自己去楼上。有时候，确实会有珂睐这样做，但是莉芮尔不会。她还是一个人吃饭，让那些爱做梦的人继续做着白日梦。

莉芮尔从没注意过她十九岁了还没有接过吻这件事。她了解了一些有关性的各种知识，都是通过课业和图书馆的书里学来的。但是她还是很害羞，根本不敢接近底层餐厅里那些访客，就算那些经常在下层餐厅露面的人她也不敢接近。

她经常听到年轻的图书馆馆员们谈论男人，有时候甚至说得非常详细。但是莉芮尔觉得，根据她们的标准，这些事情显然不及珂睐的预视之力和瞭望台上的工作来得重要。对她来说，预视之力是最重要的，始终排在首位。有了预视之力，她就可以做一些其他珂睐做的事情了，如带某位男性到上层餐厅吃晚餐，去芳香花园散步，甚至……去她的房间。

事实上莉芮尔想象不出来在真正的珂睐中，会有什么人对自己感兴趣。其他的事情也一样，莉芮尔总觉得真正的珂睐比自己更有吸引力。

就算工作结束，莉芮尔也总是不和其他年轻珂睐同路。每天下午四点，大家结束了图书馆的工作，大部分珂睐都去青年大厅或者回自己的房间，也有人去餐厅，或者去珂睐们玩耍的地方，如芳香花园、阳光阶梯。

莉芮尔绝不和她们同路，她离开阅览室就回自己的书房，叫醒坏狗。自从晋升之后，她有了新的书房，房间大了一些，还有了一个小洗手间，有抽水马桶、水槽、热水冷水都有。

坏狗醒了之后，她把坏狗欢呼雀跃时候打翻的东西摆回原位。做完这些事情之后，莉芮尔和坏狗就等着值夜班的队伍集合了。所有图书馆馆员都会在大阅览室里集合分派任务，这时候就没有人会看到她们，莉芮尔和坏狗就悄悄走下主旋梯，来到古层区，很少有图书馆馆员到这里来。

这些年来莉芮尔已经了解了古层区的很多秘密和潜在的危险。她在旁人不知情的情况下，悄悄帮助过别的图书馆馆员。要不是莉芮尔和坏狗对付了几个进入图书馆的危险怪物，至少有三个图书馆馆员会死于非命。

“快点儿。”坏狗把头从洞里伸出来。莉芮尔已经换上了冰獭皮肤，她觉得肚子里有点儿不舒服，看起来有点儿不一样，但是她也不知道是哪里不对，她扭头看了看，又在地上打了个滚儿。

“看得出来，你对新马甲很满意吧。”坏狗呼哧呼哧地说。

“什么？”莉芮尔问。她坐起来低下头看了看毛茸茸的肚皮。肚子上不是平时的灰色，但是她不知道究竟是怎么回事。

“冰獭可没有红肚皮，二级助理图书馆馆员小姐。”坏狗说，“快来吧。”

“哦。”原来是衣服的颜色不同了，难怪咒契皮肤看上去有些奇怪。她笑着跳到坏狗身后，她们之前就打算来这条通道了，但是之前一直没找到机会。现在她们总算可以对主旋梯尽头的未知世界一探究竟了。

“隧道到尽头了。”坏狗轻轻地摇摇尾巴。

“我看不见！”莉芮尔不高兴地说。她觉得不耐烦了，主要是因为已经连续两个小时穿着冰獭皮肤了。被汉浸透的衣服乱七八糟地贴在身上，她感觉很不舒服，而且主旋梯尽头的这条隧道结构也让人很恼火，这无异于火上浇油。虽然进洞之后不久，通道就变宽了，但是不停地迂回拐弯，没有任何有趣的地方，没有屋子，没有门。现在，一大块冰挡住了她们的去路。

“别这么不耐烦，我的主人。”坏狗说，“再说了，还是可以穿过去的。冰虽然挡住了路，但是有时候掘地虫却能从上面挖出一条路。如果我们爬上去，就可以利用掘地虫的洞穿过去。”

“抱歉。”莉芮尔叹了口气，耸耸她的冰獭肩膀，这个动作让她全身的白毛都抖起来。“那你还在等什么？”

“快到晚餐时间了。”坏狗一本正经地说，“你等会儿就吃不上饭了。”

“你是说，你想让我帮你偷点吃的东西出来？”莉芮尔嘟囔着，“谁都不会想起我的。再说了，你又不是必须要吃东西。”

“但我喜欢吃东西。”坏狗表示抗议，她前后踱步，小心地避开从冰川顶上滚下来的小冰块，把它们踢到隧道更深处。

“少废话！”莉芮尔说，“快用你那了不起的鼻子去找路。”

“遵命，主人。”坏狗顺从地说。她爬上那块冰，爪子在冰面上刨出深深的痕迹。“掘地虫的洞就在上面。”

莉芮尔跟着坏狗跳上去，享受着冰獭移动时那种近乎液体流动般的感觉。当然了，当她脱下咒契皮肤的时候，这种感觉会让她好几分钟都跌跌撞撞，站立不稳，直到她的神经系统重新适应过来。

坏狗已经钻进了一个掘地虫挖出来的洞——那是个直径约三英尺的圆形的洞，笔直地穿过冰障。由此看来，这只是一只中等大小的掘地虫。大的掘地虫能挖出直径为十英尺的洞。现在掘地虫无论大小都已经很稀有了。莉芮尔大概是珂睐冰川的居民里为数不多的见过掘地虫的人。

事实上，她见过两只，其间相隔了很多年，而且两次都是坏狗先闻到了它们的气味，然后她们两个能够及时避开虫子的攻击。掘地虫其实并不危险，至少它们不会主动发起攻击，但是它们反应比较慢，而且它们那会旋转的多重巨颚能咬碎路上遇到的一切东西——不管是冰、岩石，还是躲避不及的人。

坏狗滑行了一段，一只普通狗如果滑行一段的话，多半会滑回来，但是坏狗没有再滑回来。

莉芮尔发现，为了适应在冰面上滑行，她这位犬科朋友的爪子一下子长到了平时的两倍长。这绝对不是普通的狗能做的事情，但是莉芮尔已经接受了自己并不了解坏狗这一事实。坏狗是咒契魔法和肆行魔法联合作用而成的产物，这点毫无疑问，但是莉芮尔也不太介意了。不管坏狗究竟是什么来历，她都是莉芮尔唯一一个真正的朋友，在过去的四年半中，她不下一百次地证明了自己对莉芮尔的忠心。

尽管是由魔法造就的，但莉芮尔觉得坏狗依然散发出真正的狗一样的味道，尤其是她浑身湿透的时候。现在就更别提了，莉芮尔跟在坏狗后面穿过通道，她皱巴巴的冰獭鼻子紧挨着坏狗的后腿和尾巴。还好隧道不是很长，莉芮尔看到隧道尽头时候，不禁高兴得忘了坏狗那难闻的气味。她看到另一侧的天花板上有咒契魔法发出光芒，墙上似乎还贴着瓷砖。

“这房间很古老了。”坏狗说。她们从隧道里滑出来，落在一个淡蓝和淡黄色瓷砖铺地的房间里。她们两个全身一抖，甩掉身上的冰碴，莉芮尔学着坏狗的样子，从肩到尾抖了抖身体。

“是的。”莉芮尔表示同意，并努力抑制伸出前爪去挠自己脖子的冲动。咒契皮肤已经磨损了，她还需要穿着它重新沿隧道返回。莉芮尔尽量不去想脖子处的瘙痒，将注意力转移到这个房间上。由于冰獭视力有限，她的视野和平时完全不同，而且缺乏色彩。

房间天花板上有普通的咒契灯发出的光亮，莉芮尔一眼就发现它们已经昏暗了不少，使用的年头比当初设计的还长。一张深红色木头做的桌子放在屋子一角，但是没有配椅子。墙边摆着一排空书架，书架的玻璃门关着。隔离灰尘的咒契咒印仿佛浮在水面的油脂一样首尾相连地环绕着书架。

对面的墙上还有一扇门，也是红色的木头做的，上面装饰着小金星、金塔还有银色钥匙的图案。金星有七个角，这是珂睐的符号，金色的塔则是古国的标志。莉芮尔不知道银色钥匙标志的具体含义，她只是在很多城市和村镇见过这种银钥匙标志。

她能感觉到门上面附着强烈的魔法的力量。用于封锁和护卫的咒契咒印沿着木头的纹理流动，门上还有很多其他咒印，都是莉芮尔不太理解的东西。

她靠近木门仔细看，痒痒的感觉被她抛在脑后，坏狗却像管着一只精力旺盛的小狗仔一样把她叼到一边。

“不要去。”她喊道，“上面有守护影像，那种影像只会看到一只冰獭靠近，会杀了你的。你要用平时的形态靠近它们，让它们知道你的血未受污染。”

“哦。”莉芮尔安静下来，把头放在前爪上，闪亮的黑眼睛看着地板。“如果我变回去，又要花大半个晚上才能做出一张新的咒契皮肤。我们就吃不上晚饭了，还会错过夜班。”

坏狗很令人惊讶地说：“有些东西值得你错过晚饭。”

“和夜班？”莉芮尔问，“这是本周之内第二次缺勤了。就算今天是我生日，我还是会被罚去厨房干活的——”

“我喜欢你去厨房干活。”坏狗舔舔嘴唇回答，然后大力舔了莉芮尔的脸。

“恶心死了！”莉芮尔抗议。一想到除了厨房的工作以外，她还要被吉瑞丝阿姨责备，又开始犹豫起来。

但是面前，装饰着星星、金塔、银钥匙图案的门在诱惑着她……

莉芮尔闭上眼睛，开始在脑海中想象能帮她脱掉冰獭皮肤的咒契咒印，她的意识进入永恒流动的咒契，这里选出一个咒印，那里选择一个符号，把它们织成一个完整的咒语。

几分钟后，她又将变成平时那个莉芮尔了——她有着一头黑色的头发，而不是像姐妹们那样金色或棕色卷曲的头发。她下巴尖尖的，不同于一般珂睐的圆脸，她苍白的皮肤在冰川反射的阳光里永远晒不成古铜色，她棕色的眼睛也不像别的珂睐，别人都是蓝色或者绿色的眼睛……

坏狗看着她改变形态，冰獭皮肤上渐渐布满闪亮的咒契咒印，在越来越强烈的光芒中，咒印旋转交织，而且越转越快，最终消失。一个瘦高个的年轻姑娘皱着眉头站在那里，眼睛轻轻闭着。她用双手迅速摸摸自己的身体，确定红色马甲还穿在身上，匕首、勺子、应急发条银鼠也都完好无损，之后才慢慢睁开眼睛。以前有一次，莉芮尔一脱下自己制作的咒契皮肤，身上所穿衣服的接缝处也随之开裂，变成一块一块的布，掉落在地。

“很好。”坏狗说，“我们去门后面一探究竟吧。”

第二十一章

木门和石门之后

莉芮尔走了两步，来到红色的木门前，咒契魔法在她面前明亮地旋转起来，她停下脚步。门框放出剧烈的黄色光芒，她不得不抱着头蹲下来并闭上眼睛。

等她再次抬头看的时候，一个咒契影像站在门口——那是个有着魔法骨架和咒语血肉的造物，专为某种特殊目的而制作的。它不是在图书馆里那种充当杂役的影像，而是人形的卫兵，比活人高大得多，披着银甲，头上戴着一个头盔，握着剑向前刺出，剑尖距离莉芮尔的喉咙只有几寸远，身躯像雕塑一样稳稳地站着。和咒语做成的躯体不同，影像们使用的工具和武器都是由坚实的金属制成的。有时候莉芮尔怀疑那些钢铁制成的坚固、锋利的武器，比魔法还要危险，如眼前这把剑。

影像纹丝不动地举着那把剑站在莉芮尔面前，过了几秒钟，剑尖飞快地掠过莉芮尔的喉咙——恰好划破她的皮肤，让一滴鲜血滴到剑尖上。

莉芮尔吓得差点儿叫出声来，稳稳地站在原地，一动不动，她怕自己一动那个影像又会攻击她。由于在“制造”了坏狗之后，莉芮尔还在继续研究影像，因此她知道很多关于影像的传说，但是她猜不出眼前这个影像的真实目的。自从遇到了斯狄肯之后，她第一次感到害怕。此时，她的心里突然产生了一股对咒契魔法深深的恐惧感。

影像再次举起剑，莉芮尔这次赶紧躲避，因为她怕得控制不了自己。但是影像只是让那滴血沿着剑身的凹槽滑下去，仿佛一滴油慢慢滚落，血在混合着咒契的金属上没有留下任何痕迹。仿佛过了一个世纪那么久，那滴血终于落到手柄处，像黄油没入面包一样沉入了剑的十字格里。

坏狗在莉芮尔身后发出一阵又像是叹气又像是吠叫的声响。影像持剑向莉芮尔行了个礼，然后四分五裂，组成影像的咒契咒印在空气中短暂地旋转片刻就彻底消失了。几秒钟后，咒契影像不复存在。

莉芮尔这才意识到，自己之前一直屏住呼吸，此时才松了口气。她摸摸自己的脖子，以为会摸到黏糊糊的血。但是脖子上什么也没有，没有伤口，皮肤上一点点痕迹都没有。

坏狗用鼻子顶一顶莉芮尔的膝盖，然后跑到她前面，冲着她笑。

“你通过测试了。”她说，“你可以打开这扇门了。”

“我不知道究竟是不是想打开。”莉芮尔有些疑虑。她还在摸自己的脖子。“也许我们该回去了。”

“什么？！”坏狗大声说，她难以置信地竖起耳朵。“不去看了？你什么时候成了‘我们不能去小姐’了？”

“它说不定会割断我的喉咙。”莉芮尔的声音在发抖，“差点就割断了。”

坏狗转转眼珠，很不高兴地趴在地上。“它只是在测试，确保你的血统无误。你是珂睐之女——任何咒契魔法生物都不会伤害你。虽然外面的世界充满危险，不能因为有东西吓了你一跳你就放弃，你最好现在就记住这一点！”

“我是珂睐之女吗？”莉芮尔小声说，她眼睛里涌出泪水。这些年来，她一直忍受着悲伤，生日的时候尤其难受。现在莉芮尔再也压抑不住自己的伤心，她不顾坏狗湿漉漉的身体上发出的那股臭味，蹲下来抱住坏狗。“我十九岁了，但是还没有预视之力。我和周围的人都不一样。那个影像出剑的时候我就明白了。它知道我不是珂睐，它要杀了我。”

“但是它没有。这说明你就是珂睐啊，别犯傻了。”坏狗非常温柔地说，“你见过猎狗吧，它们偶尔也会生出耳朵软趴趴的小狗，或者脊背长棕色毛而不是金色毛的小狗，可这些小狗依然是猎狗啊。你现在只不过是珂睐中‘耳朵有点儿趴’而已。”

“但是我预见不到未来。”莉芮尔哭着说，“没有嗅觉的狗算什么猎狗？”

“你能嗅到的。”坏狗很没逻辑地说。她舔舔莉芮尔的脸，继续说道，“再说你有别的天赋。其他人对咒契魔法的掌握还不及你的一半，不是吗？”

“不，”莉芮尔小声说，“咒契魔法不能说明问题，有了预视力才算珂睐。没有预视力我什么都不是。”

“也许你可以学点儿别的东西。”坏狗鼓励她，“你可能会找到一些别的兴趣——”

“什么兴趣？比如刺绣？”莉芮尔把头埋在沾满泪水的胳膊里，很沮丧地说，“或者，你觉得我可以学做皮革手艺吗？”

“又来了，”坏狗突然严肃起来，声音里一点儿同情也没有了，“你这分明是自怨自艾，对你的这种态度，只有一个办法。”

“是什么办法？”莉芮尔闷闷不乐地问。

“这个——”坏狗扑向前咬了咬她的腿。

“哎哟——”莉芮尔大叫一声，跳起来靠在门上。“你要干什么？”

“你太消极了。”坏狗说。莉芮尔揉搓着自己的小腿，羊毛打底裤上有个清晰可见的牙印。“现在你生气了，这是个进步。”

莉芮尔很不高兴地看着坏狗，没有说话，因为她想不出来该说什么——说什么都显得她又消沉又暴躁——确实是这样的。再说，她十七岁生日的时候已经被坏狗咬过一次了，绝对不想在十九岁生日的时候再添一个狗牙印。

坏狗回头看着她，头歪向一边，耳朵竖起来，等待她做出回应。莉芮尔根据经验，知道坏狗可以这样持续坐好几个小时，直到她不再是一副自伤自怜的模样为止。显然，坏狗并不懂得拥有预视之力有多重要。

“那……我要怎么打开这扇门呢？”莉芮尔问。

自从被坏狗咬了一下之后，她就下意识地靠在门上保持平衡。

她感觉到门里温暖的咒契魔法在自己掌心里富有节律地跳动着，应和着她手腕和脖子上的脉搏。

“推一下。”坏狗靠近了一些，嗅了嗅门的附近，“影像可能已经帮你打开了。”

莉芮尔耸耸肩，把双手都放在门上。门上那些金属装饰仿佛在她未曾注意的时候变换了位置。它们起初是杂乱地挤在一起的，而现在似乎组成了三个不同的图案，但似乎还是没有特别的意义。莉芮尔不知道自己手掌覆盖的是什么样的符号，不过她知道那些金属装饰在她皮肤上留下了某些痕迹。

莉芮尔感觉到那些金属装饰上也有咒契符号。她不知道那些究竟是什么符号，但很显然，这扇门是一个复杂的魔法造物，需要一连几个月施行复杂的高等咒语才能完成，同时也堪称铁艺和木艺方面的杰作。

她推了一下，门发出吱吱的响声。她再用力一推，门裂成独立的七块，向后滑去。莉芮尔甚至没看清它是怎么分裂的，门上的三种标志中有一种彻底消失了，只剩两种还在门上。咒契魔法的气息突然从门后涌出，淹没了莉芮尔。她感觉到咒语向她的体内注入了一种令人陶醉的快乐。自从坏狗出现，第一次帮她赶跑了寂寞之后，她还从来没有这么快乐过。那种气息消散之后，她踉跄了几步，靠在门框上。与此同时，那些金属图案在她手上留下的印记消失了，她根本没时间看清楚那些印记究竟是什么样的。

“哟！”莉芮尔摇摇头，一只手无意识地摸着身边的坏狗，“这次又是什么？”

“门在向你问好。”坏狗回答。她躲开莉芮尔抚摸她的手掌，跑到前面去，用爪子试探着拍了拍那条通往山体深处的第一级台阶。

“什么意思？”莉芮尔问。坏狗冲上前去，摇着尾巴沿盘旋的台阶跑了下去。“门怎么会问好？等等！等等我！”

但是坏狗才不会听从命令，也不会理睬莉芮尔的要求和恳请，不过她还是在大约二十级台阶的位置停下来，等着莉芮尔了。下面用于照明的咒契咒印变少了，台阶上长着暗色的苔藓。很显然，这里已经很久没有人来过了。

坏狗看着莉芮尔走过来，马上继续往前跑，很快又领先她二十几级台阶了，虽然莉芮尔能听见她爪子叩在台阶上的声音，但是却看不到她的身影。

莉芮尔叹了口气，慢慢跟上来，长满苔藓的台阶必须要小心才行。台阶下方似乎有些她不太喜欢的东西，她下意识地觉得有些紧张。随着台阶不断下降，一种微妙且不愉快的压抑感越来越强烈。

坏狗又稍微等了她一会儿，坏狗在前面走走停停，其间至少等了莉芮尔八次。莉芮尔猜测，她们现在大概在四百码以下的山体深处。这里没有冰川入侵，看起来完全不像珂睐的领地，因此莉芮尔倍感不安。

随着她们不断往下走，光线也越来越暗，她们越往下走，古旧的咒契咒印发出的光芒就越弱，只剩下星星似的点点微光。莉芮尔觉得，从这些咒印推断，不管是谁修了这个台阶，那个人一定是从底部开始修建的。底层咒印都极为古旧，数百年都没有更换过了。

一般来说，她是不介意黑暗的，但是在深深的山体内就不一样了。莉芮尔呼唤来了光亮，两个明亮的咒契咒印被她放置在头发里，在前方投下摇摇晃晃的光，照亮前面的道路。

在楼梯最底端，坏狗正坐在另一扇有咒契封印的大门前抓耳挠腮。这扇门是用石头制成的，上面刻了很多字母，那些又大又深的刻痕是中级字母，其间还混合着只有咒契师才能看见的咒契符号。

莉芮尔凑上前仔细看，然后拔腿就向楼梯跑去。坏狗在她的两腿中间绕行，绊住了她。莉芮尔摔了一跤，失去对发光的咒印的控制，发光的咒印随之消失了。

她的大脑被恐惧占据了，她在黑暗中挣扎着向她认为的楼梯的方位跑去。她的手指触碰到了柔软湿润的狗鼻子，她抬起头，借着淡淡的光看见了她的爱犬的轮廓。

“真有意思。”坏狗在黑暗中说，并慢慢凑到莉芮尔的耳朵边，有气无力地说，“你该不会是突然想起烤箱里还有个馅饼吧？”

“那扇门……”莉芮尔趴在地上动弹不得，“是墓地的门，通往墓穴。”

“是吗？”

“上面写着我的名字。”莉芮尔小声说。

一阵很长时间的沉默。坏狗说：“你觉得有人在一千年前大费周章地给你挖了个墓穴，等着你凑巧有一天走过来，吓得心脏病发作吗？”

“不……”

又是一阵很长时间的沉默。坏狗说："就算这真的是个墓穴，我能不能问一下，莉芮尔这个名字有多罕见？"

"嗯，可能不罕见——我有个姨婆也叫莉芮尔，她之前还有一个莉芮尔——"

"那么就算它是个坟墓，也是很久以前某个莉芮尔的坟墓了。"坏狗很温和地说，"你为什么认定它是墓地的门呢？我觉得门上有两个词啊。第二个词看起来并不像'坟墓'或者'墓穴'。"

"那写的是什么呢？"莉芮尔挣扎着站起来。她已经开始再次召唤发光咒印，双手也准备好将它们施放到空中。她不记得自己看到过第二个词，但是也不想向坏狗承认自己被自己的猜测吓得不轻。看到了自己的名字后，那种惴惴不安，变成了彻头彻尾的恐慌，以至于她一心想着要逃走，回到图书馆的安全地带。

"写的是完全不同的东西。"莉芮尔指尖出现了光芒，照在了门上，坏狗感到很满意。

这一次莉芮尔仔细看了门上刻的字，她摸了摸那刻痕很深的石头。她一遍又一遍地读上面的文字，眉头紧锁，因为她不知道这些字凑在一起究竟是什么意思。

"我不明白。"她最终说，"第二个字是'路'。上面写的是'莉芮尔之路'！"

"那也许你该走一走这条路。"坏狗说，完全不理会莉芮尔要她保持安静的手势，"就算你不是这里所说的莉芮尔，你终究是个莉芮尔，在我看来这是个绝好的理由——"

"坏狗，好了。"莉芮尔疑虑重重地说。如果这扇门后是一条以她命名的路，那也是一千年前的路了。这也不是没有可能，珂睐们有时候会看到遥远未来的情景。或者说是一些可能出现的未来，因为未来就像一条有很多分支的河流，它不断分裂、收敛，再分裂。据莉芮尔所知，珂睐训练的主要内容之一，就是研究哪些未来是最有可能出现的——或者说是人们最希望出现的。

但是转念一想，莉芮尔又觉得这个想法有个漏洞。因为现在的珂睐们从未看到过莉芮尔的未来，而且也根本看不到她的未来。萨娜和瑞尔告诉过她，就算她们在九日值守时努力去预视她的未来，也还是什么都看不到。莉芮尔的未来就像她的现在一样无法预料。没有任何珂睐预见到她，哪怕是看到一个月后她在图书馆经过或者躺在床上睡觉，这样的情况一直都没有过。这再次说明她与众不同，无法被预视，也没有预视之力。

莉芮尔心想，既然九日值守预视都看不到她，那么一千年前的珂睐怎么会知道她要在这里出现呢？他们不光修建了这扇门，还修了整个楼梯，这是为什么呢？比较合理的解释是，这条路是根据她的某位祖先来命名的，也就是很久以前的某位莉芮尔。

有了这样的想法，她感觉轻松了好多。她身体前倾，双手用力去推那冰冷的石头门。这扇门里也有咒契魔法在流动，但是魔法没有注入她的身体里，而是贴着她的皮肤温和地流动着。那感觉就像火炉边的一条老狗，惬意地享受着主人的抚摸，不需要再用其他动作表示自己高兴的心情。

在莉芮尔的推动下，门慢慢地打开了，发出一阵石头摩擦的声响。冷空气从门的那一边袭来，把莉芮尔的头发都吹起来了，咒印发出的光束晃动不已。同时传来的，还有一股潮湿的味道，下台阶时那种诡异的紧张感现在又回来了，而且变得更加强烈。

门后面是个很大的房间，借着莉芮尔身上那点儿光亮，一眼看不到头。这个洞穴在黑暗中仿佛大得没有尽头，好像延伸到无限遥远的地方。

莉芮尔进入房间，抬头向黑暗中张望，她的脖子都有些僵硬了，眼睛倒是渐渐习惯了这里幽暗的环境。屋里有着奇怪的微光，不是咒契魔法发出的光，而是从一处一处的空隙里发出的光芒，那些缝隙都在很高很远的地方，如同夜里遥远的星星。莉芮尔继续看着上面，忽然意识到自己正站在一条大裂谷的底部，这条裂谷几乎延伸到星峰顶部。她往前方看，发现自己站在一段空阔突出的岩石上，裂缝一直向下延伸，消失在更深的黑暗中，说不定它一直通往世界的根基。看清周围的环境之后，莉芮尔知道自己身处哪里了，她只知道一条这么窄且这么深的裂缝。在上方极其遥远的地方，这条裂隙上架着几座桥。莉芮尔从桥上过了无数次，但是从来不敢往下面看。

“我知道这个地方。”莉芮尔的声音很小，在裂谷中四处回响，“我们在大裂谷下面，对不对？”

她犹豫了一下，又补充道：“珂睐的墓地。”

坏狗点点头，但是没说话。

“你知道的，对不对？”莉芮尔继续说。她又抬头向上看，虽然看不清，但是她知道，在上方大裂谷的石壁上，有很多小石洞，每个石洞里都存放着一位已故珂睐的遗体。一代又一代的死者被小心存放在这垂直排列的洞窟里。出于某种奇怪的原因，莉芮尔似乎能感觉到坟墓的存在，或者说是能感觉到坟墓中的亡灵……或者其他什么东西。

她妈妈不在这里，因为她孤身一人死在远离珂睐的异乡，远得连尸体都运不回来。但是菲丽丝长眠于此，此外，还有很多莉芮尔认识的人也在这里。

“这里就是墓穴。”她坚定地看着坏狗，“我知道这里。”

“实际上更像藏骨堂。”坏狗接着说，“据我所知，当珂睐预见到自己何时死亡时，就会吊在绳子上下降到合适的位置，挖掘自己的——”

“不是！”莉芮尔无比震惊地打断坏狗，“她们只是大概知道什么时候，是帕丽莫和其他园丁准备洞穴。吉瑞丝阿姨说，只有那些血统不纯正的珂睐才会自己挖自己的墓穴——”

她突然停下来，小声说：“坏狗，我会到这儿来是不是因为她们预见到我死了，让我来挖自己的墓穴？因为我血统不纯？”

“你再这样胡说八道我就要狠狠地咬你了，”坏狗嗷嗷叫着说，“你怎么总是想到死呢？”

“因为我感觉到了，我感觉死亡就在我周围。”莉芮尔小声说，“尤其是在这里。”

“那是因为，很多人死去或者埋在同一个地方时，通往冥界的大门就很拥挤，”坏狗心不在焉地说，“再加上血统混合，总有几个珂睐能感觉到冥界。所以你能感觉到死亡，不用害怕的。”

“我不怕，真的。”莉芮尔有些迷惑，“感觉就像有点疼或者有点痒。我就想做点儿什么。比如说抓一下，好消除这种感觉。”

“你不懂役亡术，对吧？”

“当然不懂啊！那是肆行魔法，是被禁止的。”

“也不一定啊。珂睐曾经也研究过肆行魔法，现在依然有人在研究。”坏狗还是有些心不在焉。她闻到了某种气味，在莉芮尔脚边使劲儿地嗅来嗅去。

“谁在研究肆行魔法？”莉芮尔问。坏狗没有回答，依然在莉芮尔脚边嗅着。“你闻到什么了吗？”

“魔法的气息。”坏狗说。她抬头看了几秒钟，然后继续低头嗅，开始围着莉芮尔转圈。“好像是很古老很古老的魔法。藏在这里，在这个世界的深处。非常非常……嗷！”

坏狗的最后一句话变成了受到惊吓的吠叫声，一阵火焰从裂缝底部蹿出来，火花四溅。莉芮尔也吓了一跳，赶紧往后退，从大门里跌了出去。片刻后，坏狗也跟着逃出来，身上一股烧焦的味道。

火焰形成了一道火墙，火墙中产生了一些四肢弯曲的人形影像。咒印呼啸而过，蓝、黄、红交相辉映的火焰瞬间席卷了地底下的空间。火焰蹿得太快，莉芮尔根本来不及看清那些人形的东西是什么。

那些人影一步一步地从火焰中走出来，它们是由火焰构成的武士，手中握着的剑也闪耀着刺眼的白色光芒。

“别傻站着啊，快做点什么啊！”坏狗大叫。

但是莉芮尔一直盯着那些不断逼近的武士，似乎被它们躯体中闪耀的火光催眠了。她看出来了，这些武士都是高级咒契魔法的杰作，是由许多部分组合而成且具有强大力量的影像，和红色木门前的影像非常相似。

莉芮尔站起来，拍了拍坏狗的脑门，径直朝着手持火剑的火焰武士走去。

“我是莉芮尔，”她在自己的话语中加入了表示真诚的咒印，“珂睐之女。”

她的言辞在空气中回荡了片刻，穿透了那些噼啪燃烧着的火焰影像。接着，影像守卫举起手中的剑，仿佛是要敬礼一样——一阵更加强烈的热浪席卷而来，直冲向莉芮尔的肺里。她窒息地咳嗽起来，向后退了几步……晕倒在地。

当她醒来的时候，坏狗正在舔她的脸。从脸上那层厚厚的口水来判断，坏狗已经舔了不少于十次。

“发生了什么事？”莉芮尔迅速看了看周围。现在周围的火焰已经消失了，也没有燃烧的守卫影像，只有一串照明用的小咒契咒印像星星一样环绕着她。

“它们敬礼的时候把你烧得晕过去了。我估计设计这些影像的人是希望大家能在门口表明身份——不要凑到跟前去。”坏狗说着又想舔莉芮尔的脸，但是被莉芮尔推开了。“不然它们就是特别愚蠢的影像，好在它们中还有一个懂点儿礼貌，给了你这些亮光。顺便说一下，你的头发被烧掉了一些。”

“该死！”莉芮尔检查了一下露在头巾外面被烧焦的发梢。“吉瑞丝姨妈肯定会发现的。我只能向她解释说，我靠近蜡烛或者别的什么东西的时候，不小心烧到的。说起吉瑞丝姨妈，我想我们还是回去吧。”

“不行！”坏狗表示抗议，“走到现在了不能回去。再说，这些光已经指示出了一条路。看！肯定就是那里，莉芮尔之路！”

莉芮尔坐起来，看着坏狗所指的方向——又摆出了她的经典姿势，一只前爪抬起来，鼻子朝向前面。确实，前面有一条小路，咒契的亮光沿路闪耀，一直照到大裂谷收缩变窄的地方，才消失在一片黑暗之中。

“我们真的该回去了。”她犹豫地说。小路和亮光就在那里呼唤着她。影像们让她过去了。路的那头肯定有值得一看的东西。莉芮尔希望那里有某些能帮她获得预视之力的东西，虽然希望十分渺茫，但这个小愿望依然留存在她心里。多少年来，她一直希望在图书馆找到能够帮助她的东西。也许这一次不一样，在古代珂睐领地的中心会不一样。

“那就走吧。”她长叹了一声，站起身来，烧焦的头发和墓穴——目前为止，这就是她们的发现。“你还在等什么？”

“你先走吧。”坏狗往后退了退，“我害怕你那些笨蛋亲戚造就的火焰门卫，现在我鼻子还疼呢。”

小路沿着岩层延伸，大裂谷变窄了，石壁一点点近了，莉芮尔伸手就能摸到两侧冰冷潮湿的石头。但是她很快发现，石壁上发着微光的菌类让她手指头也开始发光，而且散发出烂白菜的味道，她赶紧把手缩了回来。

路越来越窄，往下延伸，渐渐进入山体深处，寒冷彻底驱散了莉芮尔被烧过的脸上残留的最后一点儿热气。她脚下传来响亮而低沉的咕噜咕噜声，而且她越往前走这声音就越明显。一开始，莉芮尔以为是自己出现了幻觉，她以为这是坏狗所说的那种“死亡的感觉”。随后，她忽然明白了，那是流水发出的声响。

“我们肯定是靠近地下河之类的东西了。”她有些紧张，同时提高了声音，盖过地下河的流水声。和绝大部分珂睐一样，莉芮尔不会游泳，她对于河流的体验仅限于每年春天，从冰川上奔流而下的融雪流水。

“我们差不多已经在河流上方了。”坏狗回答，她能看到被星星点点的光照亮的小路深处。跟诗里说的一样：

湍急的流水来自黑夜深处，
奔涌向前，永不驻足。
流经广阔的三角洲，
冲破冰层与黑暗。
万能的瑞特林河啊，
古国宿敌将畏惧它的力量！

“嗯……我好像忘了一句。我想想，湍急的——”

“这里是瑞特林河的发源地？”莉芮尔打断她的话指向前方。“我还以为只是融化的冰川。我不知道这里有个源头。”

“这里有个泉眼。”坏狗停顿了一下接着说，“一个很古老的泉眼。在山体深处，最深的黑暗中。快停下！”

莉芮尔停下了脚步，同时下意识地拉住坏狗后颈松软褶皱的皮肤。

一开始，她不知道坏狗为什么让她停下，坏狗领着她小心地走了几步。河流的声音突然变成了雷鸣般的咆哮，冰冷的水花溅在她脸上。

她们来到了河边。前面是一条很窄的桥，桥上的石头又湿又滑，在二十步开外桥的另一头有一扇门。桥两侧没有扶手，而且桥面不到两尺宽，河水从桥下奔流而过。这说明，这座桥是一道对抗冥界的屏障，一切亡者都无法通过。

莉芮尔看了看桥和门，又看了看下面深黑湍急的水流，心里既害怕又莫名狂喜。奔流不息、轰隆作响的流水仿佛能够催眠一样，蛊惑她继续往前走。但莉芮尔移开了视线，看看坏狗，大声宣布："我不想过那座桥！"不过，她的声音被流水声淹没了。

坏狗并没有理会她，莉芮尔正打算再说一次，突然看到坏狗的爪子长到平时的两倍长，脚掌也变得平坦宽大。她把到了嘴边的话又咽了回去。

"你还长了吸盘吧？"莉芮尔大声说。这个恶心的想法让她不寒而栗。"像章鱼那种。"

"当然有啊。"坏狗喊着，同时啪的一声抬起一只爪子，那声响即使混在河流的咆哮声中也听得清。"这座桥看起来太危险了。"

"是啊。"莉芮尔大声回答，她又回头去看那座桥。显然，坏狗是打算过桥的，她脚上都长出吸盘了，莉芮尔估计，这样一来，过桥就只是有一点危险而已，但并非不可能。她叹了口气，弯腰脱下自己的鞋，水花不停地溅到她的眼睛里。她把软皮短靴绑到腰带上，光着脚踩在桥的石面上。桥面冰冷，不过莉芮尔感觉到上面有一些细微的凹凸的格子，这些格子在暗淡的光芒中看不出来，但是能增大摩擦力。

“我觉得这座桥主要是为了不让人通过。”她一边说着，一边用手小心地抓住坏狗的项圈，感受着咒契魔法带来的令人安心的感觉，更加令人安心的是，还有一条平衡能力很强的狗。

她们只走了几步，莉芮尔忽然说出另一个想法，但声音被淹没在河水巨大的轰鸣声中。

“也可能是为了不让什么东西出来。”

第二十二章

天赐的礼物

莉芮尔过桥之后，那边的那扇门立刻就打开了。她再一次感觉到咒契魔法从身体里流过，但是这扇门不像上面那扇木门那么友好，也不像大裂谷里那扇石门一样，安安静静地认可她。这扇门更像个测验，是一阵突如其来但并不友好的鉴别。

门打开的时候，莉芮尔感觉到坏狗在她手边一阵颤抖。紧接着她嗅到了肆行魔法那独特的腐蚀性气味。这味道是从前面某个地方飘来的，而且很奇怪地被咒契魔法约束着。

“肆行魔法。”莉芮尔小声说。她犹豫了，但是坏狗还在继续往前走，拉着她一起走。莉芮尔跟着坏狗穿过那扇门。

莉芮尔一进去，门就“嘭”的一声关上了。同时，河流的轰鸣声也消失了，小路上咒契咒印的光芒也不见了。周围一片黑暗，这是莉芮尔从来没有见过的黑暗，是真真正正的黑暗。黑暗压迫着莉芮尔，让她怀疑自己的感觉是否真实。只有她手心里坏狗温暖的皮毛让她知道自己依然站着，房间没有变化，地板也没有倾斜。

“不要动。”坏狗低声说，坏狗用鼻子轻轻碰了碰莉芮尔的腿，仿佛口头警告还不算警告似的。

肆行魔法的气味越来越强烈。莉芮尔一手捂住鼻子屏住呼吸，另一只手摸到马甲口袋里的发条银鼠。但是就算这个设计精巧的装置恐怕也找不到返回图书馆的路。

与此同时，她感觉到这里也有咒契魔法存在，强烈的咒印像花粉一样飘在空气中，但是它们平时的光芒都消失了。她能感觉到这里的咒契魔法和肆行魔法共同作用，在她身边环绕交错，交织成某种她无法识别的咒语。

恐惧感慢慢在莉芮尔体内堆积，渐渐地蔓延到她的肺部。她想呼吸，吸入更多的空气，努力让自己冷静下来。但是空气中充满了古怪的魔法的气味，她没办法——也不想——吸气。

空中渐渐出现了光亮，无数头发一般的细丝团簇成一个个细小轻柔的小球，仿佛会发光的蒲公英一般，在莉芮尔感觉不到的微风中飘动。在这片光亮中，咒契魔法的力量增强，肆行魔法的味道被驱散了，莉芮尔小心翼翼地吸了口气。

在这些光球的照耀下，莉芮尔发现自己原来在一个八角形的房间里。房间很大，但并不是她想象中那种在山体深处冰冷的石头里凿出的房间。房间的墙上贴着瓷砖，装饰着很精美的金星、塔、银钥匙的图案。天花板上画着深邃的夜空，空中有一些酝酿着大雨的乌云，云层之间有七颗明亮闪耀的星星。此外，莉芮尔发现地上还铺着地毯。踩过了桥上潮湿冰冷的石头之后，深蓝色的地毯感觉温暖又柔软。

房子中间放着一张豪华的大红木桌子，细长的桌腿末端是三只银色的趾状基座。光滑美丽的桌面上并排放着三样物品：一个和莉芮尔手掌一般大的金属盒子，一套金属笛子一样的东西，一本有着深蓝色皮封面和银搭扣的书。这张桌子，或者说是桌上的东西，显然都是为了施行魔法而造的，因为那蒲公英一般的光球在桌子处聚集得最多，如同一片迷雾。

“去吧，”坏狗说着，坐下来，“看看我们找到了什么。”

“你在说什么啊？”莉芮尔怀疑地问，她深深地吸了几口气，努力让自己平静下来。她觉得现在应该很安全了，但是屋子里依然有许多她不懂的魔法，她甚至无法猜测那些究竟是什么魔法，也不知道是从哪里来的。她嘴里和舌头后面依然残留着肆行魔法那冰冷、腐臭的味道。

“门为你打开了，灯为你照亮道路，守卫没有伤害你。”坏狗说着，用冷冰冰、湿漉漉的鼻子蹭了蹭莉芮尔的手。她机敏地抬头看着莉芮尔，补充道：“不管桌子上放的是什么，对你肯定有用的。也就是说对我来说毫无意义。所以我就坐在这儿，或者躺在这儿。该走的时候记得叫我就行。”

坏狗说完，打了个大大的哈欠，然后趴在了地毯上，很舒适地躺下，不时甩甩尾巴，显然已经昏昏欲睡了。

“喂，坏狗！”莉芮尔喊道，“你现在还不能睡！万一我一过去遇到危险了怎么办？”

坏狗睁开一只眼睛，半打着哈欠说：“当然是叫醒我啦。”

莉芮尔看着趴在地上的坏狗，又看看桌子。斯狄肯曾是她在图书馆中遇到的最可怕的怪物。但是之后的几年，她发现了其他危险的东西——凶猛的怪物、无法破解或失控的咒契咒语和机械陷阱，还有在装订过程中被下了毒的书。这都是图书馆馆员生涯中常见的危险，但是现在她面前的东西却完全不同。不管这些东西是什么，它们都被严密守护着，而且周围还环绕着咒契咒印，比莉芮尔过去所见的任何咒印都要强大且古怪。

莉芮尔知道，不管这个房间里的是何种魔法，都已经非常古老了。墙、地板、天花板、地毯、桌子——包括房间里的空气——全部都渗透了一层又一层的咒契咒印，有些咒印至少已经有一千年的历史了。她能感觉到咒印在房间各处移动、混合、变化。她闭上眼睛，这个房间如同一个咒契石，与其说它是一个被施加了很多咒语的地方，不如说这里是咒契魔法的一个源泉。

但这是不可能的，至少据她所知不可能……

这个想法让她突然感到一阵眩晕，莉芮尔睁开眼睛。咒契咒印浮在她的皮肤上，融入她的气息，进入她的血液。肆行魔法混杂在咒印之间。那些蒲公英似的光球排成一排，像植物的藤蔓一般向她伸过来，轻轻在她的腰间缠绕，把她慢慢往桌子的方向拉。

魔法和光芒让她晕晕的，仿佛刚刚才从梦里醒来。莉芮尔一度努力驱散这种感觉，但是这种感觉很舒服，没有威胁的意味。她丢下睡着的坏狗慢慢往前走，进入光芒中。

转眼间，她就来到了桌子面前，没有任何走过她和桌子之间这段距离的记忆。她的双手放在冰凉光滑的桌面上。作为一个二级助理图书馆馆员，她首先拿起了那本书，摸摸紧扣起来的银搭扣，念出书脊上以浮雕装饰的几个字——《回忆与忘却之书》。

莉芮尔打开银搭扣，那里也有咒契魔法，其中的咒印一个连着一个布满金属表面，同时深入金属内部。那些是主宰束缚与禁闭、燃烧和毁灭的咒印。

但是在她辨别出咒印的同时，搭扣就打开了，她安然无恙地站着。莉芮尔小心地翻到封面和标题页，那又轻又薄的书页很容易翻动。书页之间也有咒契咒印，它们在造纸之时就被放进去了。同时里面还有肆行魔法，它们被束缚起来，安放其中。两种魔法同时存在于皮革和纸板做成的封面里，就连书脊的胶水和缝线中也充满了魔法。

最重要的是，每个字母中也包含着魔法。莉芮尔曾见过类似的书，如《莱昂皮肤技法》，不过它的魔法没有这么强。你不可能真正读完这样一本书，因为它的内容总是随着读者的需要而变化，或者会随着作者的古怪念头而变化，有时候还会随着月相和天气发生变化。有些充满魔法的书你甚至记不住它们的内容，要等到特定事件发生后才能记起来。这种做法其实是出于著书人的善意，因为这么多的内容要都记住的话是个很大的心理负担。

莉芮尔看书的时候，光球在她头顶飘动，让她的头发在书页上投下晃动的阴影。她读了第一页，然后继续读下一页，再下一页……每隔几分钟，她就伸手翻页，很快读完了第一章。坏狗还在她身后呼呼大睡，深沉的呼吸仿佛和莉芮尔缓慢翻书的节奏保持一致。

过了几个小时，也可能是几天——因为她完全感觉不到时间了——她翻完了目前为止的最后一页，合上了书。银搭扣咔嚓一声自己扣好了。

莉芮尔把书放回去，但没有离开桌子。她拿起那组笛子，一共七个小银管按照长短顺序排列，最短的只有她的小手指那么长，最长的跟她的手掌差不多。她把这组笛子举到嘴边，但是没有吹。它们远比外表所示的样子复杂。那本书告诉了莉芮尔这些笛子是如何制成的，以及该怎样使用这些笛子，莉芮尔现在知道银管表层虽然有咒契咒印，但实际上那只是一层虚饰，里面则深藏着肆行魔法。

莉芮尔依次抚摸每支笛子，从最小的到最大的，低声说出它们的名字，然后把它们放回桌上。然后她拿起最后一样东西，是一个小金属盒。盒子是银制的，上面刻着一些精美的花纹，同样也布满咒契咒印。咒印和书上的咒印类似，如果谁不具备真正的血统而打开了盒子的话，就会遭到惩罚。但是咒印没说究竟是何种血统，莉芮尔觉得，如果她能打开书的话，应该也能打开这个盒子。

她碰了碰盒子的盖儿，其中炙热燃烧的肆行魔法让她赶紧把手缩了回去。盒子依然紧闭着。她一时间觉得，也许那本书里写错了，或者是她误读了盒子上的咒印，也或许是她没有真正的血统。她闭上眼睛，再次坚定地抓住盒盖。

没有任何损伤，盒子在她手里抖了抖。莉芮尔睁开眼睛。盒子已经打开了，中间有铰链相连。它就像个小镜子一样，需要靠在架子上或桌上才能保持平衡。

莉芮尔把盒子完全打开，然后摆成V字形在桌上放好。其中的一半是银质的，但另一半却是用她全然不知道的材质制成的。在本来应该是明亮的镜面的位置，却是一片不能反射出任何东西的长方形的看似虚无的东西，那是一片完完全全的黑暗，用某种全然没有光亮的材质制成。

《回忆与忘却之书》将这个东西叫作暗镜。莉芮尔读到过它的使用方法。但是暗镜在这个房间里不起作用，也可说在现世的任何地方都不起作用。它只能在冥界使用，但莉芮尔没有要去冥界的打算，就算那本书里写了如何从冥界返回，她还是不想去。冥界是阿布霍森的领地，不是珂睐的领地，不过暗镜的使用方法可能确实和珂睐的预视之力有关。

莉芮尔合上暗镜，把它放在桌上。但是她的手指依然停留在那个盒子上。她站在桌前，沉思了一分钟左右。然后她拿起镜子，揣进自己马甲的口袋里，跟笔尖、蜡绳和铅笔头放在一起。然后她犹豫了片刻，又拿起那组笛子，揣进马甲右边的口袋，和发条银鼠放在一起。最后她拿起《回忆与忘却之书》，塞进马甲前面的口袋里。

她回头向坏狗走去，叫醒坏狗。现在她们两个必须严肃讨论一下这到底是怎么回事。书、暗镜和笛子在这里存放了一千多年，在黑暗中等待着某个必然会到来的珂睐。

它们在黑暗中等待一个名叫莉芮尔的女人。

它们在等她。

第二十三章

多事之秋

萨姆斯王子瑟瑟发抖地站在宫殿第二高塔的哨兵通道上。他穿着最厚的一件毛皮斗篷，但风还是寒冷刺骨，他不该为了省事而不施加保暖的咒契咒语。但是，他其实倒有点儿希望自己患上感冒，因为生病了就能逃过艾丽米尔强加给他的那些训练计划。

他站在哨兵通道上有两个原因。第一是他希望自己能看到父亲或者母亲回来。第二是他想躲开艾丽米尔以及其他所有想帮他安排生活的人。

萨姆想念父母，不单单是因为他们可以把他从艾丽米尔的暴政中解救出来。可是萨布莉尔总要不停地驾着她的金红色纸翼离开拜里塞尔，从一个动乱的地点飞往另一个动乱地点。萨姆从人们反反复复的谈论中听得出来，这个冬天非常糟糕，亡者和肆行魔法生物非常活跃。他们一说起这些，萨姆就忍不住会发抖，他知道大家此时肯定都在看着他，他也知道，他必须学习《亡者之书》，准备着成为母亲的帮手。

现在就应该学习《亡者之书》了，萨姆沮丧地想，但是他依然站在哨兵通道上，视线越过城里结霜的屋顶和千家万户温暖的炊烟眺望远方。

自从艾丽米尔把那本书给他之后，他根本就没有翻动过，那扣着银色搭扣的绿色书卷依然安全地锁在他工作间的柜子里。他每天都会想起它，远远地看着它，但就是没勇气去读它。事实上，在应该用来学习的时间里，他全都在思考要怎么向妈妈解释，解释自己读不了那本书，解释自己不敢再进入冥界。

艾丽米尔让他每天花两个小时读那本书，她把这叫作“阿布霍森预备课程”，但是萨姆并没有读书。他一直在写东西。他反复揣摩词句，写出自己的心情和恐惧感。有的写给萨布莉尔，有的写给塔齐斯顿。有的写给父母二人。但最终这些信都被扔进火炉里。

“我还是亲口告诉妈妈吧。”萨姆迎着风说道。由于怕塔楼那边的哨兵听见，他没有说得很大声。那些卫兵已经觉得他是个很惨的王子了。他不想让他们觉得自己是个疯疯癫癫的王子。

萨姆想了一下，又补充道：“不，我还是先跟爸爸说，让爸爸转告她。”但是塔齐斯顿还没从埃斯特维尔返回，他此前一路向南，去了界墙北侧位于巴赫德林的守卫要塞。有报告说，安塞斯蒂尔允许南方难民穿过界墙在古国定居——或者准确地说，是听任南方难民被边境一带出没的孤魂野鬼杀死。塔齐斯顿去调查情况，看安塞斯蒂尔究竟做何打算，同时也尽可能救助一些南方人。

“愚蠢的安塞斯蒂尔人。”萨姆小声说着，踢了踢墙壁。但是很不巧，他的另一只脚在结冰的石头上一滑，整个人倒向墙壁，手肘正好撞在墙上。

“哇！”他大喊着，捂住自己的胳膊肘。“该死！”

“你还好吗，殿下？”卫兵赶紧往他这边跑，他的靴子底钉了平头钉，比萨姆的兔皮拖鞋防滑得多。“你没摔伤腿吧？”

萨姆皱起眉头。他知道自己扮演报晨鸟这件事成了卫兵们的笑话。而艾丽米尔则优雅威严地担任着摄政王，游刃有余地打造她未来女王的形象，这使萨姆的自尊心很受伤害。

萨姆排练仲冬节和仲夏节报晨鸟时候那种很差劲的表现无非又一次证明了他不如自己的姐姐，他只是皇室中一个没用的人。他无法假装对舞蹈很热情，在小法庭上常常睡着，虽然他认为自己在剑术方面颇有潜力，但又不想通过和卫兵练习来提高技艺。

他也不想参加“长远计划”。艾丽米尔总是专注于手边的任务，全心全意地工作。萨姆却相反，他总是担心自己的未来，结果想得太多，连该做的事情都做不好。

“殿下，你还好吗？”卫兵又问。

萨姆眨眨眼睛。唉，他又开始望着天空，胡思乱想了。

“还好，谢谢你。”他活动了一下戴着手套的手。“滑了一下而已，撞到了胳膊肘。”

“看到什么有意思的东西吗？”卫兵问。萨姆想起来，这个卫兵的名字叫布伦，和那些看到萨姆穿着报晨鸟的衣服走过去就偷笑的人不同，他是个比较友善的人。

“没有。”萨姆摇头。他又看了看远处，望着下方的城市。再过几天就是仲冬节了。冰雪集市基本已经准备完成。一个巨大的帐篷架在冰封的洛塞尔湖面上，到时候冰雪集市上将会有游行、马车、演员、小丑和杂耍艺人，还有音乐家、魔术师以及各种展览和游戏，此外还有来自古国各地及古国之外的美食。洛塞尔湖位于拜里塞尔中央山谷，面积足有九十英亩，但是依然不能满足冰雪集市的规模，集市会一直延伸到湖岸边的公共花园里。

萨姆一直很喜欢冰雪集市，但是现在他却十分漠然地看着下面，一点儿兴趣都提不起来，只觉得寒冷和沮丧。

“集市会非常有趣的。”布伦双手握在一起，“今年的集市应该很不错。”

“是吗？”萨姆无精打采地说。他得在仲冬节的最后一天跳舞，表演报晨鸟。他的任务就是拿着象征春天的枝叶，跟在由“积雪”“冰块”“冻雨”“迷雾”“风暴”和“霜冻”组成的队伍中。他们都是踩着高跷的专业舞者，这些人不单盘旋在报晨鸟上方威胁他，同时也衬得萨姆演技的拙劣。

“冬之舞”又长又复杂，舞蹈的队伍在冰雪集市上弯弯曲曲要走两里路。但实际的路程比两里路还要长很多，因为“寒冬六精灵”的队伍会在报晨鸟周围折返数次，试图偷走萨姆金色翅膀底下象征春天的小树枝，或者用高跷绊倒萨姆，以便“延长”冬季的时间。

到目前为止，他们整体彩排了两次。“寒冬六精灵”本来是不可能绊倒报晨鸟的，可是就算是专业舞者也没办法阻止萨姆自己摔跤。在第一次彩排结束时，报晨鸟摔倒了三次，还有两次撞到了鸟嘴，羽毛当然也弄得乱七八糟。第二次彩排的情况更糟，报晨鸟撞倒了“冻雨精灵”，把她撞得从高跷上摔了下来。新来的“冻雨精灵”到现在都不愿意跟萨姆说话。

“大家都说，平时训练刻苦，演出时才会轻松。”布伦说道。

萨姆点点头，目光从卫兵身上转到了别处。没有纸翼乘风而来，也没有举着旗帜的骑士队伍从南边的大路上经过。在这儿等爸爸妈妈只是浪费时间而已。

布伦用戴着手套的手捂住了嘴，咳嗽了几声，迈步继续沿着石道去巡逻了。萨姆转过身，看了一眼这个卫兵，他的小号挂在背带上轻轻摇晃着，拍打着他的后背。

萨姆下楼了。他的这一次彩排已经迟到了。

布伦刚才说的那番话是错的。有时候，刻苦训练不一定能带来成功的演出。在演出过程中，萨姆一直都踉踉跄跄，东倒西歪，全靠了“寒冬六精灵”的专业技巧，整个舞蹈才没有变得一塌糊涂。

按照传统，舞蹈结束后仲冬节的所有舞者都要在宫殿里和皇室成员一起用餐，但是萨姆没有参加宴会，他选择自己一个人待着。他们不喜欢他，萨姆早就受够了这种折磨——他全身的瘀青就是最好的证明。萨姆知道，那个演冻雨的舞者在结束的时候绝对是故意用高跷踢他的，因为先前在彩排时被萨姆撞得从高跷上摔下来的那位舞者就是她的姐姐。

萨姆没去吃晚餐，而是去了工作室，他打算做个特别复杂有趣的魔法机械玩具来排解心中的不快。艾丽米尔派了一个侍从来找他，但除此之外也没有办法了，再三找他只会让大家尴尬而已，这下萨姆总算清净了——至少这天晚上很清净。

但是第二天以及此后的很多天，艾丽米尔不愿看到——大概也受不了——跳舞的事情让萨姆不开心。于是她给他安排了其他的事情。糟糕的是，她居然把朋友的妹妹们安插到萨姆的身边，显然艾丽米尔是觉得好姑娘可以帮助萨姆解决问题。萨姆当然很不喜欢晚餐时艾丽米尔故意安排坐在他旁边的人，也很不喜欢那些手镯带钩坏了“恰好”路过他的工作室的人。他一直担心着那本书，也担心妈妈回来之后该怎么办，因此对于发展新的友情毫无兴趣，更不想展开什么浪漫的关系。结果所有人都说他孤傲又冷漠，不光是艾丽米尔介绍的那帮女孩子这么说，宫里所有和他差不多年龄的人也这么说，甚至连他的朋友都这么说，他明明放假在家，但别人都不愿意理他。萨姆麻烦缠身，还要处理自己的那份公务，根本没注意到同龄人正在疏远他。

他倒是会和布伦聊天，因为他们两个时不时都会去第二高塔。幸运的是，布伦本身也不健谈，所以不介意萨姆沉默寡言且时不时地看着城市和大海。

深冬时节，一个清冷的早晨，周围环绕着一圈光晕的月亮挂在天边，还依稀可见。

“今天是你的生日。”布伦说。萨姆点点头。他的生日是在仲冬节两周之后，因此生日气氛总是被盛大的节日冲淡。而今年由于萨布莉尔和塔齐斯顿不在，他的生日就更显得无味，他们只送来了信和礼物，虽然是精心挑选的礼物，但却不能让萨姆开心。礼物之一是一件阿布霍森的外套，深蓝色的衣服上装饰有银色钥匙图案，皇家金色城堡标志的红色条纹将其深蓝的底色分为四部分。另外一件礼物是一本书，书名为《莫晨论述：如何封印肆行魔法元素》。

“收到不错的礼物了吗？”布伦问。

“一件外套和一本书，”萨姆回答。

“哦。”布伦双手握在一起搓了搓。“不是一把剑，或者一只小狗吗？”

萨姆摇了摇头。他不想要剑，也不想要狗，但这两样绝对比外套和书好得多。

布伦思考了好一会儿之后说：“希望艾丽米尔公主给你准备了不错的礼物。”

“我很怀疑，”萨姆说，“她多半会给我安排些课程。”

布伦再次双手握紧，他站得笔直，眼睛扫视着地平线。确认没有任何异常情况后，他说：“祝你生日快乐。是多少岁来着，十八岁？”

“十七岁。”萨姆回答。

“哦。”布伦边说边走向塔楼另一边，再次扫视地平线。

萨姆下楼了。

艾丽米尔确实在大厅安排了生日宴会，但是由于受到萨姆的沮丧情绪的影响，宴会变得很无趣。在自己的生日这天，他有权拒绝一切他不想做的事情。因此，在宴会上他拒绝跳舞，也拒绝在众人面前打开礼物，因为他不想打开。对于自己曾经最喜欢的柠檬汁烤剑鱼和黄油小面饼，萨姆也只是戳了几下。他表现得像个满心不痛快的七岁小少爷，根本不像个已经年满十七岁的年轻人。萨姆自己也明白，但他就是控制不了自己。这可是几周以来他第一次可以拒绝艾丽米尔的命令——或者按照艾丽米尔的说法，是“强烈建议”。

宴会提前结束，每个人都很不满意。萨姆直接去了自己的工作室，全然不顾自己离开大厅时周围的窃窃私语和不快的目光。他不在乎任何人的想法，当然，他确实注意到了贾尔·欧仁失望的眼光，这倒让他有些介意。贾尔肯定会在萨布莉尔和塔齐斯顿回来之后把萨姆的失礼之处报告给他们，如果他决定及早汇报的话，那就会发送一份恐怖的总结表，上面详细列举萨姆的一切过失。

可是和妈妈回来之后发现事情真相相比，贾尔的报告简直不值一提。对于这件事，萨姆不敢多想。他想象不出此后会发生什么，也不知道自己的未来会变成什么样。古国必须有一个继任阿布霍森和一个王位继承人。艾丽米尔显然是完美的王位继承人，因此萨姆必须成为阿布霍森。但是他当不了，也不愿意当。然而每个人都认为他是不愿意当，其实是他真的不行。

那天晚上，他又像往常一样，打开工作室长凳左边的柜子，强迫自己看《亡者之书》。它就在架子上，闪耀着不祥的绿色光芒，连天花板上柔和的咒契光芒都显得暗淡了。

他伸手拿起书，那情景简直如同猎人伸手去摸一头狼，心里却指望它是一只乖乖的狗。他的手指摸到了书上的银搭扣和咒契咒印，但是他还没来得及再靠近，一阵剧烈的颤抖席卷全身，他的皮肤瞬间变得有些冰冷。萨姆想要克服颤抖和冰冷的感觉，但是完全做不到。他缩回了手，重新坐到壁炉前面，痛苦地抱住膝盖缩成一团。

生日之后又过了一周，萨姆收到了尼克的信。准确说是收到了信的残骸，因为信是用机械制造的纸写的。和安塞斯蒂尔的绝大部分技术产品一样，一旦过了界墙，纸就开始分解，现在它成了纤维残渣。萨姆跟尼克说过好多次，要用手工制造的纸，然而尼克就是不听。

不过还好信件剩余的部分足以让萨姆推测出尼克的意思，他是想为自己和他的仆人索要古国的签证。他打算在冬至时穿过界墙，如果萨姆能在过境站和他碰头就太好不过了。

萨姆高兴起来。尼克总是能够让他振奋。他立刻查看日历，确定安塞斯蒂尔的冬至是古国的什么日子。一般来说，古国要比安塞斯蒂尔提前一个季节，但是有时候也有一些奇怪的波动，需要核对日历，以确定对应的日期。

萨姆手中的古国-安塞斯蒂尔日历很难一次查得准，但是十年前萨布莉尔把自己的日历借给了皇家印刷局，印刷局的人把萨布莉尔及前代阿布霍森写上去的注解和说明都整合起来。那是一项漫长劳累的工作。最后的成品是用清晰的字母略微交错地印在细亚麻纸上的全新日历，看起来很漂亮，当然也价格不菲。萨布莉尔和塔齐斯顿只把这份日历赐给了他们精心挑选过的人。萨姆斯在十二岁生日时得到了这份日历，他当时无比骄傲。

还好，这份日历明确写出了安塞斯蒂尔冬至的对应日期，而不是让萨姆根据月相和其他观测数据进行推算。安塞斯蒂尔的冬至那天正好是古国的航海日，也就是春季的第三个星期。虽然距离现在还有好几个星期的时间，但萨姆至少有了高兴的事情可以期待了。

看了尼克的信之后，萨姆心情好了很多，对宫廷里众人的态度也缓和了不少——除了艾丽米尔。所剩无几的冬天过去了，他父母没有回家，也没有发生特别严重的暴风雪，刺骨的寒气不时从东北方袭来，偶尔还有迷路的鲸鱼游到岸上，再也回不到塞尔环海中。

这个冬天的天气算是很温和了，但是无论在宫廷里还是在城市里，大家都说这是个很糟糕的冬天。古国各地出现的动乱比过去十年来的任何一个冬天都要多，自塔齐斯顿继位之后从未出现过这样的动乱。信鹰在马厩塔飞进飞出。饲养鹰的菲妮女士累得眼睛都红了，而且也变得更加暴躁了，她的宝贝信鹰不得不加倍工作才能满足送信的要求。很多消息都是有关亡者和肆行魔法生物的。其中一大部分被确认为虚假消息，但还有很多消息是真的，需要萨布莉尔前去处理。

此外，还有一件事让萨姆十分困扰。其中一封他父亲写来的信让他清晰地回忆起在边境区域发生的事情，那些死去的南方人袭击了整个板球队，他不得不在冥界面对那个役亡师。

萨姆带着信来到第二高塔上翻来覆去地看父亲那封信，回想起当时的事情。布伦则像平时一样在他身边来回巡逻。信中有一段他读了三次：

安塞斯蒂尔的军队应该是执行了政府的指示，允许南方“志愿者”从一处旧入境站通过界墙，进入古国。这违背了过去所有的合约，也是违背常理的行为。很显然克罗里尼获得了进一步的支持，这次的事件就是他在试探能不能把南方难民送进古国。

我尽可能阻止了更多人越过界墙，同时加强了巴赫德林的守卫。虽然廷德尔将军说，他会尽量推迟执行类似命令，并尽可能通知我们，但是依然没办法确保安塞斯蒂尔方面不会送更多的南方难民过来。

无论如何，已经有超过一千人的南方难民四天前穿过了界墙。很显然有“本地向导”接应他们，但是边境卫队绝对不会护送难民，我甚至不确定那些向导是不是活人。

当然我们会继续跟踪调查这件事，但是这件事有种很不妙的预兆。我相信至少有一个在古国境内的肆行魔法师参与了此事，而那些南方人通过的那个入境站离你们被伏击的地方很近，萨姆斯。

萨姆叠好信纸，心里想着那个役亡师。他很庆幸现在太阳出来了，而他本人正在宫殿里，有侍从、卫兵和流水保护着。

“是坏消息吗？”布伦问。

“只是普通消息。”萨姆回答。可是他还是忍不住地发抖。

“没有什么事情是国王和阿布霍森处理不了的。”布伦很有信心地说。

“不管他们在哪儿……”萨姆小声说。他把信放回外套里，然后走下楼。他想回到工作室专心地做些小玩意儿，忘掉一切的烦恼和忧虑。

但是每走一步，心里就有一个声音提醒他，应该打开《亡者之书》……

最终萨姆的父母在一个美丽的春季傍晚回来了，那时他已经离开塔楼很久了，布伦的值勤时间也结束了。风向从东边吹来，塞尔环海的海水变了颜色，从冬季的黑色变为春夏的蓝绿色，太阳即使西沉了也依然散发着温暖的光，住在悬崖上的燕子偷偷啄下萨姆破毯子上的羊毛，去填筑自己的巢穴。

萨布莉尔首先回到家，她的纸翼从练习场上方低空掠过，萨姆正在和一个上级侍卫辛奈尔练习防御和进攻的四十八组招式。纸翼投下的阴影让两个人都惊讶了一下，辛奈尔率先反应过来，趁着萨姆眼花的时候迅速调整自己，完成了最后一击。

注定的一天终于到来了，一切准备好的说辞都从脑海里消失了。萨姆不像是被木剑气势汹汹地击中了垫着软垫的头盔，倒像是被对手一剑刺中了头。

南门处吹响了号角，萨姆赶紧跑进屋内，脱下练习用的盔甲。一开始，他以为只是母亲回来了，结果远远地从西面庭院又传来另一阵号角声，他这才意识到南门的号角声一定是通报国王回来了。除了国王和王后，没有其他人有这样的礼遇。

确实是塔齐斯顿。萨姆二十分钟后就在家庭专用小客厅里见到了他——其实那个客厅很大，位于大厅上面，只有一扇长条形的窗户，从那里可以看到城市，但看不到海。萨姆进去的时候塔齐斯顿正看着自己国家的首都，此时城市里正亮起灯火。明亮的咒契光芒、温和的油灯光芒、跳动的烛火和篝火……这是拜里塞尔最好的时节——温暖的春季傍晚，掌灯时分。

塔齐斯顿和往常一样看起来很疲劳，不过他已经换下了盔甲和马具，并且沐浴过了。他穿着安塞斯蒂尔风格的浴袍，匆忙洗浴之后他卷曲的头发还是湿的。他看着萨姆笑了笑，和他握手。

“你看起来好多了，萨姆。”塔齐斯顿说，他注意到，儿子因为刚刚练习了剑术脸色有些发红。“收到你冬天写来的信之后，我一直盼望你能尽快好起来。”

“嗯。”整个冬天，萨姆只给父亲写了两封信，虽然有时候他会在艾丽米尔的正式信件末尾加了几句。但无论是他自己写的信还是附带的那些话都没有特别的内容，也没有包含任何关于他自己的话题。萨姆确实写了一些东西，就像写给妈妈的那些信一样，最终都烧掉了。

“爸爸，我……”萨姆犹豫地说，他忽然觉得一阵放松，他终于准备谈起那个困扰了他整个冬季的话题。“爸爸，我不能……”

他还没来得及继续说下去，门就突然被推开了，艾丽米尔走了进来。萨姆马上闭上嘴，看着她，但是她没理睬萨姆，而是径直走向塔齐斯顿，激动地和他拥抱。

“爸爸，你回来了我真开心。”她说，“还有妈妈也回来了！”

“幸福的一家人。”萨姆悄声说。

“你说什么？”塔齐斯顿的问话里透出一丝丝严厉。

“没什么。”萨姆说，“妈妈呢？”

“在下面的水库里。”塔齐斯顿慢慢地回答。他一手搂着艾丽米尔，一手把萨姆拉过来。“我现在不希望你们太担心，但是她要待在咒契石那里，因为她受伤了——”

“受伤！”艾丽米尔和萨姆同时叫起来，他们转过身，三个人围成一圈。

“并不严重。”塔齐斯顿赶紧说，“腿上被某种冥界生物咬了，她没办法马上处理，所以恶化了。”

“她……她会不会……”艾丽米尔焦急地说。她看着自己的腿，脸上的神情显然十分惊慌，她无法想象萨布莉尔居然会受伤，她显得有点儿不知所措了。

“不会的，她不会失去一条腿的。”塔齐斯顿坚定地说，“她去高等咒契石那里是因为我们都太累了，没法好好施行治愈咒语。但是我们可以到水库那里去。而且那里可以放心说家常话，就像家庭聚会。”

从某种意义上来说，有六块高等咒契石环绕的水库是古国的心脏。古国各地都有魔法的源泉，在各个地方都可以接触咒契，如果有普通咒契石的话，施行咒契魔法会更简单一些，因为它们是输送咒契的管道，能使咒契更加轻松地释放出来。但是高等咒契石并不是这么简单，它其实就是咒契本身。咒契包括并描述了世间一切生物、一切可能性，它们尤其集中在高等咒契石、界墙以及皇室血脉，还有阿布霍森和珂睐的血统中。当然，凯瑞格破坏了两个高等咒契石之后，皇室血脉也就销声匿迹了，咒契本身也被削弱了，因此肆行魔法和亡者才更加活跃。

“等妈妈的治疗完成之后，我们在这里聚会不好吗？”萨姆问。

尽管水库对古国意义重大，但萨姆一直不太喜欢那里，在对冥界产生恐惧以前，他就不喜欢那里。咒契石本身确实让人安心，还能让石头周围的水保持温暖，但是水库的其他地方则是冰冷又恐怖的。塔齐斯顿的母亲和姐妹们就是在那个水库里被凯瑞格杀死的，很多年后，萨布莉尔的父亲也死在那里。萨姆不愿去想象那两个咒契石被破坏、凯瑞格携着他的役亡师和亡者仆从们在黑暗中横行时的情景。

“不。”塔齐斯顿回答，和萨姆相比，他有更多的理由去害怕水库。但是长年使用自己的鲜血和记忆中为数不多的魔法修复咒契石的工作让他失去了恐惧感。“水库是唯一一个不会被监听的地方，有很多事情你们两个必须知道，但又必须对其他人保密。把酒带上，萨姆斯。我们需要一些酒。”

塔齐斯顿绕过壁炉，往炉子的左手边走去。艾丽米尔问：“你就这样下去吗？”他听见这话，低头看了看自己的浴袍和交叉着背在背后的两把剑，耸了耸肩，又继续走了。艾丽米尔轻轻叹了口气，随后跟上他。他们两人都消失在壁炉后面的黑暗中。

萨姆皱皱眉头，拿起装着调味酒的陶罐——罐子被密封起来放在炉子附近保持温度——也跟了过去。他把手贴在壁炉后面，咒契咒印亮起来，守卫影像解除封印，让他推开暗门。他能听见父亲和姐姐在门的另一边走下那一百五十六级台阶时的谈话声，台阶下面就是水库，高等咒契石和萨布莉尔就在那里。

第二十四章

冷水古石

水库其实是个寂静的大厅，里面是冰冷的石头和更加冰冷的水。高等咒契石矗立在这个大厅的中间，从宫殿的阶梯与水面的交汇处就能看见。在水库的外围，一圈阳光透过高处的格窗照进来，在镜面一般平滑的水上投下交错的光影。高高的白色大理石柱子像沉默的卫兵一样树立在光影之间，它们支撑起这六十尺高的穹顶。

水还是和往常一样非常清澈。在帮助父亲解开停靠在台阶底部停着的船时，萨姆把手浸入水中。水从他指间流过，他可以看到咒契咒印在闪光。这座水库里的水全都从高等咒契石里吸收力量。越临近中心的地方，水的魔力越强，甚至变得不那么冰冷潮湿。

那艘船比一艘木筏大不了多少，四个角都有鎏金的把手。水库里有两艘这样的船，萨布莉尔显然划走了其中的一艘。她肯定在船上靠近水库中心的位置，那里照不到日光。数百万个咒契咒印不断地闪着光，在高等咒契石上时隐时现，大部分时候咒契石只是散发出微弱的光芒，比被窗户遮蔽的阳光还微弱。必须划过三排柱子，远离了光影闪耀的水库边缘，才能看到咒契石的光芒。

塔齐斯顿解开缆绳，放在自己手边，手放在船板上低声说出一个词。平静的水面上泛起涟漪，船慢慢离开了台阶。水库中没有水流，但是船就像随着流水一样行驶，仿佛有无形的手在推着它。塔齐斯顿、萨姆和艾丽米尔站在船的中间，船转弯摇晃的时候他们偶尔调整一下位置来保持平衡。

萨姆心想，这就是很久以前自己的祖母和姨妈们赴死的路线。她们站在船上——说不定就是这一艘，现在被人挖起来修好，又重新鎏金——就这样毫无防备地落入凯瑞格的包围。他割开她们的喉咙，用金杯接住她们的血。皇室的血，用来破坏高等咒契石的血。

既是破坏之血，也是修复之血。被皇室之血破坏的咒契石又可以借由皇室之血进行修复——也就是萨姆父亲的血。他看了看塔齐斯顿，但不明白父亲是怎样做到的。塔齐斯顿通常是连续几周独自工作，每天清早都要用一把施加了咒契咒语的银刀小心地割开头一天切割出的伤口。那些伤口交错着从小拇指一直延伸到大拇指根部。他每次都要割开自己的手，吟诵出自己也不确定的咒语，那些咒语对施咒者来说特别危险，此外破损的咒契石本身也是有危险的。

萨姆很想知道皇室之血的用途，他自己也流淌着那种血液。一想到自己跳动的心脏与前方的高等咒契石是类似的存在物，萨姆就觉得很奇怪。他是多么无知啊，对咒契的伟大秘密尤其无知。为什么皇室、阿布霍森和珂睐的血和普通人不同？——甚至与其他可以修复或毁坏低级咒契石的咒契师们也不一样？皇室、阿布霍森和珂睐的血像高等咒契石和界墙一样，含有高等咒契。这一切是为什么呢？为什么他们的血液中包含咒契魔法？为什么她们的血液中含有普通咒契无法仿制的高等咒契呢？

萨姆对咒契魔法一直都很着迷，他尤其喜欢用咒契魔法制作东西，但是他用得越多，就越觉得自己无知。在两百年的混乱时期，很多知识都失传了。塔齐斯顿尽可能把自己知道的内容传授给了儿子。可是他的专长是战斗类的魔法，并不是制造类或者更高级的咒契魔法。他曾是皇室的卫兵，一个混血王子，在皇后去世时他甚至还不是法师。之后的两百年里，他遭到禁锢，变成一艘船首的雕像，在此期间古国慢慢陷入一片混乱。

塔齐斯顿曾说过，他之所以能修好咒契石是因为破损的石头想要被修复。一开始他犯了很多错误，但这些错误并没有使他丧命，全靠着咒契石的支援和力量才幸存下来。但即使如此，那些错误也消耗了他数月甚至数年的生命。在开始修复咒契石之前，塔齐斯顿没有一根白发。

船从两根柱子之间穿过，萨姆的眼睛渐渐习惯了这种暗淡的微光。他能看到前方有六块高等咒契石，是高大的淡灰色巨石，外表参差不齐，与那些只有它们三分之一高的规整石柱截然不同。在巨石的中心漂浮着另一艘船。但是萨布莉尔在哪里呢？

恐惧感突然攫住他的胸口。他没看见妈妈，一时间满脑子都想着亡者凯瑞格如何变为人形，引诱自己的祖母进入黑暗迎接血腥的死亡。也许这个塔齐斯顿并不是真正的塔齐斯顿，而是某种东西装成了父亲的样子……

前面那艘船上好像有什么东西动了动。萨姆下意识地屏住呼吸，近乎窒息，他觉得自己最怕的情景就要成为现实了。不管那是什么东西，它绝不是人，因为它只有萨姆的腰那么高，没有手和脚，也没有清晰的外形。在本该是他妈妈的地方，只有一团模模糊糊的黑影——

塔齐斯顿拍拍他的后背。萨姆突然吸了口气，前方船上那个影子抛出一小团咒契亮光，像一颗小星星在半空中闪亮——那个影子果然是萨布莉尔。她裹着深蓝色的斗篷躺在船上，刚刚才坐起来。光照在她的脸上，她显露出他们熟悉的笑容。但是那不是快快乐乐、无忧无虑的笑容，她看起来很疲惫，比萨姆所见过的任何时候都要疲惫。虽然她向来肤色苍白，但是现在在咒契光芒中她的肤色几乎跟一张白纸一样，脸上挂着因为痛苦而产生的汗水。萨姆第一次看到她头发里的灰白色，他意识到妈妈不是不会老的，总有一天她会老去。萨布莉尔没有佩戴铃铛，铃带放在她旁边，桃木手柄触手可及，剑和包裹也在她身边。

萨姆他们的船从两块咒契石之间漂过进入咒契圆环。船上的三个人都被高等咒契石上突然散发出来的能量吓了一跳。他们的疲劳得到了一些缓解，但并没有完全消除。对萨姆来说，整整一个冬天困扰他的恐惧和负罪感减轻了。他更有信心了，更像他过去的样子了。自离开“少年盾”杯板球赛的决赛场之后，他还从未有过这种感觉。

两艘船相遇了。萨布莉尔没有起身，不过她伸出了双手。随即，她拥抱了艾丽米尔和萨姆，船受到他们突如其来的热情拥抱的影响，岌岌可危地摇晃起来。

“艾丽米尔！萨姆斯！真高兴见到你们，很抱歉我走了那么久才回来。”说完，萨布莉尔紧紧地抱住他们俩。

“没关系，妈妈。”艾丽米尔回答，她说起话来仿佛自己是妈妈，萨布莉尔才是女儿。“我们很担心你，先让我们看看你的腿。”

她想去掀开斗篷，但是萨布莉尔阻止了她。萨姆闻到了一点儿淡淡的却刺鼻的腐肉味。

“伤口很糟糕。”萨布莉尔说，“被亡者咬到的地方会迅速腐烂。我在伤口上用了治愈咒语，也敷了药膏，而且还有高等咒契石帮助，一定很快就会好起来的，你们不用过于担心。”

“只是这一次侥幸没事。”塔齐斯顿说。他站在离萨布莉尔、艾丽米尔和萨姆稍远的位置，低头看着自己的妻子。

“你们的爸爸很生气，因为他觉得我差点害死自己。”萨布莉尔轻轻笑了笑，“我也不懂啊，我以为他应该庆幸我没死才对。”

这番话之后是一段长长的沉默，最终萨姆犹豫地问：“你的伤口有多严重？”

“很严重。”萨布莉尔挪动腿的时候皱了皱眉头。咒印在她的斗篷底下闪着光，即使隔着紧紧裹着的羊毛毯也能看见。萨布莉尔犹豫了一下，又小声补充道：“要不是我在回来途中遇到了你们的爸爸，我可能就坚持不住了。”

萨姆和艾丽米尔惊恐地互相看了看。他们从小到大都听着有关萨布莉尔如何艰难地战斗并取得胜利的故事。她曾经也受过伤，但是他们从未听到她说自己有可能死去，更没有考虑过这种可能性。

她是阿布霍森，她敢孤身一人进入冥界！

“不过我坚持下来了，我很快就会好起来的。”萨布莉尔坚定地说，“你们不用大惊小怪的。”

“我估计你是说我。”塔齐斯顿说。他叹了口气坐下来，然后又烦躁地站起来，整理了一下剑和浴袍又再次坐下。

“我之所以很不安，是因为这个冬天有人，或者说有什么东西，在故意精心谋划，让你深陷险境。”他说，“想想看你去过的那些地方，只要你赶过去，那里总是会出现大批的亡者，比报告所说的多很多，还有很多危险的怪物——”

“塔齐斯顿，”萨布莉尔打断了他，握着他的手说，“冷静下来，我明白你的意思。这些我都明白。”

塔齐斯顿哼了一声，不再说话了。

“爸爸说得很对。”萨布莉尔看了看萨姆和艾丽米尔，继续说道，“这些行动有明显的模式，好像在冥界有东西刻意伏击我。我认为不断增多的肆行魔法元素也和这些事件有关，你们的爸爸去处理的南方难民事件也与此相关。”

“几乎可以肯定。”塔齐斯顿叹了口气，“廷德尔将军认为克罗里尼和他的‘祖国党’受到了来自古国的贿赂，但是此事并没有证据。克罗里尼和他的党派现在在安塞斯蒂尔议会中占多数，他们有能力让南方难民往北迁移。他们的目的很明确，就是让南方难民越过界墙进入古国。”

“为什么呢？”萨姆问，“我是说他们的目的何在？安塞斯蒂尔北部人口并不稠密完全可以容纳难民啊。”

“我也不知道，”塔齐斯顿回答，“他们对安塞斯蒂尔公众说的那些理由完全是一派胡言，只会煽动大家害怕南方人。但是肯定有人出于某种目的才给他们送钱——那些钱足够买下议会中的十二个席位。我担心这一目的和上个月一千个难民越过界墙有关，但是具体内容我们却无法查明。我们只找到了一小部分人的尸体，很多人就那么消失了——”

“那么多人怎么会消失？他们肯定留下了一些线索吧，”艾丽米尔突然插嘴说，“也许应该让我去——”

“不。”塔齐斯顿笑了。女儿对于在查证方面能够胜过父亲的那种自信让他感到很高兴，但是他收敛住笑容继续说：“事情没有看起来那么简单，艾丽米尔。有肆行魔法介入此事。你妈妈认为我们终归会找到他们，但恐怕是在最糟糕的情况下，那时候他们不会再是生活在现世的活人。”

“这是事情的重点。”萨布莉尔严肃地说，“在深入讨论之前，我认为我们应该采取一些措施以防隔墙有耳，塔齐斯顿？”

塔齐斯顿点点头，站起来。他拔出一把剑，集中精神看了片刻。他剑身上的咒契咒印发出光芒并移动起来，直到整把剑都被金色的光芒所笼罩。塔齐斯顿举起这把剑轻轻一挥，咒契咒印飞向最近的一块咒契石，并像液态的火焰一样溅起火花。

起初什么也没发生。随后，更多的咒印汇入光线中，金色的火焰扩散开来覆盖了整个咒契石，并像火焰冠冕一样升腾起来。咒印接着飞往下一块咒契石，将其点燃之后又飞向下一块，直到六块咒契石都明亮得如同燃烧起来一样，一束束明亮的咒契咒印飞起来，在两艘船上方形成一个光带交织而成的穹顶。

萨姆越过船舷，看到金色的光芒在水下延伸，无数咒印令人惊讶地覆盖了水库底部。他们四个人现在完全被借助于高等咒契石而形成的魔法屏障包围起来。萨姆想知道这是如何做到的，还想问如何施放这个咒语，但是他妈妈先开口了。

“我们现在不必担心被人偷听了，不光耳朵听不见，其他方法也偷听不到。”萨布莉尔说着，拉起萨姆和艾丽米尔的手紧紧握住，她握得那么紧，他们能感觉到妈妈手指和掌心上的茧子，那是她长年握剑和铃留下的痕迹。

“你们的爸爸和我都很确信，那些南方难民被送到界墙这边之后就被杀了——被一个役亡师杀了，他们的尸体被役亡师当作亡灵的容器供自己驱使。只有肆行魔法才能解释为什么尸体和其他痕迹都不见了，连我们的士兵和具有预视之力的珂睐都看不见。”

“我以为珂睐能够预视到一切呢。”艾丽米尔说，“我是说她们虽然会搞错时间，但是总能看见的，对吧？”

“过去五年中，珂睐们发现她们的预视被屏蔽了，很可能会一直被屏蔽。她们看不到红湖东岸和阿贝山一带的情况。”塔齐斯顿忧郁地说，“那是一片很大的区域，我们的命令在那一带也得不到执行，这不是巧合。那里有种力量在抵抗珂睐和皇室，它不仅阻断了珂睐的观测，还破坏了我先前在那里修复的咒契石。”

“那我们不就应该派出精锐部队，让他们和守卫一起去那一带把所有事情都查清楚吗？”艾丽米尔提出意见。萨姆估计她在安塞斯蒂尔领导威沃利学院板球队的时候一定也是这样的语气。

“我们不知道具体是哪里——也不知道究竟是什么东西。”萨布莉尔说，“每次我们开始搜索那个区域查找事故源头的时候，其他地方就会发生情况。我们本以为五年前在白栎镇之战的时候就能够找到根源——”

“白栎镇之战？那个女役亡师？”萨姆插嘴说。他清楚地记得这件事。过去几个月来，他一直在想役亡师的事情，“带青铜面具的那个吧。”

“对，戴面具的克萝尔。”萨布莉尔回答。她望着金色的屏障显然是想起了一些不愉快的事情。“她很古老，也很强大，所以我曾以为她就是幕后的主使。但是现在我不确定了。很显然，还另外有人一直在扰乱珂睐，同时在古国各地滋生事端。安塞斯蒂尔那边克罗里尼背后还有人，说不定南方难民事件背后的操纵者也是那个人。有可能是你在冥界遇到的那个人，萨姆。”

“那个役亡师？”萨姆问，声音中带着几分恐慌，他下意识地揉了揉自己的手腕，皮肤上尚有未褪去的烧伤的疤痕。

“在界墙那边还能召唤那么多亡者手卒，他显然有着很强大的力量。”萨布莉尔说，“既然力量那么强大，我应该听说过他才对，但我却不知道。这些年他是如何隐藏行踪的？凯瑞格败亡之后，我们在古国各地奔走的时候克萝尔是如何隐藏行踪的？她为什么不惜暴露自己自去袭击白栎镇呢？现在我觉得我低估克萝尔了。她可能在最后关头逃走了。我逼迫她走过了第六道门，但是那时候我非常累，没能驱赶她去第九道门。我本来该那样做的。她有点奇怪，与平常的肆行魔法造物和役亡师有些不同……”

她停顿了一下，眼睛一片茫然地看着空中。然后她眨眨眼睛又继续说道：“克萝尔很古老，其他阿布霍森过去很可能也遇到过她。我怀疑另外那个役亡师也同样古老。但是我在阿布霍森宅邸里没有找到任何记录。宫殿被烧的时候，很多东西都一起被烧毁了，而且时间流逝也让很多记录丢失了。虽然珂睐把所有的东西都存放在她们的大图书馆里，可是她们却很少能找出多少有用的内容。她们太过关注未来了。我应该亲自去那里找，但是这件事得花费好几个月甚至好几年的时间。我想克萝尔和另一个役亡师肯定结盟了，如果克萝尔活着的话，他们现在应该还在继续合作。但究竟谁是主使者就不清楚了。我还担心他们两个还有其他同伙。但不管是谁，不管是什么东西在和我们对着干，我们都必须破坏他们的计划。”

萨布莉尔说话的时候，光芒似乎慢慢变暗了，水面出现一圈圈涟漪，仿佛一阵微风穿过高等咒契石周围的光芒屏障吹了进来。

“什么计划？”艾丽米尔问，“他们是什么……不管它……我们怎么做？”

萨布莉尔看了看塔齐斯顿，眼神中充满了忧虑。

然后萨布莉尔继续说道：“我们认为，他们计划带二十万南方难民进入古国——然后杀了他们。”萨布莉尔低声说，仿佛依然怕被人偷听，“二十万人在同一时间死亡，将打开一条冥界的大路，从第一道门到第九道门徘徊的亡灵都能被召回现世，形成一支有史以来最为庞大的亡者大军。我们不可能打败这样的军队，哪怕过往所有的阿布霍森并肩作战也没有取胜的把握。”

第二十五章

家庭聚会

萨布莉尔说完之后，大家陷入了一阵沉默，仿佛都在想象二十万亡灵大军的场景。萨姆努力不去想这样的场景：浩浩荡荡的亡者大军，渴望生命的死尸不计其数，摇摇晃晃地从地平线上走来，无情地向他逼近——

“当然，那是不可能发生的。”塔齐斯顿打破了萨姆的恐怖想象，“我们会确保那种事情不会发生，重点是不要让难民穿过界墙。一旦他们到了古国这边，我们就无法阻止了。但是我们也很难在安塞斯蒂尔那边阻止他们。界墙很长，有很多破损的门和废弃的过境站，我们必须一开始就不让安塞斯蒂尔方面把他们送过来。所以，你们的妈妈和我决定亲自去一趟安塞斯蒂尔——秘密地去，免得引起对方警惕或者怀疑。我们去考威尔，和那边的政府谈判，可能会花好几个月的时间。也就是说，这段时间内，要靠你们两个来处理古国的事务了。”

这番话带来了一阵更久的沉默。艾丽米尔看起来忧虑重重，但总体还算冷静。萨姆吞了几口口水，然后说：“这到底是什么意思呢？”

“我们的敌人和朋友知道的只是，我去北方蛮族在南部的据点进行外交事务去了。萨布莉尔则是像往常一样完成她的神秘任务。”塔齐斯顿说，“我们不在的时候，艾丽米尔继续和贾尔·欧仁联合执政——大家似乎都习惯了。萨姆斯你要帮助姐姐。但更重要的是，你要继续学习《亡者之书》。”

“说起这个，我要给你一样东西。”萨姆还没来得及回答，萨布莉尔就接着说道，并用力将自己的包裹推给萨姆，“在最上面。”

萨姆慢吞吞地解开绳子。突然间他觉得很不舒服，因为他知道自己必须告诉父母他做不到——永远也做不到。

包裹里有个油布包着的小包。萨姆慢慢把小包拿出来，他的手指变得冰冷麻木。他的眼睛似乎也莫名地模糊起来。萨布莉尔的话听起来就像是另一个房间里传来的。

“我在阿布霍森的宅邸里找到了这个——其实是影像们找出来的。我不知道它们在哪儿找到的，也不知道为什么要拿出来。总之，这东西非常非常古老了，老得我根本查不到谁曾经使用过它。我想问莫格，但是他总是在睡觉——”

“我去年捉到鲑鱼的时候他就醒了。”塔齐斯顿不太高兴地说。莫格是阿布霍森的精灵，有着猫的外形，七只法铃中的第一只——安眠者岚纳束缚了他。他二十年中只醒来过五六次，其中三次都是为了偷吃塔齐斯顿捉到的鱼。

“总之莫格就是不肯醒来。”萨布莉尔继续说，“我已经有自己的铃了，所以这一套显然是为下一任阿布霍森准备的——恭喜你，萨姆。”

萨姆默默地点点头，膝头的包裹还没有打开。他不用看就知道那皱巴巴的油布里包的是什么，是阿布霍森使用的施加了咒契咒语的七只法铃。

“你不打开看看吗？”艾丽米尔问。

“等一会儿吧。”萨姆声音嘶哑地回答。他想微笑，结果只是嘴角抽动了一下而已。他知道萨布莉尔正看着自己，但是他不敢看她的眼睛。

“我很高兴七铃出现了。”萨布莉尔说，“从前很多阿布霍森都和自己的继任者一起工作，有时候甚至一起工作很多年，我希望我们也能一起工作。根据莫格的说法，我父亲跟着他的姨妈学习了近十年。我希望自己也有这种机会。”

她停顿了一下，然后又迅速说道：“说实话，我需要你的帮助，萨姆。”

萨姆点点头，说不出话来，他的自白始终没有说出口。他继承了那本书，又继承了法铃，这是他与生俱来的责任。他告诉自己，要更加努力地学习那本书,极力克制着内心的恐慌。要成为一个合格的继任阿布霍森，符合众人的期望和需要，他别无选择。

“我会尽力的。”他终于看着萨布莉尔的眼睛说。她笑了，那笑容让她脸庞都明亮起来，然后给了萨姆一个大大的拥抱。

“我必须去安塞斯蒂尔，因为我比你们的父亲更了解那些人的做事风格。”她说，“而且我的一些校友如今成了政府要员，也有些人和大人物结了婚。但我不希望我走后没有阿布霍森去抵御亡者，去保护大家。谢谢你，萨姆。”

“但我不是……”萨姆不假思索地大声说，“我还没准备好。我是说我还没读完那本书，而且——”

“我相信你懂的东西超出你自己的预计，”萨布莉尔说，“不管怎么说，现在正是春天，不会有大麻烦。融雪和春雨让每处溪水和河流都溢满了。白天的时间也变长了。暮春和夏季向来不会有来自冥界的大威胁。你顶多会遇到一些亡者手卒，或者一个殁督。我相信你肯定能应付得来。”

“那些失踪的南方人怎么办？”艾丽米尔问。她的神情充分说明了她对萨姆的信任程度，“九百个亡者会是很严重的威胁。”

“他们一定是在红湖周边区域失踪了，否则就能够被珂睐看到。”萨布莉尔说，“这样一来，他们就会被春季洪水困在那里。我会先去红湖那里处理他们的事情，但是更大的危险在于，安塞斯蒂尔的大量南方难民。我们只能依靠春季涨水的河流，还有你，萨姆。”

“但是——”萨姆说。

“提醒你一下，那个役亡师——或者说是那些役亡师必须严肃对待。”萨布莉尔继续说，“如果他们胆敢当面挑衅你，你一定要在现世击败他们。不要再去冥界和他们斗了，萨姆。你之前这么做确实很勇敢，不过也全靠运气好。你必须很小心地使用七只法铃。因为你知道的，它们可以迫使你或者诱骗你进入冥界。在你学完书中的课程，有了足够的信心之后才能使用它们。你能答应我吗？”

“能。”萨姆说。这个简单不过的词几乎让他喘不过气来。

但是随即，有了一种放松的感觉，因为他得到了某种解脱，就像死囚获得了缓刑一样。他也许可以仅凭咒契魔法消灭大部分的低级亡者。他下定决心要成为一个合格的阿布霍森，但这并没有消除萨姆内心的恐惧，他一摸到包裹里的七只法铃，手指就会发冷。

塔齐斯顿说："现在我想问一下，根据你们在学校的经验，你们两个对于处理安塞斯蒂尔的事务有什么见解。比如说这个'祖国党'首领克罗里尼，他是否是古国出身？你们有什么意见？"

"我已经不在安塞斯蒂尔了。"艾丽米尔说。的确，她离开学校已经一整年了，完全把安塞斯蒂尔的日子当作古老的历史了。

"我不知道。"萨姆回答，"在我走之前，那里的报纸上经常报道他，但是他从来不提自己的出身。我的朋友尼古拉斯可能知道，我想他也许可以帮忙。他的叔叔是总理大臣，爱德华·塞尔，你知道吧。尼克下个月会来看我，但是你们得在他走之前赶回来才行。"

"他要到这里来？"塔齐斯顿问，"他们居然会同意，我真的很惊讶。除了难民那次以外，军队那边已经有好几年没有签发过过境允许了——难民那次算是政治决定，军队也没办法。"

"尼克具有很强的说服力。"萨姆想起了尼克在学校里无数次让他陷入困境，以及之后摆脱困境的情形——当然，摆脱困境的次数寥寥无几，"我请艾丽米尔为他签发了我们这边的护照。"

"我早就签发了。"艾丽米尔瞟了萨姆一眼，补充道，"我们中总有人做事是讲求效率的。"

"很好。"塔齐斯顿说，"这是个很有用的关系，可以让安塞斯蒂尔的统治者家族明白，我们并没有编造有关古国的谣言。我会确保巴赫德林守卫站护送他穿过界墙。我们若是弄丢了总理的侄子，对谈判没有什么帮助。”

“我们要谈些什么？”艾丽米尔问，“在考威尔，人们假装我们不存在。我得反复跟那些傻乎乎的城里姑娘解释，古国不是我胡编乱造出来的。”

“主要谈两件事，”萨布莉尔回答，“金钱和恐惧。我们只有少量的金钱，但是使用得当就能逆转议会的局势。当年凯瑞格越过界墙的事情，那边好多人应该都还记得。我们要让他们相信，如果继续把南方难民送过界墙，这种事情就会再次上演。”

“不会是凯瑞格吧，对吗？”萨姆说，“我是说在幕后制造这一切的那个人？”

“不是。”萨布莉尔和塔齐斯顿交换了一下眼神。他们显然是想起了过去凯瑞格在古国和安塞斯蒂尔的恐怖行径。

“不是的。”萨布莉尔再次说，“我路过阿布霍森宅邸的时候特意去看了看凯瑞格。他还在岚纳的咒语中沉睡，他被封锁在极深的地下，被我和你父亲所知的所有守卫和警戒咒印束缚着。这次不会是凯瑞格。”

“不管是谁，不管是什么，都必须要彻底解决。”塔齐斯顿的声音庄严且充满力量，“我们四个人必须搞清楚。但是现在我建议大家一起喝点儿调味酒，谈论一些开心的事情。仲冬节怎么样啊？我在你这么大的时候也当过报晨鸟呢，萨姆，我跟你说过吗？你表演得怎么样？”

“我忘了拿杯子。”萨姆说着，把温暖的酒罐递给大家。

没有人回答塔齐斯顿的问题，萨布莉尔说：“我们就用罐子喝吧。”她拿起酒罐将一股细流倒进嘴里。“啊，真不错。萨姆，现在跟我说说你的生日怎么样，过得开心吗？”

萨姆机械地回答着，完全没注意到艾丽米尔讪讽的叹气声。显然父母都还没有和贾尔见过面，当然也可能见面了，但他们谈了一些不同的话题。当父母向艾丽米尔询问情况的时候，他们温和地调侃着她和那些想跟她学习打网球的年轻人。显然姐姐的八卦比萨姆的缺点传得快。艾丽米尔责怪萨姆不肯多做几个球拍，这太讨厌了，因为别人都做不了那么好的球拍，萨姆赶紧答应她会多做一些，于是对话又不关他的事了。

几个人又谈论了一会儿，但是未来的阴云始终笼罩着大家。萨姆斯一直想着书和法铃的事。万一他真的要去应付亡者的入侵该怎么办？如果真的是在冥界折磨他的那个役亡师在幕后主使一切又该怎么办？更糟糕的是，万一像萨布莉尔担心的那样，敌人是更强大的存在该怎么办？

他不由得模模糊糊地说了出来：“万一……敌人……不在克罗里尼那边。万一他趁你们不在的时候制造动乱怎么办？”

其他人此时正在谈论海瑞尔，她在为市长举办的午后聚会上踩到自己的裙子，摔倒的时候正好撞上贾尔·欧仁。他们听到萨姆的话都惊讶地抬起头来。

“如果是那样，我们就只走一个星期，最多十天。”萨布莉尔说。“送一只信鹰去巴赫德林，派一个骑士去边境区域，从那里或者拜恩向考威尔发电报，我们立即坐火车返回拜恩，从那里回来——可能还用不了一个星期。但是我认为不管那个敌人——你们已经这么叫了——的计划是什么，肯定会纠集一定数量的死者。珂睐已经预视到了很多种有关古国全境未来的景象，全部是一片荒野，只有亡者行走其中。除了我们怀疑的大规模亡者入侵以外，还有什么能带来这样的后果呢？我们的人民都受到良好的保护，唯一能造成这么多亡者的方法就是杀死大量孤苦无依的难民。综合来看，除了拜里塞尔以外，古国全境里没有地方能一次性容纳二十万人了。当然这二十万人中没有一个人有咒印。”

“我不知道会发生什么，”萨姆有些沉重地说，“我真希望你们不要走。”

“成为阿布霍森就意味着要肩负起重大的责任。”萨布莉尔平静地说，“我理解你对于承担这份责任的忧虑，我成为阿布霍森时也很忧虑。但这是你的宿命，萨姆。是行者选择路，还是路选择行者？我相信你会做得很好的，我们很快就会再见面，那时就能谈论更愉快的事情了。”

“你们什么时候走？”萨姆问，他语气中充满了希望父母延期出行的期盼。说不定他明天就可以和萨布莉尔谈谈，让她帮自己克服恐惧，让她陪自己一起读《亡者之书》。

“如果我的腿痊愈的话，明天早上就出发。”萨布莉尔犹豫地回答，“你爸爸和真正的北方蛮族使者队伍一起出发。我朝西边飞。但是明天晚上我会折回来接他，然后我们一起往南飞去阿布霍森宅邸，再次尝试向莫格请教，然后去往巴赫德林和界墙。希望这样的行程能扰乱跟踪、监视我们的人。”

“我们很想多停留几天。”塔齐斯顿很悲伤地说。他看着自己难得聚在一起的家庭成员，“但是有任务的话，我们必须回应——就像往常一样。”

第二十六章

尼古拉斯的来信

萨姆那天晚上带着空罐子、一串铃铛，心情沉重地离开了水库。艾丽米尔和他一起离开，萨布莉尔留在后面，她整个晚上都必须待在高等咒契石组成的圆环中间，这样才能加速伤口的愈合。塔齐斯顿陪着萨布莉尔，在两个孩子看来，父母显然是想单独待一会儿。很可能是要讨论儿子的缺点，萨姆一边这样想着，一边沉重地爬上台阶，手里提着装铃铛的包裹。

艾丽米尔在自己的房间门口十分友好地跟萨姆说晚安，而萨姆却没有去睡觉。他没回房间，而是爬上旋转楼梯去了自己的工作室，他施放咒语，让咒契光芒亮起来。然后他把铃铛放在和书不同的另外一个柜子里，就算忘不掉这些铃铛，至少眼不见心不烦。之后，他继续制作发条和咒契魔法板驱动的球队员，击球手有六英寸[1]高。他想造出两支队伍，让它们互相比赛，但是无论发条还是魔法都没法满足他的要求。

[1] 英寸，长度单位，1 英寸 =2.54 厘米。

有人敲门，萨姆并不理会。如果是仆人，他会直接让他们走开。如果是艾丽米尔，她会直接闯进来。

敲门的声音还在继续，外面传来模糊的叫声，萨姆听见什么东西从门下面滑进来，接着传来走下楼梯的脚步声。一个银盘放在地板上，还有一封看起来破破烂烂的信。从外表来看，那封信是从安塞斯蒂尔寄来的，也就是尼古拉斯寄来的。

萨姆叹了口气，摘下白棉布手套，拿起一把镊子。收到尼克的信他往往不是简单地阅读，而更像是在破案过程中进行取证。他拿起盘子放在工作台上，那里的咒契咒印最为明亮，然后他把那些坏掉的纸片慢慢拼凑起来。

半个小时之后，时钟敲了十二下，表示午夜降临，那封信现在已经可以阅读了。萨姆弯下腰，越读这封信眉头就皱得越紧。

亲爱的萨姆：

谢谢你为我张罗了古国的护照。我不知道为什么你们在拜恩的领事迟迟不肯给我发护照。我估计全靠你是王子才可以把这些事情都搞定。我在这边没遇到什么麻烦。爸爸给爱德华叔叔打了个电话，他联系了几个人就可以了。在考威尔这边，没几个人知道你能拿到穿越边境区域的通行证。不管怎么说，我觉得这件事证明了安塞斯蒂尔和古国其实并没有太大的区别，能不能办成事，最终还是要看关系。

总之，我明天就从阿凡盖特出发，如果一切顺利的话，我星期六就能到达拜恩，预计十五号穿过界墙。我知道这行程比我们开始说的提前了一些，我们没法在界墙见面了，不过我这么着急并不是因为自己的原因。我雇了一个向导——是我在拜恩遇到的一个前过境站的侦查员，是偶然遇到的，很有戏剧性。当时他正横穿马路躲避那些“祖国党”人的检查，结果一头撞到我，差点把我撞倒。那个人对古国很了解，他确认了古国有“闪电圈”，我曾经在书上读到过。他说他亲眼见过闪电圈，还说这个“闪电圈”值得研究一番。

所以我觉得，我们该先去看看闪电圈，然后再去你们美丽的首都拜里塞尔。顺便说一句，我那个向导听说我认识你，一点儿也不惊讶。也许他和我们之前的某些同学一样，对于皇室成员不感兴趣吧。

不管怎么说，闪电圈似乎就在一个叫边城的地方附近，以我的理解，离通往你那里的大路也不远。当然前提是你要相信普通地图，不要相信模糊的记忆。

我很期待在你的地盘见到你，当然也期待调查探究古国的神秘事物。这边居然没有相关记录，简直匪夷所思。大学图书馆里只有几本很老的书，里面的记载一点儿也不可靠。报纸也一样，只有一篇关于克罗里尼的报道里含含糊糊地提到过。克罗里尼在议会里拐弯抹角地提起把“不受欢迎的人和南方难民”送到所谓的“极北方”。我觉得我将是他所谓的“不受欢迎的人”名单里的重要一分子。

有关古国的一切事情仿佛都被刻意压下去了，所以我觉得作为一个勇于探索的年轻科学家，我可以发现很多东西，并把它们告诉全世界。

另外，我希望你已经康复了。我这段时间也在反复生病，总是胸口痛，可能是某种支气管炎。奇怪的是，我越往南走病情越严重，在考威尔的时候病情最重，可能是因为那边空气污染严重。上个月我一直待在拜恩，就没有再生病。我希望到了古国之后，病情能进一步好转，那边的空气应该非常纯净。

无论如何，我都期待早日见到你。

你永远忠实的好朋友

尼古拉斯·塞尔

PS.我不相信艾丽米尔真的身高六尺，体重二百八十磅——这是你之前告诉我的。

萨姆斯放下信，小心地不把本来就破破烂烂的信弄坏。

他把这封信又从头读了一次，希望这一次上面的字句能有所不同。尼克怎么能带着一个一点儿都不可靠的向导进入古国呢？难道他不知道界墙附近的边境地带有多危险吗？对于没有咒印也不懂魔法的安塞斯蒂尔人来说，那里尤其危险啊。尼克甚至无法判断那个向导是不是一个普通人，那个人有可能携带着被污染了的咒印，甚至可能是被肆行魔法操控的，说不定是强大到可以神不知鬼不觉穿过边境区域的肆行魔法师。

萨姆边想边咬着嘴唇，无意识地叩着牙齿。他翻开年历，根据历法，安塞斯蒂尔的十五号是三天前了，所以尼克现在肯定已经穿过界墙了。就算乘纸翼赶去界墙也已经晚了，用宫里的信鹰向卫兵下达命令也来不及了。尼克和他的仆人现在有了护照，所以巴赫德林的哨所不会阻拦他。他很快就能到达边境地带，然后就直奔边城。

边城！想到这里，萨姆不禁更用力地咬咬嘴唇。那个地方距离红湖太近了，而且役亡师克萝尔曾经在那里摧毁了很多咒契石，即使是现在也有敌人躲藏在那一带密谋反对古国。尼克去的地方真是糟得不能再糟了。

敲门的声音打断了他的思路，他一不留神，把嘴唇咬出了血。萨姆很烦躁地喊：“来了！是谁啊？”

“是我！”艾丽米尔一阵风似的走进来，“希望我没打断你做东西，或者其他工作。”

“没有。”萨姆斯疲倦地回答。他摆了摆手，耸耸肩，指向工作台，表示工作进展得不顺利。

艾丽米尔好奇地打量了一下周围。要是平时，她一进来就会被萨姆推出去的。萨姆十六岁生日的时候得到了塔楼上的这个小房间，此后他就经常泡在这里。眼下两个工作台上摆满了钟表匠用的小工具，很多工具是艾丽米尔从未见过的。桌子上还有两个板球运动员的小模型，用金银做成，上面缠着一圈铜丝，镶嵌着蓝色的宝石。原本是壁炉的位置被改装成了一个小熔炉，炉子还在冒烟。

这里到处都是咒契魔法。消退的咒印残存在空中，同时慢吞吞地爬满了墙面和天花板，有些集中在烟囱处。显然，萨姆斯制造的不光有美丽的珠宝和网球拍。

“你在做什么？”艾丽米尔很好奇地问。有些咒印——其实是消退之后咒印的残留——非常强大。她自己都不敢随意使用。

“各种东西。”萨姆斯说，“你不感兴趣的。”

“你怎么知道我没兴趣？”艾丽米尔问。他们之间的气氛又像往常那样紧张起来。

“玩具。”萨姆很不高兴地举起击球手的模型。那个模型立刻挥舞小球拍，然后又一动不动了。“我在做玩具。我知道这不是王子该做的事情，我现在该去睡觉了，准备开始有趣的新的一天，学习舞蹈，参加简易法庭的活动，但是……我睡不着。”他疲惫地说。

“我也睡不着。”艾丽米尔温和地说。她坐在另一把椅子上补充说，“我很担心妈妈。”

“她说她会没事的。高等咒契石能治好她。”

“这一次，她需要有人帮忙才能完成任务，萨姆，你是唯一一个能帮她的人。”

“我知道。”萨姆低头看着尼克的信重复道，“我知道。”

“那好吧。”艾丽米尔有些不自在地说，“我就是想说，学习如何做一个合格的阿布霍森是最重要的事情，萨姆。如果你需要多一点的时间，就直说好了。我会重新安排你的日程。”

萨姆惊讶地看着她，问道：“你是说，我可以不扮演报晨鸟，也不用参加你朋友的笨蛋妹妹们的下午茶了？”

“她们不——”艾丽米尔刚开了个头，然后深吸一口气，接着说，“对，现在情况不一样了。现在我们知道了事态的发展。我要花更多时间和卫兵一起练习，我们要做好准备。”

“准备？”萨姆紧张地说，“这么快？”

“是的。”艾丽米尔回答，“就算爸爸妈妈在安塞斯蒂尔谈判成功，也还是会有麻烦的事情发生。不管幕后主使者是谁，或者是什么东西，都不会放任我们阻止那个计划。有些事情肯定会发生，我们必须做好准备。你更要做好准备，萨姆。我就想说这个。”

艾丽米尔起身离开了。萨姆盯着空中发呆。没什么回转的余地了。他必须成为下一任阿布霍森。他必须和敌人战斗，不管敌人是谁。这是人们的期望。大家都指望着他。

他突然意识到，尼古拉斯也有这样的期望。他必须去找尼古拉斯，让自己的朋友远离麻烦，因为没有别人会去管他。

萨姆突然有了目的，最近不曾有过的决心突然冒出来。他的朋友有危险，他必须去救他。这样他就可以在几周之内都远离《亡者之书》和作为王子的麻烦事。他说不定很快就能找到尼克，然后把他安全地带回来，如果能带上六七个皇室卫兵就好了。但是萨布莉尔也说了，春天涨水，亡者们没有什么机会制造事端。

在他内心深处，一个细微的声音说，这样做其实就是在逃避。但是很快他就抛开了这个想法，甚至没看一眼静静地躺在柜子里的书和法铃。

下定决心之后，萨姆就开始考虑要怎么实施自己的计划。他知道艾丽米尔是不会轻易放自己走的。所以，他必须得到爸爸的同意，那就意味着他要在黎明前起床，在父亲离开之前找到他。

第二十七章

萨姆下定决心

尽管想法很好，但是萨姆第二天却睡过头了，错过了塔齐斯顿从宫中出发的时间。他本以为能在南门拦住父亲，于是就沿着两侧栽种了树木的星辰大道，从宫殿山跑下去。这条路的名字来自镶嵌于铺路石上的小星星。两个卫兵跟着他跑，他们虽然穿着锁甲、戴着头盔、穿着靴子，但还是很轻松就跟上了萨姆的脚步。

萨姆刚刚看到父亲的随行队伍，就听见人群中传来欢呼声和突然吹响的号角声。他跳上一辆停在路边的货车，越过人群的头顶望去，恰好看到父亲骑着马穿过拜里塞尔的城门，金红两色的斗篷铺飘在他的身后，朝阳照耀在他的王冠上，随后，他便消失在城门的阴影中。

两列身材高大的皇室卫兵在他前后随行，盔甲也闪闪发亮。卫兵明天也会一直向北走，其中有一个人和塔齐斯顿打扮相同。而国王本人则将和萨布莉尔一起往南飞，到达安塞斯蒂尔，阻止二十万无辜的人丧命。

萨姆斯一直望着城门，直到最后一个卫兵也消失不见。交通又恢复了正常：人、马、车子、毛驴、手推车、平板车、乞丐……从他身边川流而过，但是他根本没有在意。

他想念塔齐斯顿，现在他只能下定决心全靠自己了。

他穿过马路中心，与人流逆向而行，往城里走去，无精打采的。全靠两个大块头卫兵在他身边阻挡着人群，才不至于发生交通意外。

萨姆发现自己无法抑制自己去找尼古拉斯的想法。他确定那封信是真的。他是唯一一个了解尼克，能够把他找出来的人，也是唯一一个和他有着深厚的友情的人，只有借助这种友谊，才可以让寻人魔法生效。

所以，他是唯一一个可以把尼克从红湖边的阴谋中解救出来的人——不管那个针对所有人的阴谋究竟是什么。

但是，这就意味着萨姆要丢下自己的职责，离开拜里塞尔。他知道艾丽米尔绝对不会允许他这样做。

萨姆胡思乱想着，他和卫兵一起从城市供水高架渠下方穿过，水渠中是纯净的雪水。这些水渠不光有供水的作用，其中快速流动的水能够防御亡者，在王位空缺的两百年间作用尤其显著。

萨姆斯听着头顶上高架渠的水声，心里乱成了一团。他突然觉得一阵刺痛。他居然要独自一人对抗亡者。

他离开高架水渠的阴影，沿着星辰大道，慢吞吞地走在通往宫殿的路上。艾丽米尔可能已经在宫殿里等他了，因为今天上午他们两个都要出席简易法庭。她应该会穿着她的黑白两色的法官服装，沉着冷静，手握测试真相的咒语所必需的象牙手杖和黑玉手杖。她要是看到萨姆脏兮兮的，还穿着不合时宜的服装，又没有带必需的物品肯定会很生气的。萨姆的手杖已经弄丢了，有可能被扔到床底下去了。

简易法庭，拜里塞尔节日演出，网球拍，《亡者之书》……所有这些像要吞噬他的黑色浪涛一样涌来。

“不。”他低声说着，突然停下脚步，两个卫兵差点撞到他，“我要走。我今晚就得走。”

“您说什么，阁下？”托妮问道。她在两个卫兵中较为年轻，和艾丽米尔同岁，而且她们从小的时候就是朋友，经常一起玩耍。萨姆偶尔进城的时候托妮必定随行，萨姆可以确定，托妮会将自己的一举一动都报告给公主。

“没什么，托妮。”萨姆斯摇头回答，“我在思考一些事情，可能我真的还没适应早起吧。”

托妮和另外那个卫兵在萨姆身后很无奈地互相看了看。他们可是每天都要一大早就起床的。

他们爬上了山，进入宫殿西侧凉爽的庭院，庭院中心有座喷泉。萨姆斯虽然不知道卫兵们的想法，但是从他们的眼神中，他就知道卫兵们不认为他是个合格的王子。他怀疑绝大部分市民都有同样的想法。对于安塞斯蒂尔中学的明星学生来说，这种事情非常难以接受。他在学校的时候，所有重要的事情都做得很完美。夏天的板球和冬天的橄榄球他都很拿手。而且他是班上化学考试的第一名，其他学科也全部名列前茅。但是在这里，他任何事情都做不好。

卫兵把他送到他的房门口就离开了，但是萨姆没有立刻换上法官服装，也没有立刻去那间充当浴室的小格子间里，更没有拿脸盆和水罐洗澡的意思。宫殿是被烧毁后重建的，十分简单，没有阿布霍森祖宅或者珂睐冰川的那种蒸汽管道和热水系统。萨姆很想安装这种系统，而且宫殿山下方还有些残留下来的系统，但是他没时间去琢磨必要的魔法和所需的设备。

“我要走了。”他对着墙上一幅表现丰收景象的图画再次说。拿镰刀的人没有回答，拿干草叉的人也没回答。他又说道，“可问题是，我怎么走呢？”

他在屋里来回踱步。房间并不大，他来来回回走了二十多次才做出决定，然后他来到墙上悬挂的银镜前，镜子就在他那张简单的铁架床旁边。

“我要装扮成另一个人。”他说，“隐藏萨姆斯王子的身份，我就当一个普通的萨姆，一个旅行者，由于生病在拜里塞尔接受治疗，现在要去和他的队友会合。”

他看着镜子里的自己，对这个想法感到满意。萨姆斯王子回望着他，身穿金红两色的外套，汗津津的白色亚麻衬衣，深色鹿皮马裤和带有金色鞋跟的过膝靴。除了华丽的宫廷服饰以外，他还有一张挺不错的脸，有希望将来变得更具有吸引力，但萨姆本人并没有意识到这一点。太年轻，也太幼稚了，他心想。脸上没有坚决的表情。他需要一道伤疤或者被打歪的鼻梁，诸如此类的东西。

他一边看，一边探寻无休止流动的咒契，这里选出一个咒印，那里选出一个符号，将它们在自己脑海中串联起来，然后他用食指从眼前选出最后一个咒契咒印。所有的咒印悬在空中，闪闪发光，那些魔法符号仿佛闪耀的群星。

在走近那串闪光的咒印之前，萨姆斯小心地检查着。咒印接触到皮肤时变得更加明亮，和他额前的咒印交相辉映，金色的光仿佛火焰一样布满了他的脸。

火光扑面而来，他闭上眼睛，努力忽略掉眼皮下面的轻微刺痛和突然想打喷嚏的冲动。他这样站了好几分钟，刺痛感慢慢消失了。他痛快地打了个大喷嚏，然后用力吸了口气——睁开眼睛。

镜子里那个人和他穿着同样的衣服，有着同样的体格。但是那张脸却完全不同了。旅行者萨姆往后退了一步，这个人有一点儿像萨姆斯王子，但显然要年长几岁，上唇和下巴上都有精心修饰过的胡须。头发也不一样了，变得更浅更直，也更长。

很好。非常好。萨姆斯——不，萨姆——满意地眨眨眼睛，然后开始脱衣服。他会去城里买件斗篷、一匹马，再加一把剑。他不能把妈妈在十六岁生日时送给他的那把咒契魔法剑带走。那把剑没法藏起来，太引人注目了。

他可以带走自己做的东西，他脱掉靴子，找出几双虽然老旧但依然很结实的小牛皮长靴。

但是一想起自己的工作室就不可避免地会想起《亡者之书》，不过他绝对不会带那本书。只要飞快地跑上台阶，拿几样东西，把他存的金币和银币都带上，他就可以走了！

问题是，他不能以现在这副模样去工作室。他还得想办法减少艾丽米尔的怀疑——否则他会被一路追踪，最终被抓回来，因为那些士兵绝对会优先执行艾丽米尔的命令。

他坐在床上，叹了口气，手里提着靴子。显然这次逃脱——或者说营救行动——需要的准备工作比他预计中多得多。他必须做出一个临时的咒契影像来代替自己，而且要制造一些状况，不能让艾丽米尔过分靠近。

他可以说他要研习《亡者之书》，必须在工作间里待上三四天，这样才能给自己争取足够多的时间。他对自己说，这并不是要彻底放弃成为阿布霍森，只是暂时停顿一下，花三周时间救出尼古拉斯比花三周时间学习更重要，等他回来一定要赶上进度。

就算艾丽米尔让珂睐来帮忙找到他的位置，三天时间也足够了。如果三天之后她知道到底发生了什么，而且派信鹰给珂睐送信，至少也要两天才能得到回复。所以总共就是五天。

五天后，他已经在去边城的半路上了。至少也走了四分之一的路程，他一边想一边估算红湖边上那个小镇究竟有多远。他回头得找一份最新版的《实用导游手册》，查查地图才能知道应该怎么走。

说真的，走之前至少还有十几件事情要做，萨姆心想。他丢下靴子，又站到镜子面前。首先，他不能使用魔法，不然他会被自己的卫兵捕住的。

冒险竟然这么困难，谁能一开始就想得到呢?

他很不高兴地解除了这个伪装咒语，让那些串联在一起的咒印四散分裂，重回咒契之流。做完这些事之后，他就去塔楼上的房间开始收拾。当然了，前提是艾丽米尔不会跑来找他，硬把他拽到简易法庭去。

第二十八章

旅行者萨姆

艾丽米尔确实来找萨姆了，所以这一天剩下的时间他就耗在简易法庭里了：一个小偷在审判中对真相测试咒语撒谎，结果每说一句假话，他的脸就变成亮黄色；另一个有关财产纠纷的审判顺利进行，真相测试也十分顺利，因为双方当事人都死了；接下来，犯下一系列小型案件的罪犯立刻就认罪了，不希望接受真相测试，他想让自己在法庭上好看些；还有一个律师做了一番又长又无聊的演说，最后大家才发现这番演说一点儿用也没有，因为演讲中提到的法条早在十多年前就被塔齐斯顿废止了。

当天晚上，没有什么公共事务，但是艾丽米尔又从她那几千个朋友中找了一个小姑娘，让她晚餐时坐在萨姆旁边。令人惊讶的是，萨姆居然表现得很健谈、很友好。接下来的日子里，当其他女孩子说萨姆待人冷淡的时候，那个姑娘就替他辩解。

晚餐之后，萨姆对艾丽米尔说，接下来三天他要进行学习，让自己完全沉浸在咒语中，需要集中精神。他还说，自己会去厨房拿吃的东西，会自己回卧室休息，但绝对不能被打搅。艾丽米尔毫不犹豫地同意了，这让萨姆有些愧疚。但这没有影响他的兴奋之情，他花了好几个小时，造出一个自己的咒契影像的替身，从门口看起来很像他本人，但是换个角度就失去了立体感。如果有人跟它说话，它就会用萨姆的声音喊："快点儿走开！我很忙！"

做完了影像之后，萨姆去工作室拿了准备好的钱和自制的一些小玩意——说不定在旅途中它们能用上。他没有去看那两个柜子，它们就像两个卫兵一样站在墙角，对他表示着抗议。

他躺在床上睡觉的时候，还是梦到了这两个柜子。他梦见自己又一次爬上台阶，打开柜子，系上挂着七只法铃的皮带，翻开那本书，阅读书上燃烧着的文字，那些文字将他送入冥界，把他按进冰冷的冥河里，他无法呼吸——

然后他在床上挣扎着醒来，床单缠在他的脖子上，头发都被他扯掉了。他慌张地扑腾了几下，终于意识到自己身在何处，快得吓人的心跳总算慢了下来。远处的钟声敲了四下，随后传来守夜人的叫声。确实已经四点钟了。他只睡了三个小时，但是他知道自己不能再睡了。他必须起来给自己施加魔法，旅行者萨姆得出发了。

萨姆溜出宫殿的时候天依然黑着，这是黎明前凉爽的早晨。他把自己裹在安静和隐身的咒契咒印之中，悄悄走下楼梯，从庭院的卫兵面前经过，沿着很陡的走廊斜坡来到花园。他躲开了那些在花丛和矮树丛之间巡逻的卫兵，然后来到一扇用钢和咒印锁起来的门前面。好在他事先偷到了钥匙，而且那扇门也通过他的咒印认出了他。

来到了直通国王路的小巷之后，他将那个重得要命的鞍袋扛在肩上。他担心这个袋子不能坚持到旅行结束，因为有些地方已经开线了。但袋子里面的任何东西都不能丢下，他拿的全是必需品：斗篷，换洗的衬衣、裤子和内衣，针线包，肥皂等洗漱用品以及几乎不怎么用的剃须刀，一套《实用导游手册》，几盒火柴，拖鞋，两根金条，一块可以用来搭建临时帐篷的油布，一瓶白兰地，一块腌牛肉，三块姜汁蛋糕，几件自己做的工具。除了鞍袋里的这些东西以外，他就只剩下一顶阔边帽，一个挂在腰带上的皮夹子和一把极为平凡的匕首。他要去的第一个地方是中心市场，他要买一把剑，然后再去位于安斯特平原的马市买一匹马。

离开小巷之后，他进入国王路，混进匆匆忙忙的人群中，男女老幼、猫狗骡马、车子乞丐川流不息。萨姆觉得身心都放松了不少，他已经好几年没有这种感觉了。他就像小时候得到了意外的假期一样，充满了喜悦和期待。暂时逃开了自己的责任，他突然觉得自己可以享受一切乐趣了，可以跑，可以笑，可以大喊大叫了。

萨姆大笑起来，他尝试发出符合他新身份的低沉的笑声。结果只是发出紧张的咕噜声，但萨姆全然不介意。他扯扯自己那用咒契魔法变出来的胡须，加快了脚步。他要开始冒险了——对了，还要去营救尼古拉斯。

三个小时后，他早上绝大部分慷慨激昂的情绪都烟消云散了。他的旅行者伪装确实很不错，没人认出他，但是商人和马贩也没能认出他。旅行者都不是很受欢迎，因为他们没什么钱，还总喜欢拿实物付账。

现在是暮春时节，天气却热得有些匪夷所思，挤在市场的人群里买剑非常不愉快，每一秒钟似乎都有一个小时那么长。

买马的情况就更糟糕了，一大群苍蝇在人和动物的眼睛嘴巴上飞起飞落。萨姆斯心想，难怪安斯特陛下几百年前就下令马市必须建在距离城市三里远的地方。不过在混乱时期，马市停办了，塔齐斯顿复位之后才再次繁荣起来。现在牢固的马厩、畜栏和拴马桩占地足有一平方英里那么大，在草地上吃草的马比在马市围栏里的还要多。当然，要在众多马匹中找到自己需要的马需要花很长时间，而且大家都会为好马竞价。这里的顾客来自古国各地，甚至还有北边来的野蛮人，所有人都愿意在一年的这个时段到这个集市上来买马。

虽然有人群、苍蝇和竞价的干扰，萨姆斯最终买到了自己需要的两样东西。他把简单实用的长剑挂在腰间，用手指不断地敲击着它粗糙的鲨鱼皮剑柄。一匹深棕色母马紧张地跟在他后面，不情愿地让萨姆牵着。它很健康，而且价格也不高。萨姆本来想用自己最不喜欢的卫兵托妮的名字称呼它，但是最终还是放弃了这个想法，他觉得这样做既幼稚又恶毒。这匹马的前任主人有些古怪，把它叫作“嫩芽”，所以就叫嫩芽吧。

一离开又臭又挤的马市，萨姆就骑上马，催促嫩芽穿过拥挤的街道，躲开货车、摊贩，还有驮着空筐子准备离开城市的驴子以及驮着满满的筐子进城的驴子，一群群的工人沿着马路边的人行道走着，其中夹杂着许多不起眼的旅行者。出城之后不久，一个骑黑马的皇家信使超过了他，那是会让马市上的人疯狂竞价的纯种马。接着又有一队卫兵经过，看他们行进的速度，就知道他们在路上经过每一个驿站时都会换一匹新的马。每次他们经过萨姆都躬着背坐在马上，虽然有魔法的伪装，他还是把帽子拉得很低，遮住脸。

在《实用导游手册》的帮助下，萨姆决定了自己晚上去哪里住宿。他打算沿着地峡走“峡路”，这条路连接着拜里塞尔和大陆。除此之外，也没有别的路可走了。然后他会沿大路往南去奥切尔。他也考虑过先往西去辛德尔然后从瑞特林乘船到达奎尔的路线，但是《实用导游手册》上提到在奥切尔有一家很好的酒店，最出名的特色菜是鳗鱼胶冻。萨姆很喜欢鳗鱼胶冻，在去往边城的路上可以品尝一下。

但是他不知道在离开奥切尔之后，该怎么走才最舒服。大南路是沿东海岸延伸的，而边城则在对面的西海岸。所以他早晚要到西岸去。也许他可以离开所谓的大路，穿过奥切尔的乡村，找到正确的方向，直接横穿大陆。但是这样做的危险在于春季的洪水。大路上的桥都很牢固，但是乡村公路上的桥却不怎么牢靠，而且很多浅滩现在已经深得无法涉水通过了。

不管怎样，这些都是过了奥切尔之后才需要担心的事情了。骑马去那个城市需要两天，他可以在途中或者找到住宿的旅店之后再思考下一步的计划。

走哪条路线是他目前最不需要担心的事情了，他终于远离了拜里塞尔，找到了一家乡村旅店。这一天，他其实只走了七里格远，但是太阳已经落山了，他也累坏了。前一天晚上他几乎没睡觉，而他的后背和大腿不断地提醒他：他一个冬天都没有骑马了。

他看到晃来晃去的招牌上写着酒店的名字“笑犬”，此时他能做的，除了提醒马夫照看好嫩芽，就只有一头倒在本店最好的客房的床上了。

夜里他醒来了几次，第一次是为了脱掉自己的靴子，第二次是起来上厕所，店家贴心地在房间里准备了便壶（但盖子是坏的）。第三次，早上的阳光刚刚照进百叶窗，他就被一阵急促的敲门声吵醒了。

“谁？”萨姆斯喊道，他从床上爬下来，急忙穿好靴子。他现在关节有些僵硬，感觉非常不好，何况他还穿着昨天的衣服，闻起来有一股马的味道，“是送早饭的吗？”

外面没有回答，敲门声还在继续。萨姆斯嘟囔着走到门口，他本指望门外是笨手笨脚的乡下店员，端着餐盘冲他笑。结果他看到的却是两个大块头的男人，身上的皮甲外面系着代表乡村警察的金红两色的腰带。

级别更高的那个人脸上的神情颇为严肃，银白的头发剪得很短。他前额上有咒印，而他的助手则没有。

“库克警官和特普巡警。”银发的那个人说着，一把推开萨姆斯进入房间。他的搭档也跟着进来，而且立即关上了房门，还把门反锁上了。

“你们想干什么？”萨姆打了个哈欠问道。他不想表现得很粗鲁，但是他也不知道这两个人为什么来找自己，这到底是巧合还是故意呢？此前他和乡村警察的接触仅限于看他们游行，或者跟父亲视察他们的工作。

“我们问几句话。”库克警官说，他离萨姆太近了，甚至能闻到他嘴里的大蒜味，还能看到不久前刮胡子时留下的胡楂。“从你的名字和来历开始说吧。”

“我叫萨姆，是个旅行者。”萨姆斯回答，他盯着那个巡警，那个人正站在角落里检查他的剑，还戳了几下他的鞍袋。他忽然意识到，这两个警官不是他想象中的那种笨蛋。他们说不定已经知道他是谁了。

“旅行者住驿路旅店的可不多见啊，更不要说这是旅店里最好的客房了。”巡警说。他又把萨姆的剑和鞍袋翻过来看，“更不可能给马夫一枚银币当小费。”

“旅行者的马不可能没有烙印或部族标记。”警官当萨姆不存在似的接着说，“如果旅行者本人没有部族文身也很奇怪。我估计检查的话，这孩子身上就可能没有。特普，也许我们应该检查他的行李，看看能不能找到一些东西告诉我们究竟是谁大驾光临了。”

“你们不能这样！”萨姆气愤地喊道。他往巡警的方向迈出一步，但是一个尖锐的铁器穿透了他的亚麻衬衣，贴在了他的肚子上。他低头一看，发现库克警官正握着一把匕首。

“把你的真实身份和目的告诉我们。”警官说。

“跟你们无关！”萨姆回答。他很轻蔑地把头往后一偏，结果额头上的咒印从乱糟糟的头发底下露出来了。

库克突然警觉地大喊一声，用匕首抵住萨姆的脖子，并把他的右手扭到背后。这些乡村警察最怕的事情就是遇到带着假咒印的人，如果咒印受到污染就更糟糕了，那样的话，这个人就有可能是肆行魔法师、役亡师或者其他某种变化成人形的东西。

与此同时，特普打开鞍袋，拿出一个深色的皮带，带子上挂着按大小排列的七个圆筒状的东西，从药瓶那么小到罐子那么大。深色桃木的手柄从袋子里露出来，毫无疑问地表明了皮带上挂的东西是什么。那是萨布莉尔给萨姆斯的七只法铃。那套铃铛锁在他的工作室里，他绝对没放进包里。

“法铃！”特普叫起来，他恐惧地把七只法铃扔到地上，迅速后退，仿佛不小心抓住一条盘起来的大蟒蛇。他甚至没注意到皮带和铃把手上的咒契咒印。

“役亡师。”库克低声说，萨姆听出了他声音中的恐惧，同时，萨姆感觉抓住自己的力量也变小了，匕首渐渐离开了他的喉咙，拿着匕首的手也颤抖起来。

那一瞬间，萨姆斯脑海里闪过两个咒印，他想熟练把它们选出来——就像渔夫从无边的大海中捞起闪亮的鱼一样。他屏住呼吸让咒印停留——然后突然将它们施放出来，同时自己卧倒在地。

咒契径直飞向特普，让他什么都看不到了。而库克显然也懂得一些咒契魔法，他立刻用普通防御咒语进行还击，两组咒印碰撞在一起，迸发出一阵亮光。

萨姆还没来得及起身，库克就将匕首狠狠地刺进他的腿里。

萨姆大叫一声，与此同时，特普也因为看不见而叫喊着，在房间里胡乱地摸索。库克更加大声地喊：“役亡师！快来救援！”这么大的声音，肯定会惊动方圆几里以内所有的警察和卫兵，他们都会赶来。就连热心市民也会来帮忙，但肯定是些勇敢的人，因为他喊的是“役亡师”。

最初一两秒钟，萨姆疼得好像脑子都裂开了，接下来他本能地做出遇到刺客突袭时的自救动作，他曾经无数次受到过这样的训练。他在脑海中描绘出几个咒印，让它们进入自己的喉咙，然后高喊出来，死亡咒语会袭击屋里每一个未受保护的人。

咒印像一束白光一样离开他，以可怕的力量袭击了那两个警察。一瞬间，屋里变得十分安静，库克和特普像断线的木偶一样倒在地上。

萨姆忍着疼痛爬起来，他意识到自己究竟做了什么。他杀了父亲的两个手下……也是他自己的手下。他们不过是做了本职工作而已。而那份工作正是他不敢做的——保护大家不受役亡师和肆行魔法以及其他怪物的袭击……

他不敢继续想下去。疼痛感又回来了，他知道自己必须离开这里。他慌忙收拾行李，把那该死的铃铛塞回去，把剑挂回腰间，然后走了。

他不知道自己是怎么下楼的，反正没过多久他就到了公共休息室，周围的人都退到墙边看着他。他睁大眼睛，愤怒地看着他们，然后一瘸一拐地离开，地板上留下一串血脚印。

然后他来到马厩给嫩芽装上鞍辔，嫩芽张大了鼻孔，连连喘气，人血的味道让它害怕得直翻白眼。萨姆机械地安抚着它，虽然手在动，但是脑子里却一片空白。

仿佛过了一年的时间，也可能只是一瞬间，最终，萨姆骑上了马，催促嫩芽赶快跑起来，然后他们开始全速前进。一路上他觉得血像温水一样顺着他的腿往下流，灌满他的靴筒，溢出来。他很想让马停下来，但他必须赶紧逃跑，逃离他的犯罪现场。

他本能地往西边跑，逃离早晨的太阳。他以之字形跑了一段，留下了假的痕迹，然后选了一条笔直的小径穿过田野，进入前方不远处阴暗的森林。到了树林里他就能隐蔽起来，处理伤口。

最终萨姆来到了令人安心的树荫下。他尽可能走到树林深处，然后从马背上滚下来，钻心的疼痛让人难以忍受。森林构成的绿色世界不停地在他眼前旋转。早晨的阳光由黄转灰，仿佛煮过头的蛋。他没法专心构建一个治愈的咒语。咒契咒印躲着他，从他脑海里溜走。它们就是不肯按规矩排列好。

太难了。还是放弃吧。直接睡一觉，在睡梦中进入冥界。

然而他知道冥界的样子，知道那里一片冰冷。他已经掉进冥河的水里了。如果他确定自己会被水流带走，冲进第一道门后的瀑布里，然后一路被裹挟着继续前进，说不定他就放弃了。但是他知道那个烧伤了他的役亡师正在冥界等着他，等着他这个什么都不懂、进入冥界时甚至无法控制自己的继任阿布霍森。那个役亡师会抓住他，控制他的灵魂，让他臣服，用他来对付他的家族和整个古国……

萨姆越想越觉得恐惧，恐惧感盖过了疼痛感。他再次寻找用于治愈的咒契咒印——终于找到了。金黄温暖的咒印在他虚弱的手势下泛起，透过已被血浸透的黑色长裤，来到他腿上的伤口。他感觉到一阵热流涌入身体，直入骨髓，魔法让受损的组织都在慢慢恢复。

但是他失血过多，而且血流失得太快，咒语也无法很快将他治好。他试图站起来，但是站不稳。最终，他往后一仰，把落叶当成了枕头。他想睁开眼睛，但是森林又开始旋转，而且越转越快，接着就只剩一片黑暗了。

第二十九章

珂眯的瞭望台

坏狗很不愿意醒来，她花了好几分钟伸腿伸懒腰，打哈欠转眼珠。最终她抖了抖身体，趴在地上。莉芮尔站在原地，胳膊抱在胸前。

“坏狗！我要跟你谈谈！”

坏狗显得有些惊讶，耳朵向后一背：“我们不该马上回去吗？午夜都过了，你知道吧。现在差不多是凌晨三点了。”

“什么！”莉芮尔瞬间把要说的话都忘了：“不可能吧！我们得快点了！”

“不过你要是想谈谈，”坏狗说着，又坐了下来，昂着头做倾听状，“现在就说吧，我总是这么说的。”

莉芮尔没有回答。她拽起坏狗的项圈冲到门口，把坏狗拽得几乎直立起来。

“哎哟……”坏狗大喊，“我只是开个玩笑！我会快点的！”

“快点，快点！”莉芮尔催促道，她伸手去拉门，这是很费力的，因为门上没有把手，“啊，这个要怎么打开啊？”

“请它自己开。”坏狗冷静地说，“不能硬拉。”

莉芮尔烦躁地鼓起腮帮，深深吸了一口气，然后强迫自己说：“请打开吧，门。”

门似乎是想了一会儿，然后真的慢慢打开了，给莉芮尔留了足够的时间让开。河流的咆哮声渐渐变大，凉爽的风从门外吹进来，吹动了莉芮尔被烧焦的头发。风还带来了一些别的气味，这引起了坏狗的注意，但莉芮尔却不知道那究竟是什么味道。

“嗯……”坏狗的耳朵转向门和门外那座咒契魔法照亮的桥，“有人来了，是珂睐。可能你姨妈也来了。”

“吉瑞丝姨妈！”莉芮尔大喊一声，紧张得跳起来。她赶紧四下打量，想另外找个出口，但是除了那座被溅起的河流弄得湿滑的桥以外，没有其他任何出口。而且现在她已经可以看到大裂谷那边的咒契光芒了，河上泛起的水雾让光芒变得朦朦胧胧的。

“我们怎么办？”她问，但没有回答，只有回声。莉芮尔飞快地回头，但是坏狗已经不见了踪影。她消失了。

“坏狗？”莉芮尔小声说。她在房间里看了一圈，眼泪涌上来，模糊了她的视野，“坏狗？别丢下我好吗？”

每次有可能被人看到的时候，坏狗就会消失，每次她消失的时候，莉芮尔就害怕自己唯一的一个朋友永远不会再回来。这次那种熟悉的恐惧感再次盘踞在她心里，加上她刚刚才得知的那些东西，她更加害怕了。她感到自己夹在胳膊下面那本书里充满了神秘的知识。那些知识她根本不需要知道，因为她并不是真正的珂睐。

一滴眼泪从她脸上滚落下来，她迅速将其抹去。她才不会让吉瑞丝阿姨如愿呢，这么决定了之后，她昂起头，忍住眼泪。吉瑞丝阿姨总觉得莉芮尔是最差的，她总觉得莉芮尔会犯下严重的错误，而且一无所成。莉芮尔认为这是因为自己不算真正的珂睐。其实她隐约知道，吉瑞丝阿姨对于任何偏离了她那套呆板标准的人都是这个态度。

莉芮尔昂首挺胸地来到桥头，往下一看，下面是滚滚的水雾和湍急的水流。没有了坏狗那稳固的吸盘脚，那座桥变得非常吓人。莉芮尔颤颤巍巍地刚走了一步桥就开始摇晃起来。她甚至觉得自己要掉下去了，于是她赶紧趴下。她移动的时候，《回忆与忘却之书》也跟着动了动，险些就从她的衣服里掉出去了,莉芮尔把它塞回去，然后继续慢慢地过桥。

就算爬着走也必须全神贯注，她一直埋着头爬到桥头。这时候她才突然意识到自己的头发被烧焦了，衣服被冲上桥面的水打湿了，而且她还没穿鞋。

当她最终抬起头的时候，她发出一声尖叫，同时像受惊的兔子一样跳起来。距离她最近的两个珂睐迅速拉住她，她才没有掉进瑞特林冰冷的激流。

那两个珂睐着实吓了她一跳，莉芮尔最不希望是她们两个来找她：萨娜和瑞尔。她们依然像平时一样冷静、美丽、睿智。她们穿着九日值守预视的衣服，金色的长发优雅地束在宝石发网里，白色的长裙上闪耀着金色的星星图案。她们还拿着钢铁和象牙的手杖，这说明她们是此次值守预视的联合发言人。和莉芮尔在十四岁生日当天，在飞行平台上首次见到她们的时候相比，这两人丝毫没有变老。她们依然是莉芮尔心目中最完美的珂眯。

而她却截然相反。

她们身后还跟着一大群珂眯，大都是高层的人，包括首席图书馆馆员梵赛莉，这阵仗看起来更像是九日值守。莉芮尔粗略数了数，差不多所有参加九日值守的人都来了。一共是四十七人，在萨娜和瑞尔身后依次排开。

然而吉瑞丝姨妈并不在场，这是个很坏的兆头，这说明她将要接受比厨房加班严重得多的惩罚。莉芮尔想不出什么惩罚需要九日值守的人全体出动。她从未听说过所有人一起离开瞭望台这种事。

“莉芮尔，站起来。”双胞胎中的一人说。莉芮尔意识到自己还蜷缩在那里。于是她小心翼翼地站起来，尽量不去看别人的眼睛，她确信大家一定都看着自己那双脏兮兮的棕色眼睛。

她脑子里冒出一串说辞，但是嗓子却像被锁了一样说不出话来。她咳嗽了一下，支支吾吾了几声，最终小声说出来了：“我……我不是故意要到这里来的。这只是……偶然。我知道我错过了晚餐……还有夜间巡逻。我会尽量补上……”

萨娜和瑞尔互相看了看，笑起来，莉芮尔不说话了。那并不是生气的笑，而是和善又有些惊讶的笑。

“每到生日你就会出现在奇怪的地方，这已经是传统了呢。”瑞尔——也可能是萨娜——说，她低头看了看从莉芮尔衬衣里露出来的那本书，以及在她的马甲口袋里闪着光的口哨。“你不用担心巡逻和晚餐的事。你今晚似乎得到了某种天赋的东西，它等你等了很久了。其他事情都无所谓了。”

“你说天赋，是什么意思？”莉芮尔问。预视之力是珂睐与生俱来的，三件奇怪的魔法用品则不是。

“你知道，珂睐从未在预视中见到过你。”双胞胎中的另一个人开口了，“一秒钟都没有瞥见过，直到现在。一小时之前，我们——也就是九日值守预视的人——看到你出现在这里，而且还会出现在另一个地方。我们所有人甚至不知道有这座桥，更不知道有那个房间。虽然现在的珂睐没有预视到你，很久以前的珂睐却预视到了，她们一定看到了很多关于你的东西，多到足以为你准备好这个地方以及你拿着的这些东西。事实上，这一切都是她们为你准备的。”

“准备好做什么？”莉芮尔问。自己突然变得引人注意倒让她感到非常紧张。“我什么都不想要！我只想……只想当普通的珂睐。我想有预视之力。”

萨娜——刚才一句也是她说的——看着这个年轻的姑娘，看出了她的痛苦。五年前她们第一次见面时，她和她的姐妹就一直关注着莉芮尔，她们对于这位小妹妹的了解比莉芮尔自己预想得多很多。

她小心地斟酌自己的用词。

“莉芮尔，你可能总有一天会拥有预视之力，而且会由于觉醒得晚而十分强大。但是现在你有别的天赋，我相信这种天赋是古国急切需要的。我们所有拥有珂睐之血的人都被赐予了天赋，同时我们也背负着明智利用这种天赋的责任。你将会拥有巨大的力量，莉芮尔，但是你也得面临巨大的挑战。”

她停了一下，盯着莉芮尔身后翻腾的水雾，她的眼睛似乎也弥漫着水雾，她的声音变得低沉而陌生，不像刚才那么和蔼了。

“你的路上将布满未知的考验，但你绝不会忘记你是珂睐的女儿。也许你无法预视，但你将回忆。在回忆中，你会看到隐藏在过去之中的秘密。”

莉芮尔被这番话吓得有些发抖，因为萨娜说的是对未来的预言，而且她的眼睛闪耀着冰冷奇异的光芒。

当萨娜的话音被河水的轰鸣声吞没之后，莉芮尔问：“你说的巨大挑战是什么意思？”

萨娜摇头微笑，预视的时刻过去了，不能再说。她看看自己的姐妹，于是瑞尔继续说道：“今天晚上我们预视到你的时候，我们还见到你出现在别的地方，那个地方我们花了很多年去努力观测但都没有成功。”瑞尔说，“是在红湖边，你在一艘船上。太阳很高，很明亮，那可能是夏天。你看起来和现在的样子差不多，所以我们认为今年夏天你应该赶到那里。”

“介时会有个年轻人和你在一起。”萨娜继续说，“一个受伤生病的年轻男性，他在寻找国王。我们不知道他究竟是谁，也不知道他于何时通过何种方法到达红湖。他被某种力量包围着，那种力量阻断了我们的预视，而且那个人的未来一片黑暗。我们只知道他身处某种巨大而恐怖的危险的正中心。这种危险并非只针对他一个人，而是涉及我们所有人，针对古国全境。今年仲夏，他会和你一起在那艘船上。”

“我不明白。”莉芮尔小声说，“和我有什么关系呢？我是说，红湖，还有这个人，以及所有这些事情。我只是个二级助理图书馆馆员！我怎么会和这些事有关系呢？”

“我们也不知道。”萨娜回答，“预视场景太琐碎，而且黑色的云雾像墨水一样覆盖了未来的图景。我们只知道这个人于善恶两方面来说都很重要，我们预见到你和他在一起。我们认为你必须离开冰川。你必须南下寻找红湖上的那艘船，找到那个人。”

莉芮尔看着萨娜的嘴唇在动，却听不清她在说什么，周围只剩下河流的咆哮声。那是水流拍击山体想要获得自由而发出的声音，河水不停地流淌，一直流到遥远陌生的土地上。

我被赶出去了，她心想。我没有预视力，而且我年龄太大了，所以她们把我赶出去了——

“关于那个人，我们还看到了另一个图景。”莉芮尔总算听清了萨娜的话，“过来，我们给你看，这样你就会在合适的时候认出他来，同时也能明白他被卷入了何种危险。在这里看不了——我们得去瞭望台。”

“瞭望台！”莉芮尔说，“但我不是……我没有觉醒——”

“我理解。”瑞尔说着拉起她的手，“直视你内心渴望却无法拥有的东西是非常困难的。如果这件事不那么危险，或许其他人可以完成此事，我们绝不会强迫你去。如果预视所见的图景中不是一直阻碍我们的那个地方，我们也不会派你去。但是现在我们必须把所有的力量都集中在瞭望台上，全力进行值守预视。”

她们穿过大裂谷，萨娜和瑞尔走在一言不发的莉芮尔旁边。莉芮尔感受到了坏狗所说的那种死亡的气息，埋在大裂谷里所有死去的珂睐带来了某种压力，但是她没去理会。那种感觉很像有人在极远的地方喊另一个人的名字。现在她唯一能想到的就是大家要赶她走了。她又要孤身一人了，因为坏狗很可能不会和她一起走。说不定在珂睐冰川以外的某个地方，坏狗根本无法存在，就像咒契影像不能离开既定的地方一样。

她们沿着大裂谷继续走着，离她进来时候的那扇门了还有一半的路程，莉芮尔惊讶地看到一座冰桥，横跨大裂谷。珂睐们从桥上走过，然后进入大裂谷另一侧一个很深的洞口。瑞尔看到她吃惊的神情，于是解释说："出入瞭望台有很多条路，需要的话都能用。这座桥会在我们走过之后迅速融化。"

莉芮尔僵硬地点了点头。她虽然找过很多次，但是一直搞不清楚瞭望台在哪里。有时候，她会幻想自己来到了瞭望台，在那里自己的预视之力觉醒了。现在，所有的幻想都破灭了。

穿过桥之后，她们来到一条粗糙的隧道，那通往上方的隧道很陡，走起来很累。等到终于爬到平地的时候，莉芮尔已经热得喘不过气了。瑞尔和萨娜也停下来，莉芮尔擦擦脸上的汗，然后看看周围。她们已经不在山体中了。现在周围只有一片冰川，蓝色的冰层反射着珂睐们咒契魔法的光芒。现在她们来到冰川的最深处了。

冰层中有一扇门，由两个身穿盔甲的卫兵把守，她们的盾牌上有代表珂睐的金星图案。在头盔之下，她们的脸上毫无表情。其中一个卫兵握着的斧头被咒契咒印映得闪闪发光，另一个卫兵握着的剑比灯光还要明亮，在冰层中反射出数千个细小的光点儿。莉芮尔看着那两个卫兵，她们显然是珂睐，但莉芮尔却不认识她们，真是不可思议。冰川上住着三千来个珂睐，莉芮尔打出生起就住在这儿。

“我预见到你们了，九日值守的发言人。”拿斧子的女人用一种陌生而正式的语气说，“你可以通过了。但是和你们同行的一人没有觉醒。根据古律，她不能看见秘密之路。”

“别傻了，艾莉梅尔，”萨娜说，“哪条古律啊？这位是莉芮尔，阿瑞丽的女儿。”

“艾莉梅尔？”莉芮尔小声说。她望着那张严肃的脸，头盔的边缘为她勾勒出那张刻板的脸。艾莉梅尔六年前加入了骑兵队，从此以后便杳无音信。莉芮尔以为她在事故中去世，而自己恰好错过了她的告别会——她躲掉过很多必须穿蓝色罩袍出席的活动。

“法律很明确。”艾莉梅尔的声音依然非常严厉。但是，莉芮尔看到她紧张地吞了一下口水，“我是斧卫。如果你一定要她通过，就必须把她的眼睛蒙起来。”

萨娜哼了一声，转向另一个人：“那剑卫怎么说？别说你也这么想。”

“很不幸，是的。”另外那个人说。莉芮尔发现她要年长一些，“法律规定得很明确。访客一定要蒙上眼睛。除了觉醒的珂睐，来访者都必须这样做。”

萨娜叹了口气，转向莉芮尔。莉芮尔低下头，隐藏羞愧之情。她慢慢解下自己的头巾，叠成长条，遮住眼睛。她无声地在柔软的黑暗中哭泣，蒙眼睛的头巾吸收了她的眼泪。

萨娜和瑞尔拉起她的手，莉芮尔从她们的触摸中感受到了同情。但是，这种同情并没有让她觉得好过一些。这比她十四岁时穿着蓝色罩袍独自站在人前不被接受的耻辱更糟糕。现在她只是个外人，只是个访客，而不是珂眯。

瑞尔和萨娜拉着她穿过迷宫般复杂的过道时，莉芮尔只问了两个问题。

“我什么时候出发？”

“今天。”瑞尔回答，同时她停下来用胳膊肘轻轻推了推她让她往右靠，示意她准备再转个急弯。“也就是说越快越好。我们会为你准备一艘船，你将乘船从瑞特林河下行至奎尔。到了奎尔，你就能找到警察或者卫兵送你到边城，红湖就在那附近。这趟旅行很急，不会很舒适，但我们希望能够及早预视到一些事情。”

“我一个人去吗？”

莉芮尔虽然看不见，但是她感觉到萨娜和瑞尔交换了一下眼色，两人在沉默中决定了谁先说话。最终，萨娜开口了：“预视到的景象中你确实是一个人，所以你恐怕要独自去了。我们本可以驾驶纸翼送你去的，但是我们预视到所有的纸翼都在别的地方，所以你只能乘船去。”

独自一人，没有她唯一的朋友——坏狗陪伴。她身上究竟会发生什么事情，已经不重要了。

“前面要下几级台阶。”瑞尔说着，再次让莉芮尔停下来，“我觉得大概是三十级台阶吧。然后我们就到瞭望台了，你就可以拿掉蒙眼睛的布了。”

莉芮尔机械地跟着双胞胎走下台阶。看不见自己脚下的楼梯，让人很不安。更糟糕的是，周围有一种诡异的沙沙声，有时候听起来还有窃窃私语的声音。

最后，她们总算到了平地上，又往前走了六七步。萨娜帮她解开蒙在眼睛上的布。

莉芮尔首先注意到的是亮光和周围广阔的空间，然后是许多排列在旁边的珂睐，她们身穿沙沙作响的白袍安静地站着。她正站在一座从冰里挖出来的大厅正中间，这座大厅和她熟悉又憎恨的中心大厅一样大。咒契魔法的光照着大厅的每个角落，从冰的每个切面上反射着光芒，整个大厅里没有一处黑暗的地方。

莉芮尔看到了别的珂睐之后，下意识地低下了头，这样她就不用看着其他人的眼睛了。她小心翼翼地透过头发看去，发现其实并没有人注视她。她顺着她们的目光向上看去，倾斜的天花板十分光滑平坦，是由一整块巨大清澈的冰做成的，那冰看起来仿佛一扇巨大而不透明的窗户。

“是的。”萨娜没注意到莉芮尔的神态，“这就是我们集中预视力的地方，这样的话未来所有的图景碎片就能组成一个清晰的画面让每个人都看见。”

“我想我们可以开始了，”瑞尔看了看周围沉默着排成一列的珂睐。几乎所有觉醒的珂睐都来参加这次一千五百六十八人的大规模值守预视了。她们排成一个又一个大小不等的同心圆围绕着莉芮尔、萨娜和瑞尔所在的中心地带。她们就像一片奇异的白色树林，树上结着银色的月长石果实。

“我们开始吧。”萨娜和瑞尔举起手杖，像击剑一样互相撞击。别的珂睐高声回应，回音震耳欲聋，把她吓了一跳。

“开始吧！”

第一圈的珂睐们整齐划一地拉起手，动作纯熟，仿佛训练有素的士兵一样。然后，第二圈的珂睐也互相拉起手，接着是更外面的一圈……一层层像涟漪一样从瞭望台的中心向外辐射，最终所有人又安静下来。

“我们开始预视！”萨娜和瑞尔再次敲击手杖。这一次莉芮尔对喊声有了心理准备，但不知道接下来还有魔法。咒契咒印仿佛是从冰地板上升起来的，通过第一圈的珂睐。咒印是如此之多，它们慢慢溢出到第二圈，然后层层向外。咒契咒印像浓重的金色雾气一样包裹了她们的身体和手臂。

莉芮尔看着魔法漫过层层的人墙，然后裹住她姐妹们的身体。她能看清那些咒契咒印，也能感觉到魔法在她的心里跳动，她渴望着那种魔法。但它依然是很陌生的，在她的能力之外，和别的咒契魔法完全不同。

最外圈的珂睐松开彼此的手，然后将手臂高高举起伸向冰天花板。咒印随着她们的动作飞向空中，仿佛被阳光光柱照到的金色灰尘。当它们接触到冰面的时候立刻迸发出火花，仿佛光彩四溢的颜料刷到冰制的空白画布上，瞬间变得有了生气。

每一圈的人都这样松开手，她们召唤出的所有魔法咒印都升起来，旋转的咒契咒印覆盖了巨大的冰天花板。所有人专注地看着天花板，莉芮尔看到她们的眼睛在移动，仿佛看到了什么东西，而她自己却什么都没看见，只看到一片她无法理解的咒印在不停旋转。

“看！”瑞尔轻声说，她所拿的那根手杖忽然变成了一只鲜绿的玻璃瓶。

“想！”萨娜说，她在莉芮尔头顶挥动手杖，画出一个符号。

然后，瑞尔将瓶中的一些东西倒出来洒向莉芮尔的方向。那些液体洒到她头上时，萨娜的手杖将它们送到冰天花板上。一片纯粹透明的冰忽然出现在莉芮尔头上。

萨娜用手杖碰了碰那冰面，它立刻变为柔和的蓝色。她再次碰了碰冰面，蓝色褪至边缘。莉芮尔看着它，然后透过它看到另一面。她意识到这悬浮着的窗口帮助她看到了其他珂睐所见的情景。冰天花板上无序的图形变得清晰起来。成百上千个细小的图片如同莉芮尔小时候玩过的拼图玩具一样，组合起来形成一幅大图。

现在，莉芮尔看到那幅图上有个男人站在岩石上。他正看着自己脚下的东西。

莉芮尔很好奇地仰起头，以便看得更清楚。她感觉到一阵眩晕，仿佛在坠落，但却是向上坠落，穿过了那块蓝色的玻璃，落进了天花板里，一直落到那幅图中。一片蓝色闪过，一种奇怪的感觉让她颤抖——她自己也在那幅图景中！

她就站在那个人身边。她能听见那个人在喘气，是那种很不健康的呼吸声，而且有种微弱的汗水味，她能感觉到夏日的闷热和潮湿。

她还能感受到肆行魔法的恶心味道，这味道相当强烈，比她想象中还要邪恶得多，甚至比她记忆中斯狄肯的味道更刺鼻。那种强烈的臭味让她想吐，但她只能忍着，眼前仿佛一片金星乱舞。

第三十章

尼古拉斯与坑

他很年轻，莉芮尔看清了，那个人差不多和自己同龄。十九二十岁的样子。他显然是病了。虽然他个子很高，但是却弯腰驼背，仿佛身体重心位置疼痛不已。他一头湿乎乎的金发，乱七八糟的，像绳子一样缠在一起。他脸上的皮肤太红了，嘴唇和眼睛周围则是一片灰色。他的眼睛是蓝色的，晦暗无光。他的一只手里轻轻拿着一副黑色的眼镜，眼镜腿用绳子绑着，其中一只绿色镜片裂开了，还脏兮兮的。

他站在一座人工堆积的松散土丘上，盯着下面的一个深坑。那是一个在地上挖出来的大洞。那个坑——也不知道里面究竟是什么——一定是肆行魔法的来源，尽管只是预视中的景象，莉芮尔依然觉得恶心不已。她能感觉到一阵一阵的肆行魔法从受损的大地中涌出，那种冰冷可怕的气息蚕食着她的骨头，甚至深深渗进她的牙齿里。

那个坑显然是新挖的。它看起来至少有下层餐厅那么大，可以同时容纳四百人。它的边缘有一条螺旋状的小路，小路延伸到下方的黑暗深处就消失不见了。莉芮尔看不清它到底有多深，但是有人扛着一筐一筐的土和石头上来，还有人扛着空筐子下去。那些人动作缓慢，似乎非常疲惫了，在莉芮尔看来他们总有些奇怪。他们的衣服很脏很破，但即使如此，莉芮尔也能判断出这些人的衣服的样式和颜色是她从未见过的。他们所有人几乎都戴着蓝色的帽子，也有人围着破烂的蓝色针织头巾。

莉芮尔不明白他们怎么可能在肆行魔法的恶臭中工作，于是凑近了仔细观察。接着，她忽然抽了口气想要后退，但是预视的图景限制了她。

他们不是活人。他们是亡者。现在她能感觉到这些亡者了，死亡的冰冷气息弥漫在周围。这些工人都是亡者手卒，被某个役亡师控制着。蓝色的帽子遮住了他们空洞的眼眶，蓝色头巾固定了他们腐坏的头部。

莉芮尔忍住想吐的感觉，飞快地看了看她旁边的那个年轻人，她怕那个人是役亡师，并且能够通过某种方法看到她。不过那个人头上没有咒印，不存在被肆行魔法吞没或者扭曲的可能性。他前额很干净，只是有几道混合着灰尘的汗迹，也没有佩戴任何铃铛。

他正在抬头看着天空，摇晃了一下戴在手腕上的金属物品。这大概是某种仪式，莉芮尔心想。她突然为这个人感到遗憾，而且很想用手指尖摸摸他脖子和耳朵的交界处。她甚至已经伸手了，但是他突然说话了，莉芮尔这才突然想起自己究竟在哪儿，究竟是何种状态。

“该死！”他低声说，“什么都不好用了！”

他放下胳膊，继续看天上。莉芮尔也看向天上，深黑的积雨云低沉地涌上来。电光闪个不停，周围没有一丝风，也没有雨的气息。只有闷热的天气和不时出现的闪电。

接着，一道炫目的闪电毫无征兆地击中大坑，短暂而炽热的光照亮了大坑深处。那一瞬间，莉芮尔看到数百个亡者手卒在不停地挖掘，有工具的就用工具挖掘，没有工具的就用它们腐烂的手。闪电把其中几个亡者手卒烧得焦黑，但它们丝毫不在意，也不躲避被闪电震落的土石。

几秒钟后，又一道闪电接踵而至，准确地击中了同一个地点。接着又是好几道闪电，轰鸣的雷声一直持续着，震动着莉芮尔脚下的大地。

“五十秒内大约发生了四次。”那个人对自己说，“越来越频繁了，赫奇！”

莉芮尔不明白他到底在说什么，随后一个人从坑里出来，挥了挥手。那是个消瘦光头的人，穿着一身皮甲，镶嵌金子的红色珐琅钢板保护着他的喉咙、胳膊肘和膝盖。他身侧挂着一把剑——胸前还佩戴着一串铃铛，黑色的桃木把手从红色的皮囊里露出来。邪恶的咒契咒印在木头和皮囊表面浮动，留下火焰般的痕迹。

即使离得这么远，莉芮尔也能闻到他身上散发出的强烈的血腥味，还有炽热金属的味道。那一定就是役亡师了，也就是亡者手卒的主人——或者说几个役亡师之一，因为这里的亡者实在太多了。但是，这个役亡师并不是灼烧莉芮尔舌尖的肆行魔法的来源。有某种比他可怕得多的东西藏在那个大坑的深处。

“什么事，尼古拉斯主人？”役亡师喊道。莉芮尔注意到他挥了挥手，让两个跟随着他的亡者手卒退回到黑暗中，他似乎不希望它们被人看到。

“闪电来得太快了。”那个年轻人说，莉芮尔由此判断他就是尼古拉斯。但是为什么一个人——一个没有咒契咒印的人——会被役亡师叫作主人呢？

“我们一定很接近了。”他又说，这时他的声音变得有些沙哑，“问问那些人晚上愿不愿意加班。”

“哦，没问题的。”役亡师大声说，他暗自笑起来，“你想下来看看吗？”

尼古拉斯摇了摇头。他清了好几次嗓子才朝着役亡师喊道：“我又觉得……又觉得不舒服了，赫奇。我要回我自己的帐篷躺一会儿。我晚点儿再看。如果找到了什么东西你一定要叫我。我认为可能是金属。没错，会是发光金属。”他眼睛注视着前方，似乎那个东西就在他面前，“两个发光的金属半球，超过一人高。我们必须尽快找到。尽快！”

赫奇鞠了个躬，没有回答。他从坑里出来，走到尼古拉斯站的那座废料堆成的山上。

“谁和你在一起？”赫奇指着旁边大声喊。

尼古拉斯看着他指的地方，那里除了闪电的一点余光和半球形的光芒以外什么也没有。尼古拉斯醒着的时候总是看到这道半球形的光芒，这仿佛是印在他脑子里的图像一样。

“什么也没有。”他直视着莉芮尔小声说，“没人。我太累了。但是这一定会是个大发现——”

“间谍！你将在我的主人脚下被烧成灰烬！”

役亡师手里冒出一团火焰，落到地上，红色的火焰被漆黑呛人的浓烟包裹着。这火焰蹿上山，直奔莉芮尔。

与此同时，她看到尼古拉斯的眼睛突然在自己身上聚焦了。他伸出一只手表示欢迎，并说：“你好！不过我估计你也只是我的幻觉。”

接着，就在那道红色的火焰即将把她烧成灰烬和少许黑烟的时候，几只手抓住她的肩膀把她拉回到瞭望台。

冰碎了，莉芮尔眨眨眼睛。当她睁开眼睛时，瑞尔和萨娜正站在她两侧，她们周围是满地的碎片，莉芮尔的头发和肩膀上全是碎冰碴。

“你看见了。”瑞尔肯定地说。

“是的。”莉芮尔回答。刚才所见的预视景象令她万分困惑，“拥有预视之力就能看到那样的景象吗？”

“不完全是。”萨娜回答，“大部分时候，我们预视到的都是转瞬即逝的碎片，来自很多不同时间段的未来片段，而且全都混杂在一起。只有在值守预视时，大家到瞭望台聚在一起才能看到完整的景象。即使如此，也只有站在你刚才所在的那个位置才能看到完整的景象。”

莉芮尔想了想，再次抬起头，冰碴顺着她的脖子落进衣服里。那遥远的天花板又成了一个大冰块。她低头看看周围，众位珂睐正在离开，没有人说话，也没有人回头。最外圈的人不知道什么时候都已经走掉了，下一圈的人排成一列纵队从不同的门离开。瞭望台似乎有很多个出口，莉芮尔心想。很快她也将从其中的一个出口离开，再也不回来。

莉芮尔迫使自己集中精神考虑刚才所见的情景，说道："我要做些什么？"

"我们也不知道。"瑞尔说，"这些年来，我们一直努力预视红湖地区的情况，但一直没成功。突然间，我们看到你在底下的房间里，然后就看到了刚才我们给你看的那个图景，你和那个男人一起在红湖上乘船。很显然，这些事情之间是有联系的，但是我们看不到更多内容了。"

"那个名叫尼古拉斯的人是事情的关键。"萨娜说，"我们认为，等你找到他就知道该怎么办了。"

"但是，他和一个役亡师在一起啊！"莉芮尔大声说，"他们在挖某个特别恐怖的东西！我们不该告诉阿布霍森吗？"

"我们已经送出消息了，但是阿布霍森和国王正在安塞斯蒂尔，他们要去那边解决一个麻烦的事件，那个事件很可能也和你见到的大坑有关。我们也通知了艾丽米尔和她的辅佐者，她们应该已经开始采取行动了。继任阿布霍森萨姆斯王子可能也开始行动了。但是不管他们做什么，我们都确信，你必须找到尼古拉斯。我知道这件事看起来无关紧要，只是两个人在湖上乘船，但这是我们唯一能够预见到的未来，别的部分都被掩盖起来了，这是我们免于灾难的唯一希望了。"

莉芮尔点点头，脸色有些苍白。最近发生的事情太多了，她非常累，而且完全不想说话。不过，她似乎并不是被赶出去，而是真的有重要任务，不光对珂睐而言很重要，甚至关系到整个古国。

“现在我们必须为你的旅行做好准备工作。”萨娜显然是注意到了莉芮尔疲惫的神情，“你要带什么私人物品吗？需要我们提供什么帮助吗？”

莉芮尔摇头。她想带上坏狗，但那恐怕不太可能，因为珂睐们没有预见到她。也许她的那位朋友已经就此永远消失了，塑造坏狗的那些咒语符可能出了某些问题，失效了。

“可能要带上我的户外装备。”她小声说，“还有几本书。我觉得也许还要带上我刚才找到的那些东西。”

“确实应该带上。”萨娜说，她很好奇莉芮尔究竟找到了什么，但是却没问，莉芮尔也不想说。它们太古怪了，为什么这些东西要特意留给莉芮尔？到了外面的世界之后它们有什么用呢？

“我们得给你配一张弓和一把剑。”瑞尔说，“所有珂睐的女儿出发前都要有这两样东西。”

“我并不擅长用剑。”莉芮尔小声说，被称为珂睐的女儿差点让她哭出来。她等这个称呼等了很久，可现在听起来却仿佛失去了意义。“也许弓箭就够了。”

她没有解释自己为什么擅长使用弓箭。实际上，她总是用珂睐的小弓箭射图书馆里的老鼠，那些箭的箭头是钝的，这样才不会把书弄坏。坏狗很喜欢把箭捡回来，但是却不喜欢吃老鼠，除非莉芮尔不情愿地用香料和酱汁把老鼠煮成美食。

“我希望你一路上都用不到武器。”萨娜说。她的声音很响亮，在冰窟大厅里不断回响。莉芮尔颤抖了一下，那个愿望多半不会实现。突然间，她觉得很冷。一千五百多个珂睐在几分钟内基本上都走了，仿佛从未来过一样。只有两个穿着皮甲的卫兵还在大厅里，从瞭望台的尽头四下张望，守卫着整个大厅。他们其中一个拿着长矛，另一个拿着弓。莉芮尔无须走近就知道，那是很强大的武器，其中充满了咒契魔法。

莉芮尔知道，卫兵之所以留下来，是要确保她蒙着眼睛出去。她转过头，取下头巾，慢慢地叠好，绑在头上，遮住眼睛，僵硬地站在那里，等着萨娜和瑞尔拉起她的胳膊。

“非常抱歉。”萨娜和瑞尔同时说，她们的声音混在一起。她们似乎不光是为了蒙住眼睛这件事道歉，而是为莉芮尔以后的人生道歉。

等她们到达莉芮尔那间位于青年宿舍的小房间时，她已经有十八个小时没睡觉，也没吃东西了，连走路都摇摇晃晃的，萨娜和瑞尔扶着她。她累得连吉瑞丝姨妈都没看见，突然间就莫名其妙地被吉瑞丝紧紧抱住了。

“莉芮尔！你干了什么啊？！”吉瑞丝姨妈大喊，声音在莉芮尔头顶轰轰作响，她整个脑袋顶在姨妈脖子上，“你还这么小，怎么能到外面去呢？”

“姨妈！”莉芮尔努力挣扎，表示抗议，在萨娜和瑞尔面前被当作小孩子实在太尴尬了。吉瑞丝姨妈总是这样，她不想被拥抱的时候总是来抱她，她需要被人拥抱的时候却不这么做。

“你一出去，肯定跟你妈妈一样。”吉瑞丝说，仿佛是在对她们三个人说这件事，“去谁也不知道的地方，和陌生人卷入谁也不知道的事情。为什么啊，你可能永远也回不来了——”

“吉瑞丝！够了！”萨娜厉声说。莉芮尔吓了一跳，从来没有人这样跟吉瑞丝说过话。吉瑞丝自己也吓了一跳，她立刻放开了莉芮尔，深深地吸了几口气，平静下来。

“你不能这样跟我说话，萨……瑞……不管你是哪一个。”吉瑞丝姨妈终于再次开口了，“我是青年宿舍的管理员，我是这里的主管！”

“我们目前是众珂睐的发言人。”萨娜和瑞尔齐声说，她们举起手杖，“我们被授予了九日值守预视的权力。你对此有异议吗，吉瑞丝？”

吉瑞丝看着她们，再次深呼吸，想要拿出点气势，但是失败了，她像个被人踩到的蛤蟆一样呼哧呼哧地喘气。毫无疑问，她不情不愿地承认了她们的权威，只是表现得不太体面。

“把你需要的东西收拾好，莉芮尔。”萨娜拍拍她的肩膀，“我们得加快速度了。吉瑞丝，我们到外面谈谈吧。”

莉芮尔疲倦地点点头，打开衣柜，其他人来到了屋外。她看也没看就把手伸进衣柜，结果手指碰到了一个硬邦邦的东西，她知道那是什么。那是昂着头的狗的雕像，在关斯狄肯的房间里找到的，自从坏狗出现之后，这个雕像就消失了。

莉芮尔把它抱在胸前，一个小小的希望让她暂时忘记了疲惫。虽然这不是坏狗，但是说不定坏狗可以被再次召唤出来。她笑着把这个雕像放进马甲的口袋里，确保皂石做的狗鼻子不会在旅行中碰坏。然后，她把暗镜放在同一个口袋里，那串笛子放在另一个口袋里，《回忆与忘却之书》则被揣进一个小肩袋里，大小正合适。她把应急发条银鼠放在柜子的角落，哨子放在旁边。她要去的地方这两样东西都派不上用场了。

幸好她在十八岁生日时搬到了大一点儿的房间，有简单的浴室，莉芮尔迅速洗了个澡。她想彻底换换衣服，穿点儿绝不会被认作珂睐的衣物，但是最终她还是穿上了二级助理图书馆馆员的制服。这才是真正的我，她对自己说。她有权穿着这件红色马甲。即使她不算真正的珂睐，这身制服也不会被剥夺。

她把几件换洗的衣服卷入斗篷，正在犹豫着要不要带上春夏基本上用不上的厚羊毛大衣，这时候外面有人敲门，接着吉瑞丝就走了进来。

“我不想说你妈妈的坏话。”吉瑞丝站在门口说，她的声音似乎很温和，“阿瑞丽是我最小的妹妹，我很爱她。但是她注定要在外面，你知道我的意思吧，她总是惹麻烦，总是卷入麻烦事，而且……嗯……总之很麻烦，当宿管，让所有人守规矩可不容易。也许我没跟你提过……总之，你不可能预视到别人对你有什么看法，这一点很讨厌。我只是说，我爱你妈妈——也很爱你。”

“我知道，姨妈。”莉芮尔头也不回地说，她顺手把厚衣服扔回柜子里。就在一年前，她还愿意倾尽所有去换来这句话，这让她感到自己有所归属。但是现在太晚了。她要离开冰川了，就像多年前的妈妈一样——她那毫不犹豫就抛弃了女儿的妈妈。

但是这一切都过去了，莉芮尔心想，我可以放下这些事情，开始新的生活。我不需要知道妈妈为什么走，也不需要知道父亲是谁。这都变得没必要，她对自己重复道。

我不需要知道。

就在她无声地重复这句话时，她忽然想到手边袋子里的《回忆与忘却之书》，以及马甲口袋里的笛子和暗镜。

她不需要知道过去发生了什么。由于无法预见未来，她也难以融入珂睐，现在她又以另一种方式孑然一身了。这和她所有的希望和梦想截然相反，她最不希望的事情成了现实。

不过，有了暗镜和新学到的知识，她可以“看见”过去。

第三十一章

林中的声音

在距离树林边缘一百多码的位置，萨姆斯王子像个死人一样睡着，他躺在自己掉下马的位置。一条腿上布满了血痂，黑红色的血迹衬托着周围随风摇摆的绿色树叶。只有凑近了仔细观察，才能发现他还活着。

嫩芽似乎不像预想中那么神经质，它就在旁边吃草。偶尔抖抖耳朵抬起头，整整一天，也没有任何东西来打搅它的美餐。

下午晚些时候，阴影渐渐从树丛里延伸出来。风变大了，驱散了暮春的热气，同时也从萨姆身上吹过，枯枝落叶、蜘蛛网、死蜜蜂和草叶把他掩盖了起来。

一片草叶停留在他鼻子上，不停地挠着他的鼻孔。草叶左摇右摆，就是不走。萨姆斯的鼻子抽动起来，抽动了好几下，最终打了个大喷嚏。

他醒了。一开始他以为自己宿醉未消。他嘴巴发干，呼吸中有股臭味。头疼得厉害，腿也疼得要命。此前他只喝醉过一次，并且再也不想重复那种经历了。

他试着喊了一声，当那干巴巴的嘶哑的声音冒出来之后，他忽然记起了之前发生的事情。

他杀了两个警察，那两个人只是履行自己的职责而已。他们有自己的妻子和家庭，有父母，有兄弟姐妹，有孩子。他们早上离家的时候全然没有料到会意外死去，也许他们的妻子现在正等着他们回家吃晚饭。

萨姆斯虚弱地撑起身体，看着落日的红光照在林间，心想：不对，事情发生在早上，他们的妻子现在肯定已经知道自己的丈夫永远不会回去了。

他慢慢站好，把树林里那些乱七八糟的东西从身上拍掉。他必须把负罪感推到一边去，至少暂时推到一边去。这是生存所迫。

首先，他最好把裤子剪开，检查一下伤口。他隐约记得自己施展了一个咒语保住了小命，但是伤口依然没愈合，还会再次迸裂。他必须进行包扎，因为他现在太虚弱了，没法再施展一个愈合咒语。

包扎之后他要想办法站起来。站起来，抓住忠实的嫩芽，骑马去树林深处。直到现在他还没有被当地警察发现，让他有些意外。也许他留下的伪装的痕迹比他预想中更加使人迷惑，但也可能是他们在等待增援，人多了之后再一起抓捕那个疑似役亡师的凶手。

萨姆决定了，如果警察——弄不好还有可能是卫兵——抓住了他，他就说出自己的身份。这就意味着他会很难堪地返回拜里塞尔，被艾丽米尔和贾尔·欧仁教训，丢人现眼是肯定的。唯一能够补救的办法就是将自己的罪行掩盖起来。

但是，这两种情况都让人难以接受。他能想象父母脸上那种极度失望的神情。无疑，他不适合成为下一任阿布霍森的事实也会暴露，他们会对他绝望透顶。

他最好能不现身，到森林深处躲一阵子，把伤养好，然后改头换面，以新的身份去边城，因为尼克肯定需要他的帮助。

但是做决定容易，实行起来却难得多。他想去抓缰绳，但嫩芽张开了鼻孔躲开了。它不喜欢血的味道，也不喜欢萨姆因为不小心把重心挪到伤腿时而发出的抱怨声。

他最后总算抓住了嫩芽，因为恰好有三棵树挡住了它的退路。上马又是一大挑战。当他抬腿跨上马背时，整条腿一阵抽痛，他疼得不住地大口喘气。

现在，萨姆又面临一个新问题。天很快就要黑了，他却不知道自己究竟要去哪里。城镇和其中的一切相关服务都在东边、北边和南边，可是他不敢往那三个方向去，他必须等到自己足够强壮，可以再次施展咒语改变自己和嫩芽的外貌之后才能去。然而，向西倒是有好几条不知通往何方的林间小径，林中可能有定居点或者一些农舍，但是他不知道哪里才是安全的。

更糟糕的是，他只有一壶昨天的水，一块很硬的面包和一条腌牛肉，这些东西只是他的零食，找到旅店之前应急用的，他的姜饼早就在路上吃完了。

下起雨来了，风把云从海上吹来——这只是春天的一阵小雨，但却足以让萨姆气得骂人了，他只能打开鞍袋来找斗篷。受了伤要是还感冒，那他就真不知道自己会怎么样了。说不定他会葬身在这林子里，变成一堆白骨，野草从他的尸骸周围长出来。

他一边思考自己悲惨的未来，一边摸索着找斗篷，但是他没摸到羊毛织物，却突然摸到了冰冷的金属和皮革，他陡然缩回了手，指尖变成冰冷的蓝色。他知道自己摸到了什么，他吓得趴在马鞍上绝望又害怕地抽泣起来。

那是《亡者之书》。他明明把那本书留在工作室了，但是书却不肯离开他，就像七只法铃一样。他永远摆脱不了这些东西，哪怕受了伤跑进漆黑的森林里也逃不掉。它们会一直追随着他，一直追到冥界。

他正准备号啕大哭一场，突然听到漆黑的树上传来一个声音。

“一个迷路的小王子，在森林里哭？我还以为你很有骨气呢，萨姆斯王子。”

这个声音把萨姆斯和嫩芽都吓了一跳。王子在马鞍上突然坐直了，虽然疼得直喘气，但他还是拔出了剑。嫩芽也同样惊讶，它本能地往前一跳，在树丛中跑起来，完全无视低矮的树枝，也不考虑骑手的感受。

一人一马慌慌张张地跑着，一路上又喊又叫，折断了不少树枝。他们这样子至少跑了五十码，萨姆斯最后总算控制住了嫩芽，让它调头回到刚才那个声音所在的位置。

他依然握着剑。现在天色半黑，在不断加深的黑暗中，树干显得有些苍白，枝叶则像小黑块一样悬挂在树枝上。不管是谁……不管是什么……在说话，现在都一定在监视着他，但是去面对那个东西总比慌慌张张地被树枝打晕要好。

那个声音听起来很不自然。他感觉到了肆行魔法的气息，还有些别的东西。它不是冥界生物——肯定不是。但是它可能是斯狄肯或者马格鲁之类肆行魔法元素的产物，是会吞噬生命的东西。萨姆现在很后悔自己没有认真看生日收到的那本书——莫晨所著的、有关束缚囚禁危险生物的书。

附近的树冠上传来沙沙的声音，萨姆再次紧张起来，他举起剑摆出防御的姿势。嫩芽非常不安，萨姆用膝盖顶着它让它平静下来。这个动作让萨姆一侧的身体感到疼痛，但是他并没有放松。

有某种东西在沿着树干移动——那里——不，是那边。它刚刚从一根树枝跳到另一根树枝，到了他的身后。也许不止一个……

萨姆焦急地搜索着，寻找可以用于攻击的咒印。但是他太虚弱了，而且腿上的伤口疼痛难忍。他没办法让咒印在头脑中停留。他想不起来自己需要的咒语是什么。

也许要用到七只法铃，他绝望地想，此时那个东西又开始动了。但是他不知道应该怎样使用法铃对抗亡者，更不懂怎么对付肆行魔法生物。他一想到要使用法铃进入冥界手就发抖。他也萌生出这样的想法：不管自己要面对的是什么，他都不会乖乖地受死。他也许很害怕，但他是王子，是塔齐斯顿和萨布莉尔的儿子，谁要取他的性命都必须付出高昂的代价。

“谁在找萨姆斯王子？”他高声说，声音穿透了黑暗的树林。“快出来，否则我就用咒语将你毁灭！”

“吓人的话留给别人听吧。”那个声音回答。这一次一双绿眼睛在萨姆头顶的树枝之间显现出来。“亏你运气好遇到的是我。你流的血足够把附近的僵尸都招来了。”

一只小白猫边说边从树上跳下来，他在低矮的树枝上缓冲了一下，然后小心翼翼地落到离嫩芽前腿不远的地方。

“莫格！”萨姆难以置信，疑惑地低头看着它：“你在这里做什么？”

“找你啊。”猫咪回答，“就算愚蠢的王子也该一眼看出来吧。阿布霍森忠实的仆人，正是在下。随时随地、全心全意准备好照顾小孩儿。快点下马生火，免得周围真的有僵尸。你带了吃的没有？算了，我不指望你有那么聪明。”

萨姆斯摇了摇头，并没有完全放下心来。莫格确实是阿布霍森的仆人，不过他是肆行魔法的产物，而且十分古老。他带着一个红色项圈，上面刻着咒契咒印，项圈上挂着一个小小的铃铛，咒契的力量通过这两样东西束缚着他。那个铃铛曾是禁锢者撒拉奈斯。自从凯瑞格被打败之后，束缚莫格的铃铛就换成了小小的岚纳，岚纳是安眠者，是七只法铃中的第一只。

萨姆斯很少和莫格说话，因为萨姆在阿布霍森宅邸里居住的时候，这个奇怪的猫形生物只醒过一次，那是十年前的事情了。他醒来只是为了偷吃塔齐斯顿新抓住的鲑鱼，完全没有理会旁边的七岁小男孩——他惊讶地看着那只“一直在睡觉”的猫把一条跟自己差不多大的鱼从银盘子里拖走。

“我真的不明白。”萨姆斯小声说，小心翼翼地从嫩芽背上爬下来，“妈妈让你来找我的吗？她怎么把你叫醒的？”

“阿布霍森并没有直接让我做什么。”莫格有条不紊地舔着爪子，抽空回答道，“我跟这个家庭联系在一起的时间太久了，我知道什么时候该去做什么事情。比如说当一套新的法铃出现，继任阿布霍森准备接受这份传承的时候，我就会醒过来，到法铃所在的地方。”

“但是，我醒来并不是因为这套法铃重新出现。”莫格继续说，开始舔另一只爪子了，“我在那之前就已经醒了。古国境内发生了一些事情。沉睡多年的东西开始蠢蠢欲动了，或者说是被唤醒了。它醒来的信号传到了阿布霍森宅邸，不管是什么东西醒了，总之它威胁到了阿布霍森——”

“你知道具体是什么吗？”萨姆焦急地打断他，“妈妈说她担心某些古老的邪恶力量在策划恐怖的事情。我以为是凯瑞格。”

“你是说你的叔叔罗吉尔？”莫格仿佛在说某个性情古怪的亲戚，而不是堕落成了恐怖的强大亡者的凯瑞格。“岚纳束缚着他呢，比束缚我还要严密。他沉睡在阿布霍森宅邸最深的地下室里。他会一直睡到时间的尽头。”

“啊。”萨姆松了口气。

“除非是那个开始苏醒的东西唤醒了他。”莫格若有所思地说，“现在你来说说，为什么去往拜里塞尔的轻松旅行会突然拐到这座森林里来。你想去哪儿？为什么要去？”

“我要去找我的朋友尼古拉斯。”萨姆解释说，他觉得莫格的绿眼睛在盯着他，寻找他藏在心底的理由。他躲开莫格的眼光，将枯枝落叶堆成一堆，然后在靴子上点燃了火柴。

“尼古拉斯是谁？”莫格问。

“他是安塞斯蒂尔人，我在学校时候的一个朋友，他完全不知道古国的情况，我很担心。他不相信咒契魔法——以及其他任何魔法。”萨姆说着，往火堆里加了一根大树枝，“他认为一切事物都有科学的解释，就跟在安塞斯蒂尔的各种原理一样。就算是我们在边境附近被亡者袭击了，他还是不接受任何魔法的解释。他很顽固，一旦认定了一件事，绝不会轻易改变看法，除非是你拿数学或者其他什么他能够接受的理论证明给他看。他在安塞斯蒂尔算是个大人物，因为他是总理的侄子。你大概知道爸爸妈妈现在去那边谈判了——”

“这个尼古拉斯现在在哪儿？”莫格突然插嘴，他闭上眼睛。在眼睛彻底闭上之前，萨姆能看到猫眼中反射的火光。他颤抖了一下，某些亡者生物的眼睛是不会反光的。

“他本来该在界墙那里等我，但是现在他已经穿过界墙了。至少他在信里是这么说的。他雇了一个向导，现在他在一个叫作闪电坑的地方挖某种古物，那个坑在去往拜里塞尔的半路上。”萨姆斯继续说，同时又往火里加了些大树枝，“我不知道究竟是什么古物，也不知道他是从哪儿听说的，不过那个地方似乎离边城很近，也就是爸爸妈妈认为敌人所在的地方。”

他忽然意识到莫格似乎没在听，也就闭嘴了。

“闪电坑，红湖边。”莫格小声说，他闭着眼睛，只剩下一条黑黑的缝隙，“国王和阿布霍森在安塞斯蒂尔，想防止大规模亡者的出现。界墙的另一边是继任阿布霍森的朋友，也算是个王子之类的人物。珂睐只看到大片的废墟，此外什么都看不到……这可不是开玩笑，而且这些事情也绝不是巧合。闪电坑，我没听说过这个名字，但是很耳熟……睡眠让我的记忆变得模糊……”

莫格的声音越来越轻，最终变得像是呼噜声。萨姆等着猫再说点儿什么，但莫格已经睡着了。

萨姆虽然不觉得冷，但还是颤抖起来，他又往火堆里加了些树枝，友善的火光让他感觉舒适。雨已经停了，也许根本就没有真正下起来过，只不过是温度降低了一些而已。但这对萨姆来说并不是好消息，他更愿意下大雨。就季节来说，过去几天那么热是有些不正常的，暮春时节，却像夏天一样热，而且从未下过真正的暴雨。也就是说，春季洪水很快就会退去。没有水流的屏障，亡者的活动会更加猖獗。

他再次看了看莫格，惊讶地发现他正用一只明亮的眼睛看着自己，而另一只眼睛却紧紧闭着。

“你是怎么受伤的呢？”猫喵喵地低声说，声音夹杂在篝火噼里啪啦的声音中。他好像已经知道了答案，但是还想证实一下。

萨姆脸红了，他低下头，双手不自觉地像祈祷一样握在一起。

“我和两个警察打起来了。他们以为我是役亡师。因为七只法铃……”他声音越来越小，然后咽了一口唾沫。莫格依然用那只颇有讽刺意味的眼睛看着他，显然是希望他继续说下去。

“我杀了他们。”萨姆低声说，“用死亡咒语。”

一阵很长的沉默。莫格睁开另一只眼睛，打了个哈欠，粉色的嘴巴里露出雪白的牙齿。

“傻瓜。比你爸爸还糟糕。内疚，内疚，内疚。”他边说边打哈欠，“你没杀死他们。”

“什么？！”萨姆大喊。

“你根本就不可能杀死他们。”莫格回答，来回滚了几圈，把树叶压得更舒服一些，“他们是皇室的仆人，对国王发过誓。他们受到国王的保护，当然也受到国王傻儿子的保护。顺便提醒你，其他无辜的人会被杀死。蠢死了，你居然用那个咒语。”

“我没多想。”萨姆呆呆地回答。得知自己不是杀人凶手，他彻底放松了。现在他甚至觉得有点儿生气，因为莫格把他当成一个傻乎乎的小学生。

“是啊。”莫格表示同意，“你根本就没动脑子想过。如果他们死了，你会感觉得到。你可是继任阿布霍森，但愿咒契能帮助我们。”

萨姆斯生气地瞪了他一眼，但是他觉得猫说的没错。他没有感觉到那两个警察的死。莫格依然在看着他，眼睛依然眯着，显然是非常怀疑地打量着萨姆。

“龙生龙，凤生凤。”猫小声说，“有其父必有其子——”

“什么？”

“嗯，我在思考。”莫格小声说，“你也试试吧。明早记得叫醒我，可能会很困难。”

“是的，阁下。”萨姆尽可能带着讽刺的语气。但是莫格全然不为所动，大概是真的睡着了。

“我不明白，为什么爸爸总说你狂妄呢？”萨姆又说，他伸直了腿检查绷带。剩下的话他没说，那是他七岁的时候，刚刚进安塞斯蒂尔的学校学习，他指着《穿靴子的猫》上的插画大声重复爸爸曾经对萨布莉尔说过的话："你那只该死的猫太狂妄了。"

那是他第一次在墙角罚站。"该死"这种词对于索恩小学的年轻绅士们来说是不可容忍的。

莫格没有回答。萨姆朝他吐吐舌头，然后用没受伤的腿支撑着，将一个烂树桩扔到火堆里。树桩能一直烧到天亮，但是为了以防万一，他又折了一些干树枝放在自己周围。

然后他躺下来，把剑握在手里，把嫩芽的马鞍垫在脑袋下面。今天晚上很温暖，不需要盖斗篷，也不需要盖那臭烘烘的鞍鞯。嫩芽在一旁打瞌睡，马蹄上的脚绊防止它因为紧张而跑掉。莫格睡觉在萨姆旁边，样子不像猫，倒像只猎狗。

萨姆觉得自己应该醒着守夜，但是他根本没法一直睁着眼睛。再说，他们现在在古国的核心地区，距离拜里塞尔很近。至少最近十年都很太平，能有什么危险呢?

有很多危险，萨姆心想，他努力和睡意战斗，夜晚的森林里有无数细小的声响。他被莫格故弄玄虚的言辞搞得很迷糊，但还是警惕着潜在的危险，并且把这些危险和周围的声音对应起来，最终睡意战胜了他，他睡着了。

透过树冠的第一缕阳光照在他脸上，他醒了。篝火还没有熄灭，烟雾弥漫。他站起来，结果烟雾换了个方向，吹到他脸上。

莫格还在睡觉，他蜷成一个白毛球，几乎埋在树叶里了。

萨姆打了个哈欠，努力站起来。他忘了腿上还有伤，结果腿有点儿发僵，立刻摔倒在地，疼得他叫出来。嫩芽被吓了一跳，在脚绊允许的范围内跑得远远的，不停地眨着眼睛。萨姆赶紧安慰它，靠着一根结实的树枝支撑自己。

莫格还在睡觉，萨姆重新包扎了伤口，又施放了一个小咒语减轻疼痛，防止感染。莫格依然没醒。萨姆起身拿出面包和牛肉干，凑合着吃了一顿早餐，猫依然没醒。

吃完之后，萨姆把嫩芽洗刷了一番，套上马鞍。接下来就只剩下熄灭篝火了，他觉得现在自己可以继续容忍莫格的嘲讽了。

“莫格！起床啦！”

猫没动。萨姆弯下腰，靠得更近了一些，又大喊道：“起床啦！”但莫格连耳朵都没动一下。

最终他伸手轻轻戳了戳猫的项圈。除了咒契魔法和肆行魔法的震动和相互影响外，其他什么都没发生。莫格还在睡。

“该拿你怎么办呢？”萨姆说。他低头看着猫，这个冒险/营救行动已经失去控制了。这才是离开拜里塞尔的第三天而已，他已经偏离了大路，受了伤，和一个奇怪且有可能极度危险的肆行魔法生物做伴。他刚才的问题又引出另一个他一直想要逃避的问题：现在他该怎么办?

这两个问题都没有答案，片刻后，熟睡的猫丢给他一个模模糊糊的答案。

“把我放在鞍袋里。等你找到好吃的再叫我。最好是鱼。”

“好吧。”萨姆耸耸肩回答道。把猫抱起来又不碰到伤腿真的很困难，但是他总算做到了。他一只手抱着莫格，小心翼翼地把他放进左边的鞍袋，确定没有和法铃以及《亡者之书》在一起。他不喜欢将三者放在一起，这并没什么特别的理由。

最终，莫格被安全地放好了，头刚好从袋子里伸出来。

“我要往西走，穿过这片森林，然后穿过开阔的田野去达辛德尔森林。”萨姆边说边整理好马镫，并套上靴子，准备上马。“我们取道辛德尔森林去瑞特林，一直往南走，找一条船去奎尔。到奎尔之后离边城就不远了，说不定我们半路上就能找到尼克呢。这个计划不错吧？”

莫格没有回答。

“我们要在森林里走一天多。”萨姆继续说。他用尽全力准备上马。他很想把自己的计划说出来——这样感觉比较真实理性，尤其是现在莫格睡着了，不会对他冷嘲热讽，“等我们离开森林，我们就去找个村子，或者找个烧炭人的营地。他们会给我们一些必需品，然后我们就往辛德尔森林走。说不定路上还有伐木工什么的。”

他不说话了，忍着疼痛翻身骑上马。他的腿伤比昨天好多了，但也没有完全好。他现在还是觉得有点儿晕，有点儿头重脚轻。他必须小心行事。

“顺便说一下，”他边说边踢踢嫩芽，让它走起来，“昨天晚上你表现得好像知道尼克在找的闪电坑是什么。你不喜欢那里，但是后来你就睡着了什么都没说。我在想，这件事是不是和那个役亡师有关——”

“役亡师？”一个气愤的声音立刻冒出来。莫格从鞍袋里钻出来，趴在萨姆前面四下张望，他的毛都竖起来了。

“呃，役亡师不在这儿。我只是说你昨晚说的闪电坑的事情会不会和戴面具的克萝尔有关，或者是别的役亡师，就是……和我作对的那个。”

“哦。”莫格不高兴地哼了一声，钻回到鞍袋里。

“喂，跟我说说！”萨姆说，“你不能整天都睡觉啊！”

“为什么不能？”莫格说，“我能睡一整年。尤其是在没有鱼的时候。我看出来了，你没抓到鱼。”

“闪电坑里到底有什么？”萨姆追问，他轻轻拉了拉缰绳让嫩芽往西走，那边的路更好走一些。

“我不知道。”莫格轻声回答，“但我不喜欢那个名字——闪电坑。难道是个闪电很集中的地方？总不可能是——”

“什么？”萨姆说。

“可能只是巧合。”莫格粗声粗气地回答，再一次闭上了眼睛，“说不定你朋友只是去了一个闪电出现得比较频繁的地方。总之，那个地方有某种力量正在活动，那种力量肯定讨厌一切和咒契、皇室血统和咒契石相关的东西。我闻到了阴谋的味道，策划很久的阴谋，萨姆斯。我一点儿都不喜欢。”

“那我们该做些什么？”萨姆紧张地问。

“我们必须找到你的朋友尼克。”莫格小声说，然后又昏昏欲睡了，“在他找到那个东西之前……无论他找的是什么。”

第三十二章

亡者迫近，则寻奔流之水

受到莫格这个不祥预感的影响，萨姆不断催促着嫩芽——那天下午，他们离开了计划中那条无名小径，穿过农场附近连绵的绿色山丘。这是古国中部平原，分布着很多村庄和农场，到处都有羊群，平原一直往西延伸，与埃斯特维尔和奥蒙德交界，从辛德尔一路往南直到距雅尼尔都杳无人烟，长达二十里格的瑞特林河道蜿蜒曲折，勾勒出东部边界的轮廓。这个地区人口在混乱时期曾一度锐减，不过塔齐斯顿即位后又迅速发展起来。不过这一带的人口数量依然不及古国的鼎盛时期。

考虑到之前的伪装已经不能用了，萨姆去除了变成旅行者的咒契咒语，恢复了本来面目。嫩芽本来就很普通，而且它的腿已经沾满了泥巴，不需要伪装了。萨姆大汗淋漓，穿着脏兮兮的衣服，也看不出究竟是什么身份了。他还给自己准备好了一套说辞，一旦受到盘问，他到时候就会说自己是拜里塞尔商会卫兵队长的小儿子，现在要去北边查塞尔投靠一位表亲，那边的人可能会雇他当护卫。

他还重新包扎了伤口，换了一条新裤子，这样就能掩盖受伤的腿，不至于一眼被看出来。但是瘸腿却没法掩盖，瘸腿又不像帽子那样容易改变，对于后者，只需要把帽子边缘割掉一截就可以了，虽然不怎么体面，也不太能遮阳了，但是也更不引人注意了。

离开森林后不久，他们进入了一个村子——甚至可以称为一个营地。村里只有七栋房子。离村子不远处有个咒契石，萨姆能感觉到，它就在屋后的某处。他试图找到这个咒契石，这样就能借助它的力量施展一个更强的治愈咒语，但是这样的话村民们就会注意到他。

这个村落没有旅店。舒服的床铺是不能指望了，一个女人赶着一辆装满了货物的马车去集市上售卖，萨姆设法从她那里买到了比较新鲜的面包，刚煮好的兔子和几个又小又甜的苹果，这些全部是农家自产的东西。

莫格全程都在睡觉，他躲在轻轻系起来的鞍袋盖子下面，这样也挺好的。万一有人问起来，萨姆真不知道要怎么解释自己带着一只猫骑马。最好还是不要让人注意到他吧，免得激起别人的好奇心。

天已经完全黑了，萨姆一路骑行，马不停蹄，结果嫩芽走到了一片烂泥里了。他用契咒召唤出一点点光亮，借着这微弱的光亮，他们找到一个草垛可以暂时躲避。莫格睡得很沉，完全不知道自己被从鞍袋里挪出来了，也没听见一人一马努力刷掉身上泥巴的声音。

萨姆想叫醒莫格再问问闪电坑的事情，但是束缚莫格的那只法铃法力太强大了，只要猫咪有一点儿想醒来的意思，它就会发出柔和而甜美的低音，催人入眠。萨姆靠近的时候也会受到岚纳的影响而变得昏昏欲睡，他只好打消了自己的想法，以很别扭的姿势躺在猫旁边睡了。

第二天和头一天的情况差不多。由于只是睡在薄薄的草堆上，萨姆能够早起也不奇怪了。一路上他催着嫩芽，以它不喜欢的速度快速前进。

他在路上倒是没碰到多少人——那条路其实并不比车辙宽多少，不知道能不能称为“路”。为了不被人发现，他很少和别人交谈。他买了食物，又问了走哪条路穿过辛德尔森林去瑞特林最好，无论做什么，他都尽量少说话。

他在某个村子里停留了片刻，他只是要给嫩芽买点儿谷物，顺便给自己买点儿洋葱和防风根。这时候两个巡警忽然走过来，还好他们没有停下，只是在路过的时候朝他点点头，然后继续往东走了。很显然，“疑似役亡师的人出没”或者“王子失踪”这种传闻还没传到这里来，也可能他看起来既不像王子也不像役亡师。但不管是哪种情况，萨姆都觉得很庆幸。

更重要的是，旅途虽然劳累但是还算平安。萨姆一路上都在想尼克、想父母、想自己的缺点。思绪千头万绪，最终又绕回到敌人身上。他越想越觉得一定是那个袭击了自己的役亡师策划了目前的这些事件。那个役亡师很强大，他在抓住并控制萨姆的时候已经展示出了强大的实力。

萨姆再次思考了自己应该做的事情，又预想了一下将要发生的事情。他脑子里闪过无数可怕的场景，但就是想不出一个好的行动方案，以防这些想象中的场景变为现实。每天他都会胡思乱想，设想各种可能性。每天他都越发清晰地意识到，尼古拉斯会在闪电坑里找到很不好的东西。他说不定会就此丧命。

在他遭遇那两个巡警之后的第四天，萨姆站在一片牧草丰茂的山丘上，俯瞰一片古老森林绿色的边界线，那里就是辛德尔森林了。辛德尔森林宽广、幽暗，树木遮天蔽日，比他遇到莫格的那片小树林茂密得多，树木也高大得多。萨姆仔细观察，根本看不到林子里有供人行走的路。

萨姆眼睛盯着森林，但他的思绪却飘到了远方。他现在特别关心尼古拉斯的情况，《亡者之书》和七只法铃的存在也沉沉地压在他心头。所有这些事情似乎都紧密地联系着，现在看来，萨姆营救尼克最大的希望——如果尼克真的遇到了麻烦——在于他掌握作为阿布霍森的技能。如果尼克被敌人控制了，敌人很可能拿他来要挟安塞斯蒂尔的首相，破坏萨布莉尔和塔齐斯顿阻止南方难民被屠杀的计划，这就意味着，大量的亡者即将到来，古国将会面临一场灾难，而且……

萨姆叹了一口气，看了看鞍袋。他的想象力已经超出了他的控制。不管实际上会发生什么，他都必须尽最大努力去读那本书，这样他才能拯救其他人，而不是一头扎进灾难里，成为一个白白送命的傻瓜。

当然，莫格也可能在撒谎。萨姆有点儿怀疑莫格，在他记忆中，要是没有阿布霍森同行，这只猫从来不会离开宅邸。萨布莉尔不可能带莫格去安塞斯蒂尔处理外交事务，也许她允许莫格自由出入宅邸。但是萨布莉尔有个控制肆行魔法生物的指环，要是莫格脱离束缚了，那个指环就会有所反应。如果作为莫格本体的那个生物被释放了，它肯定会杀掉阿布霍森——目前看来，就是萨姆了。萨姆没有那个指环，萨布莉尔肯定不会让莫格出来的。

也许，正是因为她现在不在古国，在界墙另一边的安塞斯蒂尔，所以莫格才可以自由行动。

也许，莫格被敌人收买了，他现在正在陷害萨姆斯……

他一边想着各种恐怖的情况，一边催促嫩芽走最近的路下山。冷气忽然沿着脊背袭来，萨姆忍不住有些发抖。与此同时，他意识到自己被监视着。有亡者正盯着他。

自幼就熟记的那首古老歌谣出现在萨姆的脑海里：

亡者迫近，则寻奔流之水，
临水处，往生者驻足难前。
湍急水流，抑或幽深湖泊。
抵御亡者，寻求庇护。
若流水无效，亦可用火。
二者皆去，大难临头。

歌谣从脑海中闪过时，萨姆看了看太阳。离天黑还有一个小时。他寻找流水——一条河或者一条小溪——他看到在靠近森林边缘的地方，阴影中有些银色的亮光，可惜距离远了一些。

他驱赶嫩芽往那个方向走，内心升起的恐惧传递到他的肌肉里。虽然看不到亡者，但是它们肯定就在不远的地方。他感觉到冥界的气息如同又湿又冷的手爪一般贴在他的皮肤上。它们肯定很强大，甚至敢到太阳底下来冒险。

萨姆的双膝猛地用力一夹，催促嫩芽拼命逃跑。他们沿着坑洼不平的地面朝山下奔去。要是嫩芽摔倒了，他就会被困住，然后被亡者轻松抓住……

不——最好不要想这种事。他又看看周围，橙色的太阳发出金红色的柔和的光，低低地挂在天上。亡者就在他身后的某个地方……不……现在就在他的右边。

当他意识到周围有不止一个亡者的时候，萨姆越发恐惧了。它们可能是影手卒，潜藏在岩石之间的阴影中，如果它们不跳出来发动袭击的话根本就看不到它们。

他把手伸到后面，在鞍袋中摸索。如果他不能及时到达流水的位置，就只能靠七只法铃来打败这些影手卒了。但是胜算渺茫，因为他不知道怎么正确使用法铃，说不定影手卒能轻易打败他。

一个亡者手卒开始动了，那个东西行动很敏捷，萨姆吓得心跳都加快了。它就在萨姆旁边，然而萨姆却看不到它，即使周围的阳光还算明亮。

他抬起头。一个黑影盘旋在他头顶，恰好在弓箭的射程之外。另外还有一个黑点儿，位置更高一些。

它们根本不是影手卒，而是血鸦。既然已经有两只出现了，周围肯定就还有更多。血鸦总是成群出现的——准确地说是成批制造出来的。役亡师将普通乌鸦经过特定仪式杀死，然后给它们注入来自同一个亡者的灵魂碎片，就能做成血鸦。因此它们受到单一一个心智的引导，而那些腐烂的肌肉和羽毛则被肆行魔法的力量控制着，它们靠数量取胜。

萨姆扫了一眼地平线，周围只有这两只血鸦。显然那个役亡师不愿浪费力量控制一大群血鸦。只要不是成群结队，血鸦就很容易被消灭。随手一剑就能轻松消灭一只，但若是上百只血鸦同时进攻，就算是很厉害的战士也不可能抵挡得住，它们会用尖利的喙啄人的眼睛和脖子。

血鸦很少出现在阳光下。因为驱动它们的咒语会迅速被光和热消磨掉，就连它们的身体也会很快被风吹干。

除非……萨姆突然想到了，除非这里确实只有两只血鸦，它们两个平分了一个亡者的灵魂，注入其中的亡魂足以让数百只血鸦活动起来。如果是这样的话，就不难解释它们为什么能抵挡住阳光的照射，久久在空中盘旋了。它们能做的事情也不只是胡乱地攻击了。

它们还能监视，萨姆的心情有些沉重。这两只死鸟都没有靠近他。它们远远地看着他，慢慢地兜圈子，很可能是准备在太阳落山后让别的亡者对他进行突然袭击。

仿佛是看透了他的心思一样，其中一只血鸦——离得比较远的那只——发出一声嘲笑般的刺耳叫声，调头往南飞去，几根腐烂的羽毛在它扇动翅膀时落下来，他显然是靠魔法飞行的，而不是靠翅膀的力量。

它看起来很像是个信使，为它做掩护的同伴依然停在高空中紧跟着萨姆，使他无所遁形。

萨姆很想用个咒语消灭那只在上方监视自己的血鸦，它显然是被很仔细地控制着。但是，他很快打消了这个鲁莽的念头，他因为腿受伤了，现在依然很虚弱。他必须保存实力才能度过漫漫长夜。

萨姆一边警惕着空中的黑影，一边催促嫩芽往前走。那条河流似乎和他想象中的不太一样，但还是能够提供一些保护。萨姆犹豫片刻之后，把铃带掏出来佩戴好。七只法铃的重量连同它们的力量一起沉重地压在他胸前，令他呼吸急促。但是万一发生了最坏的情况，他至少可以尝试用力量较弱的那几只铃，他妈妈曾教过他如何使用威力较小的法铃，内容不多，只是正式学习前的启蒙。至少他敢拿起岚纳，因为不必担心被活生生地拖进冥界。

一个声音在他脑海深处说，现在把《亡者之书》翻出来学点阿布霍森的技能还不算晚。但是对于亡者的恐怖还不足以促使萨姆去看那本书。他怕自己一读这本书就被抓进冥界。他唯一知道的是，最好在现世打败亡者，不要跑到冥界去和它们对抗。

萨姆听到自己身后传来一声轻笑，那种闷闷的笑声听起来不像莫格发出的。他下意识地握紧腰际的剑，转身向后望去，但是身后什么也没有，根本没有人。只有猫在鞍袋里睡觉，《亡者之书》静静地躺在另一边。萨姆终于松了一口气，他的掌心里已经满是汗水，手也抖个不停。他松开剑柄，他再次看着那条河流。如果河床平缓，他会尽可能一直沿着河走，能走多远走多远。如果运气好，这条小河说不定会汇入瑞特林河。那条河水势浩大，水流湍急，就算高等亡者也不能轻易逾越。

一个神秘的声音忽然在他脑海里告诉他，他可以从瑞特林弄到一条船，可以乘船去往阿布霍森的宅邸。那里很安全，不会受到亡者的攻击，也不会受到其他任何东西的攻击。而另一个声音则在质问，那尼克出事了怎么办？爸爸妈妈出事了怎么办？古国有危险了怎么办？接着那两个都声音都消失了，萨姆专心引导嫩芽走下山坡，来到那条应该会安全的河边。

·

当最后一丝阳光被暮色和树木的阴影吞没之后，萨姆也看不见血鸦了。但是他能感觉到亡者的灵魂就在空中回旋，而且越来越低了，有了黑夜的掩护它更无所畏惧了。

但是它还没有嚣张到胆敢靠近萨姆那个有流水环绕的临时营地。令人失望的是，春季洪水已经退去了不少。那条小河只有三十尺宽，浅得可以涉水而过。但它还是有点儿用的，萨姆在河的中心位置找到一块陆地——或者说只是一个小小的沙洲，被水流环绕着。

他已经生了火，反正血鸦在天上盘旋也没地方可躲。他只好尽可能让自己的营地安全一些，最好是制造出一个守护屏障，把自己、嫩芽和篝火都保护起来。

要是有足够的力量这么做就好了，萨姆边想边让嫩芽站在原地。他又想了一下，还是把铃带取了下来，这东西越戴越难受。然后他一瘸一拐地在嫩芽面前站好，摆出念咒的姿势，抽出剑握在手里。他保持着这个姿势，深呼吸了几次，尽可能吸入更多的氧气。

然后他选出制作保护屏障所需的四个红色咒契咒印。这些符号从永不停止的咒契之流中浮现出来，在他脑海中成形。

他把咒印保持在脑海里，然后用剑在自己面前的沙滩上勾画出第一个咒印——东方咒印。完成之后，他脑海中的东方咒印像金色的火焰一样沿着剑滑下来。金色的光亮占据了沙滩上的那个印记。

接着，萨姆一瘸一拐地走到嫩芽身后，画出南方咒印。当这个咒印闪耀起来以后，一道黄色的火光从东方咒印延伸出来，连接起南方咒印，形成一个牢固的屏障，无论亡者还是其他危险的东西都无法通过。萨姆咬紧牙关坚持着，全神贯注，无暇看一眼自己的成果，如果他现在中断，屏障就无法完整。

萨姆此前多次制作过保护屏障，但那时候他都没有受伤，也不觉得这么累。当最后一个北方咒印闪耀起来的时候，他终于松了一口气，把剑一扔，躺到潮湿的沙地上。

嫩芽很好奇地转头看着他，但是没有走动。萨姆觉得自己应该用个咒语禁止她移动，免得她跑到屏障外面去，但是嫩芽根本没动。说不定她闻到血鸦的味道了。

“我想我们是遇到危险了吧？”一个声音打着哈欠在萨姆斯旁边说。他坐起来，看到莫格从火堆旁的鞍袋里爬出来，鞍袋旁边还有一堆不太容易燃烧的潮湿木头。

萨姆点点头，他一时说不出话来。只能指指天上，天空中已经出现了几颗星星，还有一大片雪白的马尾云。南边有一点儿乌云，夹杂着遥远的闪电，但是没有要下雨的迹象。

血鸦已经看不见了，但是莫格似乎知道萨姆指的是什么。这只猫咪用后腿站起来嗅了嗅，抬起爪子拍死了一只准备吸萨姆血的超大的蚊子。

“血鸦。”他说，“只有一只，可真奇怪。”

“它一直跟着我们。”萨姆说，他又打掉几只落在自己额头上的蚊子，“本来有两只，其中一只飞走了，应该是往南方飞去了，可能是去接受新的命令。该死的蚊子！”

“有个役亡师在那边忙活着。”莫格表示同意，他嗅着空气中的味道，继续说道，“我猜想，他……也可能是个女役亡师……正在到处找你。会不会只是凑巧路过呢？”

“是之前抓住我的那个吧，是不是？”萨姆问，“我打板球的时候，他就知道我在什么地方……”

“有可能。”莫格回答，依旧盯着夜空，“现在应该不会再有血鸦过来了，比较弱的役亡师也不敢来招惹你，除非他背后还有更厉害的势力。当然这些血鸦确实有些太嚣张了。你给我抓鱼了没有？”

“没有。”萨姆回答，话题换得太快，他有点不适应。

“你真是不懂事。”莫格抱怨起来，“只能是我自己去抓了。”

“不！”萨姆大叫一声站起来，“你会打破守护屏障的！我没力气再做一个了。啊！我要灭了这些蚊子！”

“我不会打破的。”莫格说着，来到西方咒印边上，小心地吐出舌头。咒印变成白色，萨姆觉得一阵目眩。当他再次看清楚的时候，莫格已经到了屏障外面，跳进水里去了，他一只爪子抬起来，好像正在抓鱼的熊。

“你就显摆你的本事吧。”萨姆小声说。他不知道莫格是怎么出去的，反正屏障没有遭到破坏，充满魔法的火焰线依然在各个咒印之间没有间断。

要是屏障也能隔绝蚊子就好了，萨姆心想。他又打死了好几只叮自己脖子的蚊子。他突然微笑起来，他想起自己行李中还有一样东西……

他从鞍袋里把那个东西拿出来的时候，西方咒印又闪了闪，莫格回来了，嘴里还叼着两条鲑鱼。它们的鳞片在火光和咒印光芒的照射下反射出彩虹般的色彩。

“你把这条弄熟了吃吧。”莫格把小点儿的那条丢在火堆旁，“那是什么？”

“送给我妈妈的礼物。”萨姆自豪地回答。他说着，放下那个装饰有珠宝的机械青蛙，这只青蛙还有一对青铜羽毛做成的翅膀，“一只飞行青蛙。”

莫格饶有兴趣地看着萨姆轻轻碰了碰青蛙的背，它立刻闪耀起咒契魔法的光芒，内部的机械装置被激活了。它金箔做的眼睑往后滑动，睁开一只绿松石制成的眼睛，接着另一只眼睛也睁开了。然后它拍拍翅膀，青铜羽毛咔咔作响。

“很精美。”莫格说，“它有什么用呢？”

青蛙自己回答了这个问题，它飞到空中，伸出一条灵活的红色舌头，抓住了好几只蚊子。它不停拍打翅膀，盘旋飞行着，吞掉了更多的蚊子，然后回到地上落在萨姆脚边。

“它会抓虫子。”萨姆非常满意地说，“我觉得它能帮上妈妈的忙。因为她经常要在沼泽之类的地方消灭亡者。”

“做得很好。”莫格看着飞行青蛙再次飞起来盘旋追逐自己的猎物，“这是你自己发明的？”

“是的。”萨姆简单地回答。他以为莫格又要评论一番，但是猫咪没说话，只是默默看着青蛙灵活地飞行，他的绿眼珠随着它的动作儿转动。然后猫的目光又落在萨姆身上，萨姆觉得一阵紧张。他本想看着莫格的绿眼睛，但最终还是看向别处去了——这时候，他忽然意识到周围有亡者了——很多亡者，正往这边赶来。

莫格显然也感觉到了，他跳起来，喉咙里发出“嘶嘶”的声音，脖子后面的毛都竖立了起来。嫩芽也闻到了亡者的气味，不停地发抖。飞行青蛙落到鞍袋上，自己爬了进去。

萨姆看着周围。月亮被云层盖住了，河面反射着星光。他能感觉到亡者就在树林里，但是古老树木的枝条纠缠在一起，林子里一片漆黑。他什么也看不见。

透过潺潺的流水，他能听见拨开树枝以及树枝断裂的声音，偶尔还有沉重的脚步声，不管来的是什么东西，至少其中一部分具有物质形体。其中肯定有影手卒，可能还有行尸或者殁督，或者其他较弱的亡者。至少在目前他还感觉不到更强大的力量。

不管它们是什么，对方至少有十几个，它们从河流两面夹击而来。萨姆忘了劳累和伤痛，马上跳起来，绕着屏障边缘检查咒印。这条河既不宽也不深，只能吓唬一下亡者，屏障才能提供真正的保护。

“到黎明前，你可能需要更新咒印。”莫格看他检查屏障时说，“咒印做得不太好。你施咒之前该睡一会儿的。”

“怎么敢睡呢？”萨姆小声说。他本能地压低了声音，仿佛怕被亡者偷听一样。其实它们已经知道他在这里了。他能闻到亡者的味道——肉体腐烂的臭味和坟墓泥土的味道。

“它们只是手卒。”莫格看着周围说道，“你的屏障应该就能抵御它们。”

“你怎么知道的？”萨姆问。他擦了一把额头上的汗水，顺便碾死了几只蚊子。

他觉得现在自己已经看到那些亡者——高大的身影出现在深黑的树干之间。那些亡魂，被役亡师的意志强行拉回现世，迫使它们栖于尸身之内。它们拖着恐怖骇人的躯壳，已经没有了智力和人性，只剩下非人类的力量以及对业已失去的生命的渴望。

萨姆的生命。

“你直接走过去把它们都送回冥界就好了。”莫格建议道。他开始吃第二条鱼。萨姆不知道它是什么时候把第一条鱼吃完的。

见萨姆不说话，莫格又狡猾地补充了一句：“你妈妈就会这么做。”

“我又不是我妈妈。”萨姆回答，他觉得嘴里很干。尽管能感觉到七铃就在沙地上召唤着自己，他也没有要去拿起七铃的意思。它们想要被用来对抗亡者，但同时它们本身也是很危险且难以控制的，绝大部分都难以控制——至少用起来也是很麻烦。他可以用基佰司让亡者回到冥界，但是谁又能保证他不会一起被送入冥界呢？

莫格突然说：“是行路者选择路，还是路选择行路者？”他的绿眼睛再次紧紧盯着萨姆汗津津的脸。

“什么？”王子心不在焉地问。他妈妈曾经说过这句话，但无论是当时还是现在，他都不明白这句话的意义，“这句话是什么意思？”

“意思是说，你根本就没把《亡者之书》读完。”莫格的语气挺奇怪的。

“嗯，确实还没。”萨姆徒劳地解释，“我会读的，只是……”

“也就是说，我们真的有麻烦了。”莫格打断了他。这只猫咪盯着黑暗深处，“我以为到了现在，你至少知道该怎么保护自己了！”

“你在看什么？”萨姆问。他能听见上游传来一些声响，还有树木突然折断和岩石掉进水里的声音。

“影手卒来了。”莫格冷冷地说，“有两个，藏在树丛里。它们在指挥别的手卒修水坝。我估计等水流被阻断了它们就会开始进攻了。”

“我希望……我希望我是个合格的阿布霍森。”萨姆低声说。

“嗯，你这个年纪，确实应该成为一个合格的阿布霍森了。”莫格说，“但是我觉得我们现在还是做些你懂的事情吧。顺便问一下，你的剑呢？没有附加咒语的剑不能打败影手卒。”

“剑留在拜里塞尔了。”萨姆犹豫了一下才说，“我不想……我不知道自己在做什么。我知道尼克遇到了危险，但没想到会这么危险。”

“这就是作为王子要面对的问题。”莫格说，“你总觉得所有事情都应该给你准备好。要么就是像你姐姐一样，觉得凡事必须自己动手才行。我真不知道你们两个究竟能有什么用。”

“现在我能做什么？”萨姆虚心地问。

“在水流被截断之前我们还有点儿时间。”莫格回答，“你试着给这把剑附上魔法。你会做飞行青蛙，这肯定难不倒你。”

“好的。”萨姆迟钝地说，“我知道怎么做了。”

他将注意力集中到剑上，寻找主宰锋利和拆解的咒印，前者可以击溃腐败的肉体，后者则能够破坏亡者精神。

他努力让咒印进入剑身，它们像油一样缓缓从金属表面流过，然后没入钢铁中。

“很熟练嘛。”莫格露出赞许的神色，“让人惊讶啊。你让我想起——”

不管他想起了什么，都被夜幕中一声可怕的尖叫声打断了，随之而来的还有乱七八糟的水声。

“是什么？”萨姆说着，走到北方咒印旁边，他握着刚刚附上咒语的剑以防万一。

“亡者手卒而已。”莫格幸灾乐祸地笑了一声，“掉进水里了。控制这些亡者的人一定离得很远，就连影手卒都又弱又迟钝。”

“那就是说，我们可能还有胜算。”萨姆小声说。亡者们修建的水坝没怎么影响到河流，守护屏障也还很明亮，说不定能平安撑到早上。

“胜算挺大的。”莫格说，“今晚应该还好。但是还有明晚，在我们到达瑞特林河之前还有好几个晚上。那又怎么办呢？”

萨姆思考着，这时候，那个尖叫着掉进水里的亡者手卒忽然撞上了防护屏障，森林的夜色中闪现出一片银色的火花。

第三十三章

逃向河流

黎明终于慢慢地降临到了辛德尔森林，晨光照耀到树冠上，穿过枝叶的间隙照射下来。当它最终照到树林底层时，已经损失了很多热量，化为淡淡的绿色微光，并没有彻底将黑暗消除。

萨姆等了好久才等到阳光照到他所在的那小片沙洲。篝火早就烧尽了，莫格说的没错，在黎明前，萨姆更新了一次防护屏障的咒印，他真没想到自己会有这么大的潜力。

等到太阳完全升起，白昼彻底取代了黑夜。由于亡者在上游建造水坝，河水几乎干涸见底了。六具焦黑变形的尸体倒在沙洲周围，当亡者接触到防护屏障时，咒契瞬间便会毁掉尸身内寄居的亡魂，只剩下无用的躯壳。

萨姆眼睛里布满血丝，疲倦地看着它们，阳光照着这些腐臭的残骸。他觉得那些亡者的灵魂正像蛇一样从皮肤底下爬走，但他仍然无法放心，萨姆不确定在昨晚的自杀式袭击中，它们是不是都被消灭了。也许其中有一个还在挣扎，忍受着阳光的炙烤，努力积蓄力量，只等着萨姆一时大意跨过屏障。

他感觉到周围依然有亡者，可能是影手卒，它们会藏在兔子洞、水獭洞里躲避阳光，或者躲到岩石下面藏起来，那是它们应该待的地方。

阳光照亮了整条河，萨姆感觉到亡者的气息消失了，然而血鸦还在高空中盘旋。他松了口气，伸个懒腰，活动了一下因为整夜握剑而酸痛的胳膊，又舒展了一下受伤的腿。他累坏了，但还活着——至少又活了一天。

“我们最好快点儿走。”莫格说。这只猫基本上整夜都在睡觉，亡者手卒整夜都在攻击防护屏障，不断发出撞击声而且不断地冒出火花，这都没有吵醒莫格。直到现在，他还是一副昏昏欲睡的样子。

“如果血鸦犯傻靠近，就立刻杀了它。”莫格打了个哈欠说，“这样我们才有机会逃跑。”

“我拿什么去杀它？”萨姆疲倦地问。就算血鸦靠近，他也累得施放不出咒契咒语了，而且他手边也没有弓。

莫格没回答，他已经在鞍袋里蜷成一团再次睡着了，只等着有人把他放到嫩芽背上。萨姆叹了口气，强迫自己努力给嫩芽装上马鞍。尽管累得要命，他的脑子里依旧想着血鸦的问题。莫格说的对，只要血鸦还跟着他们，亡者就能轻易找到他们。说不定下一次就会遇到高等亡者了，还可能是殁督，或者是数量更多的低级亡者。萨姆至少还要在森林里度过两个晚上，他只会越来越虚弱，越来越疲劳。他说不定连新的防护屏障都做不出来了。

他低下头，看了看干涸的河床和其中无数漂亮的鹅卵石，心想：我可以在石头上附加一个精确命中的咒印，然后用换洗的衬衣做个投石器。他知道如何使用投石器。贾尔·欧仁当初热衷于指导姐弟俩使用各种武器，其中就包括投石器。

这是数天以来萨姆第一次露出笑容，他忽然不觉得累了。他看了看天上，血鸦盘旋的高度明显比昨天低了，它似乎坚信，萨姆在没有弓的情况下不可能伤害到它。距离已经不远了，附加了咒印的石头完全能够命中，并击落它。

萨姆笑着跪在地上悄悄捡起了几块大小差不多的石头，又从他的另一件衬衣上扯下袖子来。他决定让血鸦再跟踪一会儿，好让它们放松警惕。它很快就要为监视古国的王子而付出代价了

河水冲垮了堤坝，河水涌入河道，水势仿佛比之前还要湍急。萨姆牵着嫩芽沿着河床往西走，直至这条河汇入另外一个更大的河流。此时，他可以选择往上游的东北方走，也可以往下游的西南方走。

他在河流交汇处停下来，踌躇不前。他躲在嫩芽身后给石头加上咒印，然后把石头放在临时做成的投石器上。血鸦看到他停下来，于是飞得更低以便看清他究竟选择哪个方向。它显然有些忌惮大河中的流水，也许还认为萨姆会原路返回呢。

萨姆等到它盘旋到最低处，然后从嫩芽身后走出来，挥动投石器在头顶绕了几圈，等到时机合适，他大喊一声“啊”，石头应声飞了出去。

由于毕竟是个智商很低的冥界生物，且被阳光照耀着，因此它来不及做出反应，笔直地撞上了朝它飞来的石头，随着一声爆炸

声，它的羽毛掺杂着骨头和腐烂的肉，四散坠落。

萨姆十分满足，也非常高兴，他看着那个恶心的生物坠落下来。一团团残破的羽毛落入流水中，它躯体中的死者灵魂碎片瞬间回到了自己该去的地方。而且它会把另一半灵魂碎片也拽回冥界。这样很好，任何共享了这个灵魂的血鸦，无论在哪里，都不能再行动了。

这只血鸦被击落之后，萨姆感觉不到四周有亡者存在了。幸存的那些影手卒早就藏起来了。在远处控制着它们的那个人可能会推断萨姆沿河流往西南方去瑞特林河了，但不管那个人是谁，他肯定不能确定，所以他肯定要分散自己的力量，而这样萨姆就更容易逃脱了。

“时机不错，真是匹好马。”萨姆高兴地说，然后他引导嫩芽走上一条与河流平行的小路，这是林中的动物踩出来的一条路，“我们还有机会。”

但是随着这一天渐渐过去，萨姆的希望似乎落空了，那条路越来越窄，越来越难走，他没办法继续骑马。而那条河则非常深且十分湍急，河道却很窄，大概三四大步就能跨过去，所以他既不可能站在河中，也不可能在河里搭建一个从两岸都无法轻易靠近的营地。

那条小路也越来越窄，林木越来越茂密。萨姆只能从低矮的树枝、高高的灌木和胡乱生长的黑莓藤中间钻过去。他的手臂被划伤，血迹吸引了大群的苍蝇。用不了多久，血迹就会引起亡者的注意。它们可以从很远处闻到血的味道，越新鲜的血越能吸引它们。

下午晚些时候，萨姆感到绝望了。他真的非常疲惫。今天晚上他别想再做个防护屏障了。光是召唤出咒印就会使他晕倒——亡者会发现他毫无还手之力地躺在地上。

疲劳还影响到了他的感官，他感觉眼皮越来越沉，视野越来越狭小，脑子一片混沌，嫩芽的四蹄踩在森林柔软的地面上发出有节奏的声音，但在萨姆听来，却仿佛来自遥远的地方。

他低着头，处于半梦半醒的恍惚中。他过了片刻才意识到嫩芽的马蹄声突然响亮起来，森林里柔和的绿光变得明亮炫目。他抬起头，眨眨眼睛，发现他们来到一片宽阔的林间空地里。这片空地差不多有一百多步宽，将森林分为西南和东北两部分，两边的森林都延伸到萨姆所能见的极远处。小树苗在空地的边缘处生长，空地的中心却一片荒芜——那中间竟然有一条路。

萨姆看了看那条路，又看看太阳——在树林里太阳几乎是看不见的。

“离天黑还有两三个小时。”他整理了一下马镫，骑上马背小声对嫩芽说，“你今天吃了些很不错的谷子对吧？而且走得也挺轻松，因为不用驮着我。现在你要干点儿活了，我们得赶快赶路。”

他忽然笑起来，想起了在安塞斯蒂尔的萨默斯比剧院常看的一部电影。

“我们要赶紧了，嫩芽！”他又说，“像风一样地跑起来吧。”

一个半小时之后，嫩芽就不能“迅疾如风”了，它越跑越慢，最后终于停了下来，四肢发抖，身上不断出汗，嘴里冒出白沫。萨姆的情况也没好到哪里去，他再次下马，开始自己走路，让嫩芽休息一下。他现在也搞不清究竟是背更痛还是腿更痛。

即使如此，他们还是继续走了六七里格，多亏了路比较平坦。路虽然不是大路，也颇有些历史了，但是修建得很好，排水设施也运转良好。

现在他们走上一座小山的山脊——并没有盘旋曲折，而是直达山顶。到了山顶，萨姆抬头张望，希望在天黑前能看到瑞特林河。如果他估计无误，以嫩芽的脚程，他们走这条路至少省下了一天多的时间。兔子在林子里穿行，所以他们应该离河很近了。他们必须靠近河流……

他踮起脚，但是什么都看不见。

这个山脊很烦人，这凹凸不平的山梁，正好挡住了他的视线。不过，萨姆满怀信心：再过一会儿他肯定能看到瑞特林河。

咔嗒，咔嗒，嫩芽的四蹄响亮地踏在地上，几乎和萨姆的心跳一样响亮，但是要慢得多。他的心在狂跳不已，心里既充满希望，又恐惧不已。

前面有座真正的山峰，萨姆伸长了脖子努力往前看，但是正前方只有太阳，那个巨大的红色圆盘慢慢西沉，晃得他眼花。

他眯着眼睛，用手遮住阳光再次往前看——在太阳下面，一条深蓝的线映着橙红的阳光横亘在天幕下。

“哇！瑞特林河！”萨姆大声说，结果不小心摔了一跤。但他却没有理会，那边有湍急的河流可以阻挡亡者。他得救了。

但是他忽然担心起来，那条河还在半里格之外，而天马上就要黑了。不光是他知道天要黑了，亡者也知道。亡者生物离他并不远——说不定就潜伏在他前面。这条路一直向前延伸到瑞特林河，交汇处肯定会被重点监视。

他望着那条河心想，更糟糕的是，他到了河边也没有计划好自己究竟要做什么。万一河边没有船，也没有筏子怎么办？

“快点儿。”莫格在他身后的鞍袋里突然说话了。萨姆吓了一跳，赶紧催着嫩芽继续走，“我们必须找个磨坊之类的地方过夜。”

“我没看见磨坊。”萨姆忧心忡忡地说着，又遮住眼睛往前看，但看不见河岸边的情况。由于睡眠不足，他觉得视野模糊，而且脑子迟钝得和影手卒差不多。

“肯定会有磨坊啊。”莫格说着钻出鞍袋，跳到萨姆肩上，又把他吓了一跳，“那个风车没转，希望它已经荒废了。”

“为什么？”萨姆疲倦地说，“有人不是更好吗？我们就有食物和水——”

“你会把亡者引到磨坊主家里去吗？”莫格打断了他，“它们很快就会找到我们——说不定已经找到了。”

萨姆没有回答，只是轻轻拍了拍嫩芽的脖子以示鼓励。刚才真不应该拽着马镫走，那样的话也许不会让它感到太劳累，萨姆心想。他希望嫩芽能走完最后这段路，因为他自己实在走不动了。

莫格又一次说对了。萨姆能感觉到亡者越来越靠近。他抬起头，看到两个黑影趁着暮色从东边飞来。显然那个役亡师有很多血鸦。随着血鸦飞近，其他亡者也会跟上来寻找它们的猎物。

莫格也看到了血鸦，他在萨姆耳边小声说：“可以确定了。那个役亡师肯定是针对你的，萨姆斯王子。不管你逃到哪里，他的手下都会找到你，他会役使所有的亡者来把你打倒。”

萨姆咽了一口唾液。这番不祥的言语在他耳中回响，其中混杂着莫格携带的肆行魔法的力量。他拍拍嫩芽的后腿让它继续往前走，然后他张开嘴，他下意识中想到的话脱口而出。

“莫格，闭嘴。”

在距离磨坊还有一百码的位置，嫩芽累得倒下了，它之前狂奔就已经很累了，现在它承受不了萨姆的重量了。而萨姆则在他摔倒的时候及时放手，没有跟它一起摔下去。莫格从萨姆肩上跳下去，躲得远远的。

“它不行了。”莫格阴沉地说。他没看嫩芽，绿眼睛敏锐地盯着夜色深处，“它们也越来越近了。”

“我知道！”萨姆说。他急忙把鞍袋解下来自己背好，弯腰拍拍嫩芽的头，但是嫩芽没有回应。她的眼睛往后翻，只露出眼白。他拉起缰绳想帮它站起来，但是嫩芽没有动，萨姆也筋疲力尽了。

“快点！”莫格在他旁边绕着圈，催促道，“你知道该干什么。”

萨姆点点头，他又看了看亡者的方向。大概有二十多个，它们蹒跚的身影出现在黑暗中。它们的主人肯定躲在很远的坟场或者乱葬堆里，将它们唤醒，驱赶它们走在阳光里。它们动作很慢，但绝不后退。如果萨姆再犹豫，它们就会一窝蜂地扑上来，像老鼠围攻衰弱的猎犬一样。

他拔出匕首，摸了摸嫩芽的脖子。它的主动脉跳得很弱而且很不稳定。他握着匕首却没有刺下去。

“我不能。”他小声说，“它还有救的。”

“亡者会吃它的肉、喝它的血！”莫格说，“你得对它好点儿，别再犹豫了，快动手吧！”

“我不能扼杀一个生命，即使是马的生命也不行。”萨姆摇摇晃晃地站起来，“这是我在遇到那两个巡警之后，意识到的……我们就在这儿一起等。”

莫格发出“嘶嘶”的声音，他跳到嫩芽的脖子上，举起一只爪子，一道白色的火光划过马的脖子。刚开始并没发生什么。接着，鲜血就像喷泉一样涌出来，溅在萨姆的靴子上，几滴灼热的血还落到他的脸上。嫩芽猛地抽搐了一下，死了。

萨姆感觉到了它的死，他把头转到一边，不敢去看它周围那摊红黑的血。

萨姆感觉有东西在推他的胳膊肘。是莫格，莫格在催他快走。他茫然地转身，往磨坊的方向走。嫩芽死了，他知道莫格做了他们现在该做的事情。但这种事仍旧让人觉得残忍。

“快！”莫格再次催促他，并在他脚边跳来跳去，在黑暗中莫格只是一团模糊的白色。萨姆听见亡者已经到了自己身后，他能听见它们的骨头咔嚓作响的声音，它们干枯的膝盖弯成对活人来说不可能的角度。恐惧打败了萨姆身体上的劳累，他开始行动了，但是那个磨坊看起来似乎无比遥远。

脚下突然被绊了一下，萨姆摇摇晃晃，险些摔倒，但是他总算站住了。伤腿上的疼痛刺激着他的头脑，让他清醒了一点儿。他的马死了，但是他不能陪它去冥界。他很累，死这个念头显得很有吸引力——但他也只是想了一下而已。

磨坊就在前面，它位于湍急的瑞特林河畔，有水渠、水闸和水车。此时，只要冲上去打开水闸，从河里引来的湍急流水，就能给磨坊提供保护了。

萨姆冒险回头看了看，又差点摔倒，四周不断逼近的大量亡者把他吓了一跳。它们的数量越来越多，排成一列一列的，从四面八方赶来，离他最近的亡者只有四十多码了。它们惨白的脸看起来就像一大群闪着光的蛾子。

很多亡者都带着破烂的蓝帽子和蓝头巾。萨姆盯着它们。它们都是死去的南方人！这些说不定就是他父亲想找的那些人。

“快跑，你这傻瓜！”莫格大声喊着，往前狂奔而去。身后的亡者似乎忽然意识到目标要逃走了，它们的肌肉吱吱作响，突然间加快了速度，它们的嗓子里也发出干哑古怪的喊声。

萨姆没有回头看。他能听见它们沉重的脚步声，腐肉不断发出的吱吱声，似乎支撑它们的魔法已经快到极限了。他迫使自己尽快奔跑，他的呼吸仿佛灼烧着他的嗓子和肺，肌肉的痛感传遍全身。

他赶在亡者之前来到磨坊的水渠边——那是一条深而窄的河沟。只四步就能跨过建在水渠上简陋的木板桥，他把这座桥踢到水沟里。水渠已经干枯了，因此第一批亡者手卒径直跳下水渠从另一侧往上爬。它们身后跑来更多的亡者手卒，排成长队，这么大一批亡者实在不好对付。

萨姆绝望地冲到水闸边，想让水车转动起来，让呼啸的瑞特林河水冲进水沟，吞没那些往上爬的亡者。

但是水车生锈了，水闸纹丝不动。萨姆竭尽全力推动铁转盘，但是它废弃已久，突然间坏掉了，转盘被萨姆拧下来了。

第一个亡者手卒从磨坊水沟里爬了出来，冲向萨姆。磨坊里很黑，但萨姆能够看出来，它的畸形的躯体。它曾是人类，但是把它带回现世的那种魔法扭曲了它的身体，仿佛是疯狂的艺术家心血来潮而制成的产物。它的胳膊垂在膝盖下面，它的头并不在脖子上，而是陷到了肩膀里，它的嘴往上翻着，占据了原本是鼻子的位置。它身后还有更多亡者，每个都身形扭曲，水车的叶片就像梯子一样帮助它们爬出了水沟。

“这边来！”莫格指挥道，他往前一窜，摇摇尾巴穿过大门进入了磨坊。萨姆想跟上他，但是亡者手卒挡住了他的去路，咧着仅仅剩下骸骨的嘴冲着他笑，把几乎只剩骨头的手伸向他。

萨姆敏捷地拔出剑，剑身上的咒契咒印闪耀起来，附带着咒语的金属砍进亡者的身体时，夜幕中迸发出银色的火花。

亡者手卒后退了几步，它受了伤但没有被打垮，它的胳膊只剩下一丝肌肉连着。萨姆用剑柄把它打到远处，另外两个亡者又扑上来了。其中一个从他身后过来，他挥剑打倒这个亡者，躲进了磨坊里。

“门！”莫格在萨姆的脚边大喊，萨姆绝望地抓住门的边缘，使劲儿把门关上，把面目狰狞的亡者关在门外。莫格跳起来，毛皮擦过萨姆的手，接着“嘭”的一声，他才意识到这只猫把门闩放下来了。门至少暂时关好了。

他什么都看不到。房间里一片漆黑，伸手不见五指。他连莫格白色的皮毛都看不到。

“莫格！”他喊道，声音中透露出慌张。他的话音刚落，亡者手卒们就开始狠狠地撞门。它们很想冲进来，但它们太愚蠢了，甚至不知道找块木头来充当锤子。

“在这儿。”猫像往常一样冷静地回答，“下面。”

萨姆伸出手，他不想承认自己十分急切地想触碰到自己的伙伴，他终于摸到了莫格的咒契项圈。他甚至有点儿担心自己会不小心把项圈扯掉。猫动了动，小小的岚纳铃铛发出声音，他知道项圈还好好的。岚纳的铃声让他觉得一阵困倦，不过得知项圈还戴在猫脖子上，这比什么都让人放心。亡者离得这么近，在它们的撞击下，门已经快坏了，只靠一小只岚纳还不足以让他睡着。

“这边走。”莫格说，他的声音穿透黑暗传入萨姆的耳朵里。萨姆又开始快速移动起来，跟上莫格，全神贯注地盯着门后的动静。

莫格突然一转弯，萨姆有些措手不及，他的剑突然碰到某种坚硬的东西，反弹了回来，差点打到他自己的脸。萨姆把剑收回去，差点刺到自己。萨姆伸出手，去摸那个东西。

他摸到了另一扇门——这是一扇通往河里的门。在亡者手卒撞门的声响中，他可以听见哗哗流水的声音。水声在磨坊里不断回荡。尽管外面声音很大，但是亡者还没有进来，萨姆没出声，暗暗感谢磨坊主把房子修得这么结实。

他双手哆哆嗦嗦地摸到门闩并把它抬起来，然后解开铁链，打开门锁。扭动门锁的时候，他感觉受到了阻碍，他又继续扭，但内心不免一阵恐惧——这扇门不会是从外面锁上的吧？

他听见自己身后传来哗啦一声，铰链掉下来，那扇门终于被撞开了。亡者手卒们冲了进来，发出阵阵嘶哑凄厉的叫声，充满了胜利的喜悦。

萨姆抓住门环向另一个方向猛地一拧，门突然开了。他穿过这扇门，笨手笨脚地爬出去，前面是一座狭窄的栈桥。他蹭地一下跳到栈桥上，伤腿又传来一阵钻心的疼痛，不过他没有在意。至少他到达了自己的目的地——瑞特林河！

现在他又能看见了，不过还是很模糊，周围只有河水反射的星光。河流就在他面前，河水奔流，触手可及。他旁边还有一个锡制的澡盆，很大，可以容纳好几个小孩同时洗澡，也足够让一个成年人坐进去。萨姆看了看澡盆，当即把它拖过来推进河里。他抓着澡盆不让它被水流冲走，然后把自己的剑和鞍袋扔进去。

“我收回之前说的话。”莫格说着跳进澡盆，“你其实也没那么笨。”

萨姆想回他一句，但是他的脸和嘴好像都动不了了。他抓着那座栈桥的最后一级台阶，爬进了澡盆。澡盆剧烈地往下一沉，还好澡盆足够大，就算他完全坐进去，澡盆依然高出水面好几寸。

当亡者们从后门冲出来的时候，萨姆已经起航了。第一个冲出来的亡者看到眼前的大河立刻退缩了，后面的亡者冲上来把它推进了河里——恰好掉在萨姆的澡盆前面。

那个亡者手卒撞上台阶的时候发出撕心裂肺的尖叫声，双手在半空中不停抓挠，仿佛想抓住什么东西，但这番努力最终都是徒劳的。片刻之后，它沉入瑞特林河里，尖叫声随着一阵金色的火焰和银色的闪光消失了。

那个亡者手卒落水的地方离萨姆的澡盆小船只有几尺的距离。它落水时掀起的波浪险些淹没了小船。萨姆看着它消失，又看了看挤在门口的那些亡者，突然感到无比的放松。

“太棒了。”莫格说，“我们真的逃脱了。你在干什么？”

萨姆一言不发，从自己的屁股底下摸出一块被太阳晒得皱巴巴的肥皂。他转过头来，把手伸到清凉的河水里，河水救了他们的命。

“其实吧，”莫格说，“我觉得我应该夸你‘干得好’。”

萨姆没说话，因为他晕了过去。

第三部

古王国

——塔齐斯顿一世即位后第十八年

第三十四章

发现者

船拴在一座地下码头上，莉芮尔知道这个地方，但是她只在多年前来过一次。这座码头建在巨大的洞穴尽头，洞穴尽头通往外界，阳光从那边透进来。瑞特林河的水流在码头下方泛起一团团泡沫。洞口围绕着一圈冰柱，暗示着外面就是大冰川，偶尔有冰或者雪落下来。

码头上拴着好几条船，莉芮尔本能地意识到那条细长弯曲的单桅杆小船才是给她准备的。那条船有着雕花的扇形装饰，船首的雕像是个睁着大眼睛的女人。那双眼睛仿佛一直盯着莉芮尔，好像船知道她是下一个乘客一样。一瞬间，莉芮尔似乎觉得船首的雕像眨了眨眼睛。

萨娜指着那艘船说："这是发现者号。它会带你安全到达奎尔。这条航线它已经来回走了上千次了，无论顺流还是逆流都没问题。它很了解这条河。"

"我不懂怎么驾船，"莉芮尔紧张地说，她注意到船壳、桅杆和索具上都有咒契魔法在安静地流动着。她觉得自己又小又笨。

一想到要去山洞外面的世界，她就觉得疲倦，她只想藏起来睡觉。“我要怎么做呢？”

“你基本上什么都不需要做。”萨娜回答，“大部分事情发现者号都能自动完成。但是升船帆和收船帆需要你去做，还要稍微控制一下方向。这个我来教你。”

“谢谢。”莉芮尔说。她跟着萨娜上了船，发现者号轻轻摇晃，她抓紧了船舷。瑞尔递给莉芮尔一个包裹、一张弓和一把剑。萨娜让她将包裹放在船首舱中垫了油布的箱子里。剑和弓则放在桅杆一侧的防水箱子里，这样才方便取用。

萨娜教莉芮尔如何升降发现者号特有的三角帆，还有操纵船帆的方法。

萨娜说，航行中，发现者号会自动调整船帆的方向，会引导莉芮尔掌舵。遇到紧急情况时，莉芮尔也可以让船自动驾驶，不过发现者号喜欢有人驾驶的感觉。

她们给莉芮尔演示了如何驾驶这艘船，最后瑞尔说：“希望路上没有任何危险。通往奎尔的水路一般来说都很安全。不过事无绝对。我们不知道你在那个坑里看到的究竟是什么，也不知道它究竟具有什么力量。所以你最好夜里在船上休息，不要上岸——或者在河心岛上停靠。下游有很多河心岛。到奎尔之后，你可以向皇家巡警寻求帮助。这是我们以值守发言人的身份写的信，必要的时候可以拿给巡警看。如果运气好，你还会遇到卫兵，阿布霍森说不定会从安塞斯蒂尔赶回来。无论如何，从奎尔到边城的路上，你一定要和全副武装的大部队一起行动。但是那之后我们就不能给你提供建议了。未来被屏蔽起来了，我们只看到你在红湖上，那之前什么也不知道。”

“总而言之，你一定要小心就是了。”萨娜说。她微笑着，但眼睛里却透露出忧虑，“那是我们唯一能够看见的未来。”

“我会小心的。”莉芮尔回答。现在她已经上了船，必须要离开了，她非常紧张。这是她有生以来第一次去看外面的世界，那里没有石头和冰川环绕，她会遇到很多陌生人并和他们交谈。而且她还会遇到危险，在毫无准备的情况下面对完全陌生的敌人，而且她的任务也很模糊：在今年夏天的某个时候，在一片湖上找到一个年轻人。可她有幸躲过了所有的危险并找到了这个尼古拉斯之后又怎么办呢？珂睐们会让她回冰川吗？要是大家不让她回来了怎么办？

但是与此同时，莉芮尔忽然一阵兴奋，她终于可以逃离这种一直压抑着她的令人窒息的生活了。在她眼前就是发现者号，就是温暖的阳光，瑞特林河流向遥远的地方，那些地方她只在书中的地图上见过。她带上了狗的雕像，希望自己的犬科朋友能够再回来。她现在是在执行正式的任务，而且是一个很重要的任务，像一个真正的珂睐之女了。

“你也许还需要这个。”瑞尔说着给了她一个装满硬币的皮袋子，“本来应该由会计员给你开收据，但是我觉得你要担心的事情够多了，就别管收据了。”

“好了，现在我们看着你把帆升起来，就此为你送别吧。”萨娜说。她的蓝眼睛仿佛看到莉芮尔的内心深处，看到了她自己都没注意到的恐惧。“预视的时候虽然没看到更多东西，但是我相信我们还会再见面的。你要记住，不管有没有预视力，你永远都是珂睐之女。记住！愿命运青睐你，莉芮尔！”

莉芮尔说不出话来，只是点头，她用力拉动升降索，船帆就升起来了。它松松垮垮地挂着，因为山洞把风都挡住了。

瑞尔和萨娜向她鞠躬，然后解开绳子让发现者号加快速度。瑞特林河的急流裹挟着小船，莉芮尔转动起船舵，这艘迫不及待出发的小船将带着莉芮尔去往开阔的河面和阳光灿烂的世界。

当小船穿过洞口的阴影来到阳光下时，莉芮尔回头看了看，冰柱悬挂在她头顶，萨娜和瑞尔依然站在码头上。当风吹起发现者号的帆，吹动了莉芮尔的头发时，她们挥了挥手。

我走了，莉芮尔心想，说不定再也回不来了，至少不会沿这条河回来。水流推动着船，而她的命运则推动着她。她将去往一个神秘的未知之地。

瑞特林河和地下河交汇的地方河面非常宽，这里汇集了高山湖泊流下来的积雪融水。此外，这里还有上百条小支流，仿佛很多毛细血管分布在珂睐冰川上。河道虽然比较宽，但是只有河心处大约五十码宽的范围才深到可以行船。在河心之外的地方，瑞特林河很浅，浅浅的水流从无数鹅卵石上流过。

莉芮尔呼吸着充满水汽的温暖空气，享受着照在她身上的阳光，她微笑起来。萨娜没有说错，发现者号在河流中灵活地自动航行着，北风吹来的时候，水流的速度稍微有所减缓。确认发现者号真的可以自动航行之后，莉芮尔就不那么紧张了。坐船甚至还成了一种享受，风从背后吹来，在水中掀起波浪，在船头激起水花。要是莉芮尔最好的朋友坏狗也在的话，就更完美了。

她把手伸进自己的马甲口袋，找到那个皂石小雕像。现在握着那个雕像也算是一种安慰，在到达奎尔之前她都不能再次施展咒语进行召唤，而且也没有银线和其他工具。

然而她摸到的不是冰冷光滑的石头，而是温暖的狗毛——首先从口袋里露出来的是一只尖尖的狗耳朵，接着是圆圆的脑袋，然后是另一只耳朵。随后，坏狗的整个脑袋都冒了出来，光是一颗脑袋放进马甲口袋里就已经显得很大了，更不要说是一整只狗了。

"哎呀！真是太挤了！"坏狗抱怨着，用力把一条前腿挣脱出来。接着，她的另一条前腿也伸出来，最后整只狗一下子跳了出来，弄得莉芮尔满腿都是狗毛。坏狗转过身，热情地舔着莉芮尔。

"我们最终还是出发了！"她高兴地叫着，迎着吹过来的微风，张嘴吐着舌头，"也是该出发的时候了。我们这是去哪儿？"

莉芮尔没有马上回答。她紧紧抱着坏狗，深深吸了几口气免得自己哭出来。坏狗很耐心地等着，甚至都没去舔莉芮尔的耳朵，虽然耳朵就在眼前。等莉芮尔平静下来之后，坏狗再次重复了刚才的问题。

"其实更该问我们为什么要走，"莉芮尔说着，摸了摸马甲的口袋，确认坏狗刚才没有把暗镜弄掉。真的很奇怪，她的马甲口袋一点儿都没有被撑大。

"无所谓的吧？"坏狗反问，"有新的气味，新的声音，可以去新的地方上厕所……抱歉，船长。"

"坏狗！够了！别这么兴奋。"莉芮尔说。坏狗大体上老老实实地坐在她脚下，每隔几秒摇几下尾巴。

“这次不是往常的那种冒险，不像在冰川里。”莉芮尔解释说，“我们得去找一个男人——”

“很好！”坏狗打断了莉芮尔，忽然热切地扑上去，拼命舔她，“到你的繁殖的季节了——”

“坏狗！”莉芮尔表示抗议，并要她坐回去。“不是那回事！那个人是从安塞斯蒂尔来的，他在挖……什么东西，我想应该是……古老的东西。在红湖附近，有个特别强大的肆行魔法的东西，萨娜和瑞尔给我看预视图景的时候我都觉得恶心了。还有个役亡师，他看见我了，而且还有闪电不断落在那个大坑周围的地上——”

“听起来不妙啊，我不喜欢。”坏狗突然严肃起来。她不摇尾巴了，也不东嗅西嗅了，她盯着莉芮尔，“你最好跟我详细说说。从头开始，从珂睐在地下室找到你开始。”

莉芮尔点点头，向她复述了一遍双胞胎说过的话，还详细描述了她看到的预视图景。

说完，瑞特林河的河面已经像古国境内人人皆知的那样宽了。几乎有半里宽，而且非常深。在河中间，水很清澈，是深深的蓝色，可以看到鱼和河流深处的银光。

坏狗把脑袋放在她腿上认真思考。莉芮尔看着她，那双棕色的眼睛仿佛盯着很远处的某个东西。

“我不喜欢这样。”坏狗最终说，“你卷入了危险的事情里了，而且还没有人知道具体是怎么回事。珂睐看不清楚，国王和阿布霍森根本就没在国内。那个吸引着闪电的坑让我想起一些非常不好的东西……还有那个役亡师，给我同样的感觉。”

“也许我们可以去别的地方。”莉芮尔迟疑地说。坏狗的这种反应让她非常不安。

坏狗惊讶地看了看她，说：“不行，我们不能去别的地方！你有你的任务。虽然我不喜欢，但那是我们的任务。我可从没说过要放弃。”

“是啊。”莉芮尔表示同意。她也想说她不是想要放弃，她只是列举一种可能性。但显然，还是不要提这个话题为好。

坏狗沉默了一会儿，然后说：“那个房间里头留给你的东西，你知道怎么使用了吗？”

“它们很可能不是留给我的。”莉芮尔说，“我只是凑巧找到了它们。总之我又不想要那些东西。”

“如果有权选择的人只能选择乞讨，那么所谓有权选择的人就成了乞丐。”坏狗说。

“什么意思？”

“我不知道。”坏狗说，“你到底知不知道留给你的那几样东西该如何使用？”

“嗯，我读了《回忆与忘却之书》。”莉芮尔心不在焉地回答，“所以从理论上来说应该是理解了——”

“你应该实践一下。”坏狗说，“说不定今后你可能会用到的。”

“但是那样的话我就得去冥界。”莉芮尔表示反对，“我之前从来没去过。我甚至不知道自己该不该去。我是个珂睐。我应该预视未来，而不是回顾过去。”

“你应该善用自己的天赋。”坏狗说，“想想看，要是你给我骨头而我不肯吃，你会怎么想。”

“我会感到惊讶的。”莉芮尔回答，“可是，有时候你会把骨头埋在冰下面。”

“我总是会吃的。”坏狗说，“等到合适的时候。”

“那你怎么知道现在就是合适的时候？”莉芮尔怀疑地问，“我是说，你怎么知道那些东西是派什么用场的，我没跟你说过吧？”

“我读了很多书啊，这就是生活在图书馆的好处。”坏狗首先回答了第二个问题，“前面有很多河心岛。岛上最适合停船休息了。你可以在岛上试试暗镜。要是有什么东西跟着你从冥界回来了，我们可以跳上船马上走。”

“你是说万一有亡者袭击我吧。”莉芮尔说。确实会有这种危险。她也确实想看看过去的事情，但是她不想进入冥界。《回忆与忘却之书》里指出了如何从冥界顺利返回，但是万一它写错了怎么办？

那组笛子看起来很好，作为武器，能保护她并帮她对抗亡者。七个笛子，以役亡师使用的七铃来命名。它们不像七铃那么强大，书中有一段这样写道：“虽然笛子是忆往师使用的工具，但是继任阿布霍森也常常使用笛子，直到他们能够熟练使用七铃为止。”所以，笛子看起来不怎么样。

不过，就算笛子不像七铃那么强大，书中还是暗示说它们足以确保她的安全。但前提是，她能够恰当地使用它们，可她只能通过这样一本书来自学。冥界中，确实有她想要知道的东西……“我们需要尽快赶到边城。”经过一番深思熟虑，她终于打定主意了，“但是我觉得我们可以花几个小时干点别的事情。我想先睡一小会儿。等我醒了，我们就找个岛停下，近处也许就有吧。然后……然后我就进入冥界，看看过去的事情。”

“很好，”坏狗说。“那我就散散步。”

第三十五章

忆往师

莉芮尔和坏狗站在一座小岛的中心，周围全是胡乱生长的树和灌木，这些植物在岩石地面上长不高。发现者号的桅杆树立在她们身后约三十步远的地方，万一他们需要逃离亡者的攻击，至少离船很近。

在准备好进入冰冷的冥界之前，莉芮尔把珂睐给她的剑佩戴好。剑的重量施加在她身上感觉很奇怪。宽皮带紧紧系在她腰上，那把剑比她平时练习用的剑更重更长，尽管她从未用过这把剑，感觉却很熟悉。她似乎能记起它缠有银丝的剑柄，以及剑柄末端镶嵌着的绿色宝石。

莉芮尔左手握住笛子，看着银管表面游动的咒契咒印和其间夹杂的肆行魔法。她看着每一支笛子，想起了书里的描述。能不能保住她的小命就取决于能否准确使用这些笛子了。她在心里默念它们的名字，让它们安全地在自己的脑海里盘桓，推迟自己进入冥界的时间。

“第一支，岚纳，也是最弱的一支。”莉芮尔背诵脑海中

《回忆与忘却之书》的相关内容，“岚纳，安眠者，让所有听者沉沉睡去。”

“第二支是墨思锐尔，醒灵者。七支法铃中最危险的一支，化为笛子同样很危险。它的声音能把使用笛子的人抛入冥界深处，把听见它声音的东西带回现世。”

“第三支是基佰司，漫步者。基佰司能让亡者行动起来，迫使它们遵照吹笛人的意愿行动。但基佰司也能促使吹笛人违背自己的意愿，走入歧途。”

“第四支是戴芮姆，演说者，音色优美。戴芮姆能让失去声音的亡者说话，甚至能让被遗忘的文字恢复。但戴芮姆有时候很难控制。”

“第五支是贝尔基，思想者，可以让亡者重拾生前的想法、记忆，以及曾经的一切信息，但使用不当也会消除一切记忆。贝尔基会造成很多麻烦，它总是想摆脱操纵者的控制，发出属于自己的声音。”

“第六支是撒拉奈斯，也被称为禁锢者。撒拉奈斯声音低沉而充满力量，能让亡者服从吹笛人的意志。”

莉芮尔停了一会儿之后，才说出第七支笛子的名字，也就是最后一支，那支最长的笛子，银色的表面始终是冰冷的，摸起来让人感到害怕。

“阿斯塔睿尔，哀恸者。”莉芮尔小声说，“只要发出正确的声音，阿斯塔睿尔能让听见它声音的人深陷冥界——包括吹笛人自己。除非其他所有的笛子都没用了，否则不要使用阿斯塔睿尔。”

“安眠者、醒灵者、漫步者、演说者、思想者、禁锢者、哀恸者。”坏狗用力挠挠耳朵，依次念出它们的名字，“还是七铃更好。这些笛子是用来给小孩练习的。”

“嘘——”莉芮尔说，“我在集中精神，别打扰我了。”

她知道最好别去问坏狗为什么知道笛子的名字。这只神奇的狗说不定趁莉芮尔睡觉的时候已经读过了《回忆与忘却之书》。

她心里做好使用笛子的准备——只用其中几支——莉芮尔拔出剑，银色的剑刃上布满了咒契咒印。她注意到上面还有一些刻痕。她把剑对着光，仔细观看那些刻痕。

“珂睐见我之在，筑墙者塑我之形，四海之敌惧我之威。”

“这把剑是缚魔剑的姐妹剑。”坏狗嗅了嗅剑身，继续说，“我不知道她们还有这把剑。它叫什么名字？”

莉芮尔转动剑身，看另一面写了些什么，但就在她转动剑身的时候，刚才那些刻痕出现了变化，那些字母闪烁着重新进行了排列。

“尼希玛，”莉芮尔说，“这是什么意思？”

“是一个名字，”坏狗平静地说。她看着莉芮尔的表情，歪一歪脑袋继续说：“它的意思你可以理解为‘勿忘我’。不过好笑的是，尼希玛早就被人遗忘了。但是话又说回来了，有把剑总比攥着块石头强吧。它是一个世代相传的物件，说不定我曾经见过。”坏狗又补充说，“她们居然给了你，我很惊讶。”

莉芮尔点点头，说不出话来，她又想到了冰川和珂睐。瑞尔和萨娜把这把剑交到她的手中。这把剑由筑墙者亲自制造，一定是珂睐所拥有的一件特别贵重的物品。

坏狗推了推她的腿，她想起自己还有事要做，于是擦了擦眼角的泪水，像《回忆与忘却之书》里说的那样集中精神。显然她能感觉到冥界，然后她慢慢地探至生死交界处。在有很多人死去或者很多人被埋葬的地方会更容易进入冥界，不过理论上来说，任何地方都可以。

莉芮尔闭上眼睛，紧皱眉头，更加努力地集中精神。她现在能感觉到死亡了，冥界冰冷的气息压在她脸上。冷气渗入她的颧骨、嘴唇，将她的手整个包围。可她后颈还被太阳晒得很热，感觉真的很奇怪。

冷气越来越强，漫过了她的双脚和双腿。她觉得膝盖处被推了一下，不是坏狗那种温柔的推法。一股水流冲过，那是一股湍急的水流，想要把她带走，去往更远的地方。

莉芮尔睁开眼睛。她确实站在一条河中，但并不是瑞特林河。这条河很黑，河水非常浑浊，河心岛不见了踪影，这里也没有蓝天和阳光。光线是灰暗的，目之所及全是阴沉的灰色，一直延伸到地平线。

莉芮尔浑身发抖，倒不是因为冷，主要是因为她已经成功进入了冥界。她能听见远处传来的瀑布的轰鸣声。那里应该是书中描写的第一道门。

流水继续推动着她，她下意识地随着水流走了几步。水流仿佛更加用力地推着她，冷气渗入她的每一根骨头。或许她应当让这冷气席卷全身，躺下来，让水流把她带到遥远的地方去……

“不！”莉芮尔尖叫一声，并强迫自己后退几步。《回忆与忘却之书》上特别提醒过可能会发生这种情况。这条河的力量不光存在于水流之中，它还会影响踏入其中的人的精神，让其迷失在冥界，或是让其躺在水中任由冥水带走。她必须抵挡河流对她的影响，小心前行。

幸运的是，那本书也提到了一些好的事情。她能感觉到返回现世的路就在身后，并且本能地知道应该往哪个方向走，以及如何回到现世。意识到这些，让她心安。

除了从遥远的第一道门处传来的水流声以外，河里没有任何声音。莉芮尔仔细倾听，每根神经都绷得紧紧的，全身的肌肉随时都做好了逃跑的准备。但是周围什么都没有，连个涟漪都没有。

突然，她感觉到了变化，她立即四处张望，看着两侧的河水。她仿佛看到了有什么东西在河面移动，那是一条漆黑的细线。那条细线转瞬即逝，她再也看不到或者觉察不到任何别的东西了。过了一分钟，她甚至不确定那条黑线是否真的存在。

莉芮尔叹了口气，小心地把剑收回剑鞘，把笛子放回马甲口袋里，然后掏出暗镜。在这里，在冥界的入口处，她可以看到比较近的过往。要看到更久远以前的情景，她就得往冥界深处前进，穿过第一道门，甚至要走更远。但是今天，她只想看看二十年前的事情。

暗镜打开时发出“咔嚓”的一声，在漆黑的河流上回响。莉芮尔被这个声音吓得颤抖了一下——接着她身后传来响亮的流水的哗哗声，她吓得尖叫起来。

她下意识地一跳——朝着深入冥界的方向——尽管她还没看清发生了什么，但她已经将暗镜换到左手，右手拔出剑。

“别紧张，是我啊。”坏狗摇摇尾巴，溅起很多水花，“我等得不耐烦了。”

“你怎么进来的？”莉芮尔小声问。她颤抖着把剑插回剑鞘，“吓死我了！”

“我跟着你进来的。”坏狗说，“就是一趟特殊一点儿的散步。”

莉芮尔不禁又一次思考坏狗的来历，以及她的力量究竟有多强。不过现在并不是想这些的时候。《忘却与记忆之书》里特别提到，不要在冥界的同一个地方待太久，否则就会吸引一些任何人都不想见到的东西过来。

“你不在的话谁看着我的身体啊？”她责怪坏狗。万一她在现世的躯体发生不测，她就只能顺着冥界的河水漂走了，或者是成为某种形式的亡灵，千方百计想着窃取别人的肉体回到现世，或者成为一团黑影，专门吸吮活物的鲜血，窃取其生命，免得自己落入冥界。

“有人靠近的话我会知道的。”坏狗说着，嗅了嗅河水，“可以再往前走一点吗？”

“不行！”莉芮尔厉声说，“我正打算在这儿使用暗镜，结果你就突然跑来了。这里是冥界，坏狗，不是冰川。”

“没错。”坏狗喃喃地说。她的眼神里充满了恳求的神色，

“但这里只是冥界的边缘——”

“回去！马上！”莉芮尔指着外面下达了命令。坏狗不再恳求地看着她了，而是很不高兴地翻了个白眼，夹着尾巴转身走了。只过了一秒，她就消失了——回现世了。

莉芮尔没管她，再次打开暗镜，把它放在自己的右眼前面。“用一只眼睛凝视暗镜，”书上是这么写的，“另一只眼睛看着冥界，注意随时可能面临的危险。”

这确实是个很好的建议，但是很难做到，莉芮尔心想，她努力同时看着两边不同的事物。过了一会儿，暗镜那模糊的表面变得清晰起来，黑色慢慢消失了。但是莉芮尔并没有看到自己的镜像，她发现自己是在透过镜子看东西，而她看到的也不是前方冰冷的冥河水。她看到光的旋涡，她很快意识到这是天上照下来的阳光，但是景物移动得太快了，所以都很模糊。

她有些兴奋，因为现在魔法已经开始发挥效力。她必须集中精神，想着自己想看的东西。她的脑海中出现妈妈的形象，这个形象来自多年前吉瑞丝姨妈送给她的一幅炭笔画，她对妈妈的记忆不太清晰，都是小时候的一些感觉和模糊的印象。

她认真地想象着妈妈的形象，然后大声说出来，她的声音中混入了她从那本书上学来的咒语，这些充满力量的咒语和命令会让暗镜展示出她想看到的图像。

“我不太记得妈妈了。”莉芮尔说，她的声音在水流声中显得很响亮，“我根本不知道爸爸是谁，希望能透过时间的迷雾看到他们。请显现出来吧。”

她说话的时候，那快速移动的图景慢了下来，莉芮尔凑上前去观察镜子里的图像，目之所及依然是一片阳光，亮得刺眼。接着光亮消失了，随之而来的是一片黑暗。

接着黑暗退去，莉芮尔看到了一个房间，此时她另一只眼睛看到的依然是冥河，两个图景古怪地叠加起来，两边的东西都显得有些模糊，仿佛她眼睛充满着泪水，只不过莉芮尔现在并没有流泪。她眨了眨眼睛，但一切也没有变得清晰。

她看到一个很大的房间——其实是个大厅。彩色的磨砂玻璃拼成了一个巨大的落地窗，整整占据了一面墙的位置。莉芮尔感觉到那窗户被施加了某种魔法，因为它的颜色和图形在不断变化，然而她不知道究竟是何种魔法。

一张很长的桌子闪耀着光泽，一尘不染，光可鉴人。上面放着很多银器，一支支蜂蜡蜡烛在烛台上燃烧，产生明亮的黄色火焰。桌上还有盐罐、胡椒瓶、酱汁盘、盖碗，以及其他很多莉芮尔从未见过的装饰品。桌上的大浅盘里放着一只烤鹅，切了一半，周围摆着很多配餐菜肴。

桌边只有两个人，各坐在餐桌一端，因此莉芮尔必须眯起眼睛才能看清楚他们两个。桌子一端的那个男人坐在一把形同御座的高背椅子上，身上只穿着简单的白衣衫，没佩戴什么珠宝，他有着位高权重的那种人特有的气质。莉芮尔皱皱眉头，将暗镜稍微转了个角度，希望自己能看得更清楚些。房间里掠过一束束彩虹般的光，但是视觉效果并没有得到改善。

有些咒语能够让视野变得清晰，但是莉芮尔暂时不想尝试，她害怕现在的景象彻底消失。她专心去观察另一个人，她的模样比那个男人清晰得多。

那是她的妈妈——阿瑞丽，吉瑞丝的妹妹。她在柔和的烛光中显得非常美丽，长长的金发像一道明亮的瀑布垂在背后，她的衣服也十分雅致，冰蓝的底色上布满金色的星星，领子和后背处裁剪得很低，她戴着一条蓝宝石和钻石的项链。

当莉芮尔集中精神时，这两个人周围的情景就开始变得清晰，而其他部分则开始模糊起来，所有的色彩和光芒仿佛都是随着她的关注点而变化的。与此同时，她刚才所见的冥河的景物仿佛被遮住了。此时，她听到了一些声音，好像是镜中那两个人交谈着向她走来。他们措辞文雅，彬彬有礼，冰川上很少有人这么说话。很显然，他们不太了解彼此。

“我久居这个房间，听过不少奇闻逸事，小姐。”那个男人边说边给自己加了些酒，并挥手示意，让上前来侍奉他的影像仆人退下，“但都不能和此事相比。”

“我并非是要有意打听此事。”那个女人回答。莉芮尔觉得她的声音似曾相识。她真的什么都不记得了吗？她只知道阿瑞丽在她五岁那年就离她而去了。但莉芮尔马上意识到，她的声音和吉瑞丝很像，只是比吉瑞丝的声音更甜。

“你的珂睐姐妹们各个聪慧敏锐，谁都没有预视到你向我提出这个愿望吗？”那个男人问，“连九日值守预视都没有看到？”

“没有。”阿瑞丽低下头，一阵红晕爬上她的脖子。莉芮尔很惊讶。她妈妈居然害羞了！但这时候的阿瑞丽和莉芮尔差不多大，看起来很年轻。

那个男人似乎也在想着同一件事，他说："我妻子十八年前就死了，但我有个和你差不多大的女儿。我不太熟悉那些……那些……"

"年轻女性的天真幻想？年轻人的恋爱？"阿瑞丽打断了他，生气地望着他，"我二十五岁了，阁下。不是未经世事的小姑娘。我是珂睐之女，我预视到的图景指引我到这里来，预视让我来找一个素不相识而且足以当我父亲的男人！"

那个人放下酒杯，浮现出略带伤感的笑容，但他的眼神中透出疲惫，毫无笑意。

"请原谅，小姐。你今天第一次说的时候我就听懂了，不过我没有在意。明天我就要离开这里去处理其他事务了。时间紧迫，我没时间考虑情爱之事，而且事实证明我是个无比糟糕的父亲。就算我明天没有走，可以陪你一阵子，你生下的孩子也没有机会看到自己的父亲。"

"和情爱无关。"阿瑞丽看着他的眼睛平静地回答，"我只要求一个晚上就可以了，再加一年时间把孩子生下来。孩子会出生的，我预视到了她。至于说没有父亲，我想双亲都不会陪她太久。"

"你说得非常肯定，"那个人说，"不过珂睐常常看到很多未的碎片，但未来可能是这样，也可能是那样。"

"在这件事上我只看到了这一种可能性，阁下。"阿瑞丽用棕色的手握住那个男人苍白的手，"我到这里来，是因为我的血统赋予我的预视力量指引着我，而你的统治同样以血统为基础。这是我们的命运，注定如此，我的兄弟。不过，也许我们可以抛开那些冠冕堂皇的理由，放纵自身，享受今晚。我们还是去卧室吧。”

那个男人犹豫了一下，然后伸出手，笑着拉起阿瑞丽的手，轻轻亲了一下。

“我们就享受这个夜晚吧，”他说着站起来，“我不知道这意味着什么，也不知道我们究竟如何拯救未来。但是眼下我确实厌倦了责任和担忧。如你所说，我的姐妹，我们去卧室吧。”

他们互相拥抱，莉芮尔闭上右眼，她觉得有些尴尬，而且稍微有些害羞。要是她继续看的话，说不定会看到自己是怎么被创造出来的，这种事情想想就觉得尴尬极了。就算她闭着眼睛，画面依然在她眼前。莉芮尔让画面消失，这一次她真的流泪了。

莉芮尔暗暗希望还能看到更多东西，如她的父母早已互相倾心，只是迫于世俗的压力无法公开他们被视为禁忌的爱情，或者他们私订终身，许下山盟海誓。不过莉芮尔最终失望了，她好像确实只是一夜情的产物，说不准究竟是神圣预言所致还是她妈妈胡思乱想所致。莉芮尔想不出哪种情况更惨，她依然不知道自己的父亲是谁，当然她看见了父亲的样子，也听见了他的声音，但却找不到任何可以推断他身份的线索。关于父亲的真实身份，她还是毫无头绪。

她合上镜子，揣回腰带上的口袋里。这时候，她忽然意识到第一扇门处的声音消失了。有什么东西穿过瀑布过来了——从冥界深处而来。

第三十六章

冥界的住民

几秒钟后，瀑布的轰鸣声再度响起来。不管刚才是什么东西让水声停止，它都毫无疑问地穿过第一道门，来到冥界的入口处，来找莉芮尔。

莉芮尔往远处望去，但是没有看到任何移动的东西。灰色的光亮和平坦的河面让人判断不出距离。她不知道这个声音是否意味着第一道门关上了。因为第一道门被迷雾笼罩着，她看不清楚。

为了确保安全，莉芮尔一手拿剑一首执笛，往现世的方向走了几步，她甚至能感觉到后背上温暖的阳光了。现在她可以直接返回现世，但是一种莫名的好奇心让她留在了原地——她想看一下冥界的居民到底长什么样，哪怕看一眼也行。

但是当她发觉有东西过来的时候，好奇心瞬间消失得无影无踪，取而代之的是一阵恐惧。因为那个东西潜到水底，飞快地逆流而上，水面上泛起V字形的波纹，快速向她逼近。虽然看不到，但莉芮尔觉得那个东西一定很大，给人一种虚无感，仿佛一层无形的屏障，阻止莉芮尔感知到它。莉芮尔完全是依靠视觉而不是意识才注意到它。看到水面上的波纹纯属偶然，纯粹是因为她比较谨慎而已。

她迅速向现世逃去，但就在这个时候，那条V形波纹突然向两边泛开，一个全身都带有黑色火焰的黑色形体跳出水面，露出狰狞的面目。它摇动着手中的铃铛，那个铃铛充满力量地鸣响，把莉芮尔固定在现世和冥界之间。

莉芮尔忽然认出那铃是撒拉奈斯，那低沉的铃声在她骨头里回响着，铃声的强大力量和她紧张的肌肉对抗着。那是原生态的撒拉奈斯，并没有和咒契魔法配合使用，和她的竖笛或者阿布霍森的法铃不同。那铃铛外形虽然简单，却蕴含着巨大的力量，一定是肆行魔法师的铃。那是个役亡师！

她能感觉到隐藏在铃声中的役亡师的意志，对方想控制她的灵魂，一股无法控制的愤恨的力量打败了她微弱的抵抗。现在莉芮尔更加清楚地看到执铃的人了，他全身笼罩在一片蒸汽中，好像一块被扔进河水中的红热的铁。

他是役亡师赫奇，她在双胞胎展示的预视图景中见过。她感觉到他身体里燃烧着的肆行魔法的烈焰，冥界的寒气甚至都无法与之抗衡。

“在你的主人面前跪下！”赫奇下达了命令。他一手拿着铃，一手握着一把长剑，剑身上满是黑色的流火。他的声音冷酷而刺耳，烈焰和浓烟不时从他口中冒出。

役亡师的命令就像一记重拳狠狠击中了莉芮尔，她的膝盖不由自主地弯曲起来。赫奇的力量控制了她，撒拉奈斯那低沉的摄人心魄的旋律在她耳中回响，她抵挡不了这个声音。

赫奇越走越近，剑高举在头顶，莉芮尔知道那把剑最终会落到自己的脖子上。她手里握着自己的剑，尼希玛对肆行魔法产生了强烈的反应，咒契咒印闪耀着阳光般金色的光芒。但是她握剑的那只手却被役亡师的意志控制着，撒拉奈斯的强大力量把她固定住了。

莉芮尔在绝望中想尽力抬起胳膊，但是她完全做不到。她转而想求助于咒契，寻找合适的咒印用银色或者金红色的火光把那个役亡师消灭。

“跪下！”役亡师再次下令，于是她跪下了，冰冷的河水漫过她的肚子和胸口，仿佛在欢迎她快点在此定居。她不愿低下头，因此脖子上的肌肉扭曲得很厉害，鼓起一道道青筋。

就在这时，她忽然意识到，自己稍微低下头的话，嘴唇就能够得着她冰冷的左手里紧握着的笛子。于是她不再抗拒，迅速低下头，嘴唇猛地触碰到蕴藏着巨大力量的竖笛。她也搞不清自己到底吹响的是哪一支。运气不好的话可能就是阿斯塔睿尔了，那样的话她和役亡师都将被送到冥界深处，同归于尽。

她用尽全力吹起来，残存的全部意志仿佛都灌注到了那清晰的笛音中，役亡师的铃声被打断了。

她吹响的是基佰司。就在赫奇弯下腰准备挥剑的时候，笛音发挥了作用。他的双脚仿佛受到了牵绊，他转了个身，高举着剑胡乱挥舞，基佰司让他像个醉汉一样又摇又晃地向着第一道门的方向走去。

尽管被基佰司吓了一跳，但是役亡师的意志和撒拉奈斯的铃声依然不肯轻易让莉芮尔回到现世。她的四肢仿佛软泥一样无力，河水则像流沙一样想要将她掩埋。莉芮尔绝望地挣扎着想要回到现世，她想回到阳光下，回到坏狗身边，那里才有她喜欢的一切。

最终，莉芮尔像是挣脱了无形的绳索，回到了阳光和微风中，但她还是听见了役亡师的威胁，那番话就像冥河的水一样冰冷恐怖。

“我认识你的！你逃不掉的！我要——”

莉芮尔的灵魂回到了自己的身体里，意识与冥界的联系随之切断，因此最后几个字她没有听见。如书中所说的一样，她全身覆盖着冰霜，衣服褶皱里全是冰碴，鼻子上还挂着一根冰柱。她忍痛拔掉了冰柱，还打了好大一个喷嚏。

“怎么了！怎么了！”坏狗汪汪大叫，她就在莉芮尔脚边。她能感觉到莉芮尔被袭击了。

“一个役……役亡师。”莉芮尔颤抖着说，“在……在预视图景里……珂睐让我看到过。赫奇。他……他……差点杀了我！”

坏狗发出低沉的吼叫，莉芮尔忽然发觉坏狗变得和她差不多高，还露出又大又尖利的牙齿，“我就知道我该陪着你的，主人！”

“是啊，没错。”莉芮尔小声说。她一时间还说不出话来，呼吸也有些急促紊乱。她知道那个役亡师不可能跟着她来到这里——他只能回到他自己在现世的身体中。很遗憾的是，她那小小的基佰司不能把他送到冥界的更深处。他很容易就能回到现世，并派出一大群亡灵来追击她。没有肉体的那种亡魂。

“他会让别的东西来追我的。我们必须离开这里！”

坏狗又低吼了几声，但没有反对。莉芮尔跌跌撞撞地穿过满是石头的小岛，打算尽快登上发现者号。坏狗在莉芮尔身后转圈，每次她回头看的时候，坏狗都跟在她身后帮她挡住危险。

几分钟后，她们又安全地漂在瑞特林河的水面上了。莉芮尔被吓坏了，只能用一只手掌握船舵，好在发现者号能够自动航行。

莉芮尔喘着气，哆哆嗦嗦地休息了几分钟之后，坏狗说：“我要咬断那个役亡师的喉咙，让他牢牢记住我的牙齿！”

“我怀疑，就算你咬断他的喉咙他也感觉不到。”莉芮尔边发抖边说，“我感觉他不像活人，倒更像死人。他说‘我认识你’。”莉芮尔看了看天，转头让自己的脸晒着更多的太阳，温暖的阳光照着她结了霜的鼻子和嘴唇。

她缓缓地继续说下去：“他怎么会认识我？”

“肆行魔法会吞噬掉役亡师。”坏狗说着抖了抖，从战斗状态变回了平常的大小，“他们想要掌握的那种力量——也就是他们努力研习的肆行魔法，最终会把他们吞没。这种力量认出了你的血脉。大概这就是他说‘我认识你’的原因吧。”

“我不喜欢在冰川以外听见有人说认识我，知道我是谁，”莉芮尔耸耸肩，“那个役亡师现在很可能和尼古拉斯在一起，在现世。所以只要找到尼古拉斯，就能找到那个役亡师。这就像一只甲虫爬到蜘蛛网上去找一只苍蝇。”

“先别想那么多了。”坏狗安慰她，但是不太有说服力，“至少今天的工作完成了。我们在河上可以安全航行。”

莉芮尔若有所思地点点头，然后起身挠了挠坏狗的下巴和耳朵周围的地方。

“坏狗，”莉芮尔犹豫地说，“你身上也有肆行魔法，那些肆行魔法说不定比你项圈上的咒契魔法还多。为什么你……为什么你……不像役亡师那样？”

坏狗叹了口气，软绵绵地“汪汪”叫了一声，莉芮尔不禁皱起眉头。坏狗抬起头偏向一边，想了一会儿才回答道：

“一开始，所有的魔法都是肆行魔法——不受拘束，原始粗糙，毫无规则。后来咒契被创造出来，它吸收了大部分肆行魔法，重组其结构，让其变得有序，并以符号加以控制。剩下那些不受咒契约束的肆行魔法就是役亡术，化身为斯狄肯、马格鲁以及黑蚀，还有哀诺魔、饕餮等各种堕落的怪物和魔物。它们是游离在咒契之外的混沌的魔法。”

“除此之外，还有一种肆行魔法，不但不会毁坏咒契魔法，反而有助于咒契，”坏狗继续说，“但这种肆行魔法和不肯加入咒契的那种完全不同。”

“你说的是最初的情况吧。”莉芮尔说，其实她也不是很明白，“但是咒契难道不是一开始就存在的吗？无始无终，永恒常在？”

“任何东西都有起源。”坏狗回答，“包括咒契在内。我知道的，因为我就是在那个时候诞生的，‘七个’创造咒契，‘五个’为此牺牲。某种意义上来说，你也在那里，我的女主人。你的血脉就传承自那五个的其中之一。”

“五大高等咒印？”莉芮尔问。她对这条信息很感兴趣，“我记得那首歌谣。那是我们小时候最早学的东西之一。她将身体坐直，双手背到身后，不自觉地背诵起来：

五大高等咒印连接大地，
环环紧扣，相辅相成，
执第一印者头戴王冠，
执第二印者压制亡者，
三印五印化身石与土，
四印在冰中预见一切。

“没错。”坏狗说。“这首儿歌很适合幼儿。五大咒印是咒契的基石。而血统、界墙、咒契石，这些都是来自最初那五个的牺牲。他们将自己的力量灌注到你的祖先的体内。当血脉的力量变得薄弱，或者被不当使用时，你先祖中的一些人又把力量注入石头和泥灰之中。”

“所以那五个……被分解进入咒契了，另外两个呢？”莉芮尔皱着眉头努力理解坏狗的话。她读过的所有书上都说咒契是永远存在的，且会一直存在下去，“你刚才说有‘七个’决意创制咒契。”

“其实一开始共有九个。”坏狗平静地回答，“那时候，肆行魔法纵横世间，喧嚣不绝。这九个最为强大，处于支配地位。但那九个产生了分歧，只有七个同意建造咒契。有一个不理会另外七个的想法，但是最终被束缚，不得不为咒契效力。第九个大力反对，但是被打败了。”

“这么说，如同意制作咒契的就是第八个和第九个。”莉芮尔扳着指头计算着，“要是有名字就容易理解得多了，怎么全是数字？但是你还没说……第六个和第七个出了什么事。他们为什么没有成为伟大咒契的一部分？”

“他们的大部分力量都注入了三个家族的血脉之中，当然不是全部。”坏狗回答，“我想，他们可能过于留恋自我意识以及自我存在。如果他们不甘于就这样自我消亡，就会以另一种方式继续存在下去。他们大概是想看看未来会发生什么。另外这七个确实有其名字。他们以七铃和你手中的笛子的形式被人们铭记。每一只铃都含有那七个的原始力量，那股力量存在于咒契之前。”

莉芮尔焦虑地沉默了片刻，问道：“你不会是……是七个之一吧？”她想象不出咒契的创造者之一——无论其力量是不是已经大打折扣——会屈尊和自己做朋友。如果坏狗真的具有无比崇高的真实身份，她们之间的友谊还能一如既往地维持下去吗？

“我只是坏狗而已。”坏狗舔了舔莉芮尔的脸回答道，“我是起源之时留存下来的一点东西，早就习惯了咒契。我会一直做你的朋友。你知道的。”

“我知道。”莉芮尔紧紧抱住坏狗，脸贴着她温暖的脖子，“我也会一直做你的朋友。”

坏狗让莉芮尔抱着自己，耳朵却竖得直直的仔细聆听周围的声音。她用鼻子嗅着空气，想要闻到更多莉芮尔从冥界带出来的气息。确实有一丝令人不安的气味，坏狗希望这只是自己的错觉，或者是因为时间久远导致的记忆错乱。那不是人类役亡师的气味，因为不管他有多强大也不会有这种气味。那气味非常古老，也特别令人害怕。

坏狗身上那股潮湿的气味涌来，莉芮尔放开了她，重新握住船舵。发现者号还在自动行驶，但是当咒契咒印在手心里仿佛燃烧起来的时候，莉芮尔感觉到欢迎的意味，温暖的触感驱散了冥界的寒意。

“我们今天晚一点说不定就能看到辛德尔渡口了。”莉芮尔说，她皱着眉头回忆起图书馆里那些被自己反复整理、修补过的地图，“我们现在很顺利——大概已经走了二十里格了。”

“离危险越来越近了。”坏狗说着，跳到莉芮尔脚边，“这一点可不能忘啊，主人。”

莉芮尔点点头，又想起那个役亡师和冥界的情景。现在，在阳光下、在轻快航行着的船上想来那一切似乎都不是真的，但那时候却无比真实。如果那个役亡师说的都是真的，那么他很可能不止认识她，说不定还知道她要去哪里。一旦她离开了瑞特林河，役亡师的亡者仆从就能闻风而至，轻而易举地抓住她了。

“也许我该做个咒契皮肤。”她说，“猫头鹰皮肤，以防万一。”

“好主意。”坏狗含含糊糊地说。她把下巴放在莉芮尔脚上，一个劲儿地流口水，“对了，你在暗镜里看见什么了吗？”

莉芮尔犹豫了一下。她差点儿忘了。役亡师的突然袭击让她暂时忘记了过去的情景。

“你看见了，对吧。”坏狗等着她开口，但是莉芮尔什么都没说。最终坏狗抬起头说：“那现在你也算是忆往师了。我没记错的话，应该是五百年来的第一个。”

“也许是吧。”莉芮尔回答。她没去看坏狗的眼睛。她不想当什么忆往师——书上说看到过去的人就叫忆往师。她想看到未来。

“那你看到了什么？”坏狗又问。

“我父母。”莉芮尔想起自己差点看到父母亲热的情景，不禁脸红起来，“我父亲。”

“他是谁？”

“我不知道。”莉芮尔皱起眉头，“我好像看到了熟悉的肖像。暗镜中的那个房间也挺眼熟的。但这些都不重要。”

坏狗哼了一声，意思是莉芮尔别想糊弄她。房子和肖像当然很重要，但是莉芮尔不并想继续这个话题。

“你就是我的家人。”莉芮尔飞快地说着，抱了坏狗一下，然后就专心地盯着眼前波光粼粼的瑞特林河。坏狗确实是她唯一的家人，比和她从小生活在一起的珂睐们更像家人。

珂睐们认为莉芮尔永远不会成为她们中的一员。莉芮尔下意识地拉紧了头巾，随后想起丝绸蒙在眼睛上的感觉。家人绝不会对自己的孩子保密。

第三十七章

河里的澡盆

在离开珂睐冰川的第一天晚上，莉芮尔听从萨娜和瑞尔的建议，在河心一坐狭长的小岛边上停靠，四周环绕着深且湍急的河水，距离河岸至少有四百码的距离。

很快到了早上，她们的早餐是燕麦粥、一个苹果、一块很硬的肉桂蛋糕，还有几口干净的河水。莉芮尔拉起锚把它收回船里，然后吹口哨叫来坏狗。坏狗从岛上游泳上船，她刚在岛上划好了地盘，以防哪天有别的狗跑到岛上来。

她们刚刚升起船帆，准备顺应风向，坏狗忽然抬起一条腿指着船舷外面，发出警告的声音。

莉芮尔蹲下来往船舷下方看，顺着坏狗前腿所指的方向，她看到下游两三百码之外有些东西在移动。一开始她不确定那是什么——像是某种金属物品漂在河面上，还反射着阳光。她勉强辨认出了那个东西，但还是继续仔细观察了一番才确认了自己最初的判断。

“好像是个金属澡盆。”莉芮尔慢慢地说，“里面好像还有个人。”

“确实是个澡盆。”坏狗说，“有个人，还有别的东西……你最好准备好弓箭，主人。”

“那个人好像昏迷了，或者死了。”莉芮尔说，“要不我们绕过去吧？”

于是她松开发现者号的船舵，让船自动行驶。莉芮尔拿出弓，从箭袋里拿出箭，接着又把尼希玛拔出来。

发现者号似乎和坏狗一样谨慎，它转了个弯避免和澡盆直接遭遇。那个澡盆的速度很慢，只是在随波漂流而已。发现者号顺应着风向明显加快了速度，它打算绕个弯超过澡盆后继续向前行驶。

继续向前行驶是莉芮尔的决定。如果没有必要，她不想和陌生人打交道。但是她迟早要和别人交流，澡盆里的那个人似乎遇到了很大的麻烦，显然他是不情愿地睡在一个金属澡盆里，并漂在瑞特林河上的？

莉芮尔皱起眉头，拉低头巾把脸藏起来。她们离澡盆还有五十多码远，就快超过了，莉芮尔搭好了箭，但是没拉弓。那个人显然不知道发现者号靠近了，因为他一动不动，顶多就翻个身。他现在仰面躺在澡盆里，胳膊搭在澡盆边沿上，膝盖弯着。莉芮尔看到他身边有把剑，但是他胸前——

“七铃！役亡师！”莉芮尔大喊，同时拉开弓。他看上去不是赫奇，但役亡师都是很危险的，还是先射他一箭比较保险。役亡师和亡者仆役不同，役亡师不怕流水。这个人很可能是假装受伤准备伏击莉芮尔的。

她正准备射箭，坏狗突然叫起来：“等等！他身上并没有役亡师的味道！”

莉芮尔吓了一跳，然后松开手——箭从空中穿过，从那个人头上飞过。如果他坐起来的话，箭就会穿过他的喉咙或眼睛，当场杀死他。

箭划了个弧线，越过浴盆，嗖的一声掉进河里，一只小白猫忽然从那个人的腿下面冒出来，爬到他胸前打了个哈欠。

坏狗突然警觉起来，她大声叫着跳进水里。莉芮尔赶紧收起弓，腾出手来抓狗的尾巴，这才阻止她跳到河里。

坏狗一个劲开心地摇尾巴，莉芮尔根本抓不牢。也不知道她究竟是看到了朋友高兴，还是本能地想去追那只猫。

周围这么吵，浴盆里那个人总算是醒了。他慢慢坐起来，显然还有些晕乎乎的，那只猫摇摇晃晃地站在他的肩膀上。一开始他看着另一个方向，听到声音后才转过身，这才看到了小船——同时，他本能地拿起剑。

莉芮尔也迅速拿起弓，又搭上一支箭。发现者号转到逆风的方向，她们慢了下来，莉芮尔可以平稳地瞄准。

这时候猫一边打着哈欠一边问道：

“你在这里干什么呢？”

莉芮尔惊讶得跳了起来，差一点儿把箭弄掉了。

她正准备回答，但突然意识到猫是在对坏狗说话。

“哼，”坏狗回答，“我以为像你这么狡猾的家伙会明白我在干什么呢。你现在叫什么名字？跟你在一起的那个倒霉蛋是谁？”

“我叫莫格。”猫说，“大部分时候都叫莫格。你又叫什么——”

“倒霉蛋会自己说话。”澡盆里的人生气地说，“你是谁？是什么东西？还有你，女士！那是珂睐的船对吧？是你偷来的？”

发现者号晃了晃表示不满，莉芮尔抓紧了弓，右手握紧了弦。那个人显然很自大，但从头到脚穿得破破烂烂的，看上去比莉芮尔年龄小。他带着役亡师的铃铛！除此之外他长得还不错，这是让莉芮尔生出厌恶感的另一个缺点。下层餐厅里总有长得不错的年轻人跑来找她搭话，以为莉芮尔不会拒绝他们。

“我是坏狗。”坏狗很平静地说，“是珂睐之女莉芮尔的同伴。”

“这么说你也被偷了。”萨姆愤愤地说，根本没想明白自己在说什么。他到处都是伤，莫格蹲在他肩上，让他更加不舒服，也更加烦躁。

“我就是珂睐之女莉芮尔。”莉芮尔大声地说，又被当成冒牌货的感觉让她怒不可遏，“你又是什么人？怎么这么没礼貌。”

这个人——实际上还是个少年——一直盯着她，盯得莉芮尔都脸红了，她只能低下头用头发和头巾遮住脸。对方心里的想法，她一清二楚。

她不可能是珂睐之女。珂睐们都个子高挑，满头金发且举止优雅。这个女孩……这个女人……却一头黑发，衣着古怪。他在拜里塞尔见到的珂睐都穿着星星花纹的白袍，莉芮尔却穿着大红的马甲。而且她也没有那种预言家特有的高傲和自信，他偶尔在宫里碰到珂睐总是特别紧张。

“你看起来不像珂睐之女。”他说着把澡盆划近了些，水流把澡盆冲到了发现者号前面，他得努力划桨才能停在原地，“我姑且先相信你一次。”

“等等！”莉芮尔大喊一声再次拉起弓，“你是谁？你为什么戴着役亡师的铃铛？”

萨姆看了看自己的胸前。他忘了他还系着铃带。这时候他才觉得七铃冰冷地压在胸前，压得他呼吸不畅。

他解开铃带，思考该怎么说才好，结果莫格直接开口了：

“很高兴见到你，莉芮尔小姐。这个倒霉蛋——按你仆人的说法——是萨姆斯王子殿下，继任阿布霍森，所以他拥有七铃。你能帮帮我们吗？我不太习惯萨姆斯王子的私人交通工具，而且他很想得到一个垂钓的机会，能在我上午休息之前，帮我捉条鱼。”

莉芮尔疑惑地看了看坏狗。她知道萨姆斯王子是谁。但是为什么塔齐斯顿陛下和现任阿布霍森萨布莉尔的次子会乘着一只澡盆漂在前不着村后不着店的瑞特林河上？

“他确实是一位出身高贵的王子。”坏狗嗅了嗅说道，“我闻到了他血脉的味道。他受伤了——所以才会大发雷霆，简直就像个小狗崽。不过你要当心他旁边的那个……莫格。我很早就认识他了。他是阿布霍森的仆人，虽然受到约束，但他是肆行魔法生物。他不是出于自愿而侍奉阿布霍森的，你千万不能摘掉他的项圈。”

“我觉得应该把他们拉上来。”莉芮尔慢慢地说。她希望坏狗表示反对，但是坏狗只是开心地望着她，默不作声。发现者号稍微转了转舵，慢慢靠近澡盆。

莉芮尔叹了口气，放下弓箭，但是并没有放下剑，万一坏狗搞错了呢？如果这位萨姆斯王子其实是役亡师而不是继任阿布霍森，那怎么办呢？

“把你的剑放下。”莉芮尔喊道，“还有你，莫格，你坐到王子脚边。不能乱动，我让你动你才能动。”

萨姆一时没有说话。莉芮尔看到他在和猫小声交谈，忽然意识到他们之间的感情就像她和坏狗一样。

听完猫的回答之后，萨姆说：“好吧！”他把剑放在澡盆里，解下铃带，和剑放在一起。发现者号慢慢接近澡盆，莉芮尔觉得萨姆可能在发烧，他的脸颊和眼睛周围都很红。

莫格敏捷地从他身上跳下来，消失在澡盆边缘处。那个临时小船依然在漂着，随着水流打转。发现者号也随之移动，顺着风向调整角度，朝澡盆靠近。

“砰”的一声，船和澡盆撞上了。莉芮尔惊讶地发现原来澡盆没入水中很深——从远处看并没这么深。萨姆斯王子没动，只是瞪着她。

莉芮尔飞快地伸出左手，摸了摸他前额的咒印，万一咒印是假的或者受到了污染，她随时都可以用右手的剑进行攻击。不过她感觉到了一股温暖，那是真正强大的咒契带来的力量。虽然坏狗之前跟她说了关于咒契起源的事情，但是在她看来，咒契是无始无终、永恒存在的。

萨姆犹豫片刻，慢慢地伸出手，停在半空，显然是在等着莉芮尔表示同意。莉芮尔点点头，于是萨姆用两根手指碰了碰她的前额，咒印很明亮地闪耀起来，甚至比河面的反射的阳光还要明亮。

“好吧，你们可以上船了。”莉芮尔打破了沉默。想到要和陌生人同船，她突然又紧张起来。要是他一直和她说话可怎么办？万一他想亲她又该怎么办？不过看他的情形，即便有这个心思，也没这个力气。她放下剑，伸出手去拉萨姆斯上船。莉芮尔皱了皱眉，对方身上有一股血腥味，还有泥土和恐惧的气息，显然他已经很多天没有洗澡了。

“谢谢你。”萨姆小声地咕哝了一句，挣扎着爬过船舷，他的腿还使不上劲。他咬着嘴唇，忍着疼痛没叫出声来。腿跨过来之后，他松了口气，声音有些颤抖地说：“你能不能……能不能把我的剑、铃铛拿过来，还有鞍袋？我实在动不了了。”

莉芮尔立刻照办了，鞍袋是最后一个拿过来的。东西拿完了之后，澡盆的一边稍微往下沉了点儿，随后恢复了平衡，但还是吃水很深。然而一个波浪打来，澡盆转眼就翻了，像一条古怪的银鱼一样沉入了清澈的河水深处。

“再见了，勇敢的澡盆。”萨姆小声向澡盆道别。澡盆从阳光能找到的浅水区径直沉入幽深的水底，消失不见。他靠在船上，半是放松半是痛苦地叹了口气。

莫格也在澡盆沉没前跳上了船，这会儿正和坏狗大眼瞪小眼，他们的鼻子几乎都凑到一块儿了。他们就这样僵持不下，互相盯着看，莉芮尔怀疑他们在用人类“主人”无法理解的方式交流。两只动物看起来一点都不友好。他们两个都弓着背，坏狗发出低沉的吼叫，听起来像是从胸腔里冒出来的声音。

莉芮尔手忙脚乱地调整航向，让船继续朝着下游前进。说实话，这艘船根本不需要她的帮助，不过驾船总比谈话简单一些。一旦事情做完，沉默就会让人觉得难受。两个动物还在吹胡子瞪眼。最终莉芮尔觉得自己必须说点儿什么，她真希望自己依然在图书馆里记笔记。

“你……你……遇到什么事了？”她问萨姆。萨姆此时正躺在船底，“为什么会在澡盆里？”

“说来话长啊。”萨姆可怜兮兮地说。他本想坐起来看看她的模样，却往后一仰，撞在船的横梁上。“哎哟！简单来说，就是我为了逃避亡者手卒的追击躲到了澡盆里，因为一时找不到更好的船了。”

“亡者手卒？在这附近？”莉芮尔想到自己在冥界遭遇役亡师赫奇的事，不禁颤抖了一下。她猜想在现世里，赫奇应该在红湖附近，因为预视里是这样显示的。但是他很可能已经不在那里了，说不定赫奇现在就在附近——

“昨天晚上，就在上游几里格远的地方。”萨姆说着，用手指头按了按伤口周围的肌肉。肌肉软软的，却又感觉有些紧绷，这说明他太累了且运动过多，防止伤口发炎的咒语已经失效了。

“伤得挺严重的。”莉芮尔看到他裤子上已经发黑的血迹，“是役亡师干的吗？”

“什么？”萨姆觉得自己搞不好又要晕过去了，去按伤口是个错误的行为，“还好附近没有役亡师。执行命令的那些亡者都挺笨的。这处伤口是之前被刺的。”

莉芮尔想了一会儿，也不知道该说什么才好。他是王子兼继任阿布霍森。

“我昨天遇到了一个役亡师。”她说。

“什么？”萨姆大叫一声，忍着头晕恶心的感觉坐起来，“役亡师？在哪儿？”

“说不清楚是哪儿。”莉芮尔回答，“当时我们都在冥界。我不知道他人在什么地方。”

萨姆哼了一声又倒下去，还好莉芮尔眼疾手快扶住了他的头。

“谢谢。”萨姆小声说，“他……是不是很瘦而且秃头，穿着红色的盔甲？”

“是啊。”莉芮尔小声说，“他名叫赫奇。他想砍我的头。”

萨姆发出咳嗽似的声音，他转向船舷外，脖子上的肌肉有些抽搐。莉芮尔一松手，他就趴在船舷上呕吐起来。吐了好几分钟后，他用凉凉的河水洗了洗脸。

“抱歉。”他说，“我应该是太紧张了。你刚才说，你在冥界遇到了这位役亡师？但是你是珂睐，珂睐是不能进入冥界的。我是说，除了役亡师和我妈妈，其他人都不能进入冥界。”

“我可以去的。”莉芮尔低声说，又开始脸红了，“我……我是个忆往师。我要去冥界找寻一些东西，一些属于过去的东西。”

“忆往师是什么？过去的事情和冥界又有什么关系？”萨姆问。他很迷糊，也不知道究竟是莉芮尔在胡说，还是他理解不了对方说的话。

坏狗忽然放弃了跟猫大眼瞪小眼的交流，她终于开口说话了：“我觉得，应该先让我的主人处理一下你的伤口，然后我们从头理一理。”

“那样得花不少时间呢。”莫格无精打采地说。他东翻西翻，希望找出一条鱼来当饭吃。不管刚才他们通过肢体语言交流了些什么，目前看来他似乎处于下风。

“那个役亡师，”萨姆小声说，“他也烧伤你了吗？”

“没有，”莉芮尔很迷惑地回答，“他烧伤过什么人吗？”

现在轮到她不明白了。萨姆已经无法回答了，他的眼睛眨了几下，彻底闭上了。

“你最好处理一下他的伤口，主人。”坏狗说。

莉芮尔烦躁地叹了口气，拿出小刀割开萨姆的裤腿。与此同时，她开始寻找咒契，找到清理伤口、缝合伤口的咒印。

很显然，只能等等再做解释了。

第三十八章
亡者之书

莉芮尔的困惑持续了差不多一整天，因为萨姆一直睡着，等发现者号轻轻停在一片沙洲旁的时候，他才醒过来。莉芮尔在岛上建起营地。晚餐是烤鱼、烤土豆和饼干，他们两个讲了各自的经历。莉芮尔惊讶地发现跟萨姆谈话有一种轻松的感觉，就像跟坏狗说话一样。莉芮尔觉得也许是因为萨姆不是珂睐的缘故。

“这么说你预视到了尼古拉斯。”萨姆说道，语气有些沉重，“而且确定他和那个叫赫奇的役亡师在一起，挖掘一个可怕的肆行魔法造物。我猜这就是他信中说的闪电坑。我之前还傻乎乎地希望这些事情都是巧合呢。我以为尼克不可能和役亡师有关，他去红湖只是因为听说那里有新奇的东西。”

“不是我预见到的。”莉芮尔有些犹豫地说，这是先发制人，这样萨姆就不会要求她去预视什么东西了，“是其他人给我看的。一千五百多个珂睐在预视值守的时候看到了那个大坑附近的情况。但是她们还不知道这件事发生的时间……是在过去还是未来。说不定这件事还没发生。”

“我觉得他可能不会在古国停留那么久，”萨姆疑虑重重地说，“我想他现在肯定已经到达红湖附近了。你们看到的那个挖掘工作，很可能在他到达古国之前就已经开始了。戴蓝色帽子和围巾的亡者其实是南方的难民，那些人一个月前穿过了界墙。”

“根据珂睐所见的景象，我将会在红湖上找到尼古拉斯。”莉芮尔说，“但是我不想毫无准备就跑到那里去。赫奇在那里的话就更不想去了。”

“情况变得越来越糟糕了。”萨姆痛苦地说着，把头埋进手里，“我们必须通知艾丽米尔，还有……我也不知道要不要让爸爸妈妈从安塞斯蒂尔回来。问题是，他们得先解决南方难民的问题。说不定妈妈会回来，而爸爸要留在那边——”

“珂睐应该已经发出消息了。”莉芮尔说，“但是她们知道的不如我们多，所以我们也应该把我们掌握的情报告诉她们。不过我们自己也要做点什么，对不对？国王和阿布霍森要过很久才能收到信息，而且他们返回也需要时间。”

“是啊。”萨姆似乎提不起精神，“要是尼克能在界墙那边等我就好了。”

“他可能身不由己。”坏狗说。她正趴在莉芮尔脚边听他们谈话。莫格躺在旁边，爪子伸向篝火的余烬，脑袋旁边有一堆干干净净的鱼骨头。他一吃完东西就睡了，完全不理会萨姆和莉芮尔的对话。

“可能吧。”萨姆盯着手上的伤疤心不在焉地说，“那个役亡师，赫奇，可能趁我们在边境区域的时候就控制住他了。因为那之后我其实从未见到过尼克，只是和他通了几封信。我觉得我应该找到那个混蛋。”

“他好像病了。”残存的记忆闪过眼前——萨姆伸手向她打招呼……莉芮尔惊讶地发现自己居然关心起一个陌生人，“他病了，而且神志不清。我觉得是肆行魔法影响了他，但是他本人却没有意识到。”

“尼克一直没有理解古国这边的情况，他不接受魔法这个概念，他总觉得魔法是子虚乌有的东西。”萨姆盯着余烬继续说道。尼克喜欢问为什么，年龄越大越喜欢刨根问底。他从不接受与他所理解的世界运行、自然规律和机械原理相冲突的事情。

“我也无法理解安塞斯蒂尔。”莉芮尔说，“我听说过，但是那里的情况似乎截然不同。”

“确实是另外一个世界。”坏狗说，“最好这样来理解。”

“不知为什么，它似乎总是不像这里这样真实。”萨姆还在盯着火焰，没在认真听。他看着四处溅落的火星，想要趁它们随风飞舞的时候把它们数清楚。“一个非常真实的梦境，但那个世界仿佛经过大水的冲刷，黯然失色，就像一幅淡淡的水彩画。虽然那里有电灯、机动车等具有科技感的东西，但不知为什么，我总觉得它的色调过于柔和了。可能是因为那边没有魔法学校，因为我们离界墙太远。只有在风从北边吹来的时候，我才可以施展一点儿小法术，用光线变个小戏法。有时候我觉得自己仿佛陷入了深深的睡眠之中，感受不到咒契的存在。”

他又沉默了。几分钟后，莉芮尔说：“还是继续讨论一下我们该做些什么吧。”她犹豫地说，“我要去奎尔，跟巡警或者皇家卫队一起去边城。但是赫奇已经知道我——我们了——所以按部就班地去边城似乎不太明智。我的意思是，我们还得去红湖，得秘密地去。大摇大摆地在奎尔码头上岸，会不会有点儿傻？”

“对的。”坏狗表示同意，似乎对于莉芮尔的这番考虑感到自豪，“赫奇身上有股味道，就算是莉芮尔成功逃跑了，我还是能闻到那种强大力量留下的味道。我觉得他不仅仅是个役亡师。但不管他到底是什么，他肯定很聪明，而且策划了很久来对抗古国。为他效力的既有活人，也有亡者。”

萨姆斯一时没说话。他目光离开火焰，朝熟睡的莫格皱皱眉头。现在可以确定的是，尼古拉斯被敌人控制住了。但就算知道了又能如何呢？他现在无计可施。他当初只想着把尼古拉斯救出来，然后带着他返回自己的王宫——这个想法多么简单、易行啊。

“我们不能去奎尔。”他说，“我觉得我们应该去祖宅——阿布霍森祖宅。我可以从那里送出一只信鹰，然后我们可以……做好准备再出发。我们需要锁甲之类的东西，或许我还能找一把更好的剑。”

“而且很安全。”坏狗意味深长地看了萨姆一眼。

萨姆看向别处，不去看坏狗的眼睛。她知道萨姆的小算盘。他心里很矛盾，又想继续往前走，又想就此罢休。他此刻面临很大的压力，他头疼欲裂。但不管他去哪里，都逃不掉继任阿布霍森的身份，而他总是表现得配不上这个称号。

“我觉得这是个好主意。”莉芮尔说，“那个宅子在长崖，对不对？我们可以从那里往西走，避开大路。阿布霍森的宅子里有马吗？我不会骑马，不过你骑马的时候我可以使用咒契皮肤——”

“我的马死了……”萨姆突然打断了她，脸色有些苍白，“我不想要别的马！”

他不高兴地站起来，一瘸一拐地走到黑暗处，盯着瑞特林河看，黑暗的河面上不时泛起银色的涟漪。他听见莉芮尔和那个狗形生物在他身后说话，但是她们声音很小听不清在说什么——那条狗太像莫格了，让人感觉很不舒服。他知道她们肯定在谈论自己，这让他感到羞愧难当。

“他就是个小屁孩。”莉芮尔生气地小声说。她很不习惯萨姆斯的言行。虽然他提供了很有用的情报，但他仍然是个大麻烦，“我是在制订下一步的行动方案呢，也许我们还是丢下他的好。”

“他确实挺麻烦的。”坏狗说，“但是他也遭遇了很多意料之外的情况——何况他还了受伤，而且很害怕。但这都是暂时的，明天他就会好起来的，会越来越好的。”

“希望如此吧。”莉芮尔说。她现在知道了不少关于尼古拉斯和闪电坑的事情，还知道了袭击萨姆的亡者是怎么回事，她觉得自己必须借助一切可能得到的帮助，整个古国都需要帮助。

“不管怎么说，作为继任阿布霍森，这是他的工作啊。”莉芮尔又接着说，“本来应该是他去对付赫奇和那些乱七八糟的东西，我安全地待在冰川才对！”

“如果赫奇的计划就是阿布霍森和国王预料的那样，那任何地方都是不安全的。”坏狗说，“任何拥有血统的人都必须保护咒契。”

“唉，坏狗啊，”莉芮尔叹口气，抱住坏狗，“为什么每件事都这么艰难？”

“是啊！”坏狗凑近她的耳朵，低声说，“睡一觉会感觉轻松一些。新的一天会有新的景象和新的气味。”

“睡觉有用吗？”莉芮尔嘟囔了一句，但她还是躺在地上，把包裹当枕头垫在脑袋下面。河边不时吹来阵阵微风，但天气还是太热了，根本就不用盖毯子。不光热而且潮湿，蚊子特别多。按古国日历计算，夏天还没有真正开始，但是天气却已经热了起来，而且也没有任何下雨的迹象。

莉芮尔拍死一只蚊子。萨姆回来了，一屁股坐在鞍袋上，莉芮尔转头看着他。他拿了个东西出来——一个明亮闪耀的东西。莉芮尔坐起来一看，原来是一只镶嵌着宝石的青蛙，还有着一对翅膀。

“抱歉，我刚才态度很差。”萨姆小声说着，放下青蛙，“这个可以捕捉蚊子。”

莉芮尔不需要多问就明白了。青蛙向后翻了个筋斗，吐出舌头，吞掉了两只吸饱血的大蚊子。

坏狗从刚才刨的洞里探出头来，睡眼蒙眬地说：“真厉害。”

“本来是做给我妈妈的。”萨姆的声音中带着自怨自艾的意味，“我也就擅长做这些东西了，这是我唯一的技艺。”

莉芮尔点点头，她看着青蛙对各种昆虫大开杀戒。它飞得很轻快，青铜翅膀拍起来的速度和蜂鸟不相上下，发出的声音就像紧闭的百叶窗被风吹动。

“莫格杀了它……”萨姆盯着篝火突然开腔，“我的马——嫩芽。我对它太过分了。它都已经走不了了。我没办法解救它，于是莫格不得不割断它的喉咙，这样亡者就不能吞噬它的肉体和灵魂。”

“可你也没有别的选择啊。”莉芮尔有些不安，“我是说，这也是没有办法的事情啊。”

萨姆没说话，还是盯着火堆里剩下的几块红炭。他听见瑞特林河流淌的声音，还有坏狗睡着了发出的呼呼的声响。他还能感觉到莉芮尔就坐在三四步之外，等着他的回答。

“应该由我来下手。”他小声说，“但是我很害怕，我害怕冥界，一直都怕。”

莉芮尔张口结舌，一个字都说不出来，她现在更不安了。从来没有人跟她吐露过这么多秘密，更别说目前这种事！他可是阿布霍森的儿子——继任阿布霍森。他怎么可能害怕冥界呢？这就好像珂睐害怕预视之力一样。完全无法想象。

最终莉芮尔安慰他说：“你累了，还受了伤。还是休息吧，明天早上会好起来的。”

萨姆想转头看着她，却一直低着头不敢看她的眼睛。

“你去了冥界。”萨姆小声说，“你害怕吗？”

“怕呀！”莉芮尔说，“但是我遵照了书上写的步骤。”

“什么书？”尽管天气很热，萨姆还是不可抑制地战栗起来，“《亡者之书》？”

“不是。”莉芮尔回答。她从未听说过《亡者之书》，“是

《回忆与忘却之书》。它教你如何去冥界，任何一个忆往师如果想进入冥界，回顾过往，都必须遵从它的指导。”

“没听说过啊。”萨姆小声说。他盯着自己的鞍袋，仿佛鞍袋里装着满满的毒液似的，“我本来该学习《亡者之书》的，但是我根本不敢看它。我想扔下它，但是它总跟着我，还有七铃……我摆脱不了这两样东西，但是也不敢看它们。现在我需要借助它们的力量去救尼克。简直没天理，我从来没有要求成为继任阿布霍森！”

可是我五岁的时候也不愿意让妈妈走啊，我也不愿意成为一个没有预视能力的珂睐啊，莉芮尔心想。这个萨姆斯王子真是很幼稚，坏狗说的没错，他累了，还受伤了，有些神志不清了，就让他抱怨一会儿吧。要是他明天还是这副颓废的样子，坏狗非咬他不可。这招对莉芮尔很管用。

莉芮尔没把自己的想法说出来，她摸了摸萨姆身边的铃带。

“我可以看看七铃吗？”她问。尽管安静地放在一旁，她依然能感觉到这些铃铛的力量，“要怎么使用？”

“《亡者之书》里写了该怎么使用。”萨姆犹豫地回答，“但是你不能直接用七铃来练习。它们只能实战的时候使用。不！别……请不要拿出来。”

“我会小心的。”莉芮尔被萨姆的反应吓了一跳。他脸都白了，在黑暗中特别明显，而且还在发抖，“我知道七铃，它们和我的笛子很像。”

萨姆吓得后退了好几步。如果她一不小心把铃铛弄掉了，或者不小心弄响了其中一个，他们两个人就会一起被拖进冥界。他非常害怕，怕得要死。然而，他又很希望莉芮尔能拿起七铃，仿佛这样就能切断自己和七铃的联系。

“你实在想看的话，就看看吧。”他犹豫地说。

莉芮尔认真地点点头，用手摸着光滑的桃木手柄和打了蜂蜡的柔软皮革。她忽然很想系上铃带走进冥界去试试这些铃铛。相比之下，她的笛子更像是玩具。

萨姆看着她抚摸七铃，吓得颤颤巍巍，他知道这些铃铛挂在胸前的时候是何等冰冷沉重。莉芮尔的头巾向后滑下去，露出了黑色的长发。火光照在她的脸上，映在她的眼睛里，闪耀着金色的光辉。萨姆突然有一种奇怪的感觉：他觉得他们似曾相识，仿佛曾经见过面。但这是不可能的，因为他从未去过冰川，莉芮尔也是第一次离开冰川。

“我能不能看看《亡者之书》？”莉芮尔问，她的声音里充满了渴望。

萨姆看着她，暗暗想了一下：“《亡者之书》会……会伤害你的。”他结结巴巴地说，“不能随便看。”

“我知道。”莉芮尔说，“但是不知道为什么，我总觉得自己必须要看看这本书。”

萨姆暗自揣度：珂睐、皇室和阿布霍森有着血脉联系，所以莉芮尔大概也有特殊的力量，不会立刻被那本书伤害吧。她读过《回忆与忘却之书》，不管那本书到底讲的是什么，但她似乎更具备成为阿布霍森的资质，至少她能进入冥界，而且她的咒契咒印依然很干净。

“在那边。”他指指鞍袋，然后犹豫了一下，后退了十几步来到河边，坏狗和莫格处于他和莉芮尔之间——还有那本书。萨姆躺下来，坚决不去看莉芮尔，他甚至不想看到那本书。他的飞行青蛙跟在他身后，迅速消灭掉了他周围的蚊子。

萨姆听见身后传来打开鞍袋的声音，然后是银搭扣发出的轻微的声音——接着传来了翻书的声音，随后柔和的咒契光芒闪耀起来。没有爆炸，没有焚烧万物的火柱产生。

萨姆松了口气，闭上眼睛睡去了。几天之后，他们就能到达阿布霍森的祖宅。那里很安全。他会留在祖宅，而莉芮尔会独自一人继续她的旅程。

但是，在临睡前，他的灵魂深处仿佛有个声音在说：尼古拉斯是你的朋友，打败役亡师是你的职责，你的父母期望你能够直面敌人。

第三十九章

高桥

第二天早上萨姆感觉好多了，至少不感觉那么疲惫了。莉芮尔的治愈魔法让他的腿好了很多。但是他依然非常紧张，众多责任又压到了他的身上。

莉芮尔身体虽然疲倦，但十分振奋。她熬夜读完了《亡者之书》，黎明前才读完最后一页，阳光迅速驱散了夜晚最后一点儿清凉。

书里还有很多内容没有显示，但是莉芮尔读完了整本书，至少她翻到的每一页都读完了。她还是没能完全理解。莉芮尔意识到，《亡者之书》需要反复阅读，每次阅读都会有新的内容。从各个方面来说，这本书让她觉得自己还很无知，书中只提供了她能理解的一点点知识。这本书也让她对冥界和死亡本身产生了很多疑问，问题远比答案多。也许书中提供了答案，但是在她真正理解之前，是不会记起来的。

只有最后一页的内容牢牢印在她的脑海里，最后一页只写了一句话：

是行者选择路，还是路选择行者？

她思考着这个问题，把头埋进河水里想让自己清醒一下。当她重新系上头巾穿好马甲的时候，她依然在想这个问题。她不想和刚刚到手的七铃与《亡者之书》分别，但最终还是趁萨姆在下游洗澡的时候，把这些东西放回他的鞍袋里。

上船的时候他们都没说话，没有提及书和铃，也没提萨姆昨晚说的那些事情。莉芮尔升起发现者号的帆，他们继续顺流而下，唯一的声音就是她拉动主桅帆操纵索时帆布发出的拍打声，和船底哗哗的流水声。大家都觉得现在不宜交谈，尤其是莫格。他被萨姆抱上船的时候，还在呼呼大睡。

走了一段路之后，莉芮尔拿出盘子大的肉桂蛋糕，将其分成小块给大家吃。坏狗一口就吞掉了自己那一份，萨姆却怀疑地看着自己眼前的那份。

“是先尝一尝呢，还是直接吞下去呢？”他努力想笑一下。他显然好多了，莉芮尔心想。至少比昨晚郁闷地抱怨时好多了。

“你不吃可以给我啊。”坏狗说。她一直盯着萨姆手上的蛋糕。

“不给。”萨姆说着，咬了一小口，用力嚼着。然后他把没吃的那半块蛋糕递给坏狗，说：“交换一下，我把这半块给你，你让我看一下你的项圈。”

他还没说完，坏狗就往前一跳，吞下了蛋糕，然后把下巴放在萨姆的大腿上，使他一伸手就能够到自己的脖子。

“你为什么想看坏狗的项圈？”莉芮尔问。

“那上面的咒契咒印我从没见过。”萨姆说着，摸了摸坏狗的项圈。项圈看起来像是附加了咒印的皮革，但当他的手接触到项圈表面时，却发现它是纯粹的咒印，只有咒印，仿佛无穷无尽。他觉得自己整只手都陷入了项圈中，甚至整个人都陷了进去。他仿佛置身于魔法的海洋里，其中鲜有他认识的咒印。

他不情愿地把手缩回来，然后心血来潮地挠了挠坏狗耳朵之间的地方。摸起来就像一只普通的狗，就像莫格摸起来像普通的猫一样。但是，他们两个其实都是纯粹的魔法生物。只不过莫格的项圈附加的是强大的禁锢咒语，而坏狗的项圈附加的则是截然不同的东西，那个项圈更像是咒契本身。它摸起来如同咒契石一样。

“真棒。”坏狗叹了口气，对萨姆的抓挠很满意，“但是也请挠挠我的背吧。”

萨姆照办了，坏狗伸展着四肢，这样有人服侍自己，它非常享受。莉芮尔看着他们俩，忽然意识到坏狗从来没和其他人在一起过。之前有其他人在场的时候，坏狗总会消失不见。

萨姆给坏狗挠着痒痒，看朝阳照在水面上，忽然无意识地说：“你的项圈上有些咒契咒印看起来很眼熟。”今天又是炎热的一天，不过他的帽子弄丢了。一定是他从磨坊的台阶上摔下去的时候弄丢的。

坏狗没说话，她翻了个身，让萨姆挠挠后背的各处。

“但是我想不起来是在哪儿见过了。”萨姆停下来仔细想。他不知道那些咒印是做什么用的，但是他肯定在什么地方看到过。不是书上写的，也不是咒契石上刻的，肯定在某个东西上面……“不是莫格的项圈——那上面的咒印跟这个完全不同。”

“你想多了。”坏狗咕噜咕噜地说，不过并没有生气，“好好挠痒痒，帮我挠挠下巴。”

“你的要求还真多，你可是珂睐的仆人啊。”萨姆说。他看着莉芮尔又问了一句，“她总是这样吗？”

“什么？”莉芮尔又在琢磨《亡者之书》。过了好一会儿她才注意到萨姆，她突然很希望自己还在大图书馆，每个人都不能随便找她说话。

萨姆又问了一遍，莉芮尔看着坏狗。“一般来说有过之而无不及。”她回答，“她不是要吃的就是要挠痒痒。总之非常麻烦的。”

“所以我才叫坏狗啊。”坏狗得意地边摇尾巴边说，“而不是普通的狗。你现在别挠了，萨姆斯王子。”

“怎么了？”

“我闻到人的气味了。”坏狗站起来，“就在下一个转弯处。”

萨姆和莉芮尔认真看了看，完全没看到周围有人居住，也没看到别的船只。瑞特林河转了个平缓的大弯，河岸渐渐高起，慢慢变成了有着粉色岩石的高耸悬崖，挡住了前面的景物。

“我能听见很大的声响。”坏狗说，她现在站在船头上，耳朵竖起来，还抖个不停。

“激流的声音？”莉芮尔紧张地问。她信任发现者号，但是她不希望和发现者号一同冲进瀑布——随便和哪艘船都不想。

萨姆站在她旁边，手握着船舷保持平衡，努力看着前方。不管前面有什么东西，现在都是看不到的。他又仔细看了看河岸，两岸已经成了真正的悬崖，河流越来越窄，在前面只有几百码宽。

“没发现什么。”他说。莉芮尔对于这种安塞斯蒂尔的表达方式表示疑惑，于是萨姆又解释说，“我是说情况还算正常。我们到了高桥峡谷。河道变窄，水流变快，但是船还是可以通过的。不过水位却比往年这个时候低，估计水流不会很快的。”

“哦，高桥。”莉芮尔暂时松了口气。她在书里读到过关于高桥的内容，也见过它手工上色的版画彩图，“我们实际上是在镇子下面航行的，对吧？”

萨姆若有所思地点点头。好几年前，他和父母一起来过高桥峡谷这边。他们是从陆路过去的，没走瑞特林河，但是他记得塔齐斯顿给他指出那些在上游巡逻的警卫船，它们在上游和高桥之下河水重新变宽处形成的水潭处巡逻，保卫瑞特林河的这一段不受盗贼的骚扰，并向过往客商收取费用。艾丽米尔说不定向沿河巡逻的卫兵下达了命令，要“护送”萨姆上岸并将他送回拜里塞尔。

这应该是一条安全的道路，他心想，接下来的事情就都由艾丽米尔负责了。但是这样一来，他就必须解释和卫兵打斗的事情，而且也来不及营救尼克了。他非常确定，莉芮尔会丢下他，一个人继续前进。

“到底是不是啊？”莉芮尔再次问，“是在镇子下面航行吗？”

“什么？”萨姆问。他还在考虑怎么做才最好，“是……是的，是从下面过的。嗯，经过镇子的时候，我最好藏在毯子或者别的什么东西下面。”

“为什么？”莉芮尔和坏狗同时问。

“因为他是个逃跑的王子。”莫格打了个哈欠，走上前来，伸伸爪子，看了看前面继续说道，“他是逃出来的，他姐姐想把他抓回去参加拜里塞尔的夏日盛典，让他扮演夏季傻瓜之类的角色。”

“是报晨鸟。”萨姆很尴尬地纠正道。他已经钻进船底准备躺下了。

“你说你离开拜里塞尔是为了寻找尼古拉斯，我以为是你父母派你去的！”莉芮尔很惊讶，不经意带上了她训斥坏狗时的语气，“就像我被珂睐派出来一样。你是说他们根本不知道你在干什么？”

“嗯……不知道。”萨姆心虚地回答，“爸爸可能猜到了我会去找尼克。如果他们知道我走了就能猜到。不过这取决于他们在安塞斯蒂尔的位置。我们送信的时候，我会解释的。唯一的问题在于艾丽米尔很可能命令了所有的卫兵和巡警，尽一切可能把我送回拜里塞尔。”

“真棒。”莉芮尔说，“我还在想，要是路上需要帮手的话可以指望你呢。王子嘛，我以为——”

“我还是能帮上忙的——”萨姆刚刚开口，坏狗就发出一阵警告的叫声。此时，他们就正好绕过河湾，一艘警卫船靠近河心的浮标——那是一艘细长的单层帆船，挂着方形的船帆，配备有三十二只桨。当发现者号出现在河湾处的时候，一个船员解开系在浮标上的缆绳，其他人升起船帆，上面带有皇室的金色塔楼的标志。

萨姆赶紧缩到船底，用毯子盖住脸。他藏好了之后，忽然觉得有个东西跳到脸上，他吓了一跳，还以为是老鼠。他很快意识到，莫格也钻到毯子底下了。

“优雅的猫和脏兮兮的狗共乘一条船，在他们看来会显得很奇怪。”莫格在闷闷的毯子底下贴着萨姆的耳朵小声说，“我在想，万一他们怀疑我们走私，会不会像那些城里卫兵搜查干草车一样进行搜查。”

“怎么搜？”萨姆小声问。不过他觉得自己不是很想知道答案。

“他们把所有的东西都用长矛戳一戳，确保没有窝藏什么东西。”莫格心不在焉地说，“我藏在你的胳膊下面好不好？”

“他们不会那样做的。”萨姆很确定地说，“他们知道这是珂睐的船。”

“真的吗？他们可能知道，但是莉芮尔看起来不像珂睐啊，对吧？你之前也怀疑她偷了一艘船啊。”

“别出声，快藏好。”坏狗在萨姆耳边轻声说着，一屁股坐在他旁边——坐在毯子上。之后毯子又动了动，仿佛是莉芮尔又整理了一下毯子，让这一堆东西看起来像行李而不像身体。

接下来的十几分钟，什么事都没发生。莫格仿佛睡着了，坏狗索性趴在萨姆身上。萨姆只能看见毯子下面的东西，但与此同时，他却能听见之前忽略的各种声音：拼接起来的船体发出的吱吱声，浪花敲击船底发出的声音，索具发出的嗡嗡声，还有吊杆发出的撞击声。

接着他听到了另一个声音——很多桨同时划动时发出的沉重

的声音，还有一个声音喊着号子：“意志坚定，勇往直前，船桨起伏，意志坚定……收桨停船！”

接着是一声大吼，那声音很响亮，近在身旁，吓得萨姆差点缩成一团。

“什么船？要去哪儿？”

“是珂睐的船，‘发现者号’。”莉芮尔回答。她的声音很快淹没在湍急的水流声中。她强迫自己大声一些，结果被自己的声音吓了一跳，“是珂睐的船，‘发现者号’，准备去奎尔。”

“哦，对，我认识发现者号，”那个声音似乎不那么打着官腔了，“一看就知道这艘船是您的，小姐——你可以通过了。你要停下来去镇上看看吗？”

“不用了。”莉芮尔说，“我要去执行珂睐的一项紧急任务。”

“没问题。”那个护卫船的指挥官隔着四十尺宽的水面，在另一艘船上朝着莉芮尔点点头，“最近确实有了一些麻烦事。你要小心河的两岸，最近报告说有亡者出没。简直和国王归来之前一样了。”

“我会小心的。”莉芮尔大声回答，“谢谢你，船长。我现在可以走了吗？”

“走吧，姑娘。”卫兵挥手喊道。随后，船桨再次落下，那些人坐在各自的座位上用力划桨。掌舵的女人把船舵转向一边，护卫船慢慢划破水流，快速离开了。当船开走的时候，莉芮尔看到水中有某种金属物品在闪光，莉芮尔意识到那是个长长的金属撞锤。很显然，任何不听命令停泊的船只都会被撞沉。

他们经过的时候，一个卫兵很奇怪地看着莉芮尔。她注意到那个卫兵的手慢慢在向弓弦靠近。其他人都没在意她。过了片刻，那个奇怪的卫兵也看向了别处。莉芮尔感觉很不自在。有那么一会儿，她甚至觉得自己闻到了肆行魔法那种带着金属气息的臭味。她看了看坏狗，坏狗也在盯着那个卫兵，而且背上的毛都竖起来了。

萨姆听着帆船上整齐的桨声越来越远，小声问："他们走了吗？"

"走了。"莉芮尔回答，"你最好再躲一躲。他们还能看见，我们现在就要到高桥了。他们中有一个人感觉有点儿奇怪。我觉得有肆行魔法的气味，说不定他根本不是人。"

"不可能是肆行魔法。"萨姆说，"河的水流很急。"

"并不是所有的肆行魔法生物都会像亡者一样害怕流水。"莫格说，"这是常识。"

"猫说的没错。"坏狗补充道，"流水无法阻挡第三类生物，也不能阻挡九大要素无法定义的东西。这里应该没有那些东西，但是船上确实有类似的存在，萨姆斯王子。那个东西只是类似人类。还好有很多人在场他不敢暴露自己，但是我们必须提高警惕。"

萨姆叹了口气，放弃了扒开毯子的想法。四周潜伏着危险而自己却躺在黑暗之中，这感觉真让人难受。何况他从未从水上见过高桥，据说那里是古国最壮观的景点之一。

莉芮尔显然被四周的美景吸引住了。尽管水流越来越湍急，她还是让发现者号自动驾驶，自己则欣赏着美景。

高桥原本是一座横跨在峡谷两侧山崖上的巨大天然石桥，高约四百四十尺，瑞特林河从下方流过。数百年来，庄严的石桥渐渐被人类建筑所覆盖。首先在此修建的是城堡，因为下方的流水可以起到保护作用。没有任何冥界生物可以跨过湍急的水流，逼近那座城堡的围墙。

这一点在混乱时期变得尤为重要，当时古国境内很多咒契石都被毁坏了，那些仰仗咒契石提供保护的村子也被毁了，到处都是胡作非为的亡者。于是在数年间，高桥地区来的那座城堡被各种建筑环绕——屋舍、旅店、仓库、磨坊、冶炼厂、工厂、马厩、酒馆等等。有很多建筑都深入了桥体，因为那里的石头有数百尺厚。桥本身也超过一里宽，但不是很长。东西两座峡谷之间只有一箭的距离，那是著名的弓箭手艾尔沃德·布莱克海尔射出的一箭。

莉芮尔目不转睛地看着这座奇怪的城镇，忽然有个女人大叫一声，仿佛是船首雕像发出的声音。与此同时，发现者号的舵忽然从她手里滑了出去，用力向左转。船帆一个急转，船身向右侧倾斜，右后方几乎全部沉入水中，浪花和水流涌入船里。

萨姆撞上右舷的栏杆，坏狗和莫格不知怎么回事都摔到他身上，其中还夹杂很多别的东西。还有很多水浇到他身上。

萨姆扒开毯子，顺着船边想要抓住栏杆，结果手却直接伸进河水里，萨姆这才意识到，发现者号转弯转得太急，倾斜得太厉害，眼看就要沉没了。他绝望地挣扎着，想摆脱莫格、坏狗、行李和毯子，同时他大喊着："莉芮尔！莉芮尔！到底出了什么事？"

第四十章
桥下

莉芮尔正忙着爬回船里，根本来不及回答。吊杆打在她肩膀上，她还没搞清楚发生了什么就被摔到了船外。幸好她抓住了扶手，发现者号很恐怖地朝她倒下来，毫无疑问船是要翻了——而且会把莉芮尔压在下面。

然而就像突然倾斜的时候一样，发现者号迅速矫正了位置。突如其来的一个抬升让莉芮尔回到船里，跟萨姆、坏狗、莫格，各种乱七八糟的工具和泥水纠缠在一起。

与此同时，发现者号来到高桥的下方，灿烂的阳光变为奇异的微光，瑞特林河流进了由石桥构成的巨大隧道里。

“怎么了？”萨姆终于从湿乎乎的毯子里爬出来。莉芮尔也回到船舵旁边，全身都湿透了，手里还握着船尾上的什么东西。

“一开始我以为是发现者号疯了。”莉芮尔说，“但是我发现了这个。”

萨姆一边咒骂一边从缠着自己双腿的毯子里挣脱出来。高桥下面不算太黑，因为光可以从两端照进来，水流让阳光变得模糊，仿佛穿透薄雾一样。坏狗冲到莉芮尔身边去看，而莫格嗅了嗅气味，走到船首处慢慢把毛舔干。

坏狗比萨姆先看到了莉芮尔手中的东西，她大叫起来。在左舷靠近船尾的地方，船缘的下面有个小洞。在发现者号把莉芮尔甩下船之前，她一直坐在那里。莉芮尔手里拿的是一支弩箭，这支箭把船射穿了一个洞。箭杆被漆成白色，嵌着乌黑的羽毛。

“幸好射偏了！”萨姆惊呼，那个洞有他的三个手指那么大。

“多亏了发现者号。”莉芮尔轻轻拍拍船舵，“这艘可怜的船受伤了。”

“本来会直接射死你的，穿了盔甲也挡不住。”萨姆忧心忡忡地说，“这是战场上用的弩箭——不是打猎用的箭，而且瞄得很准。准过头了，有些不正常。”

“他们可能会在隧道那头再射一箭——在我们出去之前。”莉芮尔警觉地看了看周围高耸的石壁，“我们头上有没有缺口，你知道吗？”

“不知道。”萨姆说。他跟莉芮尔一起看着石壁，周围只有牢不可破的黄色石头。而石桥本身在他们头上数百尺的地方，光线很暗淡，就算有缺口他们也看不见。

“我什么都看不见，主人。”坏狗说着，也仰头看上面，“随水流前进的话，过几分钟就会出去了。”

“你知道怎样防御箭矢吗？”萨姆问莉芮尔。水流载着他们快速前进，桥另一侧出口处明亮的阳光正在飞速靠近。

“不会。”莉芮尔紧张地说，“可能是学过的，但是我逃了不少格斗课。”

“没关系。”萨姆说，“我们换个位置好吗？我坐在这里掌舵，后背附上防箭矢的咒语。你拿好弓箭，准备还击。莫格，你的视力最好，你帮莉芮尔看着。”

“怪狗……管她叫什么名字，反正这只狗可以看着。”莫格在船头上说，“我继续睡觉”

“避矢咒语不顶用怎么办？”莉芮尔表示抗议，“你已经受伤了——”

“会管用的。”萨姆站起来，莉芮尔只好让开，“我每天都和卫兵进行练习，只有附了魔法的箭矢才能穿透。”

“很可能附了魔法啊。”莉芮尔从蜡封的袋子里拿出一根新的弓弦给自己的弓换上。那支黑白两色的箭没有任何魔法的气息，但是这并不代表箭上没有附上魔法。

“那也得比避矢咒语更强才行。”萨姆非常自信地说——其实他没这么自信。他施展过很多次防御箭矢的咒语，但是从未在实战中使用过。塔齐斯顿在他六岁时就教过他这个咒语，当时用来测试的箭矢都是玩具，箭头用旧睡衣的布片包起来。后来他用钝的箭进行练习。他从来没有试过可以射穿一寸厚钢板的战斗弩箭。

萨姆坐在船舵边，面向船尾，开始寻找自己需要的咒印。他一般是用剑将避矢咒印引导到空中，但是他也会徒手施放咒语，而且做得同样好。

莉芮尔看到他的手敏捷熟练地移动，咒印渐渐在空中闪亮起来。它们悬浮在空气中他手指划过的地方。莉芮尔心想，不管他有什么缺点，首先他是个很出色的咒契师。他或许很害怕冥界和死亡，但他绝不是个懦夫。换了她，她肯定不愿意坐在那里当靶子，就靠着一道咒语来阻挡以致命速度飞来的尖利弩箭。她不禁打了个寒战。要不是有发现者号，她现在可能已经死了，不死也会奄奄一息地躺在船上，流着血。

想到这里，莉芮尔的心不禁缩紧了，她仔细地上好弓弦。不管这个隐匿的杀手是谁，莉芮尔都要尽一切可能确保他不会射出第二箭。

萨姆蹲在船尾，完成了避矢咒语，画出了一个圆圈，他的双手继续移动，让手指上不断涌出的新咒印进入身后那个闪光的圆环里。

“不能停下来。”他一边说一边比画，“这是个缺点。好了！我们马上就会出——”

他们突然进入了阳光里，萨姆本能地蜷起身体，尽量缩小目标。

莉芮尔跪在桅杆旁，注视着上方，她一时间什么都看不见。就在此时，那个杀手再次放了一箭。箭矢飞出来，莉芮尔尖叫着想警告萨姆，但是声音还没发出来，那支带有黑色羽毛的箭已经击中了避矢咒语形成的圆环——随即就消失了。

“快点儿！”萨姆大口喘着气，努力维持着咒语，全身都绷得紧紧的。

莉芮尔努力寻找射箭的人，但是桥的石头上和建在桥上的建筑物上都布满了洞口和窗户。高桥上满是人，窗边有人，阳台上有人，围栏边有人，还有人吊在悬空的平台上给墙壁涂抹泥灰……她根本不知道要去哪里找射箭的人。

坏狗来到莉芮尔身边，抬起头叫了一声。那声音很诡异，音调很高，在水面不断回响，并沿着两岸的峡谷传遍了整个高桥镇。就像很多头狼突然出现在河上、镇子里，以及周围的地方。

所有的人都停下工作四处张望，只有中间一扇窗户没有动静。莉芮尔看到有人突然打开百叶窗，手里还握着一张十字弓。

趁着那个人出现的时候，莉芮尔赶快拉弓射箭，但是她的剑却被风吹得偏离了路线，射中了那个人头顶的墙壁。就在莉芮尔拿出另一支箭的时候，那个杀手以惊人的平衡能力站在了窗台上。

坏狗深吸一口气，再次叫起来。杀手扔掉十字弓，捂住了耳朵。即使如此，他也不能阻止那个骇人的声音驱使他的两条腿跨向空中。他想回到屋里，但却无法控制腰部以下的身体。片刻之后，他摔了下去，跟他的十字弓一起掉进了四百尺之下的河水里。落下来的时候他的手还一直捂着耳朵，腿却一直在空中动个不停。

杀手掉进河里之后，坏狗便不再叫了，莉芮尔和萨姆感觉到了他的死亡。他们看着涟漪慢慢扩散，撞到发现者号的船底，然后消失不见。

“你做了什么？”莉芮尔小心翼翼地把弓放好。她从未看到或者感应到真正的死亡。她曾经参加过告别仪式，但那时候死亡距离她十分遥远，且被传统和仪式层层阻隔。

“我让他走动。”坏狗说着坐下来，脊背上的毛依然愤怒地竖立着，“只要有机会，他就会杀了你的，主人。”

莉芮尔点点头，拥抱了一下坏狗。萨姆警惕地看着她们两个。那声号叫是纯粹的肆行魔法，其中没有丝毫咒契魔法。坏狗看起来很友好而且很忠于莉芮尔，但是他实在无法忘记她有多危险。那个号叫声让他想起了什么，他虽然经历过但一时却说不清楚。

至少莫格的情况比较清楚。他就是肆行魔法生物，被项圈束缚着，很安全。坏狗则像是两种魔法组合起来的、具有自己意志的某种东西，萨姆从未听说过有这种存在。他不禁再次希望妈妈在身边。他坚信萨布莉尔会知道坏狗的真实身份。

“我们最好快点儿离开这个地方。”莉芮尔急切地说，“前面还有一艘护卫船。”

萨姆迅速跑到坏狗对面，蹲下来，那条狗正笑着看着他，又尖又白的牙齿从嘴里龇出来。萨姆勉强冲着她笑了笑，心里忽然想起小时候听到的关于狗的忠告——永远别让它们知道你感到害怕……

“哎呀，这里好多水。”他一边抱怨一边躺下，把湿乎乎的毯子拉到身边，“我应该在隧道里的时候就把水舀出去。”

他刚要把毯子盖在脸上，就看到莫格一边晒着太阳，一边整理自己的毛发。

“莫格！”他认真地说，“你也来藏好吧。”

莫格看了看没过萨姆双腿的水，吐了吐粉色的小舌头。

“太湿了。”他说，“再说，无论如何护卫船都会拦住我们的。那条狗瞎叫了一通，卫兵们都从镇子里得到消息了，幸好没人知道那叫声到底是什么发出的。你还是坐起来吧。”

萨姆哼了一声坐起来，“我躺下之前你就该告诉我的。”他有些不满，然后就拿起一个铁皮桶往外舀水。

“最好别被拦截，就这么通过。”坏狗嗅了嗅空气说道，“护卫船上还藏着好多敌人呢。”

“前面比较开阔，完全可以绕过去。”莉芮尔说，“但是不知道能不能躲过护卫船。”

河的东岸是高桥镇的主要码头。十二条长短不一的栈桥伸入河中，桥边停满了商船，船上的桅杆形成了一片小小的森林。栈桥后面是一座建在峡湾石壁中的码头，长长的走廊上堆满货物，随时可以转运到船上或者运往镇子里。在码头之外，是陡峭的台阶，沿着悬崖壁通往镇上，台阶上方有起重吊索，吊着大小的箱子、桶和包裹。

河的西岸很开阔，只有几艘商船顺流而下，一艘护卫船正准备抛锚。如果他们能摆脱那艘护卫船一直行驶，前面就没什么阻碍了。

“船上至少有二十个弓箭手。”萨姆难以置信地说，“我们真的能就这样开过去吗？”

“我觉得这取决于他们的船上有多少个敌方的探子。”莉芮尔拉紧帆索，调整船帆，加快速度，“如果他们真的只是卫兵，就不会向王子和珂睐之女放箭，对吧？”

“那就试试看吧。”萨姆小声说，他也想不出更好的办法。如果那些卫兵真的只是卫兵，最糟糕的情况也不过是他被送回拜里塞尔。如果不是，那就最好离他们远一点儿，“万一风停了怎么办？”

“我们吹口哨，召唤来一股风。”莉芮尔说，“天气运行的法术，你懂得多吗？”

“按我妈妈标准，我是不懂的。”萨姆回答。天气魔法要用哨音控制，而萨姆的口哨吹得并不好，“不过我还是可以设法让风吹起来的。”

“这个主意可不怎么样，就算以你妈妈的低标准来说。”莫格说。他看见护卫船升起了船帆，显然是准备拦截他们，“而且莉芮尔看起来并不像珂睐之女，萨姆斯看起来也不像王子，倒更像流浪汉。再说，这艘护卫船的指挥也许并不认识发现者号。就算他们是真正的卫兵，我们准备逃避检查的话，他们也会用箭射我们的。我个人可不想变成针垫。”

“但是没别的办法了。”萨姆慢慢地说，“就算那艘船上只有两三个敌人，他们也会攻击我们的。我们要是召唤足够的风，说不定能够保持在弓箭的射程之外。”

“好吧！”莫格嘀嘀咕咕地说，“又湿又冷，全身是洞。河上泛舟真愉快。”

莉芮尔和萨姆互相看了看。莉芮尔深吸一口气，咒契咒印浮现在她脑海中，然后她让咒印进入嗓子和肺部并在那里停留。然后她吹起口哨，纯净的音调飘向空中。

随着哨声响起，他们身后的河流开始变暗，泛起了白色的浪花，风吹起来，扑向发现者号的帆。

几秒钟后，风吹动了船帆，发现者号微微倾斜，开始加速，突如其来的压力让索具仿佛也发出了哨音。莫格很不高兴地叫着，跳回船尾，成功躲过了一阵浪花。

莉芮尔继续吹着口哨，萨姆也加入进来，他们一起施展天气咒语，让风集中在发现者号的船帆处，让它远离护卫船。护卫船的船帆没有兜住风，无力地耷拉着。

但是护卫船上配备了船桨，还有专业的桨手。指挥官喊着口号，桨手加快了速度，护卫船冲向发现者号，水在它的船头激起水花，金属撞锤在阳光下闪闪发光。

第四十一章

肆行魔法和猪肉

“还有几分钟我们就会进入他们的射程了。”莫格警告大家，他金色的眼睛看着远处的巡逻船与发现者号之间的距离，然后又看了看不远处的河流西岸，“说不定我们得靠游泳才能保住小命。”

莉芮尔和萨姆忧心忡忡地看了看对方，他们很难赞同莫格的说法。尽管他们用咒语唤来了风，但那艘护卫船的速度实在是太快了。为了避开弓箭，他们只好尽可能靠近河岸行驶。

“我觉得我们最好停下来，赌一把，看船上是不是真的有敌人。”萨姆说。他想起自己伤了两个巡警的事情，“他们可能是把我们当作走私犯或者别的什么人了，为这种事情而被箭射伤可不好。再说我不想伤害任何卫兵。如果他们知道我是谁，我就命令他们让你们过去。说不定会没事呢？说不定我会交上好运呢。也许艾丽米尔没有命令他们抓我。”

“我看难说——”莉芮尔有些忧虑。现在他们依然有机会逃脱。但是莉芮尔还没来得及把话说完，坏狗就开口了。

“不行！那艘船上有三四个肆行魔法生物！我们千万不能停

下来！”

“我没闻出来。”莫格说。水花溅到船头，他打了个哆嗦，“话又说回来，我的确没有你那种好鼻子。不过，我能看见已经有六个弓箭手准备放箭了，也许你的嗅觉没错。”

莫格说的一点儿没错。护卫船挡住他们的去路，六个弓箭手站在甲板上搭好了弓箭。很显然，他们决定先射几箭再来询问。

“那些弓箭手是人类吗？”萨姆赶紧问。

坏狗嗅了嗅空气，然后回答：“我也不知道。我觉得大部分都是。但是那个船长——戴着羽毛帽子的那个人——应该只是有人类的外表。他是由肆行魔法和猪肉组成的。这种味道我不会搞错。”

“我们得让那些人类弓箭手明白他们是在向谁射箭！”萨姆说，“我该带上一个有皇室纹章之类的盾牌。那样的话，他们绝对不敢轻易朝我们放箭，就算接到命令也不敢。”

“没错！”莉芮尔突然一拍前额，“抓住这个！”

“什么？”萨姆大喊，在莉芮尔松手的同时抓住船舵，“我该怎么做？我不知道怎么驾船！”

“别担心，它会自动驾驶的。”莉芮尔喊道。她爬到放在船首舱的储物箱处。那段距离只有十二英尺，但是莉芮尔却觉得举步维艰，因为发现者号突然猛地一个急转弯，而且每隔几码就狠狠一颠，震得人骨头都要散架了。

“你确定吗？”萨姆又大声问。他感觉到船舵上传来的压力，他拼尽了全力，紧紧地握住船舵，这才勉强阻止这艘船冲向河岸。他试着稍微松开手，随时准备再次用力抓住船舵。但是什么事也没发生，发现者号依然好好地航行着，船舵根本没有动。萨姆松了口气，但与此同时，一些箭从护卫船上射出来，径直飞向他。

“还远着呢。”坏狗用专业的眼光地看了看。确实，那些箭在五十码开外的地方落进水里。

“就快靠近了。”莫格恼火地说。他跳起来想找块干燥一点儿的地方，总算在桅杆附近找到了。但这时船舵突然一转——萨姆并没有操纵——激起了一点儿小小的浪花，端端正正地落到了莫格的背上。

“我恨你！”从头湿到脚的莫格嘶嘶地吼叫起来，朝船首雕像说，“至少那艘巡逻船看起来还是干的。我们干脆束手就擒吧。只有坏狗说那个船长是魔法造物。”

“他们在朝我们射箭啊，莫格！”萨姆说，他也不知道莫格说的是不是真的。

“除了船长，船上还有两个肆行魔法生物。”坏狗嗷嗷叫着说，用力嗅着周围的空气。萨姆注意到坏狗变大了，看起来更凶猛了。不管莉芮尔在船头搞的是什么名堂，显然坏狗已经做了战斗的准备。

“找到了！”莉芮尔大声说，又一阵箭雨朝着他们飞来。这一次箭在距船两臂远的地方掉进水里。萨姆甚至能摸到离船最近的箭。

“找到什么了？”萨姆喊着，与此同时他开始施展避矢咒语。但是避矢咒语也不能一次抵御六支箭，何况他现在状态也不是最好。

莉芮尔拿出一大块黑布，让它随风展开，露出中间银色的星星标志。风几乎把它吹跑，她赶紧抓住这块布爬上桅杆。

“发现者号的旗子。”她一边喊一边拉住一条升降索，解开锁扣上的绳结，把绳子穿进旗子的小洞里，“我得马上把它挂好！”

“没时间了！”萨姆惊呼，他看到那几个弓箭手又准备射箭了。“把它举起来就行了。”

莉芮尔没理他，而是迅速整理好两端的锁扣，打好了绳结，整个过程在萨姆看来简直慢得难以形容。他正想上前去抓住那面该死的旗子，这时候莉芮尔忽然松开手，然后用力一拉升降索——与此同时，护卫船上又有五支箭射过来。

发现者号立刻做出反应，船舵一转，船首朝向逆风的方向。她瞬间慢了下来，帆被吹得噼啪作响，如同有人在疯狂地鼓掌。船转向的时候萨姆被船舵打中了下巴，疼得他缩成一团，搞得他错以为自己被箭射中了。接着船舵又转了回来，差点儿再次打中他。发现者号终于又恢复了原来的方向。

虽然减速只发生在几秒钟之间，但这几秒钟却至关重要——本来会射中他们的箭都射进了离他们几英尺远的河水里。

珂睐的银星旗映着阳光在桅杆上飘扬起来。现在谁也不会怀疑这艘船了，因为那面旗子并不只是一块布，它就像发现者号本身一样充满了咒契魔法。即使是在最黑的夜晚，旗子上的珂睐银星标志也会闪耀着光芒。在明亮的白天，它亮得令人目眩。

“他们不再射箭了。”坏狗很高兴地说，护卫船的桨忽然乱了节奏，船也失去了方向。萨姆松了一口气，让避矢咒语退去，然后检查自己牙齿有没有掉。

“还有两个弓箭手依然在准备射箭。”坏狗又说，萨姆哀叹一声，赶紧重新寻找刚刚退去的咒印。

“对……不……另外四个阻止了他们，船长在喊话……它暴露了身份！”

萨姆和莉芮尔同时回头看着那艘护卫船。船上乱成一团，有人叫喊，还有打斗的声音。船中心突然出现一束白色的火焰，接着传来一声巨响，坏狗的耳朵向后一背，准备闪避。那束火光超过了十二尺高，向侧面一转，越过船舷。

萨姆和莉芮尔以为它会沉入水中，然后消失，但是它却在河面一弹而起，仿佛水面具有弹性一般。然后这根火柱直奔他们而来，并且开始变形。很快它不再是一根白色的火柱，而是变成了一只燃烧着的大野猪，长着巨大的獠牙。它追着发现者号在水上奔跑，溅起巨大的水花，同时它不停地尖叫着，那声音令人头晕恶心。

萨姆首先做出反应。他拿起莉芮尔的弓，飞快地朝着追赶他们的野猪射出四箭，四箭全部射中了野猪的头部，但是除了溅起火花以外没有任何作用，箭瞬间变成了融化的金属和灰烬。

萨姆正要拿出第五支箭，莉芮尔突然伸手挡住他，尖声喊出一句咒语。一张金色的网从她指尖冒出来，逐渐展开，铺在他们之间的水面上。当野猪靠近的时候，突然被这张网兜住。野猪和网一起沉没，消失在河水中，那可怕的叫声也随之消失了。瑞特林河的水吞没了野猪，河面上升起一团至少一百尺高的蒸汽。蒸汽消失后，周围再也没有任何肆行魔法生物的影子，那张网也没了踪影，只留下一些腐烂的肉渣，连他们头顶的贪婪的海鸥都不肯吃这种东西。

“谢谢你。”萨姆说。这时候周围平静下来，护卫船和河底都不会有任何东西出来了。他知道莉芮尔使用的那张网的咒语，但是没料到它可以对付如此强大的东西。

“是莫格建议我使用的。”莉芮尔说，她不但对咒语的效果感到惊讶，对莫格提建议的事情也很惊讶。

“那种东西虽然可以在水面移动，但是只要被水淹没就会彻底毁灭，所以稍微让它慢下来就可以了。”莫格解释道。

他懒洋洋地看了看坏狗，补充道：“你看，不光是坏狗懂这些事情。现在我真的要睡一会儿了。等我醒来的时候，应该会有鱼吃了吧？”

“抱歉，我没早点想起旗子。” 他们继续前行，莉芮尔说道，咒语召唤的风已经减弱了，但还是强劲地推动着他们前，“那里头放了不少东西，我们离开冰川的时候也没有时间好好查看一下。”

“幸好你及时想起来了。”萨姆说，声音有点儿小。还好他的下巴只是有些瘀青，牙齿还是好好的，“这阵风来得正好。我们明天早上就能到达阿布霍森的祖宅了。”

“阿布霍森的祖宅。”莉芮尔若有所思地说，“是修在一座岛上的吧？就在瑞特林河进入长崖形成瀑布之前的地方？”

“对啊。”萨姆想起那奔腾的瀑布，想到自己能受到它的保护，他满心欢喜。半晌之后，他才意识到，在他看来是庇护所的地方，在莉芮尔看来却未必如此。莉芮尔很可能不清楚要怎么越过大瀑布毫发无伤地进入宅子里。

“不用担心大瀑布。”他解释道，“那座岛后面有一道比较平缓的水流，差不多有一里格长，只要你找准正确的地方进去并且保持在航道内就没问题。那是筑墙者造出来的。祖宅也是他们造出来的。那条河道是非常天才的设计。我曾经想在家里模仿它做个模型——就在宫殿里的第二级露台上用水池和瀑布，但是我根本没办法让水流分叉……”

他忽然意识到莉芮尔没在听，于是闭上了嘴。她一脸茫然地盯着他肩膀后面的某个位置。

“没想到我的话这么无聊。”他不太高兴地笑了笑。萨姆不习惯被可爱的女孩子们忽略。他突然意识到莉芮尔确实很可爱，甚至是很美丽的。他之前都没注意到。

莉芮尔吓了一跳，然后说：“抱歉，我有些不习惯……在家里的时候，大家都不怎么跟我说话。”

“你知道吗，你不戴头巾的话更好看。”萨姆说。莉芮尔真的很漂亮，不过她脸上有些东西让萨姆很不安。他在什么地方见过她吗？会不会是艾丽米尔在拜里塞尔强行介绍给他的某个女孩子长得像莉芮尔呢？“其实，我总觉得你像某个人。我之前应该没见过你的姐妹，没有吧？我不记得见过黑头发的珂睐。”

“我没有姐妹。”莉芮尔心不在焉地说，“只有表姐妹。很多很多表姐妹，还有一个姨妈。”

“到了祖宅你可以换上我姐姐的衣服，就不用穿那个马甲了。”萨姆说，“能不能问一下你多大了，莉芮尔？”

莉芮尔看着他，这个问题让她有点儿莫名其妙，接着她看到了萨姆眼睛里闪烁的亮光。她在下层餐厅见过这种表情。她戴好头巾看着别处，考虑着该怎么回答。要是萨姆能一直像坏狗一样就好了，莉芮尔心想，当个令人安心的朋友，绝不去想罗曼蒂克的事情。不过她肯定能想个让他知难而退的答案，最好是让人不高兴的那种问题，让她完全失去吸引力。

“我三十五岁了。”她回答。

“三十五岁！”萨姆大声说，“对不起。我是说你看起来不像……你看起来非常年轻——”

“是因为药膏。”坏狗眨眨眼睛，只有莉芮尔能看见的那半边脸上露出狡黠的微笑，“各种药膏，来自北方的油膏，美容咒语……我的主人一直精心保养，王子殿下。”

“哦。”萨姆靠着船尾的栏杆。他十分怀疑地又看了看莉芮尔，想找找有没有自己忽略的皱纹。但是莉芮尔看起来绝不可能比艾丽米尔更年长。而且她的举止也不像年长的女性。她没有岁数比较大的那种女人的自信，也不像她们那样善于与人交往。也许因为她是图书馆馆员吧，萨姆心想，那件没形没状的马甲之下，她的身材应该很不错。

“够了，坏狗！”莉芮尔命令道。她转过头背对萨姆笑起来，“干你自己的活，注意有没有危险。我也干点儿正经事，去做咒契皮肤了。”

“好的，主人。”坏狗轻轻地说，“我一直看着呢。”

坏狗打了个哈欠，跳上船头，坐在四散的水花之间，张大嘴吐出舌头。没人知道坏狗怎么能坐得那么稳当，莉芮尔觉得坏狗的屁股上多半长了个吸盘，这个想法可不怎么让人愉快。

“疯了。完全疯了，”莫格看着全身湿透的坏狗说。猫又回到桅杆附近，再次把毛舔干，“不过她一向都疯疯癫癫的。”

“我听得见！”坏狗汪汪地叫着，没有回头看。

“你当然听得见。”莫格叹了口气说。他舔舔项圈附近，然后抬头看着莉芮尔，绿色的眼睛里闪着邪恶的光芒，“能不能请你把我的项圈取下来，我好彻底把脖子舔一下？”

莉芮尔摇头。

“嗯，我明白，要是那个乡下傻子不肯摘掉我的项圈，你肯定也不肯。”莫格咕噜咕噜地说着，偏了偏脑袋，指向萨姆斯，“别指望我会自告奋勇首先冲上去，不是形势所迫我也绝不会参与坐船旅行这种野蛮的事情。”

“你不想自告奋勇干什么？”莉芮尔很好奇地问。可是猫只是笑了一下。莉芮尔觉得那个笑容像极了食肉动物。然后莫格转过头，岚纳叮当一响，他伸开四肢，在正午的阳光下睡去了。

莉芮尔想摸摸莫格毛茸茸的白肚皮，萨姆警告她说：“小心莫格。他不带项圈的时候险些杀了我妈妈。这种事情在她当阿布霍森期间发生过三次。”

莫格睁开一只眼睛，莉芮尔赶紧把手缩回来，猫咪张开利爪，迅速伸出来——似乎只是开个玩笑。

“睡你的觉吧。”坏狗头也不回地在船头说。她似乎觉得莫格肯定会听她的。

莫格朝着莉芮尔眨眨眼睛，和她对视了一会儿，然后闭上了那只敏锐的绿眼睛，又一次睡着了，岚纳在他脖子上叮当作响。

“好了。”莉芮尔说，“现在该做咒契皮肤了。”

“我可以看你做吗？”萨姆很感兴趣地问，“我听说过咒契皮肤，但是我以为这种技艺已经失传了。我妈妈都不知道怎么做。你可以做哪些皮肤？”

“我可以做冰獭的，还可以做棕熊和猫头鹰的。”莉芮尔回答。萨姆心里那点浪漫的冲动已经消失了，她也松了口气，“你想看就看吧，我也不知道你能看出什么来。咒契皮肤基本上就是很长很复杂的咒契咒印链，然后加上组合咒语——但是我得让它们一直停留在我的头脑里。所以，我不能说话，也不能解释任何事情。而且可能要做到太阳落山。做好之后，还得用适当的方式仔细叠起来才行。”

“你很厉害啊。”萨姆说，“你有没有试过把整套咒语存到某个物体里？你要用的时候就可以随时把整个咒契链取出来，但是又不需要从头到尾做一遍。”

“没试过。”莉芮尔回答，“我不知道这样做可不可行。”

“嗯，是有点困难。”萨姆热心地解释，“有点像修复咒契石。我是说，你需要让一点自己的血沾在要存放咒语的那个东西上。皇室的血、珂睐和阿布霍森的血都可以。你必须非常小心，如果错了的话……不管怎么说，我们先看看咒契皮肤吧。你打算做什么皮肤？”

“猫头鹰。”莉芮尔不情愿地回答。就算没有预视之力，她也知道萨姆肯定会问一大堆问题，“要花好几个小时呢，我不能受到任何干扰。”她十分坚定地补充了一句。

第四十二章

南方人和一个役亡师

太阳西沉，暗红的光芒照在河面上。虽然莉芮尔和萨姆之前使用了天气咒语，但现在风已经转了方向，变成了强烈的南风。尽管是逆风航行，发现者号还是把握好时机，在东岸和西岸之间以之字形航行。

莉芮尔估计得没错，萨姆一直在不停地问问题，但她终究还是在一路的干扰中做完了猫头鹰的咒契皮肤，并且把它好好地叠起来。

“太了不起了，”萨姆说，“我也想学着做一个。”

“可惜我那本《莱昂皮肤技法》留在冰川了。”莉芮尔回答，“如果你去冰川的话，可以把那本书拿走。书是图书馆的，你应该可以借阅。”

萨姆点头。他去珂睐冰川这件事看上去还很遥远，他这会儿无法想象。现在他唯一希望的就是安全抵达祖宅。

“我们晚上可以航行吗？”他问。

“可以。”莉芮尔回答，“只要坏狗同意一直在前面放哨就可以。”

“我会的。”坏狗说。她在船头上挪了挪位置，“我们得快点到达祖宅才好。风里头有股臭味，而且河面太空旷了，很不正常。”

萨姆和莉芮尔看看周围。他们刚才一直专注地做咒契皮肤，完全没注意到河面上已经没有别的船只了，有几艘船停在河东岸。

“过了高桥镇之后，就没有任何船跟我们同一个方向行驶，从南面过来的船也只有四艘。”坏狗说，“在瑞特林河上，这种事很不正常。”

“确实。”萨姆表示同意，“我之前每次从河上过都有很多船。即使冬天也一样。现在我们至少也应该看到一些往北走的木船。”

“但今天一天我连一条船都没看见。”坏狗说，“也就是说，他们停在某个地方，躲起来了。而且我看到那些一时靠不了岸的船全都停在外面的码头上或者系在浮标上。”

“河上肯定还有很多亡者，或者肆行魔法生物。”莉芮尔说。

“我知道，爸爸妈妈真不应该离开。”萨姆说，“要是他们知道——”

“他们还是会走的。”莫格打了个哈欠，打断了萨姆。他伸个懒腰，伸出粉色的小舌头，用鼻子闻了闻空气的味道，“跟往常相比，有好几个方向都同时出现了麻烦。我想其中有些是冲着我们来的，我不得不说坏狗是对的。风里确实有股臭味，要是有什么不好的事情发生就把我叫醒。”

说完，他又躺下来蜷成一个白色的毛球了。

“我不知道莫格所谓的坏事到底是什么。”萨姆紧张地小声说。他手握剑柄，拔出来一半，检查上面的咒契咒印，他之前附上去的咒印依然闪亮如新。

当有风吹进船的左舷时，坏狗再次嗅了嗅空气里的味道。她鼻子抖了抖，头举得高高的，周围的气味越来越强烈。

“肆行魔法。”她说，“从西岸来的。”

“具体是什么地方？”莉芮尔用手遮着眼睛张望，由于太阳正在西沉，西边什么都看不清。她只能看到空地上长着几片茂密的柳树林，几个临时的码头，还有个很大的捕鱼塘的石墙，半沉在水下。

“我看不到。”坏狗回答，“我只是闻到气味，感觉是从下游传来的。”

“我也看不见。”萨姆说，“但是如果肆行魔法的气味不在河流上，我们还是直接行驶过去吧。”

“我还能闻到人的味道。”坏狗说，“惊恐万分的人们。”

萨姆没说话。莉芮尔看了他一眼，发现他在咬嘴唇。

“是那个役亡师吗？”莉芮尔问，“赫奇？”

坏狗耸耸肩：“我分辨不出来。肆行魔法的味道很强烈，有可能是役亡师，但也可能是斯狄肯或者黑蚀。”

莉芮尔紧张地吞了吞口水。她手里有尼希玛，身边还有萨姆、坏狗和莫格的帮助。但她实在不想再对付斯狄肯了，她不想面对那样的东西。

“我知道我该学习那本书的。”萨姆小声说。他没说是哪一本书。

他们沉默地坐了一会儿，发现者号继续往西岸行驶。太阳飞快地西沉，大半个深红的球体都沉入了地平线以下。夜色渐深，星星开始闪耀。

“我想，我们最好……最好去岸上看看。”萨姆最终很艰难地开口了。他握着剑，完全没有拿起铃带的意思。莉芮尔看了看七铃，希望自己能够使用它们，但是七铃不是她的东西。只能是萨姆决定是否使用它们。

莉芮尔问坏狗：“如果我们在下一个码头停船，会不会比较接近那些东西？”坏狗点点头。不需要更多命令，发现者号朝着码头前进了。

“莫格，快醒醒。”萨姆轻声说。夜色降临后，河面上也变得非常安静，他不希望自己的声音大过河流的水声。

莫格没有醒。萨姆又叫了一次，还挠挠他的头，但是莫格还在睡。

“有必要的时候他自然会醒的。”坏狗说话的声音也很轻，“你们自己准备好！”

发现者号滑向码头，莉芮尔降低了船帆。萨姆握着剑跳上岸，坏狗紧随其后。

莉芮尔很快也跟了上来，手里握着尼希玛，咒契咒印在剑身上闪耀着微光。

坏狗又一次嗅了嗅空气，并竖起一只耳朵。他们三个安静地站着，听着，等待着。

就连饥饿的海鸥都不叫了。周围没有声音，只有他们几个的呼吸声，还有码头下面的流水声。

远处一声长长的尖叫打破了沉默。这声音仿佛一个信号，模糊的叫喊声和更多的尖叫声不断传来。

与此同时，萨姆和莉芮尔都感应到有人死去了。尽管是在很远的地方，但是他们都被死亡的感应吓了一跳，随后死亡的感应再次袭来。他们还能感觉到别的东西，那是某种超越死亡的力量。

“役亡师！” 萨姆忽然叫着，后退了一步。

“法铃。”莉芮尔说着看向船舱。莫格现在醒了，绿色的眼睛在黑暗中闪耀。他跳到铃带上。

“他们往这边来了。”坏狗平静地说。

喊声和尖叫声越来越近。莉芮尔和萨姆还是没有在柳树林一带看到任何东西。接着，河流下游五十码的地方，有一个人突然从树林里跑出来，跌到了河里。他往下一沉，接着在稍远处冒出来。他游了几下，然后仰面浮在河面上，大概是太累了或者受伤游不动了。

一具烧焦的黑色尸体紧跟着他跌跌撞撞地跑到浅滩上，见到猎物逃走之后，它发出骇人的叫声。由于有流水阻隔，这个亡者手卒又跌跌撞撞地返回树丛里。

“快来。”莉芮尔说，她好不容易才吐出这几个字。她拿出笛子往前走去，坏狗紧紧跟着她。萨姆犹豫地看着黑暗的地方。

更多的人叫喊着从树林里跑出来。虽然听不清楚，但是萨姆知道，他们既绝望又恐惧，希望得到帮助。

他回头看了看七铃。莫格眼睛一眨不眨地盯着他，“你还在等什么呢？”猫咪问，“等我批准吗？”

萨姆摇摇头。他觉得自己已经瘫痪了，既无法去拿七铃，也不能跟上莉芮尔。现在莉芮尔和坏狗已经到了码头的尽头了。他感觉附近没有亡者，至少周围一百码的范围内没有，役亡师也不在附近。

他必须做点儿什么，他得采取行动。他必须证明自己不是胆小鬼。

“我不需要七铃！”他大声说，然后跑向码头的尽头，他的靴子踩在木板上，发出阵阵回响。他的突然行动让莉芮尔和坏狗吓了一跳，只见他越过一条小水沟，冲向柳树林。

转眼间，他已经冲进树林，进入林间的一块空地。一个王者手卒朝他冲过来。他砍掉它的腿，把它一脚踢开，动作一气呵成。在亡者手卒爬起来之前，他从它身上跳过去继续往前冲。

役亡师。他必须在被役亡师再次拖进冥界之前杀了他。他必须尽快杀了那个人。

他内心升起的狂怒驱散了他的恐惧。萨姆大叫一声继续往前冲去。

莉芮尔和坏狗穿过树林，看到了萨姆的行为。被他砍倒的那个亡者手卒爬向她们两个，此时莉芮尔已经举起了笛子。她选择了撒拉奈斯，吹出一个强劲纯粹的音符，禁止那个亡者再移动。紧接着，莉芮尔吹响了基佰司，一阵跳跃的音符让尸体向后翻了个筋斗，寄宿其中的灵魂被迫回到冥界。

“它走了。”坏狗跳着前进。莉芮尔也跟着跑过去，但不像萨姆那么鲁莽。

借着微弱的亮光，可以看到周围有三四十个亡者手卒围着一小群人，其中有男有女，还有小孩。很显然那些人想到河里寻求庇护，但最后还是失败了。现在他们围成一圈把孩子护在中间，这是最后一点儿绝望的保护措施。

莉芮尔能感应到那些亡者手卒……还有些别的东西，很陌生但是非常强大。这时候，萨姆从那些手卒之间穿过，大喊一声向它们发起攻击，莉芮尔意识到役亡师就在那里。

那群人叫喊着，哭泣着。亡者也在尖声吼叫，同时，扑向它们的猎物，撕开他们的喉咙，扯下他们的四肢。人们朝亡者挥舞铲子和树枝，但是他们不知道怎样才能战胜亡者，而且人数上也处于劣势。

莉芮尔看了看周围，那个役亡师转身面对萨姆。他举起双手，四周忽然充满了肆行魔法那灼热的金属气息。片刻之后，炫目的蓝白色火花冒出来，扑向那个愤怒的少年。

与此同时，亡者手卒冲破那些男女围成的圈扑向中间的孩子们。

莉芮尔拼尽全力冲上去。不管是救萨姆还是那群人，好像都来不及了。

萨姆看到那个役亡师举起双手，也看到了他脸上的青铜面具。萨姆一侧身，向旁边躲避，并努力思考着。青铜面具！这人不是赫奇，而是面具克萝尔，很多年前和他妈妈为敌的那个克萝尔！

那道光从他身边几英寸处闪过。他感觉到那股热量，身边的草地燃烧起来了。

萨姆减慢速度，开始施展咒契魔法，并找到合适的咒印。他用空着的那只手迅速划出咒印，动作快得几乎看不清。很快，他手中出现了一个银色的三角形利刃。没等它没完全成形，萨姆就把它扔了出去。

那把利刃旋转着，破空而去。克萝尔轻松躲过，但是那只利刃飞出一段距离后，又转个弯再次飞回来。

利刃击中了克萝尔的胳膊，此时萨姆已来到她面前。他本希望这把利刃能砍断克萝尔的手臂，但它仅仅激起一阵金色的火焰，然后冒出一些白色火花，只是烧坏了克萝尔的袖子。

“蠢货。”克萝尔说着，举起她的剑。她的声音像数千个小昆虫一样爬过他的皮肤。她的呼吸中带有死亡和肆行魔法的气息，“你没有法铃。”

就在这一刻，萨姆意识到克萝尔同样也没有法铃，而且那个青铜面具后面也没有人类的眼睛，只有两团燃烧的火焰，本该是嘴巴的地方却冒出白色的烟。

克萝尔不再是个役亡师了。她是个高等亡者。萨布莉尔曾消灭了她作为活人的存在。

有人把她召唤回来了。

“快跑！”莉芮尔大喊，“快跑啊！”

她站在亡者手卒和最后四个幸存者之间，那些亡者不听从笛声的召唤。莉芮尔竭尽全力吹响撒拉奈斯，脸都憋青了。周围的亡者太多了，根本应付不过来，而笛子的力量又太弱了。剩下的那些亡者似乎都不受笛音的影响了。

更糟糕的是，那几个小孩子还根本没有动——他们被吓坏了，完全动弹不得，甚至无法理解莉芮尔让他们做什么。

一个亡者手卒冲过来，莉芮尔一剑向它刺去。坏狗扑向另一个，把它撞倒在地。第三个亡者手卒，又矮又瘸，张大着嘴巴从她们身边跑过，冲向一个不停尖叫的小男孩。它的颌骨猛地闭上，尖叫声突然消失了。

莉芮尔悲愤交加，她转身砍掉了那个亡者手卒的头，尼希玛砍下去的时候冒出一阵银色火花。就算那个亡者的头被砍掉了，其中的灵魂却没有受到任何物理伤害。她砍了又砍，但那个亡者的手指依然紧紧抓着那个孩子，还不肯松开嘴巴。

萨姆再次躲开了那个曾是高等亡者的克萝尔的袭击。她力量极大，萨姆险些丢掉自己的剑。他的手已经麻木了，而他好不容易才附在剑上的咒印也被克萝尔毁掉了。要是咒印没有了，这把剑就会断裂——

他后退几步，看了看周围的情况。莉芮尔和坏狗在和至少七个亡者战斗。他刚才听见了笛声，尽管和他所知道的铃声不同，但那确实是撒拉奈斯和基佰司的声音。这两个法铃可以把绝大部分亡者手卒的灵魂送回冥界，但是却对付不了克萝尔。

克萝尔再次冲上来。萨姆躲开了。他在绝望中思考自己还能做些什么。肯定有某种咒语，至少能拖延一段时间，让他逃跑……

莉芮尔和坏狗齐心协力将最后一个亡者手卒打倒在地。还没等它再次爬起来，坏狗就朝它脸上咬了一口，它抽搐一下，变回了一具惨白扭曲的尸体，灵魂消失了。

“多谢。”莉芮尔喘着气。她看了看周围，有扭曲的亡者手卒的残骸，也有可怜的牺牲者。她希望至少能看到一个幸存者，但是除了她和坏狗之外没有人生还。到处都是尸体，横七竖八地躺在满是鲜血的地上。亡者手卒的残骸和死人倒在一起。

莉芮尔闭上眼睛，对死亡的感应几乎将她压垮。这种感觉证实了她刚才所见到的场景。

没有一个幸存者。

她觉得一阵恶心，胃里的东西开始往上返。她正要弯腰呕吐的时候，忽然听到萨姆在喊。她站起来，仔细看着周围。她没看到萨姆，但是远处有一团夹杂着白色火星的金色火焰。看起来像是烟火表演，但是莉芮尔知道那究竟是什么。

即使如此，她还是花了几秒钟才搞清楚萨姆在喊什么。

萨姆的喊声回响在她震惊过度的脑海中，呕吐的感觉全部消失了。她跳过尸体和亡者手卒的残骸快速跑过去。

萨姆喊的是：“救命！莉芮尔！坏狗！莫格！有人吗？快来救

我啊！”

萨姆的剑在刚才的一击中断裂了，而且是在靠近手柄的地方断掉的，他手里只剩下一个毫无用处的剑柄。

克萝尔笑了。那笑声很奇怪，像是从面具后面很远处传来的，仿佛某个宽阔的大厅里传来的回音。

克萝尔变得更加高大，紧追着萨姆，在她那腐烂的衣服下面是一片漆黑。现在她站在那儿，萨姆甚至还不到她的肩膀，白烟从她嘴里冒出来，她再次举起剑。红色的火焰在剑身上燃烧，落到草地上。

萨姆把剑柄扔到她脸上，往后一退，大喊：“救命！莉芮尔！坏狗！”

克萝尔大步上前，挥剑砍下来，那速度比萨姆预计中快得多。剑从他鼻子前面划过。他吓了一跳，接着又喊：“莫格！有人吗？！快来救我啊！”

莉芮尔看到了役亡师的剑带着红色的火焰砍下来。萨姆摔倒了，红色的火焰让莉芮尔的视野变得模糊。

“萨姆！”她尖叫。

在她尖叫的同时，坏狗冲上前，猛地一跳，来到萨姆和役亡师之间。

就在那一刻，莉芮尔以为萨姆被杀了。但随后她看到萨姆毫发无伤地滚到一边。役亡师再次举起剑，莉芮尔打算拼尽全力冲上前去，做点儿什么，但是她做不到。役亡师离她还有四五十码，她脑子里一片空白，想不出任何咒语来转移敌人的注意力。

“去死吧！”克萝尔低声说，双手把剑高举过头顶，剑刃直劈下来。萨姆看着下落的剑，心里知道自己这次逃不掉了。克萝尔太快太强大了。他微微举起手想释放一个咒印，但脑子里出现的全是曾经做玩具用的那些咒印，现在根本派不上用场。

剑砍了下来。

萨姆尖叫。

坏狗也叫起来。

坏狗的叫声中包含着咒契魔法，它挡住了克萝尔的攻击。她的手臂上闪现出金色的光芒，并嘶嘶作响，白烟从她手臂上的无数个小洞里冒出来。本该刺中萨姆的一剑刺偏了，剑插进他身边的泥土里，剑身上的火焰甚至烧到了他的屁股。

克萝尔所有非自然的力量都集中在这一剑里了。现在她只能努力把剑拔出来，坏狗嗷嗷地叫着在向她逼近。现在这只狗几乎有狮子那么大，牙齿和爪子都无比尖利。她的项圈闪耀着金色的光芒，咒契咒印飞快地在项圈上闪烁游动。

克萝尔放开剑，连连后退。她拔剑的时候，萨姆已经挣扎着站起来。他握紧拳头让自己冷静下来，准备施展咒语。

莉芮尔也赶过来了。她跑得上气不接下气，来到坏狗身后不停地喘着粗气。

克萝尔抬起一个黑沉沉的拳头，指甲伸出来，变成了尖尖的黑色利刃。白色的烟雾依然环绕着她，但是手臂上的小洞已经消失了。

她上前一步，坏狗又叫起来。

这次的叫声里含有肆行魔法，同时又用咒契魔法予以强化。她的项圈更加明亮了，萨姆和莉芮尔都只能眯起眼睛来。

克萝尔退缩了，她双手捂住眼睛。白烟从她的面具后面冒出来，她的躯体也开始改变形状。她开始逐渐收缩，仿佛向内部坍塌下去，当她那黑影般的身体崩溃时，她的衣服也随之皱缩起来。

“诅咒你！”她尖声说。

毛皮衣服落在地上，青铜面具也掉下来。一个墨黑的影子从坏狗和莉芮尔身边闪过，任何液体流淌都没有那么快的速度。

莉芮尔想追上去，但是坏狗拦住了她。

“好了，别追了。”坏狗说，“让它去吧。我只是让它失去了形体。但是它太强大了，我没法让它回到冥界，也不能消灭它。”

“那是克萝尔。”萨姆脸色苍白，全身发抖，“面具克萝尔，我妈妈很多年前打败过她。”

“她现在是个高等亡者。”莫格说，“从第七或者第八道门之外回到现世来的。”

萨姆吓得跳起来。他低头一看，发现莫格正平静地坐在克萝尔的剑旁边，仿佛一直都坐在那儿似的。

“你刚才跑到哪儿去了？”萨姆问。

“趁你在这边打斗的时候，我检查了一下周围的情况。”莫格说，“克萝尔逃走了，她还会回来的。从这里往西不到两里格的地方，还有更多的亡者。至少有一百个，由影手卒带领着。”

“一百个？！”萨姆大叫。莉芮尔也同时说：“影手卒？！”

“我们还是快点儿上船吧。”萨姆说。他看了看克萝尔那把还在土地里晃动的剑。现在剑身上没有火焰了，但剑身还是像乌木一样黑，上面刻着扭曲的古怪符号，萨姆一看就觉得非常恶心。

“我们得毁掉这把剑。”他说，他感到一阵怪异的眩晕，似乎很难清醒地思考问题了，“但是……但是我不知道怎样才能尽快毁掉它。”

“这些人怎么办？”莉芮尔问。她不想称他们为尸体。她还是不敢相信他们都死了。这一切都发生得太快了，几分钟之内就结束了。

萨姆看了看四周。天上的星星更多了一些，还有一弯新月。借着清冷的月光，他看到很多死者都戴着蓝帽子或者蓝色头巾。被莉芮尔用笛子消灭的亡者爪子上还抓着一些蓝色的布料。

“他们是南方人。”他惊讶地说。

他走上前，看了看离得最近的一具尸体，那是个有着一头金发的男孩，看起来还不到十六岁。萨姆的迷惑多于恐惧，仿佛不敢相信刚才发生的事情。“南方的难民。我想他们是想逃跑。”

“从哪里逃跑？”莉芮尔问。

还没等有人回答，一阵亡者的吼叫声就从远处传来。过了片刻，又有更多干裂腐烂的嗓子开始吼叫。

“克萝尔跟那些手卒会合了。”莫格急切地说，“我们得马上离开这里！”

猫咪飞快地跑了。萨姆想跟着他跑，但是莉芮尔却抓住了他的胳膊。

“我们不能就这样走掉！”莉芮尔表示反对，“如果我们走了，他们的尸体就会被——”

“我们不能留在这儿！”萨姆也不同意，“你听见莫格说的话了吧。亡者太多，我们打不过，克萝尔还会回来的！”

“我们得做点什么！”莉芮尔说。她看了看坏狗。坏狗肯定会帮她！她们可以为这些尸体举行净化仪式，或者将它们固定起来，这样就不会被那些从冥界返回的灵魂占据。

但是坏狗也摇了摇头，难过地说：“我们真的没时间了。”

“萨姆可以用七铃啊！”莉芮尔继续表示反对，“我们必须——”

坏狗推了推她的膝盖，让她赶快走。莉芮尔往前走了几步，突然哭起来。萨姆和莫格已经到柳树林的位置了。

坏狗回头看了看，焦急地说：“快走吧！”她已经听见了骨头撞击发出的咔嗒声，也闻到了腐肉的气味。亡者正在迅速靠近。

莉芮尔一边哭，一边跌跌撞撞地走着。如果她刚才再快点儿，或者更熟练地使用笛子，也许就能救下一个难民了。

一个难民。一个幸存的难民，从亡者手卒手里逃脱的难民。

“快看那个人！”她突然大喊一声，猛地跑起来，“落水的那个人！我们得去帮帮他！”

第四十三章

再见，发现者号

大家找了一个小时，总算靠着坏狗高度敏锐的嗅觉和莫格无与伦比的夜视能力发现那个跳进河里的南方人。

他还仰面漂着，只有脸露在水面上，似乎没有了呼吸。但是当萨姆和莉芮尔把他拉到发现者号旁边的时候，他睁开眼睛，痛苦地呻吟。

“不，不。”他小声说，“不。”

“扶住他。”莉芮尔小声对萨姆说。她迅速找出治愈的咒印，并念出这些咒印的名字，把它们捧在手中。它们在她手心里散发出温暖舒适的光芒，莉芮尔寻找那个难民身上的伤口，以便让咒印发挥出最大的效果。等咒语开始生效，他们就可以把他从水里拉上来了。

那个人的脖子上有一块很大的血痂，当莉芮尔伸手触摸到他的伤口时，他却挣扎着想要逃脱。

“不！恶魔！”

莉芮尔疑惑地收回手。她很显然是打算使用咒契魔法。金色的光芒明亮又纯净，没有丝毫肆行魔法的气息。

“他是南方人。”萨姆小声说，“就算他们很迷信，也绝不相信魔法，更不要说相信我们的魔法了。越过界墙对他们来说肯定特别艰难。”

“他答应给我土地……”那个人哽咽地说，“保证我们能再次安家。建起农场，我们自己的家……”

莉芮尔再次尝试施展咒语，但是那个人尖叫着想要挣脱萨姆。波浪好几次淹没他的头，莉芮尔只能把手拿开，让咒语消失在夜色中。

“他快死了。”萨姆说。他感觉到那个人的生命在慢慢消失，冥界那种冰冷的气息袭来。

“我们能做点什么？”莉芮尔问，“一些——”

“全都死了。”那个人咳嗽着说，血和河水一起从他嘴里吐出来，在月光下十分醒目，“就在那个大坑里。他们都死了，但还能按命令做事。那种毒药……我告诉兰尔和莫丁不要喝……四家人——”

“没关系的。”萨姆试着安慰他，不过他的声音也几近崩溃，“他们……他们逃走了。”

“我们在前面跑，那些死人就在后面追。”那个南方人小声说。他的眼睛很明亮，但是他看着的却不是莉芮尔和萨姆，“我们不分白天黑夜地跑。它们不喜欢太阳。托贝尔摔伤了脚踝，我没法……没法背他。”

莉芮尔伸手摸摸他的头。他有些害怕，躲了一下，但是看到她手上没有奇怪的光芒时，就放松下来了。

“那个农民说，这条河……”这个濒死的人继续说，“……这条河……”

“你逃出来了。”萨姆说，“你没事了。亡者不能越过流动的水。”

“啊。”那个人叹了口气，然后死了。他将去往另一条河，那条河将带他穿过冥界的九重门。

萨姆慢慢放开手，莉芮尔也抬起手。水再次淹没那个人的脸，发现者号走开了。

“我们连他也没救活。”莉芮尔小声说，“一个人都没有。”

萨姆没法回答。他坐在那里，凝视着莉芮尔身后洒满月光的河面。

“快过来，莉芮尔。”坏狗在船头上温柔地说，“和我一起值班。”

莉芮尔点点头，努力抑制住快要流下的泪水，下嘴唇抖得厉害。她从船的横梁上爬过去，坐在坏狗旁边，用力抱住她。坏狗一言不发，对于落到她皮毛上的眼泪也毫无怨言。

最终莉芮尔松开坏狗，慢慢躺下去。一阵睡意袭来，是那种无论战斗输赢都已耗尽一切力气的困倦。

坏狗挪挪位置，让她躺得舒服点，然后又扭头看了看身后——普通的狗绝不会像她那样转头。萨姆在船舱底蜷成一团，也睡了，船舵在他头上轻轻转动着。

莫格似乎也睡着了，他习惯性地靠着桅杆。但是当坏狗回头看的时候，他突然睁开一只绿眼睛。

“我也看到了。”莫格说，“在高等亡者克萝尔身上。”

“是的。”坏狗十分困惑地说，“我想你现在应该知道自己忠于谁吧？”

莫格没回答。他慢慢闭上眼睛，一丝隐秘的微笑掠过他的嘴角。

整个晚上，坏狗都坐在船头，莉芮尔在她身后翻来覆去。黎明时分，她们经过了奎尔，周围一片安静，只有一艘白色的帆船在远处航行。虽然原本计划的目的地是奎尔，但发现者号却没有靠岸。

莉芮尔醒来的时候听见远处有瀑布的声音，不禁吓了一跳。从很远的距离听起来，那个声音仿佛一大群虫子发出来的，莉芮尔想了一会儿才明白那究竟是什么声音。她有些焦虑，还好和岸边的树木以及从船两侧经过的漂浮物相比，发现者号行驶得很慢。

“我们在那个水道里了，正在接近阿布霍森的祖宅。”坏狗对揉着眼睛伸懒腰的莉芮尔说，她正努力缓解不当睡姿带来的疼痛。

夜里的死亡似乎已经成了很久以前的事情，但并不像是做梦。莉芮尔清楚记得最后那个南方人的脸，他得知自己逃脱了亡者的追捕后十分轻松，莉芮尔会永远记得那个表情。

她伸懒腰的同时注意到，瑞特林瀑布撞击着前方的长崖形成大量水花。河流仿佛消失在了云雾中，把悬崖和前方的陆地笼罩在波涛般起伏的白雾中。接着水雾散开了片刻，莉芮尔看到了明亮的高塔，阳光照在覆盖着红瓦的尖顶上。仿佛海市蜃楼一般，在云雾中微微闪着光芒。莉芮尔知道，她们终于到达了阿布霍森的祖宅。

靠近了之后，莉芮尔看到更多的红瓦屋顶出现在水雾中，这说明塔周围还环绕着其他建筑。整座岛屿都被雪白的石墙包围着，那些墙至少有四十尺高，因此只能看到一些树冠和几个红色的塔尖。

萨姆从船底爬起来，走到她旁边，和她一起看着前方。两个人谁都没有说话，沉默压迫着他们，他们闭口不谈之前发生的悲惨的事情。

最终萨姆实在忍受不了这种沉默，索性当起了导游的角色。

“其实这座岛比一个足球场还大，和看起来很不一样。嗯，足球是我在安塞斯蒂尔的中学玩的一种游戏。总之，这座岛有三百多码长，一百多码宽。岛上有一座花园和一座果园，还有宅子的主体——从右边可以看到桃花。不过现在太早了，还没有结果，很遗憾。岛上的桃子很好吃，天才知道为什么。祖宅比宫殿小很多，但是比外表看起来大，里面放了很多东西。我想肯定和珂眯冰川不一样，对吧？”

“我已经喜欢上这里了。”莉芮尔笑着，看着前方。水雾中有一道淡淡的彩虹横跨在白墙之上，为这所宅子增添了色彩斑斓的边框。

“还好吧。”莫格小声说。他忽然出现在莉芮尔的手肘边，“不过，你要小心这里的伙食。”

“伙食？”坏狗舔了舔嘴唇，“伙食怎么了？”

“没什么。”萨姆坚定地说，“这里的影像厨师，厨艺很好。”

“你们也有影像仆人吗？”莉芮尔好奇地问。她想知道阿布霍森和珂睐在生活上有什么不同，“在冰川，绝大部分事情都是我们自己做。每个人都轮流干活，尤其是做饭，不过有些人特别擅长。”

“除了家里人，别人都不会来这里的。”萨姆回答，“我是指广义的家里人——具有几大血统的人，如珂睐。其实谁都不用干活，因为真的有很多影像，它们都很愿意干活。我觉得房子里没人的时候，它们也会很无聊。每一代阿布霍森都会造几个影像，所以它们的数量越来越多。有些影像都有好几百年历史了。”

“甚至几千年。”莫格说，“它们大部分都很高寿。”

“我们从哪里上岸？”莉芮尔没理会莫格的话。北边的墙上没有门，也没可以停靠的位置。

“在西边。”萨姆提高了声音，盖过瀑布的声音，“我们绕岛转一圈，到接近瀑布的那边。那里有一座栈桥通往房子，西边的水道上有踏脚石。现在就可以看到水道的入口了，就在河岸那边。”

他指着偏向西岸方向一处狭长的岩石，那块灰色的石头几乎和房子一样高。如果这里是水道入口的话，莉芮尔是无法透过迷雾看到它的，这里距离瀑布很近了。

“你是说那边有踏脚石？”莉芮尔吃惊地大声说。她指着水道的边缘，那里正是河水向下倾泻，形成瀑布的地方。更糟糕的是，萨姆说瀑布超过一千尺高。要是他们偏离了这个水道，发现者号转眼就会被冲走，然后从很高的地方落下。

“两边都有。”萨姆也大声说，“它们通往河岸，然后也有水道通到悬崖底部。你也可以不上岸一直走水路，都可以。”

莉芮尔点点头，咽下一口口水，她看着萨姆说的方向，那里的确有踏脚石，从宅子一直通向河流的西岸。但在水雾和翻滚的水流中她什么也看不见。她希望自己不必跨过水流，她想起咒契皮肤正叠得好好的，和《回忆与忘却之书》放在同一个包里，随时都可以拿出来穿上。她可以变成猫头鹰，一路飞过去。

几分钟后，发现者号来到了白色的墙边。莉芮尔抬头看了看，目测了一下从桅杆到墙头的距离。靠近之后，这堵墙看起来更高了，墙上还有奇怪的符号，就算反复粉刷也不会掩盖这些符号。那些仿佛是血的痕迹，一直延伸到最高处。

栈桥是木头制成的。发现者号轻轻撞上栈桥边的帆布围挡，撞击声完全淹没在瀑布那吓人的咆哮声中。萨姆和莉芮尔迅速卸下所有行李，互相比画着来表达自己的意思。瀑布的声音太大了，他们就算大喊大叫对方也听不见，除非是贴着对方的耳朵大喊——萨姆曾冲着莉芮尔的耳朵喊过一次，弄得莉芮尔的耳朵很疼。

很快，东西都堆在了栈桥上，莫格趴在莉芮尔的行李上，坏狗张着嘴巴开心地追逐水花。莉芮尔亲了亲发现者号船首雕像的脸颊，然后把船推开。她仿佛看到船头的那个女性雕像眨眨眼睛，嘴边露出微笑。

“谢谢！”她轻声说，萨姆在她身边鞠了个躬，表示敬意。发现者号摇了摇船帆表示回应，然后调了个头准备逆流而上。萨姆看得很仔细，他注意到当船上行的时候，河道里的水流也改变了方向。真不知道这究竟是如何做到的，可能是因为沉在河床上的咒契石。也许莉芮尔可以教他做冰獭的咒契皮肤——这样他就可以潜到水底去看个究竟了。

正在这时，有人拍了拍他的胳膊，打断了他的沉思，他捡起鞍袋和剑。带大家走到门口，推开大门。他们进了门之后，瀑布的声音变得很遥远，几乎消失了，莉芮尔集中注意力，想听到瀑布遥远的轰鸣。然而她听见的却是树林中的鸟叫声和蜜蜂穿过桃花时发出的嗡嗡声。水雾笼罩在阿布霍森祖宅的上方，莉芮尔现在站在阳光里，落在她脸上和衣服上的水花很快就能被阳光晒干。

眼前是一条红砖路，旁边是草地，一排灌木绽放出一簇一簇长条形的古怪黄花。这条路直通宅子的前门，门被涂成明快的蓝色，和两侧的白墙形成鲜明对比。房子本身看起来很普通。主体是一座三四层的大型建筑，旁边有一座塔。它大概还有座内部的庭院，因为莉芮尔看到有鸟儿们飞进飞出。房子有很多窗户，每一扇都很大，显得十分友好。很显然，阿布霍森的祖宅不是堡垒，它的防御手段不是建筑本身，而是别的东西。

莉芮尔在阳光下举起双手，深吸一口新鲜空气，花园里有淡淡的香味，那是花朵、肥沃的泥土和茂盛的植物的香气。她突然觉得十分平静，有一种回到家的奇怪感觉，然而这里和冰川下封闭的隧道及房间是完全不同的。在珂睐冰川，就连那些巨大无比的房间中的花园，尽管有最华丽的屋顶和咒印太阳，也无法和这里真正的蓝天和太阳相提并论。

她慢慢地呼出一口气，正要放下胳膊的时候，忽然看到空中有个小小的斑点。片刻之后，那个斑点混入一片阴影中，应该是一些比较大的东西。莉芮尔想了想，才意识到那个斑点是一只准备朝她冲过来的鸟，而那一大片应该也是鸟——或者是像鸟一样飞行的东西。这时候，她忽然感应到了死亡，而她旁边的萨姆也大喊起来。

“血鸦！它们在追赶一只信鹰！”

“它们在信鹰下方。”坏狗也仰着头说道，“信鹰想从血鸦群中间冲下来。”

他们焦急万分，只见信鹰往下飞来，左右躲闪想要避开血鸦。但是血鸦有数百只之多，它们占据了很大的空间，信鹰没有别的出路，只能选择从血鸦最少的地方往下冲。它选定了位置，收起翅膀飞速降落，仿佛一块石头笔直地落下。

“如果它成功穿过，血鸦就不敢追上来了。”萨姆说，“它们不敢过于靠近河水和阿布霍森的宅邸。”

“快啊！”莉芮尔小声说。她看着那只信鹰，希望它能更快些。感觉似乎过了很久很久，莉芮尔意识到，刚才信鹰的位置一定非常高。接着它突然撞上那一片由血鸦构成的乌云，顿时，血鸦的羽毛向四面八方飘散，同时还有更多的血鸦飞过来。莉芮尔屏住呼吸。信鹰没有再次出现，越来越多的血鸦飞过来，全都挤在一小块区域内，它们互相碰撞，撞得七零八落的躯体不断往下落。

“它被抓住了。”萨姆慢慢说，随即大叫起来。一只褐色的小鸟突然从一大群盘旋的血鸦中冲出来。这一次它的降落似乎不受控制了，也没有他们刚才所见的明确方向和目的。几只血鸦离开群体追上来，但是它们只飞了一小段距离就受到河流和保护这座房子的魔法的影响，然后转换了方向。

信鹰不停地下坠，或者是死了，或者是被撞晕了。在距离花园还有四五十码的位置，它突然伸开翅膀，止住下落的势头，然后俯冲到莉芮尔脚下。它躺在地上，长满羽毛的胸膛起伏不止。由于受到血鸦的攻击，它头上流着血，羽毛也凌乱不堪，但是它那双黄色的眼睛还是神采奕奕的。萨姆弯下腰向它伸出手去的时候，它没怎么费力气就跳到萨姆手腕上，然后停在袖口处。

“给萨姆斯王子的消息，”它用一种很不像鸟类的声音说，“消息。”

“好的，好的。”萨姆安慰它，轻轻理顺它的羽毛，“我就是萨姆斯王子。请说吧。”

这只鸟歪了歪脑袋，然后张开嘴。莉芮尔看到它嘴里有咒印，她忽然明白，信鹰的咒印在身体里，这个咒印很可能是在卵还没孵化的时候就施放进去了，随着鸟儿一起长大。

“萨姆斯，你这个白痴，我希望这东西在祖宅找到你。”信鹰的声音再次变化。这次是个女孩的声音。从语气和萨姆的表情来看，莉芮尔认为，送信的应该是他姐姐艾丽米尔。

“爸爸妈妈还在安塞斯蒂尔。事情比他们预想中要麻烦得多。克罗里尼肯定是被某个来自古国的人控制了，他的‘祖国党’在议会中的势力越来越大了。越来越多的难民聚集到界墙那里。还有报道说瑞特林河西岸有冥界的生物。我召集了部队，他们会往南进发去往巴赫德林，卫兵也会在两周内赶到，免得有东西渡河。我不知道你在哪里，但是爸爸说最重要的是，你得赶紧找到尼古拉斯·塞尔，把他送回安塞斯蒂尔，因为克罗里尼声称是我们绑架了尼古拉斯，意图把他当作人质向首相施压。妈妈说她爱你。你别再像以前一样了，我希望你能做点儿有用的事情——”

说到这里，声音突然消失了，因为信息的长度已经到了那只信鹰所能支撑的极限了。它唧唧地叫了几声，开始用嘴梳理自己的羽毛。

“嗯，我们进屋再说吧。”萨姆慢慢地说，他仍旧盯着信鹰，怕它再次说话，“影像们会照顾你的，莉芮尔。今天晚饭的时候，我们把所有的事情都理一理吧。”

“晚饭！”莉芮尔说，“还是现在就说吧。听了信鹰的话，我们似乎应该马上再次出发。”

“可是我们刚刚才到达——”

“没错。”莉芮尔表示同意，“但是那些南方人，还有你的朋友都身处险境，我们不能在这里浪费时间了。”

“何况控制克萝尔和其他王者的人知道我们到这里了。”坏狗咆哮着说，“我们必须赶在被包围之前离开这里。”

萨姆一时没说话，“好吧。”他终于开口了，“我们一个小时后吃午饭，然后我们……嗯，决定接下来做什么。”

他快步走在前面，腿瘸得更加明显了。他推开前门，莉芮尔慢慢跟在他后面，轻轻抚摸着坏狗的背。莫格跟着她们走了几步，然后把坏狗的背当作跳板跳上莉芮尔的肩膀。猫落下来的时候，莉芮尔吓了一跳，但是她很快意识到莫格收起了爪子，这才放下心来。猫咪小心地把身体耷拉在莉芮尔的胸前，看样子似乎是睡着了。

“我太累了。”莉芮尔走进门厅，说道，“但是我们真的不能耽搁了，对吗？”

“确实。”坏狗说，她打量了一下入口处的这座大厅，并四处嗅了嗅。萨姆不见了踪影，一个影像将信鹰捧在它戴了手套的手里，另外两个影像在主楼梯的末端等待。它们穿着淡黄色的长袍，宽大的兜帽遮住头部，隐藏了缺失的脸部，只有手露出来，那是咒契咒印构成的苍白的幽灵般的手，当它们移动的时候偶尔会闪光。

其中一个影像上前向莉芮尔深深鞠了一躬，然后示意她跟上。另一个影像走向坏狗，并拉住她的项圈。没有人说话，但是坏狗和莫格似乎都猜出了影像的意思。虽然莫格看起来像是在睡觉，但是他却第一个做出了反应。他从莉芮尔脖子上跳下来，穿过楼梯下面一个猫的通道，莉芮尔从未见过他这么敏捷、这么精神。相比之下坏狗就慢多了，她没能第一时间领会影像的意思，所以也就没能躲开阿布霍森宅邸里影像的好意。

“肯定是洗澡！”她愤愤地抗议，“我不要洗澡！我昨天才在河里游了泳。我不需要洗澡！”

“你需要的。”莉芮尔皱起鼻子。她看看影像又补充道，“请一定要让她洗澡，还要用肥皂。”

“那我洗完了能不能吃根骨头？”坏狗沮丧地问。影像把她拉走了，她可怜巴巴地回头看。莉芮尔心想，旁人看了肯定以为这狗是要去监狱或者更可怕的地方呢。莉芮尔忍不住跑上前，亲了亲坏狗的鼻子。

“你当然可以吃根骨头，好好吃顿午饭。我也要洗洗澡。”

“对狗来说不一样的。” 影像打开一扇通往内部庭院的门时，坏狗有些悲伤地说，“我们狗就是不喜欢洗澡！”

“但是我喜欢。”莉芮尔小声说，她看了看自己汗津津的衣服，又摸摸自己脏兮兮的头发。她第一次发现自己的头发上有血迹——无辜的人的血，“我需要洗澡，需要干净的衣服。”

影像再次鞠了一躬，然后领她上楼。莉芮尔乖乖地在后面跟着，每走一步楼梯就发出很好听的吱嘎声。再过一个小时，我就会忘记所有的事情，她心想。

但即使在她跟着影像的时候，她依然在想那些竭尽全力逃跑的南方人。他们想要逃离那个坑，那个很多被杀害、很多人被奴役的深坑。她曾经见到过那个坑，当时尼古拉斯站在一座用坑里掘出来的土堆成的小山上，还有个役亡师带着很多被闪电烧黑的尸体在挖什么东西，莉芮尔知道，绝不能让那个东西重见天日。

第四十四章

阿布霍森祖宅

当莉芮尔再次下楼的时候，她已经完全洗干净了。很显然，那影像坚信用大量热水用力洗刷很有好处——莉芮尔猜测热水是由温泉提供的，因为起初的几盆水充满了刺鼻的硫黄味，跟冰川的温泉一样。

影像给她找了一身非常好的衣服，但是莉芮尔拒绝了。她换上了一件干净的图书馆馆员的马甲。她穿这身制服的时间太久了，不穿它反而觉得不适应。至少，穿红马甲的时候她觉得自己还像个珂睐。

影像依然捧着一件叠好的长袍跟在她身后。它显然是坚持要莉芮尔穿这件，但是莉芮尔一再解释说马甲和长袍并不搭配。

她到了楼下，另一个影像正在打开楼梯右边的一扇对开门。它苍白的双手拧动门上的青铜把手，当它推门的时候，那双手在深色的橡木门上显得格外突出。接着，影像站到一边，把头低下去——莉芮尔总算第一次看到了大厅的样子。大厅几乎占据了一楼一大半的面积，但让莉芮尔感到惊讶的并不是其面积之大。当她穿过整座大厅，看着彼端那座彩色玻璃窗的时候，产生出一种似曾相识的感觉。大厅里还放着一张镶嵌着银饰品的光亮的长条桌子，以及一把高背的椅子。

莉芮尔见过这个场景——透过暗镜看到的。只不过在暗镜中，她父亲坐在那把椅子上。

“你来了。”萨姆出现在她身后，“很抱歉，我来晚了。影像没找到合适的长袍——它们找了些很奇怪的东西出来。可能莫格说的没错，它们有些老糊涂了。”

莉芮尔转身看了看他的外套，上面有象征着皇室的金塔，但是袍子上的四等分花纹很奇怪，莉芮尔从未见过——是某种铲子，或者泥刀，银色的。

“这是筑墙者的泥刀。”萨姆解释说，“但是他们已经消失太多年了，至少有一千年了吧……嗯，我喜欢你的头发。”他这么说的时候，莉芮尔一直盯着他。她现在没戴头巾，黑色的头发梳得整齐闪亮，那件马甲也没能遮掩住她纤细的身材。她真的很漂亮，但是她身上有些东西让萨姆觉得忧心。她到底像谁呢？

萨姆从推着门的影像身边走过，朝桌边走去，走到一半，他忽然意识到莉芮尔没有动。她还站在门口，瞪着那张桌子。

“怎么了？”他问。

莉芮尔没说话。她转向拿着罩袍的影像，然后展开，看到了上面的纹章装饰。

然后她再次把罩袍叠起来，闭上眼睛默默数到十，然后再展开来看了看。

“怎么了？”萨姆又问，“你没事吧？”

“我……我不知道说什么才好。”莉芮尔说。她脱下马甲，递给等在身后的影像。她突然脱衣服让萨姆吓了一跳，但是当她穿上罩袍，抚平上面的褶皱之后，萨姆更加惊讶了。

那件衣服上除了代表珂睐的金星以外，四等分花纹是代表阿布霍森的银钥匙。

“我肯定有一半阿布霍森的血统。”莉芮尔的话连她自己都不太相信，“事实上，我想我是你妈妈的同父异母的姐妹。你的祖父是我的父亲。我是说，我是你的姨妈。半个姨妈，抱歉。”

萨姆闭上眼睛想了几秒钟，然后睁开眼睛，像梦游一样走向椅子坐下来。片刻后，莉芮尔坐在他对面。最终，他开口了。

“我姨妈？我妈妈同父异母的姐妹？”他停顿了一下，说道，“那她知道吗？”

“可能并不知道。”莉芮尔小声说，她突然又焦虑起来。她没有认真想过自己的出身问题可能带来的后果。那位著名的萨布莉尔对于这位突然出现的姐妹会怎么想呢？“肯定不知道，不然她很久以前就会来找我了。这是我自己用暗镜看到的。我想看看我父亲究竟是谁，所以回看了一下过去，我发现我父母就坐在这个房间里。我父亲就坐在那把椅子上。他们只有一个晚上在一起，第二天他就离她而去了。我想他那年就去世了。”

“不可能。”萨姆摇头，“那是二十年前的事情了。”

“哦。”莉芮尔脸红了，“我说谎了。我其实只有19岁。”

萨姆看着她，要是还有什么内情，他脑子就不够用了。“为什么影像知道你该穿什么衣服？”他问。

“我说的。”莫格的脑袋从旁边的椅子上伸出来。显然，他刚才打了个盹，他身上的毛还乱七八糟的。

“你怎么会知道？”萨姆问。

“我侍奉阿布霍森好几百年了。”莫格边舔身上的毛边说，“所以我知道事情是怎么回事。我意识到萨姆不是继任阿布霍森，于是一直在寻找真正的继任阿布霍森，如果不是她即将到来的话，七铃是不会出现的。而且，莉芮尔的妈妈来见特西尔的时候我也在场，特西尔就是前一任阿布霍森。所以这很简单，莉芮尔必然是前任阿布霍森的女儿，七铃是为她准备的。”

“你的意思是……我不是继任阿布霍森？她才是？”萨姆问。

“我不可能是继任阿布霍森！”莉芮尔大声说，“我是说，我不想当。我是一名珂睐，可能还是个忆往师，但是……但是我是珂睐之女！”

最后几个字她是喊出来的，声音在大厅里回荡。

“随便你怎么抱怨，血统终究会显现出来的。”回音消失后，莫格说，“你是继任阿布霍森，你必须拿起七铃。”

“感谢咒契！”萨姆松了口气，莉芮尔看到他眼中噙着泪水，“我是说，我一直搞不定那些铃铛。你当阿布霍森更合适，莉芮尔。看看，你仅仅带着小笛子就能进入冥界。你和赫奇战斗，还能顺利逃脱。而我就只能被烧伤，还让他抓住了尼古拉斯。”

“我是珂睐之女。”莉芮尔坚持说，但是她自己都能觉得出来，她的声音很微弱。她曾经想知道自己的父亲是谁，但是她却不想成为继任阿布霍森，有朝一日成为阿布霍森对她来说是一件很难接受的事情。她将穷尽一生去消灭亡者。她将在古国各地旅行，再也不可能像珂眯一样住在冰川以内的世界里。

“究竟是行路者选择路，还是路选择行路者？”她小声重复着《亡者之书》最后一页那句不停闪现在她脑海中的话。然后她想起了另一件事情，这件事让她脸色变得煞白。

“我永远不会拥有预视之力了，对不对？”她慢慢说。她是半个珂眯，但是阿布霍森的血在她身体里发挥着主导作用。她一辈子最想要的那种天赋永远也不会降临在她身上了。

“是啊，不会有了，主人。”坏狗来到莉芮尔身后，用鼻子蹭蹭她的膝盖，平静地说，“但是你作为珂眯的天赋让你成了忆往师，只有阿布霍森和珂眯的孩子才能看到过去。你要培育自己的力量——为了你自己，也为了古国，还有咒契。”

“我永远不会拥有预视之力了。”莉芮尔慢慢地小声说，“我永远不会拥有预视之力了……”她双手抱住坏狗的脖子，坏狗洗得特别干净，这可能是她第一次也是最后一次充满香甜的肥皂气息。但她没有哭。她眼睛里干干的。她只是觉得有些冷，坏狗身上那令人宽慰的温暖也没办法让她暖和起来。

萨姆看到她在瑟瑟发抖，但没有离开自己的座位。他觉得自己应该去安慰她，但是不知道该怎么做。她不是个女孩子或年轻女士。她是他的姨妈，他不知道该怎么做才好。如果拥抱她的话，会不会让她生气呢？

“那个……预视之力对你来说非常重要吗？”他迟疑地问道，

“你知道，”他捏着自己的亚麻布餐巾继续说，“当我……我不用当继任阿布霍森之后，我觉得特别轻松。我一点儿都不想感应死亡，也不想去冥界，或者其他任何类似的事情。我那次进入冥界的时候，役亡师……当他抓住我的时候……我真想死掉，因为死了这一切就结束了。但是我不知怎么逃脱了，然后我知道自己绝不敢再次进入冥界了。可是，每个人都希望我能继承妈妈的衣钵，因为艾丽米尔显然是要成为女王的。我想这对你来说应该也一样。你知道吧，因为其他所有珂睐都有预视之力，所以预视之力显得特别重要，就算你不想要，它也很重要。因为这是符合他们期望的唯一办法，和成为继任阿布霍森一样。可是我不想成为他们期待的那个人，而你……抱歉，我又在啰唆了吧？”

“一口气说了上百个词了。”莫格说，“大部分都很有道理。你还有救啊，萨姆斯王子。你说得没错。莉芮尔是个希望得到预视之力的阿布霍森，因为预视之力是她成长的那座破冰山里唯一重要的一样东西。”

“我希望有一种归属感。”莉芮尔坐直身体，轻声说。她告诉自己，这只是童年梦想破灭带来的冲击。从某种意义上来说，自从蒙着眼睛进入瞭望台那一刻起，或者在萨娜和瑞尔向她道别的时候，她就该知道自己不会拥有预视之力了。

她知道自己的人生会发生剧变，她永远不会成为一个真正的珂睐。但至少现在拥有别的东西了，莉芮尔对自己说。她希望减轻这份失落感。当继任阿布霍森比当没有预视之力的怪胎珂睐好多了——但一时她的内心还无法接受这个事实。

“你就属于这里。”莫格简单地说。他朝着大厅挥了挥长着粉红色肉垫的爪子，“我是阿布霍森最古老的仆人，我打骨子里知道你就属于这里。影像们也知道。它们聚集在这里，就是想见见你。看看，你头上还有照明咒契。整个房子——还有它的仆人——都在欢迎你，莉芮尔。阿布霍森、国王都会欢迎你的，甚至包括你的侄女艾丽米尔。”

莉芮尔看了看周围，确实，从大门到厨房，聚集着一大群咒契影像，外面那间房子都挤满了。至少有一百个，有些已经很古老了，消退得几乎手都看不见了，只剩下一片光影。她看着它们的时候，影像们一起向她鞠躬。

莉芮尔也欠身还礼，她觉得刚才好不容易才忍住的眼泪此刻已经顺着脸颊流淌下来。

“莫格说的对。”坏狗说，把下巴放在莉芮尔腿上，“是你的血统让你成为这样的人，但是你要记住，你得到的不光是继任阿布霍森的高贵地位。你还找到了自己的家庭，大家都会欢迎你的。”

“没错！”萨姆大声叫着，激动地跳起来，“我简直等不及了，艾丽米尔要是知道我找到了我们的姨妈，她会是什么反应呢！妈妈会很高兴的。我觉得要是我当继任阿布霍森的话，妈妈多少会有些失望。爸爸已经没有在世的亲戚了，因为他被封印了很久。真是太好了！我们要为你举行一个欢迎会——”

“你是不是忘了什么事？”莫格十分讽刺地说一句，打断了他，“比如你朋友尼古拉斯，还有南方难民，还有役亡师赫奇，还有他们在红湖边挖的那个什么东西。”

萨姆像是被堵住了嘴一样，不说话了，他坐回椅子，所有的热情都被那简单的几句话抹消了。

“是啊。”莉芮尔闷闷地说，“这才是我们现在应该关注的事情。我们必须搞清楚该做什么。这比什么都重要。”

“午饭更重要，没有人能够饿着肚子做计划。”莫格再次插嘴，坏狗也大声汪汪地叫，表示她饿了。

“我们确实得吃些东西。”萨姆示意影像们把食物端上来。

“我们要不要先送个信给你爸爸妈妈和艾丽米尔？”莉芮尔问。她闻到厨房里传来食物的香味，不过食物确实不是目前的首要关注点。

“对，要送信。”萨姆表示同意，“但是我不知道该怎么说。”

“我觉得应该把我们要做的事情都说一下。”莉芮尔回答。她费了点力气才把各种想法都整合起来。她看了看自己罩袍上的银色钥匙的图案，忽然觉得眩晕恶心，“必须确保你爸爸妈妈还有艾丽米尔知道我们目前的全部情况，尤其要说明赫奇在挖某种曾经被埋起来的东西，是肆行魔法的东西，而且尼克被他抓住了，克萝尔作为高等亡者被带到了现世。还要告诉他们，我们要去救尼克，并且阻止敌人的计划。”

“没错。”萨姆有些心不在焉地说。他看着影像送到自己面前的盘子，注意力却完全不在清蒸鲑鱼上，“只是……如果我不是继任阿布霍森，那我就没什么可以做的事情了，我还是留在这儿吧。”

大家一阵沉默。莉芮尔盯着他，他不敢看她的眼睛。莫格平静地吃东西，坏狗在莉芮尔脚下响亮地叫了一声。莉芮尔看着萨姆，不知道自己该说什么。现在她真希望自己能写个纸条，递到桌子对面，然后离开这个房间。然而她已经不是珂睐大图书馆的二级助理图书馆馆员了，那些日子已经一去不复返了，和定义了她过去那个身份的所有东西一起一去不复返了。现在她的图书馆馆员马甲已经被咒契影像们处理掉了。

她是继任阿布霍森。这是她的工作，莉芮尔知道，她必须做好这份工作。她今后不能再失败，不能像在瑞特林河上辜负了那些南方人一样失败了。

“你不能留下，萨姆斯。这件事不只关系到救你的朋友尼古拉斯。想想赫奇的计划。他想杀死二十万人，然后把冥界所有的鬼魂都召唤到古国里来！不管他在挖什么，肯定都是计划的一部分。我没法独自面对这些，萨姆。我需要你的帮助。古国需要你的帮助。你确实不再是继任阿布霍森了，但你还是古国的王子，你不能坐在这儿什么都不管。”

“我……我害怕冥界。”萨姆哽咽着说。他举起自己烧伤的手腕让莉芮尔看见上面的伤痕。红色的伤痕印在浅色的皮肤上，“我怕赫奇。我……我没法再次面对他。”

“我也害怕。”莉芮尔轻声说，“我也害怕冥界，也害怕赫奇，害怕成百上千的东西。但就算充满了恐惧，我们还是要采取一些行动，这总比坐等恐怖的事情发生强很多吧。”

“对呀，对呀。”坏狗昂起头，“凡事都要采取行动，萨姆斯王子。你闻起来不像是胆小鬼——所以你应该不是胆小鬼。”

“你在高桥镇的时候不怕弩箭手。”莉芮尔补充说，“也不怕从水上跑来的那个怪物。这就是勇敢。我相信我们即将面对的东西肯定没有你想象中那么可怕。”

“很可能更糟糕。”莫格很开心地说。他似乎喜欢打击萨姆，“但是，更糟糕的是坐在这儿什么都不做，一直到亡者截断瑞特林河，赫奇从河床上走到家门口。”

萨姆摇头说了几句关于父母的话。他显然不信莫格耸人听闻的预言，还想抓住宅邸这根救命的稻草。

“敌人在各个地方都在展开行动，”莫格说，“国王和阿布霍森去调查安塞斯蒂尔那边的情况了。他们肯定可以阻止南方人越过界墙，但那只是敌人计划的一小部分——因为这件事太明显了，所以可能是计划中最不重要的部分。”

萨姆低头看着桌子，一点儿也不觉得饿了。他终于抬起头说：“莉芮尔，你认为我是胆小鬼吗？”

“不是。”

“或许真的不是。”萨姆的声音坚定了一点，“不过我还是有些害怕。”

“所以你要和我一起，我们去找尼古拉斯和赫奇。”

萨姆点点头。他不敢开口，怕声音中暴露出自己的恐惧。

大厅里一片沉默，大家都想着将会发生的事情。一切都改变了，历史、命运和真相改变了一切。不管是萨姆还是莉芮尔，都在片刻之间有了截然不同的身份。现在他们都在思考这个变化带来的意义，同时也想知道新的人生会把他们带到什么地方去。

以及这个新的人生又将在何时何地结束。

尾声

亲爱的萨姆：

我现在按古国的习惯给你写信，用的是翎毛笔和某种粗制的纸，这东西像海绵一样很能吸水。我的钢笔彻底写不出字来了，我随身携带的纸也全烂了，可能是长霉菌了吧，我觉得。

你们古国对安塞斯蒂尔的产品真是不太友好。这边的空气湿度和本地霉菌繁殖情况都接近热带地区。不过我真没想到霉菌和湿气会来自高纬度地区。

我不得不取消大部分实验计划，因为仪器都出故障了，我自己也遇到一些很令人担忧的情况，所以实验结果全部无效。我觉得很大程度上是因为我病了，自从越过界墙之后，我的病情就加重了。发烧害得我全身无力，并且产生了一些幻觉。

赫奇——就是我在拜恩雇的那个人——他真是个好助手。他帮我定位了闪电坑的位置，这一带有很多关于闪电坑的迷信和传说，另外，他还非常热情地指挥着挖掘工作。

一开始，我们雇不到本地工人，然后赫奇想出了办法，按照我的理解，就是去麻风病院或者传染病院雇人。那些工人干活很厉害，但是外表却完全不成人形，而且闻起来特别糟糕。白天的时候，他们个个都裹在斗篷或者破布里，到了晚上他们似乎就好多了。赫奇管他们叫“夜行人”，我觉得这个名字很合适。他向我保证这种病不会传染，不过出于安全考虑，我还是坚决不和他们发生肢体接触。有趣的是，他们和南方难民一样都戴着蓝帽子、蓝头巾。

闪电坑和我预料中一样有趣。我们最初找到它的时候，我发现，在连续数小时的时间内，每小时都至少有两次闪电击中那个山丘，而山丘上空几乎每天都发生雷暴。现在我们正不断接近山丘下方埋着的那个东西，闪电也越发频繁地击中这个地方，雷暴也不断出现。

根据我读过的资料以及我梦见的内容——你要笑我了，相信梦境很不像我——我相信闪电坑主体是由未知金属铸造的两个半球组成的，这个东西埋在地下二十或三十英寻[1]深处，这个山丘本身完全是人造的，很难挖开，里头尽是奇怪的建筑材料。其中包括骨头——你肯定不会相信。不过现在挖掘工作进展得比我预计中要快，也许再过几天我就能有所发现了。

接下来，我就去拜里塞尔和你碰头，至于实验，可以推后几天。不过考虑到我的健康状况，也许远离这种有害的空气返回安塞斯蒂尔才是明智之举。

我会把那两个半球也带回去，爱德华叔叔已经给了我相应的入境许可证。那东西肯定非常致密沉重，不过我觉得可以走水路，通过红湖顺流而下，把它们运到海边，然后前往西海岸诺黑文以北的一个小地方。那里有一个荒废的木材加工厂，我打算把那里作为我

[1] 1英寻相当于6英尺，合1.828米。

的实验室。蒂莫西·瓦拉赫也会到达木材厂，他是我在桑比尔的一个同学，不过已经四年级了。他会帮我建立起闪电农场，我计划往那两个半球里输入能量。

有私人关系和厉害的亲戚真的很棒，对吧？没有他们，我可弄不到这些东西。告诉你吧，我爸爸要是发现我花四分之一的零花钱去买了几百根避雷针和几英里长的超重铜线，他肯定会无比生气的！

不过，等我在自己的实验室建立起闪电坑，这一切就是值得的了。我相信我很快就能证明，这两个半球能够大量吸收风暴中的电能并且储存起来。一旦我成功让它们吸收能量，我就准备复制一对尺寸较小的半球，这样我们就有用之不竭的新能源了，免费能源！塞尔的神奇电池，驱动未来的所有城市和工业！

你能明白吧，我的梦想就和我严肃的大脑一样博大。我需要你来让我冷静一下，萨姆，来严肃批评一下我的为人或者我的个人能力。

事实上，我希望你将来能来看看我的闪电农场以及它所有的成果。如果可能的话，请一定来，虽然我知道你不喜欢穿过界墙。通过上次跟爱德华叔叔谈话，我得知你父母已经到了安塞斯蒂尔，他们是来讨论克罗里尼在安置南方难民方面的计划，克罗里尼想让难民去你们那边的荒野，在靠近界墙一带定居。也许你来看我的时候可以顺便去看看那些人。

总之，我非常希望尽快见到你，我依然是你忠实的朋友。

尼古拉斯·塞尔

尼克放下笔，吹了吹信纸。其实根本不用吹，他看着墨水洇开形成的模糊线条，他漂亮的书法成了鬼画符。

“赫奇！”他喊道，向后一仰，一阵眩晕恶心的感觉袭来。最近他只要集中精神就会出现这种情况。他掉头发，而且牙根发酸。但这不可能是坏血病，因为他饮食很多样化，而且每天早晨都喝一杯新鲜的酸橙汁。

他正想再叫一声赫奇，赫奇已经来到了帐篷门口。他穿得像个野蛮人，但这个人很能干，简直就像边境巡逻队的退役军官一样厉害。

“我要把这封信寄给我的朋友萨姆斯王子。”尼克把信纸叠好，然后在上面滴了些蜡油并按上手指印，“你能把它交给信使或者其他什么送信的东西吗？必要的话就从边城找个人送过去。”

“别担心，主人。”赫奇露出诡秘的微笑，回答道，“我会处理好的。”

“很好。”尼克小声说。天又热起来了，他带来的防虫乳液一点儿都不管用。只能再让赫奇想办法驱虫了……但是他还有一个每天都要问的问题——闪电坑的状况。

“挖掘得怎么样了？”尼克问，“有多深了？”

“根据我的测量，大概是二十二英寻，”赫奇十分热忱地回答，“我们就快挖到了。”

“船准备好了吗？”尼克迫使自己坐好。他真的很想躺下，他感觉周围的房间开始旋转了，光线也变红了，他知道是自己的眼睛出现了问题。

“我需要招募船员。”赫奇说，“夜行人怕水，因为他们……有病。我希望新招募的船员能够在白天抵达。这样才能处理好所有的事情，主人。”尼克没回答，赫奇没有看他的眼睛，而是看着他的胸口。尼克也看着他，但眼神恍惚，呼吸十分紊乱。在内心深处，尼克知道自己的意识正在消退，只要在赫奇面前就会出现这种情况。这是一种他无法控制的且十分可恨的虚弱感。

赫奇舔着嘴唇，紧张地等着。尼克脖子往后一仰，眨眨眼睛，哼了一声。然后他坐起来，直直地坐在椅子上。

尼克昏了过去，他眼睛里完全是另外的东西，另外一个思想占据了他的头脑。“听我为你唱一首很久以前的歌——”他突然开始吟唱，一阵阵气味刺鼻的白烟从他鼻子和嗓子里冒出来。

九个闪耀光明者存在于古昔，啊！
那七个光明者当时所做何事？
啊，他们制造咒契！
五个从头到尾，制造咒契。
两个边制造，边修复。
如此七个——
那两个未曾参与的又在何处？
第八个隐藏，永世隐藏。
但那七个抓住他，惩罚他。
第九个很倔强，奋力反抗。
但孤独的奥兰尼斯终将失败，

一分为二埋在山丘之下，

长眠于此，不怀好意。

歌谣结束后，他们沉默了很长一段时间。然后，一个声音又小声唱出了最后两句。

“一分为二埋在山丘之下，长眠于此，不怀好意……但这不是我的歌，赫奇。没有我的歌，这个世界照常运行。不知道我的力量的生命四处扩散。一切造物四散奔逃，没有毁灭作为平衡，我所有关于火焰的梦就只是梦而已。很快世界就会陷入沉睡，届时我的梦将成为唯一的梦，我的歌声会回响在所有人耳中。是这样的吗，我忠实的仆人赫奇？”

不管这些话是什么意思，都不需要赫奇回答。它不再唱歌了，而是用一种截然不同的尖锐声音接着说：“毁了那封信。派更多的亡者给克萝尔，确保一定要杀了那个王子，他绝对不能到这里来。你亲自去冥界，随时监视那个珂睐之女，再遇到她的话就杀了她。挖深一些，我……必须……再次……合为一体！”

最后一句话携带着巨大的力量，震得赫奇撞上了帐篷壁的破帆布，跌入了外面的夜色之中。他透过帐篷的缝隙往里看，生怕发生更可怕的事情。不过刚才通过尼克之口说话的那个东西已经消失了。只剩下一个生着病的年轻人昏迷不醒，鼻子里还流着血。

“我听见了，主人。”赫奇小声说，“我永远服从你。”